中国峡谷城

清新黔江

赵晏彪 笑崇钟

主编

中国出版集团

中译出版社

图书在版编目（CIP）数据

中国峡谷城：清新黔江 / 赵晏彪，笑崇钟主编. ——
北京：中译出版社，2021.6
ISBN 978-7-5001-6533-0

Ⅰ．①中… Ⅱ．①赵… ②笑… Ⅲ．①中国文学—当
代文学—作品综合集 Ⅳ．① I217.1

中国版本图书馆 CIP 数据核字（2021）第 074800 号

出版发行 / 中译出版社

地　　址 / 北京市西城区车公庄大街甲 4 号物华大厦 6 层
电　　话 /（010）68005858，68358224（编辑部）
传　　真 /（010）68357870
邮　　编 / 100044
电子邮箱 / book@ctph.com.cn
网　　址 / http://www.ctph.com.cn

责任编辑 / 范　伟　张若琳
装帧设计 / 潘　峰
排　　版 / 潘　峰
印　　刷 / 北京顶佳世纪印刷有限公司
经　　销 / 新华书店
规　　格 / 710mm ×1000mm　1/16
印　　张 / 23.75
字　　数 / 400 千字
版　　次 / 2021 年 6 月第一版
印　　次 / 2021 年 6 月第一次

ISBN 978-7-5001-6533-0　定价：50.00 元

百名作家走进中国峡谷城黔江,"黔江区文学与旅游发展座谈会"合影

中国文联名誉副主席丹增(右一)、中外作家交流组委会主席赵晏彪(中)
采访民歌唱作人王志凌(左)

第二届"中国土家族文学奖"颁奖典礼在重庆黔江区举行。重庆市委常委宣传部长张鸣(左一)、中国作协副主席陈建功(右一)、向获得"优秀作品专集奖"作者叶梅(右二)、陈彤(右三)颁奖

第二届"中国土家族文学奖"颁奖典礼在重庆黔江区举行。中国文联名誉副主席丹增(左二)、中国文联副主席郭运德(右一)、黔江区委书记余长明(左一)向获得"优秀作品专集奖"作者饶昆明(左三)、向未(右三)、徐必常(右二)颁奖

第二届"中国土家族文学奖"领导、评委和获奖作者合影

百名作家走进中国峡谷城黔江,在红军广场缅怀革命先烈,书写建党百年伟业

百名作家走进中国峡谷城黔江采访山歌发源地"十三寨"

世界第一风雨廊桥——濯水沧浪桥

百名作家参观黔江国家地质公园

百名作家参观民俗博物馆。韬奋基金会理事长聂震宁(中)、右起王子君、张庆和、艾平、彭斯

作家彭斯（右）采访十三寨女民歌手

黔江香山寺

一部接地气、聚灵气的精品力作

——序《中国峡谷城——清新黔江》

由著名作家、编辑家、社会活动家赵晏彪先生和著名作家、诗人、文化学者笑崇钟先生主编的诗文集《中国峡谷城——清新黔江》，是一部展示黔江景区文化的瑰丽诗篇，一幅提升黔江对外形象的恢宏画卷，接地气、聚灵气，像清纯漂亮的村姑走在美的光彩中，散发着沁人心脾的田野芳香，闪烁着智慧的火花和艺术的灵光，读来情真意切，令人耳目一新。

黔江有1800多年建制史，这片热土养育了中国第一位女实业家巴寡妇清、大成国丞相范长生、土家族诗人陈景星、红三军政委万涛、"铁血英雄"温朝钟等仁人志士，留下了邓小平、刘伯承、贺龙等老一辈无产阶级革命家战斗的足迹。境内有世界最高观音菩萨摩崖石刻雕像、中国楹联文化名桥"沧浪桥"、"天理良心"道德碑等人文景观。

黔江地处神秘北纬30度，森林覆盖率高达68%以上，空气清新，平均每立方米有1800个负氧离子，到处都是天然氧吧；境内山山对峙，溪流纵横，形成了众多以峡谷为特色的风景区，其中最著名的有"中国峡谷城"之誉的黔江城市大峡谷。境内有国家5A级景区濯水和黔江城市大峡谷、小南海、土家十三寨、爱莉丝庄园、神龟峡、水车坪、官村等7个4A级景区，不愧为"康养胜地"和"安放心灵的理想之地"。

黔江地灵人杰，民风古朴，民俗浓厚，民族文化源远流长。土家、苗、汉等27个民族在这片热土上世代生息、繁衍，创造了光辉灿烂的文化。他们崇拜白虎红枫、世居吊楼苗寨，织西兰卡普、喝土家油茶，赞红喜、闹白会，击苗鼓、唱山歌，婚育与丧葬演绎轮回、信仰与禁忌昭示神秘，组成了多姿多彩、别具一格的民俗大观园。走进这片充满神性与诗意热土的文人墨客，用他们的生花妙笔创作了许多如大山般厚重的篇章。唐代诗人白居易、刘禹锡，北宋文豪黄庭坚、名相寇准，晚清名臣张之洞，土家族诗人陈景星，以及当今不少著名作家、诗人都留下了大量歌颂黔江风光的佳作。

黔江人民勤劳、智慧，"姑娘比天使还漂亮，怀揣月亮追赶太阳；男儿比大山更健壮，扛着太阳创辉煌"。早在"八七"扶贫攻坚时期，就创造了"北有临沂，南有黔江"的扶贫奇迹。国家把重庆设立为直辖市，特别是精准脱贫攻坚战打响以来，黔江人民又创造了很多奇迹，成为重庆市及武陵山集中连片特困地区中首批通过国家评估验收的摘帽贫困区县之一，被确定为全国首批"贫困县摘帽案例研究"样本区县，国务院扶贫办专门组织专家为之编写出版了《中国脱贫攻坚·黔江故事》，还成功创建全国卫生城市，两次捧回全国社会治安综合治理"长安杯"。如今的黔江，"铁公机"功能不断完善，城乡面貌换新颜，土家苗寨歌满天。

文学是旅游业的灵魂和翅膀，对于丰富景区文化底蕴、提升景区美学等级，具有点石成金、画龙点睛的神奇作用。文人通过描写风景陶冶情操，提高修养，丰富人生；风景通过文人的抒写增加灵气和神性，两者相互促进、共同提高，可谓相得益彰。如黄州，其自然景观平淡无奇，苏东坡却在那里写下了《念奴娇·赤壁怀古》《前赤壁赋》《后赤壁赋》等杰作，将他的人生推向了辉煌的顶点，同时也将黄州提高到了一个崭新的美学层次，令中外游客心驰神往。

文学作品的本质在抒情，它是心灵的语言，是生的颤动、灵的呐喊，永远属于充满激情的人。书中的不少作品都打上了鲜明的时代烙印，蕴含着炽热的思想感情和浓郁的生活气息，既有哲理的睿智，又有浓烈的诗情；既有斑斓的色彩，又有动人的音响，部分作品不愧为精品乃至于经典。这充分说明，一位优秀的作家，首先应该是一位思想家、哲学家和历史学家，同时又是艺术家、美学家和语言学家，既有高尚的人品和完美的人格，又有丰富的阅历与渊博的学识。作家只有坚持以人民为中心的创作导向，在创作时进入忘我的境界，跳出"自我"的狭小圈子，才能创作出不朽的经典，成为一个阶层、一个民族乃至于人类的代言人。

《中国峡谷城——清新黔江》的出版，不仅为黔江文学画廊增添了绚丽的光彩，而且丰富了中国当代文学宝库。我深信，本书可以引领广大读者深刻地领略"中国峡谷城"的神韵，更加关注黔江，同时启迪心智，陶冶情操，进而提高文学素养和人生品位。

丹 增

2021年3月6日

作者曾任中共西藏自治区党委副书记、中共云南省委副书记、中国文联副主席、中国作协副主席等职，现任国际笔会中心主任。

目录

01　　一部接地气、聚灵气的精品力作
　　　　——序《中国峡谷城——清新黔江》　丹　增

大美无言话黔江

11——陪你一起看黔江　衣向东

15——千境万景黔江行　张庆和

19——故乡三记　陈　川

25——踏歌黔江　耕　夫

28——黔江扶贫要略　丹　增

31——剪一段黔江记忆系在心间　华　静

36——黔江"三水"　刘建春

39——黔江符号　杨辉隆

40——放歌黔江　黄晓东

42——咏黔江风光　王运琴

44——醉美黔江　阿蓬苗歌

城市峡谷甲天下

49——浮雕观音（外一首）　傅天琳

50——品读"中国峡谷城"　笑崇鐘

59——三岔河夜色　高若虹

60——走进中国峡谷城　彭斯远

63——城市峡谷　杨辉隆

64——在黔江遇见棕榈树　王子君

69——城市峡谷行　维　扬

72——黔江之夜　罗　毅

74——春满峡谷城　王可章

78——黔江峡谷峡江咏　周华高

80——中国峡谷城的前世今生　钟　山

一江碧水向西流

89……一条神奇多彩的河流　陈　川

91……阿蓬阿蓬　傅天琳

93……官渡峡风光（外二首）　笑崇鐘

95……阿蓬江　王明凯

97……寻寻觅觅阿蓬江　邱　平

105…阿蓬江神龟峡　杨辉隆

106…阿蓬江畔的明珠　土　凡

千年古镇遗韵长

113…濯水廊桥叫"沧浪"　王子君

118…吟唱一曲濯水谣（组诗）　雷　子

121…风雨廊桥下，民歌唱作人　赵晏彪
　　　　　——记土家山歌的传播者王志凌

129…古镇老街遗韵长　邢秀玲

133…世界第一风雨廊桥（外一篇）　彭斯远

140…风雨廊桥帖（外一首）　高若虹

142…廊桥雨　致　龄

145…骑水畅游蒲花暗河　雨　馨

150…濯水清兮濯吾心　文　猛

153…濯水　濯心　张　涌

156…廊桥叙爱　华小克
　　　　　——延意雷子新作《吟唱一曲濯水谣》

159…上善濯水　郑清华

162…濯水古镇　王明凯

163…情系濯水濯心地　饶昆明

165⋯何处廊桥圆不够（外一首）　致　龄

168⋯沧浪桥头的风　郑　石

171⋯濯水古镇（外一首）　杨辉隆

173⋯面朝濯水　春暖花开　王长贵

177⋯濯水吟　张　涌

178⋯斯水濯浊　谢爱冬

181⋯濯水戏韵　黄　霞

184⋯端午里的濯水古镇　钟良义

189⋯蒲花河　吴明泉

191⋯濯水，心灵栖息之地　曾宪容

193⋯游蒲花河　阿　缘

云上夏都
三塘盖

197⋯看山杂诗　陈景星

199⋯金子岭　王尔鑑

200⋯魂牵梦萦三塘盖　刘桂根

205⋯风物三塘　饶昆明

210⋯咏三塘盖　黄晓东

212⋯感悟三塘盖　钟良义

222⋯三塘盖景区即感　卢金伟

223⋯金山天路　陈　彤

230⋯咏三塘盖胜景（组诗）　李绍洪

233⋯云浪三塘　王长贵

236⋯白土风光　龚远政

239⋯三塘云路（外二首）　韩最达

深山明珠
小南海

243…幺妹住在十三寨　聂震宁

249…在小南海你看见了什么　傅天琳

251…跑寨　刘运勇

257…在小南海所想　高若虹

258…水底的村庄，不要醒来　雨馨

263…小南海三题　何炬学

265…小南海诗韵　笑崇钟

266…山歌发源地　彭斯远

270…走进土家十三寨（外一首）　王明凯

274…家住十三寨　糜建国

281…小南海　吴明泉

282…自从见了你的清波　周华高

284…一束红蓼舞清秋　龚远政

286…观小南海地震遗址感赋　张涌

佛道圣地
藏武陵

291…佛道圣地觅诗魂　笑崇钟

295…仙山怀想　邱平

299…武陵仙山的几个片段　钟良义

304…题武陵仙山　王明凯

306…一览众山话武陵　维扬

308…武陵之春　曾垂航

309…武陵仙山　吴明泉

奇山异水 生妙景

315⋯翡翠之江　艾　平

319⋯雨中的仰头山（外一篇）　笑崇鐘

323⋯在水车坪的那些人那棵树　高若虹

325⋯水车坪的传说　老　村

328⋯仰望　黄　霞

330⋯云上水市　郑清华

333⋯八面来风　维　扬

336⋯转山五里峡　罗　毅

339⋯探秘石钟山　钟　山

悠远文脉 吐芳华

345⋯长城丰碑刻女杰　赵晏彪

349⋯黔江大地开遍英雄花　邢秀玲

353⋯水车坪　王　雨

355⋯南溪号子　周　灿

360⋯遗忘在阿蓬江畔的千年石城　杨举波

364⋯寻找老鹰关　谢爱冬

367⋯凝望石刻　周　灿

370　附　录

武陵水岸之夜色（陈彤 摄）

苍天有眼（陈彤 摄）

大美无言
话黔江

　　黔江自然风光神奇秀美，森林覆盖率高达68%，空气清新，四野飘香，实乃养生养心的福地。

　　人文景观神韵流芳，令人流连忘返。奇风异俗，五光十色，令人大开眼界。物华天宝，特产丰饶，绿色环保，美味佳肴，令人赏心悦目。

　　民族精神高亢。姑娘比天使还漂亮，怀揣月亮追赶太阳；男儿比大山更健壮，扛着太阳创辉煌。

陪你一起看黔江

衣向东

偶然一个机会"误入"黔江，尽管只有短短的三天，却陷入不能自拔的热爱中。之前，我甚至都不知道黔江在哪里，更不知道竟然还是一个地级市，原以为只是一个偏远的小县城，更别说想要去那里走一走。

从黔江返回北京，在大学课堂上给学生们讲游记写作的时候，黔江的一幅幅色彩斑斓的图画扑面而来，我情不自禁地在黑板上写下了这个题目，《陪你一起看黔江》。

"请问，有谁知道黔江在哪里？"我说。

台下的同学一片茫然，好半天才有几位同学用虚弱的声音喊道："贵州？"

真不能怪同学们孤陋寡闻，是黔江隐藏得太深。

黔江是重庆的一个区，位于重庆东南部，与湖北恩施相邻，地处武陵山腹地，两城相距280公里，有飞机没高铁，乘长途车需要4个多小时。我没坐过飞机，大概一起飞就该降落了吧。这里有27个少数民族，户籍人口只有56万人，少数民族占了74.6%。因属于老、少、边、山、穷地区，经济发展比较落后，交通不便，黔江一直藏在深山无人识。

黔江可看的地方太多了，目光所及之处，都会让你惊艳不已。其中留给你最深刻记忆的是山、水、峡、廊和寨子。

先说看山。黔江被誉为"武陵会客厅"，实至名归，没有丝毫的夸张。它处于武陵山腹地，武陵山最美的奇观、最精华的部分都汇集在这里。有人曾说"黄山归来不看岳"，我想他一定没到过黔江。

黔江的山，最具代表的是灰千梁子、武陵仙山和八面山。灰千梁子是黔江最高的山，有大片的原始森林，云缠雾锁，人迹罕至，至今有很多秘境，等待我们去探究。登高远眺，群山逶迤，峡壑纵横，溪流潺潺，飞鸟成群。更有成堆的野杜鹃和奇花异草，把山岭装扮得姹紫嫣红。武陵仙山跟灰千梁子相比，似乎离我们人类更近一些，至少可以看清它的面目。这里奇峰突兀，古树参天，动植物资源丰富。一座座山头，像是一尊尊打坐的禅佛。山上却有一座佛寺，檐铃悦耳，香火缭绕，在深山里固守着一片宁静。八面山跟武陵仙山相比，视野更加开阔。据说，在八面山上看日出日落，是最美的享受。我在泰山之巅看过日出，蔚为壮观，不知道八面山上看日出，会是怎样一番情景。

在黔江看水，只需看三处就醉了。小南海、阿蓬江和蒲花暗河。

小南海是大地震后遗留下的自然奇观，清《黔江县志》记载，"清咸丰六年（1856年）六月十日，地大震，后坝乡山崩。"周边崩裂的山巅巨石，飞进湖中，形成岛屿，状如海螺。小南海面积不大，清凉，澄澈，宁静。湖面如镜，波色如黛，宛如贵妇人食指上的一枚翡翠，璀璨夺目。四周群山环抱，植被茂盛，有薄皮马尾松、黄杉、水杉、铁尖杉、香柏、楠木、银杏、黄檀、紫柏香樟、白花泡桐等上百种树木。山色云雾倒映在水中，活脱脱的一幅水墨画。

阿蓬江是乌江支流，全长249公里，是我国唯一一条自东向西流淌的内陆河，很多河段都是穿越峡谷，两岸山势险峻，壁立千仞，人迹罕至，保留了最完整的原始而古朴的地貌，沿江有两河口古人类遗址、刀背田古人类遗址。从高空俯瞰，阿蓬江像一条镶满翡翠宝石的玉带，缠绕在丛山峻岭之中。

在阿蓬江的下游，有一处著名景区，因峡口两座小山酷似雌雄双龟，得名"神龟峡"。乘船畅游，船过之处，碧绿的江水被犁开一道深痕，波浪汹涌，水花四溅。如果仔细观察，可以看到壁立的岩石上有悬棺，还有一个个猴子的洞穴。船夫说，盛夏时节，洞穴内的猴子就会攀岩而下，在江水中泡凉。由于山谷狭窄，垂直落差上百米，船在峡谷中穿行，四周寂静，恍若隔世。

黔江最美的水，当属蒲花暗河，它位于濯水景区，是一条地下暗河。这条地下暗河分两部分，一部分在高处，河水干涸，形成喀斯特溶洞奇观，天然的钟乳石塑造出苗族少女、擎天柱和老鼠偷油的形状，一个个栩栩如生。从几百米的溶洞出来，眼前豁然开朗，头顶是喧嚣的瀑布，脚下是千丈沟壑，顺着陡峭的栈道走到谷底，跨过湍急的河流，就到了乘船的码头。船不大，只能载六七个人，行驶缓慢。船入暗河，四周阴凉漆黑，大约行走一刻钟，才有光亮透进来，再行驶不远，就看到有一块巨大的石板横跨在头顶，石板两侧露出两片圆形蓝天，像两只天眼，这便是著名的奇观"苍天有眼"。阳光从"天眼"照射下来，河水泛起幽光，深邃而神秘。这时的河水，令人心生敬畏。

至于"峡"，那是黔江的城市标志，无数条峡谷在武陵山脉纵横交错，黔江因此被誉为"中国峡谷之城"。最大的峡谷，全长10多公里，穿城而过，令人震撼。大峡谷平均垂直落差500多米，是典型的喀斯特地貌，已经跨越了7个地质年代，峡谷中随处可见熔岩、溶洞、瀑布、森林、湿地和远古遗留下来的人类活动的痕迹。大峡谷有世界上最高的摩崖观音像，像高123米，下面有清晰的莲花宝座。城市大峡谷建有一条玻璃栈道，如果你没有恐高症没有心脏病没有高血压，还是要去栈道走几步的。栈道大约一米半宽、近百米长，站在玻璃栈道中间，翩然欲飞。峡谷对面，群山苍翠，重峦叠嶂；峡谷深处，溪流潺潺，声音在峡谷里激荡着。

黔江的"风雨廊桥"，也是必看的地方，它位于濯水古镇，横跨在阿蓬江上，全长658米，是世界上最长的廊桥，集廊、塔、亭、阁于一体，结构巧妙，风格别致。在廊桥上徜徉，看以欣赏两岸迤逦的风光，可及廊内富有韵味的楹联。

"廊桥如有约，风雨不须归。"

"一枕长桥圆美梦，两江碧水濯闲愁。"

……

长廊的中部，有一块"廊桥之恋"的木牌，很是显眼。我从前面走过的时候，有一位男生坐在廊上，一边弹吉他，一边深情地唱着爱情歌曲，旁边有一女生，为他击打一面小鼓伴奏，十几个男生女生围坐在他们身边，看样子应该是音乐学院的学生。

廊桥的夜晚和白天，有截然不同的味道。夜幕降临，华丽的灯光将廊桥映照得金碧辉煌，灯光和廊桥一同倒映在江水中，如诗如画，好似仙境一般。

最后要说的是黔江的寨。黔江是少数民族聚集地，百姓居住的是漂亮的吊脚楼，寨子也成为一道亮丽的风景。最有名的是"土家十三寨"，蛇形分布在一条平坦的峡谷里，那里至今还保持着原始的生产和生活方式，是武陵山区民族文化的活化石。我去过其中的"何家寨"，那里是土家族情歌的发源地，寨子里的群众空闲时就坐在亭子下对唱山歌。有一首《木叶情歌》，质朴生动：

大山的木叶烂成堆

只因那个小郎不会吹

几时吹得木叶响

只用木叶不用媒

大山的木叶青又青

郎吹木叶试姐心

要学画眉常年叫

莫学阳雀叫一春

……

当然，黔江可看的风景还有很多，譬如黔江的雾，能把人看醉了。尤其是雨后，云雾似乎随处可看，沟壑和山峰、树梢和屋顶，甚至头发梢上都缠绕着一丝一缕的云雾。

看黔江，至少需要一周甚至半月的时间，找一个民宿住下来，慢慢地走，细细地品。不过我要友情提醒朋友们，看黔江最好不要跟异性朋友结伴而行，尤其是那些俊男靓女，原因很简单，黔江是生长爱情的地方。那里的山、那里的水、那里的云雾，还有那里淳朴的民风，都会让你物我两忘，陶醉其中。甚至，你会产生一种冲动，就在那里停下疲惫的脚步，长期居住下来，回归自然，过一种世外桃源的生活。

黔江，没有尘世的喧嚣，是都市人都向往的人间天堂。

千境万景黔江行

张庆和

人们总是喜欢把家里最珍贵的物件，保存在隐秘之处。大自然也不例外，不然就不会把黔江如此美妙的境地，深深地藏掖在这边远一隅。

一

是的，对黔江，人们还有点陌生，以致接到采风通知时我还曾误以为这是一次黔贵之行。但飞机的降落地点是武陵山黔江机场，确切地说：黔江是重庆市的一个区，一个像躲在深闺刚刚揭开盖头的新娘一样，惹人钦羡与爱怜的区。

一到住地，最打眼的是迎接我们的片片云雾。那雾薄薄淡淡柔柔软软的，起伏连绵，像披在山肩或戴在峰巅的一袭纱巾，又像怕惊扰了谁似的，正轻轻抚摩眼前的山峦。这不禁让我一下子想起了1994年春天，三峡工程开工前游历三峡的情景：

上行的游船到了巫山，为赏巫山云雾，我特地下船在那里住了一夜。黎明，我被缥缥缈缈的云雾簇拥着，搀扶着，喜不自胜，大有做神成仙的惬意，曾想，这美妙一境，不知今生是否还能遇见。而黔江几日，这云情雾境，几乎天天相亲相伴、处处皆有，真是过足了腾云驾雾成仙做神般的飘逸之瘾。

二

光是万能之神，是呵护城市之夜的保姆。下榻之后的当晚，黔江区人大原副主任屈银安和区作协主席钟天珑便陪同我们领略了由光营造出的五彩缤纷的一城斑斓。

阿蓬江是黔江人的母亲河，而位于双龙河口的武凌水岸，则是这里的人们借鸡生蛋，在阿蓬江与蒲花河交汇处精心打造出的一道供人们休闲的新景观。被灯光点亮的水岸，虹影挥洒魅力，喷泉鼓动遐思，大家边走边聊，尽情享受这夜色里如梦似幻的灯影水景，时而也举起相机拍下一簇簇生动与美妙。诗人高若虹照相技术不错，他发在群里的几幅，还真是被猛赞了一番。屈主任告诉我们说，黔江打造的所有景观都不用走回头路，这水岸亦是。于是，我等便立即体验，循径而往。一路走着，有一段却灯光幽幽，迎面走来的面孔也变得朦胧。为什么会突然中断华灯虹影的光顾？是要留一处供有缘人幽会的空间吗？这样的夜路是否安全？屈主任解释，几年来从未发生过不安全的事，而且黔江区已经连续两届捧得全国"平安杯"。屈主任说这话时，脸上有种自信和自豪在荡漾。接着便如数家珍般地介绍：黔江区自2017年脱贫以来，人们信心足，干劲大，乘势而上，连续迈了几大步，先后荣获"2019中国最佳品质文化旅游目的地""中国最佳绿色生态旅游名区""中国最佳文化旅游名区""中国最具魅力宜居宜业宜游城市"等称号，并且成为"全国旅游服务标准示范区县"。

夜色覆盖神秘，灯影蛊惑心绪。"哎呀呀，好高好大的棕榈树耶！"正走着，只听作家王子君女士好奇地喊了一声。王子君年轻时曾任《海口晚报》记者，在海南工作多年，对那里的一草一木都怀有感情，所以当她看到这些连海南都少有的高大粗壮的棕榈树时，引起好奇也就不足为怪了。

子君已离开海南二十多年，见到这些棕榈树，或许又让她想起了什么。是想起了海南创业的快乐，还是想起了异乡打拼的艰辛，或者别的什么，比如生成在海南的那篇爱情散文《纸屋》。而屈主任不知子君，他向我们解释，黔江正好处于地球北回归线边沿偏南一侧，这里气候温润，四季常青，正好是棕榈树得以生长的好去处，所以人们在这里也能够见识到它。

三

米黄色的面包车有如一把钥匙，七扭八拧很快地就插进了土家十三寨。

土家十三寨历史悠久，由宋代时期的湘鄂渝黔接合部的土家族先民的聚居地演变而来，后经时代变迁，逐渐形成了今天的土家十三寨：学堂寨，熊家寨，瓦房寨，女儿寨，摆手寨，何家寨，老熊寨，张家寨，龙须寨，周家寨，大湾寨，向家寨，谈家寨。

十三寨的寨门打开了，按习俗，寨门口应有歌舞迎宾，有美酒敬客，或许是由于雨天或农忙的缘故吧，这些都从简了，到得寨子深处的何家寨后方听到寨民们响亮的歌声。歌声虽然拙朴，却传递着原始的韵味，采风团里有喜歌好唱的便也加入进去。溪水岸边，峰隙坊间，蜿蜒狭长的山谷里顿添几分声色，回音悠悠，余韵袅袅。

《西游记》里的唐僧曾宿住女儿国，直惹得女国王心生恋，情难却，致使三藏差点流落凡尘，误了取经大事。十三寨颇似《西游记》里的女儿国。在这里，他们遵循的是母系氏制，十三位寨主全部由女性担任，女人在这里有很大的管理权与支配权，地位颇高。正巧为我们做导游的庞娇即是土家族人，也是瓦房寨的寨主。

庞导告诉我们，各寨主必须是十三寨的寨民，不分年龄，苗族汉族姐妹都可参选。她是4年前经过网上报名，个人才艺展示，竞选意图说明等诸多环节后，先由寨民网上投票初选入围，然后在专家参与评判、当地领导监督下再进行两轮现场辩论投票选举，而后才成为寨主的。现场选举时，第一轮从入围者中先选出24名候选人，第二轮从24人中再选出14名，分数最高的做总寨主，其余13名通过抓阄形式，再定夺是哪个寨的寨主。不论你家住哪个寨，只要你成了某个寨的寨主，就要全心全意地为所去寨的寨民服务，代表他们的利益，反映他们的诉求，努力做一个大家信得过的好寨主。

庞寨主还告诉我们，每任寨主任期为5年，按约定明年又到选举年了。她家住在摆手寨，父母亲身体都很好，很支持她为寨民们服务，所以明年她还要继续参加竞选，争取连任。

庞娇热情开朗，做事不辞辛苦，对工作很是负责，是一位心里充满阳光的女孩，连区委余书记都叫得出她的名字。导游期间，小庞因扁桃体发炎，发烧了，晚上输液白天依然为大家讲解，还要唱歌，大家劝她别唱了，要保护嗓子。可在蒲花暗河景区洞口，见对岸一男生撑乌篷船悠悠荡来，她还是禁不住地与其对歌，让一首土家人喜闻乐唱的《六口茶》，在山谷河岸飘荡……

《六口茶》里掩映着很多美好的故事呢。古老的当代的，干的湿的，哭的笑的，酸甜苦辣咸……想听吗？随时来。一位踏歌起舞的土家族游伴，随口凑趣。

四

之于古镇，人们是这样定义的：古代文化的外在承载体，拥有百年以上历史，至现代仍保存完好，且有一定规模的古代居住性建筑的商业集镇，是一种介于古城与古村落之间的聚落形态。

依此为鉴，照一照黔江区的濯水古镇，其形入镜，可圈可点，其态入目，掠心挟魄。细察，既汇古韵悠悠，又闻新声切切。仅世界稀有、长达658米的风雨廊桥，就足以让游人们的赞美之声不绝于口。

是晚，刚刚放下碗筷，大家就迫不及待地要观赏古镇夜景了。

火龙！看，火龙！仰视，一条光龙在空中飞舞，直舞得心旌摇动。俯瞰，一条龙在水下弄波，恨不得一头扎进河里，与水龙相拥嬉戏。这是装点了无数灯盏的风雨廊桥被夜灯点亮，又投影于河，在空中与水下营造出的古镇独有的双龙同舞景观。

在十三寨，作为瓦房寨寨主的庞娇曾说，土家人爱跳的摆手舞又分小摆手与大摆手两类。小摆手就是平时人们很随意跳的那种，不需要排场，不需要特别场地，不需要鸣奏乐器引领，以健体娱乐为目的，几个人相约，随便放个录音，便可随机而舞。而大摆手，则是在一些重大节日或事件中，仪式感很强的一种集体活动。无疑，我们在濯水古镇观赏并参与的摆手舞会属于后者。

篝火熊熊燃烧。主持人妙语连珠。表演者着民族服装。参与者逐渐入群。围观者越聚越多……而我，则是从观众逐步升级，被土家妹拽进了舞者队伍。不会跳，没关系，热情好客的土家妹、苗家妹便毫无拘束地手拉手教你。几圈下来，一身大汗，顿觉心旷神怡，回宾馆一个好觉。好梦正酣，忽又被窗外梆梆梆的敲击声惊醒。

那是木梆子敲击发出的声响。侧耳细辨，还有人在喊话："关门上锁！"梆、梆、梆，三声，接着又喊："小心火着！"再梆、梆、梆三声。噢，听出来了，这就是古时所谓的夜半更声了吧。顺便看了下表，时针已经指向十二点。

第二天问导游庞娇半夜更声之事，得以证实。至于打更人喊"火着"，而为什么不是喊人们习惯的"着火"？庞娇的解释与我理解的无异：上扬的尾音易拖长，喊着顺口，听着入耳。

采风活动很快就接近尾声了，临行前大家一起坐谈感想。末了，团长赵晏彪兄要我也说两句。真的只说了两句，六个字："没看够，还想来。"是什么没看够呢？私下窃想，那应该是黔江美丽的风景没看够，魅人的风光没看够，多民族的风俗没看够，良好的风气没看够，多彩的风情没看够……还有，若不是阴天下雨，又恰逢元宵或中秋，于廊桥之畔，古巷深处，若有谁偶遇风月，也不失为奇缘一桩。

故乡三记

陈 川

　　不少人一生都为故乡在哪里而纠结，因为祖籍何处、生在哪里、长在什么地方不尽相同。我则没有这样的困惑，不论是血脉意义上的籍贯，还是出生或成长之地，都没有超越黔江这2402平方公里的清丽山川。先祖的骨殖在石家镇椒溪沟的山坡上早已融入了黄土，我出生在濯水镇，长在黔江城，而且几出几返，断断续续在家乡工作了二十多年。对我而言，故乡已经不只是寄托乡愁的一方土地，而是塑造了此生的形态，成为呈现生命的舞台。

　　一直以来，故乡在我心中似乎没有多少值得夸耀之处，更多的时候因其偏居大山一隅、交通险阻而为人漠视和鄙夷。民谣"养儿不用教，酉秀黔彭走一遭"中的黔，便是我的故乡，意思是这些地方的艰难生活能教人生存本领，是人生的又一课堂。没有料到的是，近些年越来越多地听到外地朋友对我故乡的赞美，言下之意似乎又是一处桃花源。近日获悉濯水跻身国家5A级景区，印证了朋友们的美言并非虚妄。抚今追昔，遂成三记。

城

　　我的故乡深隐在千里武陵莽莽群山的皱褶里，紧邻湖北省，却因为名中有"黔"，往往被误以为是贵州的辖地。年轻时，就曾收到寄自省会成都由贵州辗转送达的信件，故乡的寂寂无闻也就可想而知。历史上，其疆域半属土司区，半属屯兵防变的卫所区，边界纷争不断，民生凋敝。20世纪30年代，在一位外地官员的笔下，家乡还是如此的不堪："黔江县治，极为腐败，连城墙也没有。城内户口五百余家，家户多无大门，空空洞洞，一目了然。城内毫无商业，街市萧条可怜，人民生活极艰。"其实，城墙城门都是有的，明洪武年间就砌石为墙，有镇夷、望京、宣化、柔远四道城门——这些名称足以说明此属蛮荒边鄙之地——只不过早已倾圮，至今仅留下南门、北门这样的地名。

到我记事的时候，黔江城恐怕也还不足万人。只要不是赶场天，街上行人稀少，路遇的人虽然不一定叫得出名字，但必然面熟，而且大约都晓得居住在哪条街巷。老城依山临水，顺着山势形成三条并列的主要街道。前辈们对街道的命名实在不敢恭维，实在缺乏雅趣和想象力，只图方便顺口。中间的主街道就叫大街，百货公司、五金公司、糖酒公司、国营食堂、供销社、文化馆、照相馆散布两边；靠山的叫背街，机关托儿所、县中队、粮站以及大门紧闭的天主堂、福音堂便在这条街上；临河的便叫河街，一头是汽车站、马车站，中间有豆腐店、食品店、电影院，另一头是盐巴仓库和倾斜的木瓦民居。一入夜，只要没有放映露天电影，街巷行人寥寥，路灯稀少而昏蒙，暗影幢幢，独自上街总有些胆怯心虚。城里少有楼房，70年代初建起的四层楼的工农兵旅社，让我们骄傲了好久。

在大街和背街之间，有一个名叫中宁号的大杂院，大大小小四五个天井，过道迷宫似的曲折幽暗。院外是一块石板镶嵌的坝子，靠边有一口青石箍就的深井，用丈余长的井绳方能打上水来。这里曾是清代的书院，停办后也许为某商家购得，才有了现在的名称。50年代收归公有，供几十家人租住，我家便在其中。邻里之间和和气气，记忆里没有留下吵架龃龉的印象。我家隔壁是南下干部，家属也由北方迁来，姓朱，脚小而手巧，擅做面食，蒸出的馒头花样百出，狗儿、兔儿的活灵活现。眼馋的我不时也会获赠一二，宝贝似的把玩良久才先耳朵后尾巴一点一点慢慢吃掉。只是心里嘀咕，明明是"娘娘"，为什么老老少少叫她"朱大爷"？长大一点才明白，在我们的乡音里，"爷""姨"是难以分清的。

那时候，城虽小，故事却多，名人亦多。家长里短迅疾传开，每一次的转述都添加了推理和想象，平常事件到后来无不扑朔迷离、惊心动魄。知名人物多出自市井，段罗汉、郭老癫、幺麻子、王幺哥的逸闻趣事小伙伴们如数家珍，相互反复讲述依然开心如初。最为有名的，当数锁匠黄宝清。他的来历无人知晓，四十开外年纪，梳一个油亮的大分头，在工农兵旅社檐下当街摆放一张油黑粗笨的小桌，桌沿固定着老虎钳，钉钉钻钻一应俱全。据说他从不换洗衣服，新的蓝卡其中山服套在外面，衣领层层叠叠，越到里面越黑黢黢辨不清色泽。有关他的传闻很多，散布最广的应该是修电筒的故事。某天赶场，一个山民来修电筒，黄宝清旋开后盖一看，对山民说你先去赶场，半个钟头后来取。待山民转身离开，他迅速退出电池，掉个头重新装上，一掀按钮，亮了，一丝狡黠自得的笑意在油腻腻的脸上一闪而过。山民取件时问要多少修理费，黄宝清一边扭头擤鼻涕，一边张开另一只手的五根指头，瓮声瓮气说："五角！"

故乡原由四川涪陵地区管辖，1988年分治成立黔江地区，开始了化茧成蝶的进程。随后，重庆直辖、西部大开发、脱贫攻坚一系列国家战略接踵而至。真是好风凭借力，故乡扇翅翻飞，直上青云。城市大了、新了、亮了，也更贴近人心了。儿时远足才去的西山早已成为行政中心，体育场、休育馆、博物馆、游泳馆先后落成，大众广场、亲水步道、音乐喷泉让父老乡亲的日常生活多了几分舒缓、恬适的情调。走上街头，熙来攘往的人流多是陌生的面孔，盈耳的人声既有亲切的乡音，也不乏南腔北调。新开发的正阳片区、舟北片区由两条隧道相连，将原本僻静的观音岩大峡谷拥抱在城市中间。观音岩两山对峙，河道狭窄。传说两山分为公母，有合为一体之势，为此在悬崖上修建了文峰塔以镇之。少时曾去游玩，当时叫作内塘，壁立的峭岩遮天蔽日，光线昏暗；谷底礁石错综，水流出没其间，暗藏凶险，阴森森令人发怵；发一声吼叫，回音久久不息。现在新建了人行栈道、玻璃廊桥，绝壁上也名副其实雕刻了巨幅观音造像。这个独特而壮观的城市风景乍一开放，便令游人惊叹不已，称之为"东方的卢森堡"。凭借不可复制的自然禀赋，故乡自信而豪迈地以"中国峡谷城，武陵会客厅"的名义，向世界发出了热忱的邀请和深情的召唤。

如今，多年没有回乡的游子一定不敢相认，这就是过去那个面目灰颓、闭塞破败的小城？记得有一次，在家乡与一位外出多年的中学同学相聚，茶楼下竟然就是他儿时居住的院落旧址。当他得知后，一脸的错愕，环顾四周的楼宇细细辨认回忆，同学们开心地笑了。他欣欣然说："莫笑莫笑，我真正认得出，那才奇怪呢！"

确实，变是常态。我们有幸处在一个日新月异的时代，泱泱大国何处不是一派生机？大山里的人或许更有切身的感受，短短几十年便见证了从农耕时代、工业时代到信息时代乃至智能时代的变迁，似乎经历了一个压缩版的千年文明。

河

故乡山高林深，溪河纵横，滋润着这片土地上的万千生灵。能称为河的不下十余条，比如阿蓬江、深溪河、细沙河，等等。但在高山大盖，一步就能跨越的溪沟也被当地人叫作河。我曾暗自讥笑山民见识之浅陋，转念一想，又为他们对江河的向往而慨叹。

我最熟悉的，当然是黔江河了。

河有两源。一条是来自西北八面山麓的大木溪，又称桃子坝水。另一条从西南方的梅子关迤逦而来，叫栅山河，古称四十八渡水。这名称的由来，一说弯弯曲曲流过四十八道湾；一说滩多水浅，山民为渡河方便取石按步距依次安放水中，是为跳磴，俗称石步，四十八是形容其多。我倾向于后者，似乎更符合古人数字概念甚为模糊的状态和今天的现实情景。黄庭坚《竹枝词》云："浮云一百八盘紫，落日四十八渡明。鬼门关外莫言远，四海一家皆弟兄。"我不敢妄言吟咏的一定是我的故乡，但可以断定黄庭坚到过这里。他被贬为"涪州（今涪陵）别驾"，但"黔州（今彭水）安置"。当年，他在巫山渡过长江，经鄂西前往彭水，黔江是必经之地。我们可以想象，当他盘旋而上翻越险峻的梅子关时，回望因余晖照耀而金光闪闪的四十八渡水，胸襟豁然大开。虽仕途多舛，千里迢迢深入蛮荒之地，但沿途感受到多民族同胞的纯朴友善，谪居的日子不再暗无天日。此刻，即便是普通人也会感慨系之，何况一代文豪！

这两条溪流在老城西郊的两岔河交汇，绕城向东，经观音岩至舟北注入阿蓬江。孩提时代，这条河多数时候潺湲流淌，清清浅浅，河滩杂草不生，大小不一的片石卵石在烈日下炽气袅袅。只是在河湾处潴积为一段段深潭，如两岔河、魏家塘、白虎滩。一入夏，这些去处便热闹起来，成为我们戏水的天堂，狗刨搔、踩软水、蹬仰船、打拍水、扎采头一应招式玩个尽兴。小伙伴清一色光胯叮当蹦跳扑腾，还振振有词："河坝的卵无人管！"稍长，重庆知青带来新的时尚，开始流行自制的三角游泳裤，一侧有布条系襻，穿上长裤也可以解开从一条腿褪下。潭底多有乱石暗礁，水流一变形成漩涡，每年都有小孩溺亡的消息在小城传开，成为大人们严禁小孩下河最实在最残酷的理由。但我们依然如故，除了游泳，还在滩头垒石成濠，濠口安放炭筛或撮箕，然后在滩上搅动驱鱼。

到了春夏时节，山洪袭来，满河浊黄，猛兽般吼声嚯嚯。看涨水也是小城人的乐趣，老老少少站满堤岸，一脸的兴奋和惊奇。浪涛中，不时漂来柱头柜子或活猪活羊，人群里便发出一惊一乍的喊叫，必有捞"水打财"的人跃入洪流奋力游去。也有水性好的人纯粹为了炫技，下河追波逐浪，叫作"飙滩"。

我们睁大眼睛，随着起伏的人头转动，内心钦佩不已。

那时的河堤还是清光绪年间知县张九章采用以工代赈方式修建的石堤，垂柳依依，名万柳堤。每隔百余米，便有一个三角形的石台供人休憩，散置的石凳已被前辈们的屁股磨得油光水滑。堤下多有洗濯衣被的妇女，捣衣声、嬉笑声随流水荡开。河上仅有一座可通行汽车的木质风雨桥，建有亭阁，古色古香，我记事不久便为钢筋水泥桥所替代。1982年7月28日，一场百年不遇的特大洪水突然袭来，堤毁桥塌，大街宛如河道，浊浪汹涌。一切又从头开始，没想到几十年后，这条河已化身为园林城市中的绝佳水景，尽显温柔妩媚之态。

沿河两岸，十里长堤树影婆娑，其中就有早年我和同事们在植树节时植下的香樟，已是枝繁叶茂。河道建了闸桥和一级级滚水坝，蓄水成渊，碧绿诱人。夜幕下，漫步于两岔河循环的亲水步道，河风习习，水汽氤氲，只觉心境空阔，身轻神安。四周错落的吊脚楼群和风帆造型的民族文化宫倒映水中，梦幻般轻摇慢荡，恍若置身于江南水乡。突然间，乐声骤响，河中央各色水柱腾空而起，摇曳多姿，引发一阵阵欢呼，宁静的小城又弥漫着一份轻快时尚的现代气息……这一切，在家乡父老的心中唤起了温馨自豪的情感，投射到脸上便是那舒心的笑容。

如今的黔江河波平浪静，水患不再是小城百姓的隐忧。十余座各式各样的桥梁既方便了出行，也是一道道风景，让涉水或踏跳磴过河成了老人口中的故事。河流与城市相亲相融，把一种灵气、一种安谧、一种亲切留给父老乡亲去静享和体会。

于是，我儿时玩耍的天堂也只能在记忆深处依稀闪现了。

路

常言道，路是走出来的。其实不尽然，历经了多少世纪，我的先辈们一代代在崇山峻岭穿行跋涉，却始终没有走出一条康庄大道。

直至20世纪90年代，依然只有抗战期间修筑的川湘公路和通往湖北咸丰的省道连接着外面的世界。道路等级低，弯多坡陡，土石路面，车辆一过便卷起滚滚尘土，还时常因暴雨或雪凌而交通中断。尤其是西出彭水必须翻越的梅子关，公路在绝壁上凿出，七弯八拐盘旋而上，险峻异常。传说外地司机驾车经过，多心惊胆战，宁愿破费请本地司机代驾。每年冬季，大雪封山，总有几天路断人稀，家乡便成为与世隔绝的孤岛。早年，中学的一位英语老师有感于此，化用唐人的诗句咏道："春风不度梅子关"。

回想起来，那时出差可以真切体验到什么才是"蜀道难"。去省会成都，先要在长途客车上颠簸半天到彭水，一身尘土，咳出的痰都有一股泥腥味。次日上午换乘乌江客船，顺江而下，午后到涪陵。晚间溯长江夜航，第三日凌晨抵达重庆，睡眼惺忪急急赶往菜园坝火车站。如果运气好能买到晨发的火车票，当晚可到成都，反之则只能乘坐晚上的列车，第四天上午方可结束这趟旅程。记得年轻时在北京一朋友家聚会，他将去日本访学，说飞东京需要五六个小时；而我屈指一算，如果只能买到普快火车票到重庆的话，再辗转换乘，回黔江竟要五六天！如此强烈的反差，让朋友也惊讶不已。

更令人伤痛的是，故乡不少同人乃至行署专员在出差途中遭遇过车祸，有的还因公殉职。那时候，不敢心存其他奢望，只盼道路能够硬化，车辆行驶更平顺安全一点。

这是一个创造奇迹的时代，魔幻般的发展现实只能让我感叹自己想象力的贫乏。先是打通了梅子关隧道，原来的川湘公路改造成标准的二级路。随后，经过故乡的渝怀铁路、渝湘高速公路相继建成通车，从重庆返乡的车程缩短为四个小时，渝湘高铁也已开工兴建。更夸张的是居然建起了机场，从故乡就可直飞北京、上海、广州等城市。儿时偶有飞机从头顶飞过，伙伴们无不驻足仰望，脖子发酸了依然恋恋不舍盯视飞机消失的方向，而且兴奋得要议论几天。有一年，一架军用直升机降落故乡老城体育场，全城为之轰动。人们扶老携幼纷纷前往，里三层外三层踮足观望，四周楼房的阳台、屋顶也密密麻麻挤满了看稀奇的人。而今，故乡的遥远已不再被人视为畏途，通往外面世界的道路不仅建在地上，穿透山岭，而且还铺上了云端。

前不久，回乡参加一个文学活动，主办方为我订购了机票。从重庆江北国际机场起飞，刚刚爬升到标准的飞行高度就开始下降，仅仅半个小时便降落黔江武陵山机场。这是我第一次从空中回到故乡，屁股还没坐热就踏上了暖融融的故土。这短暂而奇妙的旅程让我惊喜，一种幸福感涨满胸间，眼眶竟自湿润。

踏歌黔江

耕 夫

如梦令·走进黔江

草木葱茏葳蕤，满目青山流翠。邀绿共盈觞，涤尽一身疲惫。醺醉，醺醉，扯片云儿盖被。

南乡子·初秋访黔江

又是一年秋，斜月无声坠碧流。几个黄昏新过雨，登楼，点点凉风向晚柔。 万念起心头，杂事抛开即自由。待到明朝武陵去，悠游，红叶采来不寄愁。

访香山寺

初闻香山寺，僧开造化功。
青山花一路，武陵峰九重。
鸟语禅音杂，人情佛意融。
白云缥缈静，树色染澄空。

小南海三韵

名唤南海韵亦殊，青山秀水美人图。
晴明阴雨个中味，碧玉青螺一玉壶。

名湖开一镜，小艇几回旋。
眼底涟漪阔，胸中块垒宣。
水延湾叠叠，诗拓界三千。
天狗犹望月，神龙正卧渊。

山横龟莞尔，风撼石巍然。
胜景邀留照，闲情话袅烟。
利还资井灶，泽更润陂田。
诸贤皆师长，吾惭献俚篇。

满江红

极目湖山，秋阳下，碧空澄澈。明镜里，远峰凝翠，游船如叶。小
南海里柔波涌，一船诗友情炽热。问苍穹，地覆天翻后，青云接。
云生处，烟水阔；鹃声里，关山叠。任风流文采，尽情宣泄。欲赋
新词须把酒，上天为我倾明月。乘爽风，移棹击清波，歌无歇。

黔江竹枝词

爽秋时节访黔江，阿蓬濯水足迹留。
最爱蒲河明镜水，清澄见底涤尘忧。

黔江大峡谷二韵

临江仙

人间都羡观音好，崖畔慈颜从容。回声台上又相逢，素笺酥手
送，字字溢情浓。　胆寒心惊栈道上，峡谷风光朦胧。无端笔诉五
更风，案前云鬟湿，窗外早霞红。

巫山一段云

栈道随峰转，危崖鬼斧工。青松茵嶂郁葱葱，耸峙逼苍穹。　峡谷
游慈航，观音禅径通。炊烟袅袅彩霞红，采风行色匆。

江城子·夜访黔江

清秋湖水夜无烟。行步道，水浪翻。野鹭归巢，醉了洞庭仙。爽爽
凉风人与共。明月在，自悠闲。　嫦娥漫舞下云端。踏歌翩，耀城
前。倒影凌波，风送曲绵绵。上下星光成一统，疑此景，非人间。

黔江问枫

问君何意苦留丹？为报红尘一段缘。

沃土青山齐养育，春风夏雨共扶怜。

秋来更谢清霜力，雾去方呈满树妍。

造化若非钟靓丽，何能艳艳映蓝天。

濯水古镇

流水人家有古桥，满街石板足堪豪。

古装店铺流行韵，垂柳多情檐下摇。

武陵松

自小经风雪，顽强夹缝生。

身披龙鳞立，冠着绿针横。

愿把清凉送，敢于不实鸣。

一生甘淡泊，宁折耻逢迎。

武陵远眺

白云深处是吾家，

山色青青燕子斜。

濯水风雨桥上走，

乡情化作满坡花。

黔江扶贫要略

丹 增

我不愿意多介绍黔江，因为现代查找资料的方式点一下手机，全不费力。但不得不说的是，这里曾是革命老区，老一辈革命家邓小平、刘伯承、贺龙在这里奋斗过、居住过、战斗过。有他们开会的会址，有他们居住的房屋，有他们走过的足迹。不得不说的是，这里曾是少数民族的居住区，土家族的歌声在山谷里回荡，苗家阿妹的舞步在田野里震荡，民族服饰的银光在阳光下闪耀。现在居住在黔江的人口中70%多是少数民族。不得不说的是这里是重庆的边区，三个邻省的交界区。曾经不通公路，更不要说铁路，机场更是白日做梦，那时黔江人要到重庆办事，先走山路，再乘船，最后坐车，一趟来回四五天。不得不说的是这里山区曾经贫困，姑娘嫁出门，嫁妆三大件，背篓、锄头、一只碗。男孩多数赤着脚，长大了才有鞋穿，但脚趾往往露在外面。不得不说的是这里山高谷深，耕地浅。全境是群山蜿蜒，层峦叠嶂，危崖深涧，有些险峻山区的人出门，需要手脚并用地在岩壁上爬行。山民要不是钻密林打猎，仅靠农耕生活十分艰难。

那如今怎样曾经？要致富先修路，这是千古不变的真理。现在柏油路、水泥路、沙石路、高速路，四车道、双车道，在黔江公路四通八达，村村寨寨一招手就能搭上车。新建的机场，像打开了山门，五湖四海的游客络绎不绝。据说正在修建的高铁几年后就要通车。也就是说，黔江插上了翅膀，就要腾飞了。我下了飞机。作协领导约着直奔一个小镇就餐，沿路悬崖万丈，江河有声，高山牧场，峡谷牛羊，时有鹤鸟翩翩起舞。我看到公路上方，云雾绕山若带，忽现像一条草绳一样细的羊肠小道在刀削斧劈般的峭壁上蜿蜒，我觉得那山陡得猴子过山滴眼泪，岩羊下山滚脑袋，我问司机这条路上还有人走吗？年迈的师傅一下沉默了，眉头拧成了一个巨大的疙瘩，好像什么硬尖刺痛了心，半天才说：现在没有人走了。可没有通公路前，这是村民通往外界的生死之路，你看路宽不足3尺，一边是悬崖，一边是万丈深渊，人在路上走，不是小心翼翼，而是胆战心惊，不知道在这条路上葬送了多少生命。他沉思片刻，叹了一口气说，20多年前，我的爷爷抱着两只鸡，从这条路上到山外去想换成钱，过年给两个小孩子买一双布鞋，结果一去再也没有回来，就是从这悬崖上掉下去的。

秋末的黄昏来得总是快，还未等山谷里被日光蒸发起的水汽消散，太阳就落进了西山。从峡谷里吹来的西北风，湿冷湿冷的，远处是重重叠叠连绵不断的山峰，绿的碧绿，蓝的翠蓝，渐渐地四面围着山的平坝上，一座流光溢彩的小镇出现在眼前。彩灯映射下的镇中还有一个波光潋滟的湖，湖边的庭院像个公园，来此休闲的人们或挈妇将雏，或陪伴老人，或情侣私语，每个人的步伐都是那么闲适，只有我们几个外地来的急匆匆地从他们身边而过。这湖的四周高楼林立，万家灯火，一轮圆月挂在上空，宛如仙境。在餐桌上镇长告诉我们，这里曾经只有3户人家，后来县政府把这里作为扶贫搬迁点。政府投资修建了基础设施，贷款、贴息、补助修建了居民住房，现在有一千来户，都是从山上、山腰沿着你们见到的那条羊肠小道搬迁下来的，老百姓的日子过得是亮堂堂，生活过得只有笑不完。

当我们离开这个小镇的时候，看到了一条十分醒目的标语"全面建成小康社会，一个也不能少，共同富裕路上，一个也不能掉队"，这是党的扶贫政策。黔江扶贫的种子是这条标语，它不是一个口号，不是停留在口头上，而是一粒种子，已经生根，已经发芽，已经开出娇艳的花。黔江的天空一片澄澈，像海水一样蔚蓝，黔江的大地一片生机，像万物生长一般翠绿。在阿蓬江畔一位区领导一讲起扶贫的话题，便神采奕奕、如数家珍、滔滔不绝。在他眼里，我俨然成了一个扶贫调查队队长。黔江的扶贫是各级党政机关、党员领导干部以最大的决心、最强的合力、最优的政策、最高的品质、最快的速度，最大的效益实现所有贫困乡村全覆盖。靠文化扶贫，靠教育扶贫，靠艺术扶贫，靠自然扶贫，靠生态扶贫，靠技术扶贫，靠医疗扶贫，开发和挖掘所有的扶贫资源。我的导游李小妹给我讲了她的家乡靠技术脱贫的故事。原来她的家在果拉山的半腰，如果一山有四季，她的家多半在秋季，应该说这是丰收的季节，按照传统习惯，村民主要种玉米、土豆，还养点山羊、土猪。这里最适合种果树，占据了整个村庄空地的都是李树，春天开花时节，如烟似雾，一片雪白，让寂静的村庄多了一些色彩，多了一些诗意。但结出的果实都不能吃，又酸又苦，刚入口就酸出眼泪来。村里人吃水果都要沿着土路，沾着泥巴，到30公里外的镇上去买。要依靠外乡人把苹果、李子、桃子用竹编的箩筐背到村上售卖。只要果贩子一到村口，叫买声、狗叫声响成一片，大人小孩咽着口水围观。小孩子嘴馋眼睛盯着红彤彤的苹果不走，大人只好拿出几角钱买上几个，没有钱的掏出几个鸡蛋或几斤土豆换。几年前扶贫工作队进村了，他们和村委会商量着靠什么脱贫。根据气候、土地这里最适合种果树，于是决定首先要引进苹果树。没有多久，扶贫工作队拉来了几十株苹果树苗，栽在几家农户的房前屋后，吩咐他们看管好。这是工作队的树苗，护持的责任重大，大人们常常把树根处的土筑得结结实实，挑来木桶水经常浇灌，用心守护，还不让猪羊靠近。充满希望地等了三年，到第三年那几棵亭亭玉立的苹果树迎来了繁花盈枝，树的枝条上先吐出绿绿的叶片，让人惊喜的是叶片中间夹着红彤彤的花骨朵。绿色的叶子，粉色的花瓣，放学回家的孩子，在苹果树下徘徊嬉戏，一些年迈的老头，端着盛满苞谷酒的杯子，站在果树下，看一看结满果子的树枝，抿一口酒，那神情显得满足而沉静，坚毅而执着，总的来说试种成功了。但问题也不少，有些家庭的苹果树根，留下被猪羊啃过的疤痕，有些家庭的苹果还没有成熟就被人偷摘了，有些家庭的连树枝都折断了。

扶贫工作队和村委会总结经验，查找问题，正式决定靠果树脱贫首要的要靠技术培训。要引进果苗，走组织化、规模化、标准化、品牌化的果树产业发展道路，努力实现种植、生产、包装、销售一体化，以统一组织、统一规划、统一管理，靠果树种植不仅要脱贫，还要实现小康。从那时起已经6年了，从上村到下村都种上水果，已经引进了十多种果树，为销售方便，修建了双车道的乡村公路。海拔低的下村穿着裙子，海拔高的上村盖着被子，正是一山分四季，十里不同天的特殊气候，成就了这里四季都有不同的水果，全年尝得到时鲜。过去这里买水果是一个两个，最多一斤两斤，现在靠汽车运输销售水果，都是一袋一袋、一筐一筐、一箱一箱甚至是整车整车。中国的扶贫成就在人类发展史上是一个巨大的奇迹，当前全球仍有十多亿贫困人口，全球扶贫之路还面临着巨大的挑战。黔江的扶贫不是靠输血，而是壮志气，不是靠救济，而是富脑袋，中国从一个小区、小村的扶贫成效就能看见全貌，人类是命运共同体，中国的扶贫经验具有全球意义。

剪一段黔江记忆系在心间

华 静

在黔江采风，仿佛所有的相逢都在意料之中。

有雨的夜，抵达濯水古镇。山区的夜晚黑的通透，虽然看不到周围的环境，但能感受到山区特有的青山绿水的气息。

翌日，曙光洒满庭院之前，把一种叫作原生态的民族风情系在这个春天。

奇山，碧水，古镇，廊桥，暗河……

走过的人，路过的人，都会被黔江的岁月感染。那不曾搁浅的岁月牵着我们从今天走回昨天，又从昨天走到明天。

奇山酿美谈

浅浅时光里，因为"芭拉湖"让世人知道了有亚洲第一峡谷美誉的黔江——一座矗立在峡谷上的城市。

"芭拉湖的露珠里写着你，土家族的山歌里写着你，你安然地坐在一种颜色里。"我用心画着黔江印象，却在黔江遇见期待。

集革命老区、民族地区、边远地区、国家扶贫开发重点区于一体的黔江，同时也集自然资源、人文资源、峡谷景观于一体，集土家建筑文化、农耕文化、民族文化于一体，集独具风格的民间文学、极具特色的民族音乐和舞蹈于一体，集古镇文化、码头文化、商贾文化、场镇文化于一体。当人们在询问和探讨一个人和一座城市究竟有没有关系时，一个旅人，在一个夜晚，也在听一个城市的声音。

寻找希望，寻找峡谷深处的资源，黔江人美丽的憧憬驱散了落后的清贫的阴影，唤起对生活的信念。用爱倾听，峡谷里传来的所有声音都是动人的音乐。黔江以自然风光、人文历史吸引住了人们的目光。

"风景有价格吗？黔江的山水无价。"每个人对山水的热爱都有不同的解读，但都相信黔江的开发对未来发展会有带动。还有什么比充满期待的生活更令人振奋和向往的呢？时光，遗忘在黔江的山水中，在那样绵延广阔天地间生活的黔江人，胸中定有无法压抑的豪情和激情，他们把几辈人的期盼站成了一幅风景。

四周寂静，若有若无的花香袭来，不知觉中想一诉心语。关于黔江的文字很多很多，似乎都在说服我们把自己生活的观念给这块土地上的人民。纯净的山谷中，大自然奏响了花红柳绿的美韵春歌。沐浴阳光，面对这灿烂的春天，谁又能对与己有关的信息熟视无睹呢？

碧水养文脉

素笺心语，有关黔江的文字暖暖流淌。生命的旅途，千回百转，都是岁月赋予黔江人的精彩。那些穿越阿蓬江来往的行程，在记载中若隐若现。甚至，就想坐在这城市的某一处，喝一壶街边下午茶。

"记住你的名字也是一种幸福，你保有了一个古老故事的浪漫，你让一种美住进了我的心里。"有关黔江的文史，暗香浮动，盈满心房。

在蒲花暗河的河道中行驶，一柱光束直照左侧石峰上。那石峰的颜色古墨般黑，层层叠叠中又各有分离，但又相倚相傍，凝合成山体。那山的刚硬和水的柔美都在这里。远看，像大大的盆景；近看，是长长的画卷。石峰壁上，一个小女孩的侧面影像清晰可见。她穿一件连衣裙，披肩发，好像手里拿着一根蜡烛。光投过来，正好把蜡烛点亮了似的。整个画面在一片光晕里闪着神秘的光。一天，一年，一生，她都和这蒲花暗河在一起缠绵，而河水也只为她的美丽流连。透过光束，我感觉小女孩的侧脸带着笑容，仿佛在跟所有的人说：你们终于看到我了。

落入尘世的小女孩如此钟爱黔江的山水，她就像一个永远长不大的小天使，总能让人把有关她的这样那样的想象说成是蒲花暗河的传奇。

泛舟小南海，水面上漾起的欢笑声也是风景，散发着纯美风情。船头，迎风而立，内心的辽远升起，穿过云层，相许幸福，一船温暖，把方寸倩影默记。

那水，只是美丽起来的记忆。

千年的记忆，在濯水的史册里留下了最动人的一页。是谁抒写了这千年的美丽？

书香门第余家院，人才辈出八贤堂，阿蓬江里翰墨香。介绍篇，记录篇，花絮篇，品评篇，而每一种认识，都可能是一个不可复制的对话故事。那水，承载过巴文化、土家文化与汉文化的融合、传承与创新。

晒太阳是奢侈，晒月亮更是童话。但在黔江休闲文化的概念里，只让，水，继续美。聚焦也是一种力量。

古镇写风情

油菜花开的三月天，沿着一路花香，走在石板路上把古镇的梦想延续。

濯水古镇，兴起于唐代，兴盛于宋朝，明清以后逐渐衰落，是渝东南地区最富盛名的古镇之一。尽管如今街上的建筑正在维修，住在古街上的人也越来越少，但依旧炊烟袅袅。那熟悉的烟火味，守住了朴素而安稳的一段段时光。

"你就站在这古街上等我，你知道我会记住你。你痴痴地等，我痴痴爱，仿佛都回到眼前。"隔着绵长的岁月，那些街边的吊脚楼，就等在记忆的画面里，划出了一条古街过往的脉迹。

"茂生园""宜宾栈""光顺号""同顺治"等商号与多个染房、酿房、刺绣坊等手工业作坊的存在，吸引了上海、宁波、厦门、广州、南京、武汉等地的客商。山外的风琴、口琴、自鸣钟、汽灯、手摇留声机等洋货被他们带到了濯水，转而将濯水的蚕丝、桐油、茶、漆等产品远销山外。清末，甚至还有日本人来此经商，把"光顺号"的生漆和"同顺治"的药材远销日本，演绎过中日民间贸易的传奇。

"你也是第一次来濯水吗？"那个靠在躺椅里做买卖的老婆婆问我。

"是啊，第一次来濯水。很美的地方。"她的身边还有一个老婆婆。我给她们拍下了一张合影。

她们的服饰保有着自己民族的风格，她们摆在摊面上的自制辣椒酱保有着独有的品味，可语言表达上已明显突破了原有的方言。我和她们聊天，除了个别字听不明白，交流是没有问题的。

"这条街上的建筑都是木质结构的。有木雕的窗花，还有画有精美壁画的封火墙呢。"店铺之间的交流就隔一道墙，站在一旁做绿豆粉生意的小姑娘得意地提示我。

站定，细品古镇建筑，她真的实现了土家族吊脚楼与徽派建筑的完美结合。刚柔相济中，似乎跳跃着一种韵律。

4000多年里，濯水古镇一直注视着各色文明的兴衰，不问世时沧桑，任凭时光流逝，对濯水，我只想说，你是我心中的那句惊叹。

扑面而来的历史气息，清新，芬芳，不浓烈，也不干涩，被各种小吃美味熏染的意味深长。

廊桥飘歌声

独自漫步，在廊桥一端复习那些浅浅深深的往事。于是，一首《送郎调》挥之不去。那婉转悠长的旋律，几许说情，几许说事，几许缠绵，几许明理。尽管人来人往，也挡不住这歌声的魅力。

"喜欢这首歌有无数种理由，听了无数遍唯美了一种想念，你带着你的爱在歌声里盛开。"从酝酿激情到释放激情，这个酝酿的过程在黔江产生。

土家摆手舞缠绵了谁的情绪？纯厚古朴的民风民俗让走进黔江的人们耳目一新。为什么黔江的摆手舞可以凝聚那么多人？为什么黔江女儿的婚嫁是在情真意切的哭声里举行？今日再现哭嫁的形式，让学者、著名作家侯军先生诠释的那么凄美动人：过去，这一嫁，何时再回来？女儿出嫁，就再也回不了生她的家了。他说他听哭嫁歌时落了泪，那哭声，是分别，也是告别，更是诀别。你不能想象一个年轻女子生平第一次离开家后就再也回不了家的悲，见不到亲人的痛。她当然会胆怯，迷茫，甚至无望。

无处不歌，情留山寨。奇妙的风俗传承，通过一首首歌交给后人。

在熊熊篝火旁，莽号声起，人们跳起热情奔放的摆手舞，一首《六口茶》唱出了性格黔江。土家人崇尚太阳和蓝天，他们想把属于自己的土家原乡文化与灵山秀水深度融合。那位曾在国际舞台上演出过的歌手自豪地告诉我们，民族的就是世界的，开放的黔江前景光明。

茶园里藏眷恋

茶园，藏于山间，润之云雾，氤氲着不散的清爽气息。一垅又一垅茶树，弥漫着淡淡的温情。

我们走在这大片草本植物中，了解到这千亩茶叶有一个很好听的名字叫"珍珠兰"。现代高效农业产业的金字品牌，是一步步走出来的，每一步都堆砌出触手可及的生活质感。茶农们的神情中充溢着满足。我们常说笔墨抒情，他们说好茶生情。茶，是他们与外界对话的最新开端。

"我就站在了你的面前，瞬间，我读懂了你写在茶树上的注解，我从你的神情中看到了春天。"那茶树上的嫩芽，远处的山影和脚下的土壤，飘舞着古老而又年轻的心绪。

走进茶园品新茶，别样体验。回转时，看到了本真的另一个自己。山林鸟语，田园牧歌。也许茶的灵韵渲染了这样的生活，我几乎不自觉地屏住了呼吸。这个被潜意识放大了的感受妙不可言。

农耕文化的深厚就在脚下这片土地里，几辈子人情动，不悔，思和想中，都不会知道自己有过精彩。品着茶，看着茶农纯净的笑脸，对他们的崇敬在心里。

虽然，没有胆量喝一口土家族秘制的原浆酒，但还是被黔江醉了情怀：即使，行走在黔江的小雨中/心里的花儿依然鲜艳/那沁着露珠的乡土片影/先收藏在文字里/等若干年后再打开/所有的风景都在河对岸/是谁在对着黎明梳理着思念/那柔美绵长的声线/把我归途的行程拉远……

黔江"三水"

刘建春

有人说"黄山归来不看山，九寨归来不看水"。所言九寨水之瑰丽、奇美，大有夺中国第一水之美誉。不可讳言，九寨水确实很美，也很有特色，但我两次赴黔江，亲身领略了黔江的水之后，我也可以毫不夸张地说黔江之水，完全可以与九寨水媲美。

黔江的三处水，小南海就像是一颗璀璨夺目的明珠，蒲花暗河就像是一处神幻迷人的人间仙境，而阿蓬江则像是一块碧光盈盈。其特色是碧绿清澈、清幽雅致、娟秀柔美，极具诗情画意。

小南海是一个因地震山崩阻塞河流而形成的湖泊，由朝阳寺岛、老鹳坪岛、牛背岛等三大岛屿组成。此次采风未能乘船环游，只是绕湖慢走，鸟瞰湖中美景，倒也别有一番情趣。但前年我曾游过，算是旧地重游。记忆中，船越往里行驶，那水越绿，不知是哪位画坛圣手将一湖绿水铺洒得像一幅水墨画，水的颜色次第展开，浓淡有别，深浅各异，简练明快，神韵自然，令人赏心悦目；感觉又像是一颗南非的绿宝石，浓绿的幽幽荧光照亮了整个湖面，氤氲中好像又飘来一位绿衣仙子，在湖面上袅袅起舞，那飘摆的绿袖衫漾起了盈盈波光，构成了一道美丽的风景线，让人眼前生辉。湖水清澈极了，如一面明镜，将岛上的树林倒映水中，层次分明，清晰可见。湖面也很宁静，只有小船的桨在一起一落中发出欸乃声。环顾岛上，茂林修竹，其色如黛，不可想象浓荫深处，曲径蜿蜒的三岛会是一种什么景象。自此乘船环游一圈，我已感觉自己也像一块绿宝石般身心清透。

蒲花暗河系阿蓬江的一条支流，由天生三桥、地下暗河、大漏斗、间歇泉、蒲花峡谷等组成。我这已是第二次游蒲花河了，依然有一种新鲜感，那宽阔的蒲花河两岸依然绿树葱郁，鸟语花香，蝉噪虫鸣，一派野趣美景。坐上小船，嗬，身着民族服装的年轻艄公吆喝一声，将长篙轻轻一点，小船便吱吱呀呀地向洞内驶去。划行数百米，迎面一个巨大的洞穴将小船揽入怀中，轻柔地向洞内推去。船越往里行驶，光线越暗，各种琳琅满目的景致扑面而来，"大家抬头往上看，这是天生第一桥"。我们举目仰望，果然看见一块巨大的石桥横空凌越，天空看上去犹如一弯下玄月。尤其精妙的是，当小船在两座桥之间行驶时，往空中看，你会发现两座桥的天空看上去像是美女的一双俏眼，那桥上的树枝就像是美女的睫毛，而湛蓝的天空则像美女勾人魂魄的瞳仁，令人浮想联翩。进入三桥时，在灯光的照映下，土家十三妹的叩礼场面、老鼠偷油的滑稽场面都一一展现，令人称绝叫奇。游船掉头，再次进入"时光隧道"，两岸绝壁上溶洞密布，造型各异，引发无数联想，趣味怡然。出洞口时，天门洞开，有一种"两岸青山相对出，孤帆一片日边来"的感觉，只见两岸山峰峭立，绿树青葱，宽阔的碧水从巨大的水坝飞流而下，溅起冲天水雾，而遥远的天际处却云遮雾绕，依稀可见一线虹霓悄然呈现，将蒲花暗河点缀得如诗如画，宛如人间仙境。置身此处，你会有不想离去之意。

阿蓬江为乌江支流，山高谷深，绝壁对峙，支流纵横，形成优异卓越的河谷风光。前年未曾泛舟，今日得以了此凤愿，乘舟游览阿蓬江峡谷中最美的景观之一官渡峡。官渡峡全长15公里，因古驿道而得名。我们乘坐机动船逆江而行，两岸风光也在渐行中缓缓展开，宛如打开了一幅绝美的山水风景画。官渡峡没有三峡之名气，自然不会有李白的"两岸猿声啼不住，轻舟已过万重山"的豪放之气。但江水碧绿得像翡翠，清澈得像明镜，清幽得像一位处子，倒也别有一番风韵。两岸山势绝险，奇峰异出，连片的苍翠树木，遮蔽了莽莽山林，呈现出一派葱郁的原始自然风貌。江面上不时出现一群群的野鸳鸯，在啾鸣声中掠过平静的湖面，给宁静的江面增添了些许生气。"万绿丛中一点红"，不知是谁发现了陡峭的山壁间盛开了一朵红红的野花，竟高兴地呼叫起来。大家伸颈遥望，果然看见那一朵红花对着江水尽情绽放，艳丽无比，为青翠的山峦增添了一分亮色。江边不时出现一艘艘"野渡无人舟自横"的小船，在江边兀自停泊，而拦河网更是随处可见，使人想起郁达夫的佳句来"我是春江一钓翁"。"船到一线天了"，这是官渡峡最经典的景点，也是最能体现大自然鬼斧神工的地方，大家纷纷涌上船头，一睹一线天奇景。"江流天地外，山色有无中"，王维的诗句不就是为一线天写的吗？只见霞光越过远山近岭倾泻到江面上，巍峨的两座山峰隔江对峙，形成天然的一线天，滔滔江水穿峡而过，好像要一直涌流到天地之外去了。更神奇的是，加上水中倒映出的两峰和蓝天，就形成了一幅"四峰对峙、两重蓝天"的绝美画面，让人惊为天象，叹为观止。此时，回望江水，在七彩的霞光中，阿蓬江俨然像一条翡翠碧玉带，串起了朦胧的远山、近处的丘陵、水中的倒影、垂钓的鱼竿、无人的小舟、飞掠的小鸟、横跨江上的铁桥……与天地完美地融合在一起，精美绝伦，壮观奇伟！

黔江物华天宝，地杰人灵，是藏在武陵山中一颗未经雕琢的绿宝石，至今，她那熠熠发光的独有异彩还鲜为人知。尤其是那水，绿幽幽的，绿了山川，绿了田野，绿得令人心醉神迷，绿得令人难舍难分。

先贤曰："上善若水！"青碧的黔江水呦，养育了黔江的浩浩山川，莽莽沃野，也养育了黔江一代又一代优秀的华夏子孙：清朝铁血英雄温朝钟、红三军原政委万涛……必将继续滋养出更多更美更优秀的黔江儿女，为黔江增添万缕春光！

黔江符号

杨辉隆

黔江符号口口相传
可以用数字书写
可以用大小命名——
一线天连着二岈岩
三潮水流入四方塘
百丈崖削成千丘田
有小南海也有大石坝

山水黔江，在历史的长河里发酵
这些诗情画意的符号
年复一年，演绎成黔江的财富
一天比一天壮实

放歌黔江

黄晓东

题峡谷城观音像

一

菩萨摩崖上，玄机不可疑。

莲从云水化，祸福自能知。

二

峡口溪云起，慈悲不可量。

风清山月白，再拜又何妨。

三

自在无求矣，千秋渡世心。

我来三叩首，耳净有回音。

阿蓬江夜月

古镇三更月，蓬江一叶舟。

情融秋水里，浪拍柳梢头。

冷露兄休怨，寒晖妹莫愁。

银河源此渡，复作涓涓流。

蒲花暗河

一

秋色匀春色，蒲花访瀑花。

岩悬苔石客，湾转鹤仙家。

幽洞生遥夜，清波洗落霞。

一溪烟水远，云汉月飞槎。

二

三桥天隔断，一洞水相通。
奇石苍苔砌，危崖鬼斧工。
篙撑今古韵，月落往来风。
倒影清波里，流云客梦中。

一线天

幽境知何许，篙撑一线天。
崖危官渡峡，雨湿洞仙船。
鸥路潺潺水，江湾寂寂烟。
嚣尘春瀑洗，入谷可耕田。

神岩

乘舟官峡雨，江上望仙真。
松壁岂无俗，云岩自有神。
解怀人幻想，驰雾水还淳。
停棹时空里，阿蓬洗晚春。

濯水廊桥

虹跨沧桑气势雄，曾经火劫又西东。
锦波流出高檐月，青瓦当生转角风。
津渡蒲花千岭翠，酒香泉孔满江红。
往来都是阿蓬子，瑞鹤闲鸥与我同。

蓦山溪·三潮水

潭开镜晃，泉水蒲花涨。一日三来潮，瞬息间、溪波漾漾。后山前谷，拍岸自争流，何所往？苔石上，飞瀑驰怀想。盈亏问月，龙脉难参量。起落有循环，三叠曲、朦胧天象。逐高追远，浪激洗时空，心未跳，情却放，堤柳烟霞养。

咏黔江风光

王运琴

醉花阴·春游洞塘水库

潋滟烟波远岫翠，万簇丹红缀。金柳映苏堤，粉蝶翩飞，玉魂逐
芳蕊。

清芳照景已然醉，对影相萦媚。慵困自横舟，闲倚斜晖，遥听莺
啼脆。

浣溪沙·濯水万天宫照壁留影自题

一

风袅柔丝绿渐匀，清波虹影渡流云。蓬江烟雨醉诗魂。

泻瀑藤萝黏碧意，凝眸素靥沁兰薰。曲阑闲倚数春痕。

二

翠蔓厢廊数尺阴，曲阑春色染兰襟。是谁思索见眉心。

扶手雕栏场镇古，凝眸尘世岁时深。伊人可否作诗吟？

浣溪沙·重游濯水古镇

烟絮迷离忆旧游，屐痕曲径只空留。千年白鹤舞汀州。

斜日犹曛一庭寂，清风欲卷半窗幽。谁家思妇倚重楼？

浣溪沙·蓬江秋照

疏柳无言叶沁霜，波倾虹韵掠新凉。蓬江向晚又秋光。

独棹蒙蒙云水阔，兰心寂寂楚天长。一痕瘦影立斜阳。

蝶恋花·元宵夜游三岔河

携手苏堤春水岸，缱绻风轻，柳韵初匀剪。 眼底烟波生玉琬，流光犹照胭脂面。 弹指浮生芳梦短，细语吹香，桥月长留盼。曲水亭台闲倚遍，薄衣未觉春寒浅。

谒金门·河滨公园

杨柳岸，叶醒花苏日暖。画阁柔丝牵碧婉，雏莺娇韵啭。
望里春痕浅浅，且伫且行缓缓。一点诗心初裁剪，闲同云舒卷。

诉衷情·三台山赏李花

青螺漫沁景云幽，疏雨浣清柔。光浮雪韵红影，花径暗香流。春欲去，怎淹留？怅凝眸。半痕山色，和月和烟，一镜轻收。

诉衷情·忆三台山赏李花

午梦睡起懒梳头，何处遣轻愁?群峰寂寂云渺，只影立高楼。春去矣，绮霞收，暮烟稠。子规声里，忆取三山，一径清幽。

醉美黔江

阿蓬苗歌

访三潮水

眠龙身欲侧，泉水涨清潭。

白鹤迷桥北，青荷喜岭南。

蒲花流韵乐，吟客笑声酣。

不惧天涯路，潮来一二三。

游武陵水岸

青山绿水尽包罗，红日蓝天喜气多。

漫步长堤观柳色，轻身短袖听莺歌。

闲来自有高粱酒，兴到何须春碧螺。

端午更添诗韵好，武陵览胜莫蹉跎。

水市藤王

虎头山脚隐藤王，春夏秋冬不换装。

身载民间千古事，红军过后更风光。

浪淘沙·游峡谷公园

昨晚偶无眠，放眼云端，始终不见月儿颜。细雨无声多有趣，独自凭栏。 今日水潺潺，流韵何年，兰溪水色彩龙船。音乐喷泉歌入耳，宝塔空前。

浣溪沙·蒲花河荷韵

濯水清新未见卿，廊桥北岸喜相迎。蓝天碧玉好多情。

不与莲花争烂漫，可同倩影比机灵。楼台鼓戏见阴晴。

濯水春意

濯水春来碧，沿江吊脚楼。

廊桥迎墨客，坝舞送沙鸥。

山色金龙举，风光玉宇收。

巷深泉孔酒，送我上兰舟。

蝶恋花·游小南海

春色无边南海雾，桐树花开，浪漫苗溪路。一叶轻舟悄欲渡，鲤鱼腾跃成龙处。　咿呀桨声金缕赋，拍水篷风，把我心期付。十里湖光难得顾，此情脉脉凭谁诉？

游蒲花暗河

白云深处去寻幽，横跨三桥哪个修？

篙拔清波鹰展翅，风穿黑洞燕低头。

往来节气蒲花竹，变幻时空濯水舟。

鬼斧神工临绝壁，鲁班到此两春秋。

游武陵仙山

巴人祖地武陵山，玉笋参天正守关。

古殿钟声云雾绕，原来此处好登攀。

阿蓬江原始大峡谷

神龟转眼望麒麟，崖木肩猿遇早春。

百里画廊谁刺绣，一江水色自生成。

竹枝词·南溪号子

南溪流水苦情多，日照麒麟爱下河。

号子姻缘添口舌，红桥过后对山歌。

黔江城市大峡谷（陈彤 摄）

黔江城市大峡谷之观音峡（康力文 摄）

城市峡谷甲天下

　　黔江城市大峡谷由观音峡段和官渡峡段两部分组成，有"中国峡谷城"之美誉。

　　幽深的峡谷，秀丽的山峦，古老的化石，悠远的地质年代，充满着神秘，令人遐思万千。

　　全国最高的观音菩萨摩崖浮雕圣像栩栩如生，活灵活现。动人的神话传说，可歌可泣的孝子故事，令人见贤思齐。

　　清新的空气，葱郁的树木，绚丽的山花，惊心动魄的玻璃栈道，让你领略"城在峡谷上，峡在城中央"的神奇魅力，忘却一切烦忧。

浮雕观音（外一首）

傅天琳

你指尖微微上翘
向万物洒落杨柳枝上的露水
头顶花冠托塔，两侧飞大风动
峭壁为你开满莲花

你一定听到我内心的跪拜之声了
橄榄形天空下光晕笼罩
手机微信已频频接收到
来自慈航的信息

站在芭拉胡，任何一处
你都从高处护佑我们
一座渐渐软下来的观音山
你石头的肌肤皎洁而富有弹性

栈道

现在我在一种纯粹的震撼中行走
腿软，心跳，手里紧紧抓着一把花香

现在我站在悬空的玻璃桥往下看
一泓清瘦的水，已露出骨头

现在我放出的目光多么嶙峋、荒凉
浑圆的天空被绝壁一刀剖开

现在我相信一片树叶的坠落
也能完成一次审美意义的重大探险

品读"中国峡谷城"

笑崇鐘

家乡有很多美妙绝伦的风景,其中,黔江城市大峡谷有"中国峡谷城"之美誉,声名鹊起。"城在峡谷上,峡在城中央",惊艳了中国,惊艳了世界,惊艳了时空。

我生于斯,长于斯,奋斗于斯,深深地爱着这片多情的土地,尤其是那些独特的风景。品读"中国峡谷城",领略它那精美绝伦的风姿和神韵,心态会永远年轻!

一

家乡位于渝东南中心和武陵山区腹地,地处神秘北纬30°地带,被誉为重庆市最后的秘境。境内山山对峙,山山环抱,山外有山,山中套山,逶逶迤迤,苍苍莽莽,浮云腾雾,涌波流霞,山环水绕,溪鸣谷应,形成了众多以峡谷为主要特色的独特风景,其中最著名的莫过于以其长度获评"大世界吉尼斯之最"的黔江城市大峡谷了。这个大峡谷由连接黔江老城与新城的观音峡段和环绕新城的官渡峡段两部分组成,集"峡、江、山、水、城"于一体,宛若一幅"幽、险、清、奇、美"的诗意山水画,夺人心魄。

观音峡位于黔江城市大峡谷上段,全长约3公里,属喀斯特地貌,横跨七个地质年代。地质年代从3.9亿年前的鱼类生物时代,跨越两栖动物时代、爬行动物时代,一直延续到7000万年前的哺乳动物时代。据国土资源部地质司有关专家到现场考察,基本确定这是国内在短距离范围内最集中、保存最完好的地质剖面:育才中学一带为志留系页岩,污水处理厂一带为泥盆纪灰岩,观音像一带为二叠纪巨厚层灰岩,国画山为三叠纪分层灰岩,东次入口两岸为侏罗纪砾岩,峡江正舟大桥地段为白垩纪砾岩及红壤,第四系地层则呈现零星分布状态。两岸山峰最高海拔1100米，峡谷平均深度200米，最大深度500米。峡谷两岸峰峦秀美，林木苍苍，空气清新，山花烂漫，百鸟唱和。峡谷内溪流蜿蜒、悬崖绝壁、溶洞密布，宛若梦幻中的童话世界，令人不能不慨叹大自然的伟大与神奇。

是呵，大自然真是妙不可言。如果大自然是一幅画，再好的笔墨也无法描绘它随处可见的绚丽；如果大自然是一首诗，再美的语言也无法说清它带给人们的乐趣；如果大自然是一首歌，它将唤醒人们心底沉积的幸福。走进大自然，让心灵贴近自然，让心灵得到洗礼，心会静若止水。

放眼国画山，美轮美奂，不能不为之震撼。峡谷两岸的崖壁山体受风化作用和外力侵蚀而形成水墨般变化的色彩，根本不需哪位大画家着一点色，也俨然一幅幅意境深远的山水国画，令人惊叹不已，因此而得名国画山。大自然不愧为天才画家，它创造了一幅幅永远存放在人们心里的完美图画。

峡谷从城市中穿城而过的景观，全世界最有名的莫过于卢森堡大公国的佩特罗斯大峡谷和重庆黔江的观音岩大峡谷。佩特罗斯大峡谷将卢森堡分割成南北、新老两个城区，宽约100米，深约60米，经过工业化洗礼之后的过度打扮修饰，好像妖艳的西方女郎。观音岩大峡谷则穿越了黔江老城和舟白、正阳新城三大城市组团，城在峡谷上，峡在城中央，宛若"清水出芙蓉，天然去雕饰"的漂亮村姑走在美的光彩中，比佩特罗斯大峡谷更壮丽，更纯朴自然，更令人叹为观止。

观音岩大峡谷最美丽的一段峡谷风光当数白虎峡，因其下游的白虎潭而得名。物换星移，季节变换，白虎峡呈现出不同的迷人景象，无不令人赏心悦目。这一带是土家族先民居住地，留下很多瑰丽的传说。传说在远古时代，土家族的发祥地武落钟离山出了巴氏、樊氏、瞫氏、相氏、郑氏五姓。山里有赤、黑二穴，巴氏之子廪君降生于赤穴，其余四姓皆诞生于黑穴。五姓相约朝石穴掷剑，中者为五姓首领。结果，只有廪君一人掷剑入穴。廪君被众人推举为首领后，励精图治，建立了强大的巴人部落，深受百姓爱戴，死后魂化白虎，永永远远守护着他的族人。崇拜白虎、祭祀白虎因而成为土家族人的重要习俗，很多地方也以白虎名之。

白虎峡下游有一处深潭名叫白虎潭，碧波荡漾，游鱼如织。传说在明朝时，孝子柳映芳"负薪赡母"，一日途经此处，被一只白虎盯上，他向白虎求情，请求放过他去卖柴照顾老母，等母亲百年后他再回来喂白虎。白虎有感于柳映芳的孝道，不仅没有吃他，而且从此以后每天驮他渡过深潭，免除其负薪涉水之苦。真是仁者无敌、孝感神兽啊！后来，这只白虎老死后化作一尊神似白虎的巨石，永久兀立在河滩上，日日夜夜守江滨，含情迎送天下客，无声地述说感天动地的孝道故事。

二

漫步观音岩大峡谷观景栈道，喜悦之情定会贮满心田。这个栈道全长808米，其中玻璃栈道30米，由15块双层钢化夹胶玻璃组成。栈道下面是惊心动魄的大峡谷，栈道两旁生长着许多野生蜡梅。两岸长有野生蜡梅的地段居然有4公里之长，其中从拜佛台至正舟大桥之间一公里多长的观景栈道两旁的野生蜡梅最多、最集中。这些野生蜡梅一株连一株，一丛挨一丛，使栈道变成了"野生蜡梅栈道"。每年元旦节前后，蜡梅凌寒盛开，整个峡谷都变成了金黄色。山风吹来，到处都飘散着沁人心脾的芳香，会把你的思绪带进古典咏梅诗词的意境中去，陶醉在像梦一样美的艺术境界里。要是在银装素裹的雪天，还能领略"遥知不是雪，为有暗香来"的韵味。

梅花是高洁的象征，它不随波逐流与百花一齐盛开在春天，宁可超凡脱俗地挺立在风雪中。它虽没有牡丹的雍容华贵、国色天香，没有昙花的妖娆美艳、倾国倾城，没有荷花的典雅幽香、"出淤泥而不染"，可它却有自己独特的美丽：冰清玉洁、疏影清雅。

徜徉在上接云天，下连谷溪，遍布于壁立千仞的万顷蜡梅林，前面是梅树，后面是梅树，头顶是梅树，脚下也是梅树，不能不为之遐思万千。

梅与松、竹并称为"岁寒三友"，排在"四君子"（梅兰竹菊）之首，正是因为它有傲雪斗霜、谦虚乐观的精神。它不与牡丹争花首，不与玫瑰争美丽，只是平平淡淡地活着，让人油然而生"万花凋零独鲜妍，占尽风情向小园"之感，尽情玩味"疏影横斜水清浅，暗香浮动月黄昏"之妙。踏雪寻梅，梅下鼓瑟，梅林听语的雅致，更为闲情逸致者和花前月下者倾心追求。然而，从古至今，尚无人弹奏出千仞绝壁之梅曲，也无人描绘出峡江万顷之梅芳，可在这里却能够尽情地聆听大自然演奏的梅之妙曲，尽情地欣赏大自然描绘的梅之巨画，忘情地陶醉在只可意会不可言传的美感中。

走出蜡梅栈道，登上梅林山顶的弈孝亭歇息，再遥望对岸的柳孝亭，听当地人讲述黔江历史上两个有名的孝道故事，定会思潮起伏。

据《黔江县志》记载，明朝初年，峡谷口有一王姓人家。父亲王弗胜特别喜欢下棋，儿子王三征为了博取父亲的欢心，就花银两请民间的一些棋手于晴好之时在房外山梁上与其父对弈，并请他们假装战败。父亲病重后，他又割股而煮，和药进之。知县感其德，就在他家外的山梁上建了个方便他父亲下棋的亭阁，即弈孝亭。靠砍柴挣钱度日的村民柳映芳，为孝敬年迈多病的母亲费尽心血，感动了神仙。柳映芳去世后，人们就在他生前经常砍柴的山卜修建了一座亭子，取名柳孝亭。

尽管岁月悠悠，沧海桑田，美丽动人的故事却世代相传。百善孝为先。因为，父母不仅给了儿女生命，而且疼爱儿女像流水一样，一直都在流，可谓恩深似海。儿女纵然很孝顺，也难以报答父母恩情的万分之一。两个承载中华传统美德的亭子或许是在警醒人们：树高千丈不忘根，为人子女莫忘孝；报恩、尽孝、行善是人生最不能等待的事。

三

站在"慈航桥"上，绚丽风光尽收眼底。这大桥本是黔江小南海引水工程的渡桥，黔江新城区的主水源管道从此桥穿过，如今也兼作城市峡谷两岸通行的旅游步行桥。桥长168米，高约98米，宽6米，十分壮观。小南海引水工程于1972年冬动工，靠人工用钢钎、铁锤所开，艰苦奋战8年，消耗450多万个劳动工日，书写了"人定胜天"的引水史诗，不仅解决了黔江城市民用水，还可灌溉大量农田，被誉为黔江的"红旗渠"。那是特定历史时期铸就的一座丰碑，刻满了奉献和艰辛，也刻着为之牺牲的19位民工的名字。如今，将其命名为"慈航桥"，或许是对奋斗者的崇敬与追忆，或许是有感于观音菩萨普度众生的宏大悲愿，弘扬慈悲济世的菩萨精神。是呵，只要人人都"勿以善小而不为，勿以恶小而为之"，让世界充满爱，人间就会变成美丽的天堂。

漫步龙脊岗，定会心花怒放。龙脊岗是插旗山临峡谷的山脊，宛若龙脊飞舞在插旗山边，龙尾延绵至白虎滩。龙脊岗上怪石林立，情态万千，有的像龙，有的像鱼，有的像狮子，有的像飞鸟，有的如龙鳞密布……步游道穿梭于石林与山花竹木之间，移步异景，仿佛置身于江南园林之中，令人心旷神怡。

放眼正对面的酉阳山（原名狼山，后更名为酉阳山、正阳山），定会心潮澎湃，放飞想象。酉阳山因"每至酉时，夕阳返照，霞光灿烂"而得名。"酉阳夕照"是过去的黔江十二景之一。山上树木繁茂，鸟语花香，珍稀树木、野生动物繁多，空气清新，实乃天然氧吧，很适合修身养性。据《华阳国志》记载，"长生大帝"范长生年幼时曾在此山求索长生之道，后至成都青城山修道成功，活了一百多岁，成为道教的一代宗师。据《资治通鉴》记载，唐高宗李治派李绩、薛仁贵等名将于668年平定高丽内乱后，将高丽权臣泉男建流放黔江狼山，泉男建流放黔江后做些什么，何时魂归此山，死后葬于何处，则无记载，成为千古之谜，令人感慨万千。1995年8月，韩国汉古史会会长、汉城大学历史教授李重宰率团来此考察，收获颇丰，认为"韩国这段历史还得重写"。对面的岩壁上分布着8个溶洞口，人称"八仙洞"。这8个洞口里面的洞体为相互连通的巨大溶洞群，从谷底的犀牛洞进入后可到达观音岩上的各个洞口，实乃世间罕见。洞内颜色瑰丽的砾石岩群，惟妙惟肖的钟乳景观，令人不能不惊叹大自然的神功造化。

四

对面崖壁上巨大的观音菩萨像惟妙惟肖，活灵活现，令人顿生敬仰之情。这座观音菩萨像高 123 米，宽 69 米，莲花底座距谷底 115 米，是目前全世界最高的观音菩萨摩崖石刻雕像。其面部尤其是眼睛的雕刻非常精妙，人们无论从正面、侧面、仰视等哪个角度膜拜，都感觉观音菩萨像在注视自己，满眼慈爱，传达菩萨"普度众生"的宏大悲愿。

观音菩萨随缘普度，分身无数，形象众多。这是一尊净瓶观音，为三十三观音菩萨像之一。面庞圆润丰满，端庄慈祥，左手持净瓶，右手结无畏印，头戴宝冠，身披锦袍，端坐于莲座之上。传说观音菩萨净瓶中的甘露水法力无边，既可以祛除人们身上的百病，也可以用来降雨。

雕像借助山崖天然形成之势，构思布局十分巧妙：在山崖上部的白色裸露部分镂刻着观音的脸庞，显得通达透亮，线条纹理也圆润柔和；中部岩石的灰色阴暗渐变部分，又恰好镂刻出观音的上身，显得凹凸有致，富有立体感；而观音盘腿坐莲台的造型，恰恰与山崖向下越来越茂密的植被融为一体。最为巧妙的是，观音手中的净瓶杨柳枝，也由山崖上自然生长的一群植被所组成，远远看去，活灵活现，栩栩如生。她那平和安详的脸，无量度的深远，似乎已经习惯了孤独和风吹雨打，令人顿生崇敬之情。或许圣贤与凡夫俗子的区别就在于此吧？

站在回音坪中间，与那尊山壁上的"活观音"掏心说话。你说什么，她会成倍地放大你说话的声音，"佛即是我，我即是佛"的超然感受油然而生。据说，只要虔诚，心里有什么善良、美好的愿望，在这里对着观音菩萨像大声喊出来，定会有求必应。因为，人有善愿，天必佑之。当然，心生恶念，必遭天谴。

观音菩萨是伟大慈母的化身，对众生就像慈母对待自己的儿女一样全心呵护，把大爱无私地奉献给众生，怎不令人敬仰？

五

走近放生池，油然生起敬畏生命之情。

万物都是大自然智慧的体现，不仅是人类才拥有生命的光辉。苍穹中飞翔的老鹰，必定是经历了无数次摔下山崖的痛苦，才锤炼了一双强劲的翅膀。被猎人追赶时，正是有了老羚羊搭起的生命之桥，年轻羚羊才得以逃生。鳝鱼在油锅中被煎时，始终弯着腰部的身子，保护着腹中的鱼卵……生命至上，我们不得不向生命致敬！不得不让我们敬畏生命！

忽然记起"上天有好生之德"的名言。《大智度论》云：诸余罪中，杀业最重，诸功德中，放生第一。放生池是许多寺庙中都有的一个设施，一般为人工开凿的池塘，为体现佛教"慈悲为怀，体念众生"的心怀，让信徒将鱼、龟等各种水生动物放养在池中。信徒放一次生就积一次德，象征"吉祥云集，万德庄严"。观音岩峡谷景区所处的区域为石灰石喀斯特地区，土地保水性能极差，因而这个放生池在设计上采用了海绵城市的理念，所有的水都来自上面中心莲花广场、观音寺、佛音坪的地表雨水，通过管道收集系统汇集到放生池上游的净化池，再流到放生池，多余的水则流到下游的溢流池。

传说很久以前，有一对贫穷夫妻，丈夫是游手好闲的懒虫和吃喝无度的酒徒，经常抓捕蛇、蛙等小动物当下酒菜。妻子则勤劳贤惠，靠纺棉织布度日。有一天，酒徒抓到了两小一大三条无毒蛇，先将两条小蛇烹煮了独自食用，嘱妻子将大蛇暂养笼中待次日再食用。至深夜，其妻察觉蛇身有亮光，似有哀求流泪之声，甚觉怜悯，于是提笼至屋外的小河边放了生。当她往回走时，却被那条大蛇缠绕住双足，使之移动不得。正当她纳闷之际，只听到一声巨响，她家的房屋突然一下子倒塌，熟睡的丈夫死于非命。这个女子为了感恩，就专门挖地三尺，灌水成池，让那条大蛇在池中生活，并经常去买回被其他人抓住的蛇来放生，这个女子的日子也越过越顺利。后来，修建"放生池"的行为就在许多地方流行开了。

我为传说中的善良女子庆幸，也想起一位哲人说过的话："热爱生命是幸福之本，同情生命是道德之本，敬畏生命是信仰之本。"

生命是一次单程旅行，在这仅有的一次旅途中，只有用一颗感恩的心去观望世界，用一双勤劳的手去创造美好的生活，用付出和奉献去为人类进步事业做出应有的贡献，用一颗善心努力开拓人生新境界，不断攀登人格最高峰，才不枉为人生，也才能够得到善报。

六

徜徉在莲花广场，心情无比激荡。莲花广场处于观音像、拜佛台轴线及中心广场与观音寺轴线的交会点上。广场直径81米，取"九九归一"之意。广场中心设有直径10.8米的大理石莲花图形浮雕，取"地涌莲花"之意。莲花是佛教四大吉花之一，其出淤泥而不染的圣洁性，象征佛与菩萨超脱红尘；莲花的花死根不死，来年又生发，象征人魂不灭，不断轮回中。佛教以莲喻佛，象征菩萨在生死烦恼中修行，却不为生死烦恼所困扰。莲同时是百花中唯一能花、果（藕）、种子（莲子）并存的奇花，象征佛"法身、报身、应身"三身同驻。人们只有不断升华灵魂、提升境界，才能塑造像莲花一样完美的人格。

莲花广场与观音雕像之间的悬崖上设有直径18米的拜佛台，这拜佛台有一半悬空着，且有3米长悬挑在悬崖外，可谓匠心独运。

恢复重建的观音寺雄伟壮丽，金碧辉煌，有山门殿、大雄宝殿、观音阁三重殿落，是礼佛、参禅的理想之所。我曾多次与当地文友到观音寺拜访住持释慈诚法师，与之探讨佛学；还先后陪同来自全国各地的著名作家、诗人到此洗涤心灵、吸取灵气。

这是一片心灵的净土，孕育着灿烂的民族文化、伟大的精神圣殿和信仰的无穷力量。观音岩、观音峡、观音塔、观音像、观音阁、观音寺，交相辉映，总是让人浮想联翩，这一切都似乎在无声地表达人们对观音菩萨的膜拜。作为一种至高的存在，她留给世界的记忆是那么深刻、那么生动鲜活，牵动着古往今来的人们对着永恒而又神秘的时空久久地凝望。观音菩萨在这一带显圣的众多故事、传说，向世人展览无尽的慈悲，传达"诸恶莫作，众善奉行"的教诲，会把你的思绪带向空灵的境界，油然而生向善向上向美之情。

沿莲花广场右边上行500米，有一摩崖石刻，为清末黔江最后一任知县王良鼎手书，正文是"望治情殷"，序文是"余于前清宣统三年辛亥十月莅任，民国元年壬子五月请假回籍，时当改革，无补民生，行将去也"。落款是"黔南赤水王良鼎"。该石刻不仅点缀了观音岩峡谷的自然美景，增添了内涵深刻的人文景观，而且是不可多得的历史文物。王良鼎在清王朝风烛残年之际走马上任，正逢孙中山先生领导的辛亥革命时期。1911年11月13日，黔江军政府成立，结束了封建王朝在黔江的统治。王良鼎不甘心失败，徘徊于黔江，迟迟不肯离去，窥探时机，试图反扑。后来，见大势已去，便书刻"望治情殷"于壁，以表达对辛亥革命的敌意和愤懑，对亡清复辟的企盼，以及"无可奈何花落去"的矛盾而复杂的心情，满怀惆怅，悻悻而去。该石刻是黔江辛亥起义的实物见证，书法大方，遒劲有力，不仅有很高的艺术价值，而且是时代沧桑、社会变革的有力见证。

王良鼎也许不知道，人生的路，并不是你想如何走，就会按照你的念想去安排。很多事情，冥冥之中似乎有一种莫名的力量牵引人生流浪的足迹。识时务者为俊杰，顺应时代，万事随缘，才是人生应有的态度。或许生命的美不在目的，而在历程；心有阳光，一路芬芳。

七

碧波荡漾的官渡峡，位于黔江母亲河阿蓬江的上游，是黔江城市大峡谷的另一段。两岸悬崖峭壁，神功造化，美不胜收。江水一刻不停地奔流，或许是奔向远方的思念吧？峡中著名景点一线天，伸手可触岸石，仰头只看一线天空，令人惊叹。悬崖上的悬棺葬，绝壁顶上的水寨遗址等都带有神秘的色彩，会把你的思绪带向很远很远，去聆听世纪的歌吟。有关故事、传说如歌如诗，令人回味无穷。阿蓬江畔有爱莉丝庄园、千年古镇濯水、蒲花暗河"天生三桥"等著名风景区。

其实，官渡峡与三峡相比，各有千秋，只不过三峡处在长江，吸引古今中外无数文人墨客和英雄豪杰为之吟诗作画；官渡峡处在宁静的乡村，远离城市的喧嚣和世俗的浮华，自然没有什么名流为其吟诗作画罢了。

这或许道出某种玄机：无生命的自然美需要大师的确定和构建，自然美也可倒过来对人进行确定和构建。那些名人成全了三峡，三峡也成全了那些名人。大师讴歌三峡的杰作，既宣告三峡进入了一个崭新的美学等级，同时也宣告着自己进入了一个崭新的人生阶段，两方面一起提升，可谓相得益彰。遗憾的是，至今还没有读到过歌颂官渡峡的杰作。官渡峡即使想成全一批名人，也实在没有办法。我心性虽高，却又天资愚钝，不能为它写出划时代的杰作，心里很是忐忑不安。

漫步在"中国峡谷城"的怀抱，除了感化外，觉得自己很渺小，没有报答过它。它却很宽容，任人们在其身躯上行走，千百年来没有说过一句话，总是微笑着忍耐。只有那清新的空气和如歌的鸟语，传达它那博大、空灵的境界。

"城在峡谷上，峡在城中央"。只有身临其境，才知道她的美无法言说，远远超出了人们的想象；只有身临其境，才知道她的神韵无与伦比，将永远镌刻在人们的心上。

三岔河夜色

高若虹

当我在夜色中抵达

三岔河已提着灯站在我必经的路口

这是我最温暖的时刻

好像遇到等了我许久的一位故友

接下来的日子 都是五彩斑斓的西兰卡普

偶有暗淡 也是我背过身的乡愁

跃出水面的一条鱼 可能是一弯月亮

也可能是一位高僧 身披发光的袈裟外出云游

而突然茁长出的流光溢彩的水柱

则是有人在水底打着手电筒走路

我相信 三岔河的光一定来自水的内部

水底一颗颗亮晶晶的星星 就是一块块发光的石头

出武陵山 奔乌江 入长江 直抵大海

漫漫长路 没有一滴水会失明走丢

在黔江 就算我是个盲人

三岔河 也会递我一盏水的灯提着上路

走进中国峡谷城

彭斯远

由重庆开往黔江的6018航班，正点于午后5时到达目的地。

黔江作协主席钟天珑等人，早已在机场门口等候多时。由京、川、渝等地20余位作家组成的采风团，虽然长途跋涉而风尘仆仆，但却仍然兴致勃勃地来到了他们渴望已久的重庆边城，也即武陵山腹地的黔江进行采访。

稍事寒暄之后，采风团成员们便在主人热情带领下，登上停在路边的面包车，一溜烟开往客人即将入住的酒家。一路上，远道的客人各个都非常兴奋。因为山区天黑得早，此时已经华灯初上，星星点点的灯光布满四周，而从树丛中透出的灯光，却呈现出整齐而奇妙的几何图形。

原来那是山坳中建造的一排排由十余层房屋组成的高楼，每座高楼的每层房间的窗口，都整齐地透出灯光，所以呈矩形的灯光组，布满了山坳四周。我们的面包车在弯曲的道路上行进，那呈矩形的灯光组，自然也在我们的视线里旋转。因此，我这个在故乡成都平原住惯了的人，生平第一次感受到了这座建筑在峡谷里的城市夜晚灯光的奇妙。

我直觉地感到，现代化不止在平原城市有，不止在海滨城市有，而且在被广大森林覆盖的绿色峡谷城市里也有。什么叫巧夺天工，这眼前的武陵山腹地的黔江城，就是一座由变化着的璀璨灯光所构成的人间仙境啊。

数十年前，黔江只是四川省的一个边远贫穷的土家族、苗族和汉族兄弟姐妹的生活聚居区。后来，虽然划归新兴的直辖市重庆，但那时的黔江仍然显得空旷寂寥。这里除了分布着许多用杉木支撑着的吊脚楼之外，没有耸入云天的高楼，也没有弯曲盘旋在崎岖山道上的公路和穿山而过的铁路，更没有40分钟便可由重庆直抵黔江的飞机。如今的现代化建设，已让昔日江河溪沟里土家族普遍使用的人工拉拉渡，成为了历史博物馆里的稀缺展品，成为了土家人生活巨变的有力见证！

更能彰显中国峡谷城风采的，是次日的观光。

因为休息了一个晚上之后，作家们的精神都得到了很好的恢复。第二天上午，大家乘坐着面包车，就早早来到连接黔江新、老城之际的观音峡。

因为有森林覆盖，所以这片高地享有"肺叶"之称，许多来黔江消夏的人，就住在观音峡附近的酒店里。也有的在这儿租住当地山民的房子，每人包吃包住，一个季度才五六千元。应该说，是很实惠的了。租住者一个夏天从早晨到太阳落山以前，都躺在观音峡山地特设的鸳鸯椅上享受太阳的抚摸，如同有情人陪伴一般的舒适。这与全世界到欧洲阿尔卑斯山上消夏的各国贵族的感受没有什么区别了。所以，有的国外游客称赞说，中国人真享福，观音峡就是上帝赏赐给黔江土家山民的一颗掌上明珠啊。

面积为6.5平方公里的观音峡高地很宽阔，在全国乃至亚洲，都可说是最大的城市峡谷。该峡谷历史悠久，前后横跨七个地质年代，兼具喀斯特、砾石、丹霞等地貌特征。峡谷两岸，悬崖绝壁，溶洞密布。峡谷有深有浅，平均深度约为200米，而可供游览的峡谷长约10公里。其最深处的垂直落差则高达500米，可见地势十分险峻，极具旅游价值。

在峡谷对面高山的垂直山体上，有古人开凿而今又经精密加工培修后的巨幅观世音菩萨摩崖造像，其高度为123米。这在全国，恐怕也是极为少见的。众所周知，观世音乃是欲图普度众生的一尊大慈大悲菩萨，因而为我国许多即使不信佛的老百姓所崇敬。游人站在观音峡山体，便可清晰地看到对面三百米外，山壁上的那个面容端庄而慈祥的观世音造像。许多游客不嫌路远，即使步行也爱来此高地瞻仰她的容颜。

不仅如此，当你站在一个被旅游点认定的圆圈内对观世音造像发出大声呼喊时，空中的回声立刻会响亮地传到你的耳鼓。当然，这既是回声，更是她对你那与她同样善良心境的一种情感传递，自然也是她对探索回声形成原理的一种科普呼唤。既科学，又神圣，面对巨人似的观世音造像，你难道不感到你的灵魂得到了又一次洗涤后的痛快和高洁吗？

离开对于观世音造像的邂逅之后，往前步行约一公里，便来到一处叫玻璃观光吊桥的景点。初看铺设在悬索吊桥上的那一块接一块的透明有机玻璃，以及透过玻璃望见脚下吊桥近300米深的湍急溪流所掀起的白色浪花，你的心不由得特别紧张起来，望而却步，成了许多男子汉的本能选择。

但是，看见不少年轻的情侣，还有与你年龄相似的游客，甚至一些精干的老者，也经过一番跃跃欲试的探索之后，终于战战兢兢然而却勇敢地跨进吊桥，不少几乎要打退堂鼓的游客，便鼓起勇气，毅然再次重返桥头。

原来，吊桥虽然有些轻微的摆动，但，在吊桥的玻璃桥面旁边，吊桥制造者又好心地为胆怯的人铺设了一条完全不透明的红色塑料布，供那些犹豫彷徨的人，从这儿慢慢前行……

当然，也有不少人在不透明塑料布上行走而逐渐练大了胆子，这是毅然采取改走玻璃桥面的后勇者。他们虽然算不得什么英雄，但也能在旅游中反复磨砺自己，增加了涉险的勇气。

仅从游走观光吊桥而言，旅游者也经历了一次如何克服胆怯心理的人生考验。游走在有"中国峡谷城"之誉的黔江城市大峡谷，既丰富了个人生活阅历，也锤炼了自己的筋骨，一举而获双丰收，何乐而不为呢？

作家们回顾初到黔江的印象，大家都深深地感到，重庆直辖市是一座山城，重庆建在一座座大山里，大山也躺在重庆城的怀抱之中。但重庆的边城黔江，却更突出而集中地体现了山城的此一特色，那就是：黔江城雄踞在峡谷中，峡谷栖息在黔江城的爱抚里。黔江作为一座中国的峡谷城，值得我们好好欣赏和玩味。

城市峡谷

杨辉隆

想玩一把心跳
最好来黔江的城市峡谷
在山水中的城和在城中的山水
竞相争宠，让你惊悚

老城和新城之间
一道奇妙的峡谷
让游人长了见识
把夏天搬到峡谷降温
让来黔江的人尽享清凉

黔驴不会技穷
黔江这个温暖的峡谷
四季风景一直流淌
把民俗民风捎到峡谷以外

在黔江遇见棕榈树

王子君

恍惚间，我看见了棕榈树，高大挺拔，排列在酒店主楼前，既逸然独立，又形成族群，一派南国风光。咦，我们是来访黔江，还是置身在海南？

我怀疑自己是因旅途劳顿看花了眼。一放下行李，便飞身下楼来到酒店门前看个究竟。

没错，没错！酒店入口是一条铺着红花地毯的廊道，廊道两边，各是一口方方正正的水池，酒店大堂透射出来的灯光落在清凌凌的池水中，像是一簇簇火花落在银河，一片辉煌。紧靠水池主楼的一边，各有几棵棕榈树，圆柱形的树干高高直立，叶丛生于茎顶，叶柄坚硬且阔长，向外开展成圆扇形，叶色浓绿，既挺拔又柔美，形成群植景观，壮丽醒目。另外的两边，则是棕榈树和桂花树、香樟树、香蒲间生间长，相拥相簇，绿意绵绵。

正惊喜，又发现两棵低矮粗阔的树，一左一右立在酒店入口两侧，遍身染着门楼上的彩光灯，绯红金黄，美得令修剪整齐的其他盆景植物躲在一旁不敢抬头。这树形态优美舒展，树干粗肥具波状叶痕，羽状复叶顶生丛出，密集形成羽状树冠，典型的热带风情。看树身矮壮如铁树，看叶形却更似棕榈。我打开微信用"形色识花"确认，果然是棕榈的一种，叫"加那利海枣"。加那利海枣又名长叶刺葵，是一种多年生棕榈科刺葵，属常绿乔木，因原产于非洲西海岸的加那利群岛而得名，有着"最高贵典雅的棕榈植物"美誉。加那利海枣自然高度可达18米，我看到的这两棵，当还是幼株期，被用作酒店迎宾花树，最是抢眼。

这真是一派我曾经多么熟悉多么热爱，多年来又一直魂牵梦萦的南国风光！

但这是在重庆黔江啊。心中倏地闪过一念，在黔江还是四川辖地的朝代，苏轼曾被贬到海南儋州，那里的棕榈树遍生遍长，莫不是苏轼把棕榈树种带到了四川？还是后世的四川人为表达对苏轼风骨的景仰，引种了棕榈树？我觉得可以把苏轼比作棕榈树，或高阔挺拔立于光中，或低矮肥壮委于门廊。不管是哪种棕榈树，那羽状树冠开枝散叶的姿态正是苏轼的遗风和尊荣。

也许，这完全是毫无厘头的联想，我记录在此，权当自己在这里怀想起那位永逝而又永存于世的风流人物的文证。

黔江，地处武陵山腹地、渝东南中心地带，是重庆的一个区名，即使在以前，也是四川涪陵的一个县，但总让人误以为是贵州的某地；黔江也不是一条江，黔江的江叫阿蓬江。这些，我很轻易地就理解了，但在黔江遇见棕榈树，心中还是又惊又疑。放眼城区四周甚至城中凹凸有致的山岭山峦，这武陵山脉腹地和南国风物，怎么也联系不起来。

我曾在海南生活十年，那时，不曾了解过棕榈树的前世今生，而现在，我却一心想知道为什么在海拔高至千米的黔江地区能见到它。

入夜，黔江城一片灯火。空气沁凉而清澈。采风团去看三岔河。三岔河是黔江城区西沙桥、新华桥、闸桥之间围合而成的核心景观区域，走过两条街就可以到达。走着走着，我和从北京同机而来的作家张庆和、诗人高若虹以及黔江区人大常委会原副主任屈银安、区作协主席钟天珑组成了一个小队。

一路上，仍不时地看见棕榈树，看见加那利海枣树。我忍不住唠叨，黔江的植被和海南很像呢，棕榈树特别多，感觉像是到了海南。屈主任说，是的，我们这里的棕榈树很多，棕榈科属的植物也很多。有外面引种的，也有本地种。我们小时候唱一首歌，"在那绿色的棕榈树下，桂花盛开的地方……"屈主任唱了起来，那旋律很优美。"我们黔江不仅有棕榈树，还有银杏，桂花树，很多树。冬天不冷，夏天不热，适合植物生长。我们有原始森林八面山，次森林灰千梁子，植物资源十分丰富，主要乔木品种42科、81属、146种，别说棕榈树，凡在北纬30度线的珍稀植物，在黔江几乎都能找到。"

屈主任晚餐喝了自家酿的美酒，有几分醉，加上重庆话特有的抑扬顿挫感，感觉他的一番话就像散文，记录下来语言不用加工。

屈主任有些得意。"我本身就是写散文的。黔江现在是个正厅级行政单位。1988年以前是县。"说起来很神奇，屈主任是老三届的初中学生，1972年参加工作，当时在镇中学当教务处主任。他教书育人，且写得一手好文章。当了13年老师后，1985年，改革开放之际，县委书记慧眼识才，把他从学校调到县委办公室，先当科长，半年后当副主任，一年后当主任、秘书长。20世纪80

年代的人才政策非常开明，真正做到了"不拘一格降人才。"到了县委，屈主任依然不忘散文创作。但是，办公室主任工作事无巨细，特别忙，特别琐碎。要写材料、写报告、写讲话稿，还要签批文件，上传下达，他怎么还有时间写散文？很多人觉得不可思议，有一些搞文学创作的作者更不理解。"后来我总结了，越是忙的时候越有时间，那就是要挤时间。你脑壳里有灵感的时候，有写作的素材、点子以后，必须立马、立行提起笔来。"屈主任说。越是写了大的报告后屈主任越是写得出散文来。他跟着领导去江浙考察，别人用数字写调查报告，他用散文的笔调写调查报告。领导根据他的报告讲话以后，用几个小标题区分一下，在市报上一发表，反响非常好。因为他写的讲话稿不只是干巴巴的数字表达、观点陈述、论证论据这些东西，文学性强，很有可读性，很优美，读起来入心入情。"文学才最有感染力嘛。"

我很惊讶。我惊讶的不是他的时间分配问题。忙且不说，遇到的诱惑一定不会少吧？声色犬马俘虏不了他吗？在那样的位置上，还能坚守文学的初心，需要非凡的定力。

"西沙步行街"的路牌赫然立在街口。啊，黔江居然有一条叫"西沙"的街！想起此次行程中似有一站"小南海"，更是好奇。武陵山脉的褶皱里有棕榈树，有西沙街，有一座小南海！

"小南海原来叫小瀛海。160多年前，1856年，还是咸丰年间，小南海发生了一次5.6级的地震，一批山寨倒过来，滚石垒垒，还有一批大垮岩，一批小垮岩，都垮下来了，把溪口堵住，变成了堰塞湖。"屈主任娓娓道来。小南海是一座融山、水、岛、峡等风光于一体的高山淡水堰塞湖，湖区"山水相依、秀峰环列，水面汊港纵横、波光粼粼，海口奇石林立、溪水萦回"，人称"人间仙境"。小南海也是国内保存最完整的一处古地震遗址，有一任国家地震总局局长来考察后，说小南海是"中国唯一，世界罕见。"小南海集水面积97.3平方公里，是黔江城重要的饮水源。至于为什么叫小南海？好像从来就没有说清楚过。

哈，黔江，从名称到历史，从植物到地理，从高山湖泊到海边风情，吊足了我们的胃口。

迎面又见几棵棕榈树，在一行由樟树、榆树、桂花树组成的行道树里，显得特别另类。而且，马路中长长的隔离带上，也栽种着清一色已经长有一二米高的加那利海枣，枝叶婀娜，树干刚健，一下子又将我迷惑住了。

"哎呀呀，好美的棕榈树耶！"

他们却说，武陵水岸那里还有规模更大更美的棕榈树。

武陵水岸就是三岔河三岸的亲水栈道，总长约1700米，沿岸园林景观植物在保留原有大乔木如香樟、雪松、柳树的基础上，加种了棕榈树等观赏性强的树种。栈道面层铺装以生态木为主、适当点缀部分防腐木铺装，给人一种古朴自然的观感。

我一听，心之向往。钟主席顺手一指，前方就是三岔河了。三岔河波光粼粼，在城市的夜色中闪烁着魅惑的光。三岔河，顾名思义，当是三条河的交叉口。可到了河边，才知并非三条河，而是阿蓬江和蒲花河两条河的交叉口。黔江境内河流较多，阿蓬江是黔江第一大河，发源于湖北省利川市，自北向南纵贯黔江中部，境内全长90公里，从黔江城区穿过。蒲花河是阿蓬江的一条主要支流，在三岔河口汇入阿蓬江。

"过去叫两岔河，我觉得不应该改，没得三岔嘛。"屈主任笑着说。但站在交汇口叫"双龙桥"的闸桥上，"三岔"的含义便显现出来，两条河交汇，将河岸分成了三道。闸桥一边是土家族图腾白虎的巨大雕塑，一边是黔江人引以为自豪的大成国丞相范公祠。说到范公祠，举止一派温雅之气的钟主席话语多了起来：范长生是我们黔江人，黔江古称丹兴。他和容成公、李耳、董仲舒、张道陵等人并称"蜀之八仙"，道教传说他们均在蜀中得道成仙。范长生出身土著豪族，在西晋时当上了大成国丞相（大成，即"成汉"，五胡十六国时期之"十六国"之一），被封为"四时八节天地太师"。他当丞相期间，倡导"休养生息，薄赋兴教"，令大成政权一度昌盛。历史上记载他，"甚有名德。兼善天文，颇晓术数，年过百岁，为蜀人所重，奉之如神。"黔江人在此修建范公祠，意在纪念范长生兴教育的功德，弘扬黔江传统文化。

钟主席和屈主任都是黔江通，活地图。他们对于黔江历史如数家珍似的介绍，让我看到了他们对黔江这片土地深深的爱。

走在水岸的风景里，任江风河风轻抚脸颊，惬意得很。就是在这样的河里，举办过全国的龙舟赛和国际钓鱼比赛呢……忽然水中蹿起了百多米高的水柱，音乐也响起来了，水柱随着音乐的旋律此起彼伏地喷涌。灯光、水瀑、音乐、岸景，交相辉映，美轮美奂。高若虹却不见了。我们喊了几声。不一会儿，他一溜小跑地追上来了，笑魇如花，扒拉起手机，"你们看这波纹，看这水，好美！"一个年已花甲的男士，水的波纹竟能令他激动得如此不能自持？

我们都不由得凑近了去看。呃，这诗人还是摄影高手，那水中的灯光，那灯光中的波浪，在他的手机相机里变成一幅幅抽象画，亦真亦幻恍如梦境。

我仍惦记着河边有规模更大的棕榈树的事，不时地在水岸灯影里找寻棕榈树的身影。夜光闪烁，树影婆娑，香樟、雪松、柳树……棕榈树终于出现了！一棵接着一棵，比想象中还要粗壮、高大，比酒店前看到的更美、更壮观！尤其是其中一棵，两个人合抱恐怕都抱不住，在光影中巍峨壮丽。我又一次惊喜地喊了一声："好高好大的棕榈树！"

众人皆兴奋，迅速往那棵巨大的棕榈树凑近。

"哎哟！"一声惊恐的喊声吓了大家一跳。原来是张庆和抬眼找我所说的树，没踩稳台阶，一个趔趄差点摔倒。有惊无险，我想定是那棕榈树的灵气护住了他。

棕榈树的生长跟湿度和阳光、纬度有关系，但我还是不解，如此粗壮高阔的棕榈树，我在海南也难得一见。

回到酒店，我百度出棕榈树的条目。棕榈树是一种常绿的乔木，寓意着胜利和好运、希望与和平。它原产中国，除西藏外中国秦岭以南地区均有分布，常相或长于庭院、路边及花坛之中，适于四季观赏，喜温暖湿润气候，喜光。耐寒性极强，稍耐阴。黔江处于北回归线边缘偏南一侧，这里气候温润，四季常青，比较利于棕榈树的生长。而加那利海枣，引进中国才100余年。

棕榈树不只是热带亚热带植物，还是耐寒植物；苏轼与黔江和棕榈树有关联的蛛丝马迹则遍寻不着，我有些怅然若失。

但由此多了几分植物常识，我也高兴。我回想着夜游武陵水岸的悠然时光，默默在心里将屈主任、钟主席和棕榈树作着比较。他们尊重传统文化，崇尚开放风气，和黔江共生共荣，其品质和精神某种程度上就像棕榈树，随潮顺势，一心汲取阳光，向上温润生长，在实现自身的价值之时也为黔江的文化繁荣奉献生机。

长满棕榈树的黔江，这一派南国风光的美好画面，从此在我脑海里将挥之不去了罢。

城市峡谷行

维 扬

峡谷是指谷坡陡岭，深度大于宽度的山谷。它对于山里人来说一点儿不稀罕，在我的家乡耳熟能详的有神龟峡、官渡峡、五里峡等数十个之多。而城市峡谷即峡谷处在城市中央的却不多见，世界上除卢森堡的佩特罗斯大峡谷外，仅有被人誉为"中国峡谷城"的观音岩峡谷了。

观音岩峡谷坐落在武陵山腹地、渝东南中心的黔江城中央。这儿处于北纬30度，山环水绕，生态绿色；民风淳厚，原始古朴；清新宜居，令人神往。

走进峡谷，首先映入眼帘的是一团团乳白色的雾，轻飘飘地往山间移动，越往上速度越快，并幻化成一片片轻柔的薄纱，弥漫在峡谷上空。这时候，那五彩铺陈的山峦，那崖壁上的栈道，那黛青色的远山，全被掩隐在薄雾之中。时而清晰可辨，时而若隐若现，增添了几多神秘。这条渝东南大山深处的峡谷，镶嵌在重庆黔江正阳山文峰塔脚下，宛如一条逶迤扭动的巨龙，自西向东途经老城磨子塘、范公祠、两岔河、魏家塘、赖巴石，到新城观音岩、石门坎、白虎滩、青杠岭汇入阿蓬江。故称"峡谷峡江之城"，这些小地名具有悠久的历史和感人的故事，尤以白虎滩舍身救母，柳孝子卧冰求鱼感天动地，至今还广为市井流传。

在这条城市峡谷的中段，有两座奇特的山。一座叫观音山，观音山中有观音寺。寺内供有如来、观音、普贤、文殊等僧佛和菩萨。一年四季，香火不断。每逢观音生日，进山朝拜者，更是摩肩接踵，络绎不绝。一座叫公母山，公山突兀，母山凹陷，两山相对，呈欲合未合之状。据说某年暴发山洪，八面山中锅底宕水怪，顺着洪流游到公母山下，摇头摆尾，兴风作浪，于是就有了至今还保留完好的文峰塔和"勤殷望治"摩崖石刻。

板壁崖壁立千仞，有如刀劈，故又称百丈崖。清人陈炳璋撰文描述道：蒲家银之后有崖焉，横亘峭削，四时如屏悬立，不啻百丈。其无丛林，而秀草芊锦，苍横翠滴。每当雾结云开，以扑雨晴，甚险。中有黄连小株，晨曦辉映，璀璨如金，射利者縋取不可得。

当谷底涓涓流淌的溪水行至百丈崖时，其势则变得汹涌澎湃，飞溅起朵朵跳跃的浪花；其声有如铜钟轰鸣，终日不绝于耳。陡峭的崖壁间杂花生树，交枝错柯，名木黄杨香楠，嘉植棕榈山檀，斑斓葱郁成聚。时而风雨骤来，林涛悲号，破空而至。但凡高人雅士，羽客隐伦，行经至此，无不驻足流连。记得曾经在雨水季节时来这里，第一次望见飞泻直下的瀑布，脑海中突然冒出"金风玉露一相逢，便胜却人间无数"。遇到这让人心动的景致，感觉初恋也不过这般愉悦。

放眼望去，那谷底的流水，那崖壁中的虬枝，那绽放五颜六色的山花，争先恐后，跳进眼底。尤其是那些生长在漫山遍崖的野生蜡梅，苍翠馥郁，生机勃勃，让人顿生"万花凋零独鲜妍，占尽风情向小园"之感。要是寒冬月夜访梅，则可尽情玩味"疏影横斜水清浅，暗香浮动月黄昏"之趣。诚然，我更喜欢蜡梅"咬定青山不放松，裂崖缝里不计穷。风雨雷电无所惧，霜凝剑刃仍从容"的秉性。

把视线移向国画山，定可让人瞪大双眼。不知是哪位大家用如椽巨笔，画就的那一幅幅多姿多彩的水墨画，堪可夺人心志，摄人心魄。我想要是在不同季节、不同气候、不同视角的注视下，这些由大自然用鬼斧神工描绘的图画，肯定会发生着不同的变化。恰如北宋大画家郭熙之的比喻"春山淡冶而如笑，夏山苍翠而如滴，秋山明净而如妆，冬山惨淡而如睡"。在人与自然顾盼之间，国画山大写的画卷仿佛是被拟人化了的山水，于是人世间的艺术生命由此而与山川峡谷融为一体。故南宋大诗人辛弃疾才能写出"我见青山多妩媚，料青山看我应如是"。

这条峡谷在地壳运动中造就了一道道自然奇观。而人文历史则是生息繁衍在这里的土苗儿女，领受优秀传统文化熏陶，哺育了柳映芳和王三征那样的大孝子。"柳孝亭"和"弈孝亭"上面记载的就是他们孝敬父母、和睦友邻的感人故事。后来的人们，从他们的身上看到了："恩则亲养父母，义则上下相怜；让则尊卑和睦，忍则众恶无喧。"如是这样，何愁人与自然，人与人，人与社会不和谐。

生物活化石告诉我们，这条长达十余公里的城市峡谷，沉积了四个地质年代，跨越了近四亿年沧海桑田。这峡谷中的一步一景，移步异景，无处不彰显大自然的美妙和神奇。峡谷里的道路一波三折，千回百转，犹如走迷宫。那些躺在溪水里的石头，有的长满了青苔，有的晶莹透明，有的暗红中嵌着翠绿。头顶苍鹰盘旋，耳畔雀儿争鸣，沟谷瀑布飞流。每一位于城市峡谷行的人们，只要立于拜佛台回音坪，双手合十，面向观世音，把内心祈愿喊出来，不论喊什么，大山都能给予清晰可辨的回应。

峡谷缘起远古强烈地震造成地面被切割成缝，继而经年复一年山洪冲刷，慢慢形成了丹霞地貌。峡谷山与山相对，宽窄不等；峡谷落差高低有别，错落有致。因其落差大、切割深，还具有通风凉爽特性。记得小时候在峡谷里，脱光了衣裳，躺在光光生生的石板上乘凉。饿了，拾来柴火把准备好的粑粑果果，等不及烤热熟透，小伙伴儿们就发起进攻，你抓一把我抢一坨，大吃海吞起来，别说有多么舒服快乐了。接下来，我们拿着用竹梢做的鱼竿，马尾做的鱼线，绣花针做的鱼钩，牙膏皮做的饵垂，鱼钩上穿上一条从细沙里淘来的沙虫，右手高举着鱼竿先往后，继而朝前轻轻一扬，鱼线便带着风声蹿入水中。这时候，只要盯着水面，待到鱼漂颤动，立马举起鱼竿往上一撬，即可把闪烁着花花绿绿鳞片的鱼儿，像耍魔术似的一条接一条钓进篓子。

武陵水岸位于老城，当属城市峡谷最引人注目的去处。一泓清澈见底的山溪水，把黔江这座古老的小城分为两半，偏小的一半与西南方的跑马山、三台山和黑山相伴，稍大的一半紧靠在东北方的仰头山下。武陵水岸以栅山河与城北河交汇的两岔河为核心，被称为城市会客厅。会客厅的定义，意指最具城市峡谷的形象和风彩。这里，曾多次举办过全国乃至国际钓鱼大赛，于是来自世界各地的官方人士和五湖四海的地方名流，都会不由自主地走进会客厅，融入熙熙攘攘的人流，隐进郁郁葱葱的花木，聆听婉婉转转的鸟鸣。夜幕笼罩之下，倘若步入会客厅，踏着音乐喷泉的旋律，哼上一曲"南溪号子"或"送郎调"，则别有一番情趣。

写到这里我突然想说，这是一片栖息在华夏大家庭中的神奇土地。平湖与高山比美，峡谷与江河竞秀，河水像琉璃般碧绿，山丘似锦缎般艳丽。过去，曾因边远闭塞，交通不便，许多景致不为外界所知，但我相信随着高速路航空高铁的开通，城市峡谷一定会成为人们向往之地。

黔江之夜

罗 毅

夜幕降临。号称中国峡谷城、武陵会客厅的黔江城，渐趋安谧。

带有丝丝甜味儿的山风拂过大地，让人神清气爽。城中行道树、电线杆、广告牌和高高低低的建筑物如小朋友捉迷藏，齐齐隐入夜暗。马路两边、背街里巷的路灯整齐地亮了，光晕橘黄如梦，牵着时间之手步入岁月深处。公路上行驶的小汽车也温柔起来，雪亮的车灯光并不刺眼，阒然无声地汇入车流长河之中。城的周围，是黑魆魆高耸的群山，影影绰绰似巨人哨兵，忠实地护卫着这一方峡谷之城。静水深流的三分岔河水，穿城而过，直把如梦似幻的玫瑰夜色，呼啦啦氤氲开来……

暮春时节的黔江城，既无寒冷，亦无酷热，北纬30度地理位置的神秘，山清水秀的自然环境，带来清新可人的优良空气，让人爽心得无以复加。趁着美丽夜色，步出家门，随便寻一去处，也能体味到这一方天地的宁静、祥和与美不胜收。走在路上，吮吸着清新富氧，大自然的造化，人生的美好，生活的甜蜜，便在心头悄然滋生。

掌灯时分，各色人等自会三三两两去往黔江河堤或城中体育场，用自己喜爱的运动方式来挥洒汗水或虚度时光。当然要数走路、慢跑这个简单宜行的运动比较常见。一边走，一边把手机微信软件中积攒的步数，在朋友圈中晒上一晒，与千里之外的好友互动点赞，一能达到强身健体目的，二能实现友情互联，三能刷到满满的存在感。或者，结伴到某一处广场院坝，跳跳舞、摆摆龙门阵、看看露天电影。或者闲坐河边石凳条椅，与爱侣伙伴窃窃私语，或是互不理睬，自顾自埋头玩智能手机，形成一道令人忍俊不禁的风景。

那时，我信步穿过三两处广场舞方阵，来到城西大众广场，悠闲地漫步。就见广场西北角，有节奏悠扬的乐音传来。定睛细看，夜幕下，一群白衣白裤飘逸若仙的太极拳爱好者手执青锋，在教练的指导下，翩翩起舞。刹那间，寒光四射，恰似兵戎相见……呵呵，莫非时光倒流了吗？

那是21世纪之初的某一个冬日，头一回抵达这远离重庆主城的峡谷城。也是华灯初上时分，紧张的工作之余，东道主领着我们漫无目的地溜达，感受武陵小城的别样风情。不知不觉间，就到了这陌生的大众广场上。时朔风扑面，哈气成冰，却丝毫挡不住土家、苗家人在此夜间休闲。但见上百人众的摆手舞人群，在广场上围成一个巨大的向心圆圈，随着悠扬的音乐节律，挥手，踢腿，摆臂，作逆时针快乐旋转。而我，被广场北端方形平台上的一幅夜练太极图深深吸引——一位身材挺拔高大的白衣老者，身背长剑，背向而立，沉稳中凸显侠义之风。只见老者随着音乐起势，然后野马分鬃，进而白鹤亮翅……迈步如猫行，运劲似抽丝，好一个拳势中正安舒，动作均匀柔和，其刚柔相济、出神入化的太极套路，让围观者击节叫好。在其引领下，数十位年轻的男女练习者有样学样，整齐划一地比画着、模仿着……

"这里的人真幸福，简直过的是神仙日子。"此情此景，让我由衷赞叹。

好客的东道主却不敢苟同，轻声一叹，这只能证明黔江人热爱生活。您是初来乍到的外乡人，可知道"养儿不用教，酉秀黔彭走一遭"的说法，是否知道"宁愿苦干，不愿苦熬"的黔江精神？

哦，初来乍到，一切皆是新鲜，自然不知道这群山深处曾经生活的艰难。只是在重庆至黔江行程达八九个小时的来路上，一路颠簸，已经让我粗略地领教了山高水长路远的"恼火"。

后来，我便把关注的目光投向了这片神秘之地，短短十来年间，渝怀铁路竣工通车，武陵山机场银鹰翱翔，包茂高速公路全线贯通……黔江峡谷城与山外边的距离，猛然缩短。接踵而至的，是群山深处的小城，人民生活天翻地覆。

时至新时代，旧城与新城，肯定不是二十年前那个样子了。生活在这一方热土上，能歌善舞的土家人、苗家人且歌且舞，传唱着明天的希望之歌。时光如白驹过隙，当年的老者安在？这广场上兴味盎然的太极高手武林中人，可是那年跟随老者夜练拳术的后生？

夜未央。风轻扬。远望天边，星星闪烁，深邃的夜空显得落寞寂寥；近处高楼上，霓虹灯忽明忽暗；侧耳细听，凉风送来断断续续的歌声，缥缈似雾……归家路上，我刻意放慢脚步，生怕惊扰了这美丽的黔江之夜。

春满峡谷城

王可章

牛年的春天来得特别早，仿佛一夜之间就来到了中国峡谷城。春满峡谷城呵，怎不令人欣喜？

一

清晨，黔江河滨公园已有不少行人，或健步晨练，或呼吸新鲜空气，或欣赏沿岸迷人的春色。

从黔州桥顺河堤而下，沿岸已是一派春意盎然的景象。柳树已抽出了新绿，柳枝随风飘荡，似乎在向往来的人们展现轻盈的舞姿，也像在邀请心仪的舞伴；香樟树、桂花树长出新叶的同时，也褪去部分残叶，落叶像蝴蝶一样飞舞，或像蜻蜓一样落到人们的肩背、发梢，或碰碰人们的脸颊，或掉落在花草丛中、石板路上，显得很轻柔，悄无声息；梅花依然开得正艳，一点没有凋谢的样子。玉兰花次第开放，向阳的玉兰已开得招摇烂漫，白的像雪，紫的像胭脂，温润而纯净；背阴的玉兰也打起了花骨朵，含苞欲放，鼓鼓囊囊，似乎像蘸满墨汁的大号毛笔要将春意尽情挥洒，鸟儿在其间跳来跳去，发出欢快的啼叫；紫叶李也开出淡紫色的小花，一束束，一簇簇，密密麻麻，似乎不甘寂寞，发誓要给春天增色；茶花在碧绿的叶子映衬下露出了红红的脸，似花枝招展的小姑娘在捉迷藏，微风一吹，笑意盈盈，煞是可爱；鲜红的木瓜花正在怒放，露珠在花瓣间似姑娘的耳坠晶莹剔透。

被称为"长生桥"的风雨廊桥又迎来了它的常客和新客，有人练剑，有人打太极，有人练气功，有人在地面上用清水练习书法，水湿留印，水干无痕，一切都显得悠闲、安静、自然、和谐。

黔江河滨公园也称"长生苑"，与"长生桥"一样，主要是为纪念黔江历史文化名人范长生，也希冀市民锻炼好身体、陶冶好心性，以求长生之意。东汉建安时期，范长生出生在黔江，早年迁居青城山拜师学道，刻苦研习《老子》《周易》等百家学问，后来成为一代道学宗师、天师道首领、大成国丞相，享年百岁，被奉为"长生大帝"。由此观之，范长生不论其出生地黔江，还是成长发迹地青城山，都是修身养性、天人合一的理想之所，是令人向往之境。

二

被人们称为"城市客厅"的三岔河，河面微波荡漾，绿水茵茵。常有一群白鹤和三两只鹭鸶、翠鸟在水面飞翔，时而停留在音乐喷泉桩头，时而沿河汊飞过，似与游人共乐，享受这平和的时光。与白鹤、鹭鸶、翠鸟比起来，野鸭似乎活跃得多，四五只野鸭在水里嬉戏，或捉食鱼虾，或有意识地给游人表演水上技巧，有时从水里冒出来，有时又钻入水里，不经意间，似乎有大鱼翻起波浪。驻足观看的人们，不时将手机掏出来，对着白鹤、鹭鸶、翠鸟、野鸭"咔嚓、咔嚓"，试图留下这精彩的瞬间，以便在朋友圈分享其所见所闻。

其实，在多年以前，这三岔河未蓄水之前就叫白鹤坝，西山片区区委、区政府所在地是大片稻田，后面情侣山、八面山古木参天，森林植被浓密，非常适合白鹤、鹭鸶、野鸭之类的水鸟栖息繁衍。而白鹤、鹭鸶一类水鸟有强烈的念旧情结，俨然成了市民的朋友，市民们对这些水鸟非常友好，从不驱赶捕杀它们。

我好像突然明白人们将三岔河取名为"城市客厅"是意有所指。往常，人们客厅里不是时兴挂什么"松鹤延年""年年有鱼""大雁南飞"之类的国画吗？这些水鸟不正是黔江市民的吉祥鸟么？

流连在"城市客厅"，举目远眺，远山如黛，云雾缭绕，山色葱翠；静观湖面，天光、云影、群峰与河边树木、行人、楼房、水闸廊桥倒映在水里，形成似像非像的缥缈状态，在波光粼粼的水面摇曳婆娑，似海市蜃楼，看久了会花眼，让人有些恍惚迷离，如梦如幻……

沿河堤继续下行，一些民居沿河布局，格调古色古香，红红的灯笼和春联给临河人家增添了不少喜气。一户人家春联是："鼠年抗疫成效显，牛岁勤耕气冲天。横批：牛年吉祥"；另一家是"抗击新冠誓为民众驱病魔，攻坚脱贫要领百姓奔小康。横批：万象更新"。"城市客厅"靓丽景色和时时处处显露出的文化气息与时代气息相得益彰，和谐而生动。

三

黔江素有"中国峡谷城"之美誉，是被众多文人雅士称为可以安放心灵的地方。

如果说将黔江老城区视为第一级峡谷，那么观音岩峡谷则是第二级，其海拔高差大致百米。黔江老城坐落在四面环山的山间河谷地带，西面是武陵仙山，北面是八面山、仰头山，东面是插旗山、酉阳山，南面是三台山，黔江河穿城而过，在东面插旗山、酉阳山之间被称为观音岩的豁口进入第二级峡谷。

来到峡谷入口，黔江河水量明显增大，河床变陡，流速加快，发出"咕咚咕咚"的声响。在白虎滩处，已卷起了细微的浪花，流过百十米的滩涂后冲入跌坎，声音已成咆哮之势，有虎啸雷鸣的气概。

眺望观音岩峡谷，太阳正从深邃的峡谷上方云层里显现出轮廓，朦朦胧胧，隐隐约约，似一枚硕大的蛋黄，粉红粉红的。峡谷两岸雾气升腾，凌空飞架的慈航桥和玻璃栈道如两道彩虹悬挂云天。右岸观音雕像在雾霭中若隐若现，观音菩萨似乎正从天界下凡到人间。旁边刀斩斧截的板壁岩也挂着几缕岚雾，飘逸变幻。文峰塔的塔尖从雾气里钻出，塔身若隐若现，似有似无，整个峡谷似有仙气氤氲，紫气升腾。

那悬挂于峡谷左岸的"千里光"金灿灿的，开得十分鲜艳，恍如油菜花一样金黄，只是不像油菜花那样成片成规模，三五一丛，零落分布，十分耀眼。往峡谷深处前行，河边虽无高大乔木，但灌木丛生，那石楠与俗称"狗尾巴"树的山麻杆嫩叶红得发紫，如果说一丛丛石楠似野外的篝火，那么点缀林草间的山麻杆就是一束束火炬，给峡谷增添了不少亮色。水麻树和马桑树同样开出黄褐色、细如花椒粒大小的花朵，近观虽不起眼，远观却色彩斑斓，如巨大的花毯或平铺，或悬挂山坡，如巨幅广告张扬峡谷春色；最亮眼的是那铁线莲，这里一丛，那里一网，高低错落，色如白雪，暗香盈鼻。铁线莲是一种藤蔓植物，常附着在灌木枝丫之间，远远看去，似梨树花开，近观叶子苍翠欲滴，白花像珠链一样一串串、一簇簇，美丽而淡雅，素净而高洁。还有那俗称"九里香"的密蒙花也像赶趟似的绽放，其枝叶呈浅绿色，其花朵细小，白色花瓣，花蕊呈金黄色，如军官肩章上的星星儿。据说，密蒙花是上好的中药材，具有祛风、凉血、润肝、明目的功效。说到峡谷中有中药材，我不禁感慨柳孝子的孝道情怀。

很久以前，一个名叫柳映芳的穷苦子弟，父亲死得早，母亲年迈多病，母子俩仅靠儿子到酉阳山上打柴维持生计。他年复一年、日复一日地劳作，风雨无阻。柳映芳的孝道感动了上天，老天派一位神仙指给他一棵沉香树，叫他一月砍一枝售卖，足让其母子俩衣食无忧，他母亲因此活到了80多岁。人们感念柳映芳的孝道，就在这棵树边修起了柳孝亭。这是多么温暖人心的孝道传奇啊！

与柳孝亭相对应的，左岸插旗山上还有一处弈孝亭，也是黔江人尽孝传佳话的历史见证。

我曾一直想，黔江人为什么要在城市东面修建观音庙，在壁立千仞的悬崖峭壁开凿观音像？此时，似乎找到了答案。东面不就是太阳升起的地方？太阳是最无私、最圣洁的万物主宰，是大爱的象征，阳光普照大地与观音菩萨普度众生不是一样的道理吗？

单纯这样理解好像也不完全对，那新城区正阳、舟白组团，还有青杠、冯家组团都是以峡谷为中心向外发展的，"城在峡谷上，峡在城中央"啊。哎，这黔江新老城区组合，不正像一朵恣意绽放的迎春花吗？城市和峡谷有观音菩萨照应，即"佛在心中""心在佛中"。黔江人真幸福啊。

我盯着眼前的一树铁线莲陷入了沉思，铁线莲借助其他树木使自己的芳华体现得更加娇艳，在平常看来似有攀附之嫌。但是，不论自然界，还是人类社会，又有谁是孤立存在的呢？这树木，这花草点缀了峡谷，这观音像、观音庙，这亭榭给峡谷增添了人文底色，黔江因这峡谷而闻名于世，被誉为"中国峡谷城，武陵会客厅"，这不是互为因果、相辅相成吗？

此时，我想起了著名诗人卞之琳《断章》的诗句：

你站在桥上看风景，

看风景的人在楼上看你，

明月装饰了你的窗子，

你装饰了别人的梦。

这山，这水，这峡谷，这花草树木，这人文景观，不就装饰了峡谷城的春天吗？

黔江峡谷峡江咏

周华高

沧桑60万年前

"人猿揖别"我祖先

后照巴祖，商初始为濮

春秋黔江，巴之南鄙

峡谷峡江

大母的命门开敞

昨天，我从此呱呱坠地

今天，我唱着春天的故事

汹涌黔江的脉搏

母亲的双峰

天长地久的生命宇宙

处卑

至善至爱的乳流

万古流芳的美酒

我要啜饮如孩，如圣叩拜

雄心在海

危岸举帆，弄李白一叶轻舟

仰望高山，左舟白右正阳

神驰太空，视极北斗

高山雄川大文化

峡谷峡江大文章

深邃思索，敏妙浩歌

"苟有来世，愿为印度之鸟；

倘必须为人，则愿为中国人。"

登上望佛台

大峡清气扑面来

方悟命脉蜀道迤逦开

理襟振衣凝眸定神

敬谢情怀，素心如斋

北纬30度，天人共歌舞

凤鸟至，河出图

水眉雎鸠关关，柳腕黄鹂婉转

屈子的求索，康宁的美图

蜀道惊叹化航速

美丽黔江，风华武陵

子美疾呼宛在耳

一方水土

清风明月，茂林修竹

天赐明珠，政通民富

大美壮哉

东方卢森堡

黔城养心都

中国峡谷城的前世今生

钟 山

　　重庆市黔江区拥有中国唯一的城市大峡谷，世界罕见的砾岩溶洞群，形成了"城在峡谷上，峡在城中央"的全球罕见、亚洲唯一的独特城市景观。

　　通过逐渐放大奥维地图，位于武陵山腹地、渝东南边陲，一座山中小城坐落在莽莽群山之间。这里，就是被喻为"中国峡谷城，武陵会客厅"的重庆市黔江城区。远古地壳造山运动，成就了黔江"六岭五槽"的地形地貌，山与山对峙，形成众多峡谷，阿蓬江沿途的官渡峡、神龟峡，兰溪河段的观音岩峡谷已经是黔江的著名景区，将黔江喻为中国峡谷城名副其实。

一

　　高峡流云，山岚雾霭。在黔江的崇山峻岭中，官渡峡、神龟峡乃至更多天然形成的未名峡谷，形成了黔江多姿多彩的峡谷风光，造就了黔江山清水秀的旅游宝藏。观音岩峡谷，这条穿越黔江城区的峡谷，长约8公里，横跨了7个地质年代，融山、洞、峡、瀑布、湿地、森林、地质奇观和佛教文化、土家风情于一体，恰似一条绿色丝绦，将城区自然和人文景观系于一体，绘就了一幅峡谷之城的水墨丹青长卷。

　　时光回溯到20世纪末，黔江新城分属于舟白、正阳、县坝等乡镇，一座酉阳山、一座插旗山横隔黔江新老城区之间，一边是繁华的城市，一边是落后的乡村。进入21世纪，随着社会经济的发展，黔江新城建设奠基起步，正阳隧洞、舟白隧洞、南青隧洞、舟白复线隧洞相继贯通，以舟白、正阳、青冈、老城区四大片区组成的黔江城初具规模，城区面积达到40平方公里，人口近30万人。

　　黔江新城的建设，带来了舟白、正阳等曾经贫困落后乡村的巨变，一栋栋高楼鳞次栉比，一条条公路四通八达，位于正阳片区的黔江火车站、位于舟白片区的武陵山机场相继建成投运，标志着一个新兴城市的诞生。也正因为城中峡谷的存在，使这个山区小城有了"西方卢森堡，东方峡谷城"的美名，成为游客纷至沓来的旅游佳境。

两岸青山，山岩重叠。黔江多山，但并非高不可攀，最高的灰千梁子海拔也只有1800多米。位于城区峡谷入口的观音岩，是黔江新老城区的分界线，观音岩边一座孤峰上，修建于清道光年间的文峰塔，成为黔江峡谷城公园的标志性建筑，其塔高9米，呈六方体，石灰浆砌，拾级登顶，可俯瞰全城。每当夜幕降临，从黔江老城区望去，文峰塔处，悬崖峭壁间彩灯闪烁，塔身金碧辉煌，恰似大海上的灯塔，更似天上的街灯；或是雨后暂息，浓雾弥漫，云雾缭绕文峰塔，恰似灵霄宝殿屋顶上的塔尖，城中酉阳山宛如云海中的仙岛。

塔立孤峰，绝壁千仞。文峰塔与酉阳山悬崖峭壁之间有一道200多米的岩缝，岩缝底部形成一条幽深静寂的石峡小路，站在缝里看天，天被悬崖挤成了一根线；走出缝望塔，塔就像长在悬崖上的一棵松，凸显高大而伟岸。

夕阳返照，霞光灿烂。年幼的我出生于酉阳山下的一个名叫团山堡的小村庄，每当夕阳西下，我们村庄的瓦屋、菜地和酉阳山均披上一层金黄色的霞光。后来读黔江历史，方知"酉时，夕阳返照（酉阳山），为'酉阳夕照'，是古黔江八大胜景之一"。原来，我一直居住在景区里，孩提时代经常攀爬的文峰塔则是我们乡村孩子的乐园。

年少的日子也是贫穷的日子，贫穷的日子也阻挡不了山区孩子的好奇心和贪玩心。记得小时候，"上天入地下河"是我们乡村孩子们游玩三部曲，"上天"即攀爬文峰塔，从谷底到山顶，需要2个多小时，我们总是借上山砍柴、打猪草的机会进行攀爬，直到邻村一位同龄玩伴因为被滚石击中身亡才引起大人们的警醒，阻止了我们这项危险运动；"入地"即钻青牛洞，沿文峰塔下谷底前行千米有余，有溶洞名青牛洞，或许是为了阻止孩子进去，大人恐吓我们说里面有犀牛，但这丝毫阻挡不了我们进洞一探究竟的脚步；"下河"则是到兰溪河游泳、玩白沙泥，以泥为墨、大地为纸，书写着我们的青春岁月。

我想，观音岩已经存在亿万年，文峰塔屹立距今不过172年，从我出生到现在，也不过短短50多年。亿万年的风雨飘雪，百余年的历史巨变，50多年的人生漫漫，然而山河依旧，风光依然；虽然朝代更迭，始终岁月静好。

团山堡，曾是个贫穷落后的小山村，那时村民们靠山吃山、土里刨食，如今老年人依靠社会养老保险金，享受着城市退休职工的待遇；青壮年则经商、务工；年幼的小孩就读于邻近的幼儿园、小学，少男少女们在城中最好的中学就读。曾经的泥瓦房、石瓦房、茅草房已经被一栋栋钢筋水泥的小洋房替代；曾经泥泞难行的乡村小路已经变成水泥道路，连通到家家户户；曾经让乡邻赖以生存的5口水井已经被连接到家中的自来水替代；曾经使用的煤油灯已经不知去向……

　　天翻地覆的变化来自短短几十年间，在旅游业蓬勃发展的今天，我曾经朝夕相处的山峦已经恢复刀砍斧伐之后的生机，山坡上曾经栽种的红薯、洋芋让位于郁郁葱葱的森林；曾经偏寂一隅，默默无闻的塔、河、峡、寺、洞，正是构成中国峡谷城景区的基本元素，人们正逐渐揭开它神秘而神奇的面纱，使之成为令世人赞叹不绝的旅游佳境。

二

　　镇妖避邪，宝塔居首。在华夏大地上，塔随处可见，建塔塑佛以降妖除魔保一方平安源自人们对佛道的信仰。文峰塔便是如此，据《涪陵地区文物志》：（文峰）塔址之两山，为公母山，一旦公母吻合，县城将遭灭顶之灾，为阻止两山夜合，乃东建观音寺，西建文峰塔，以震慑之。

　　峡谷公母山的传说，由来已久，在峡谷入口处，有天然形成的两座巨石，公山一座凸出的石柱与母山两处凹进的石窝相距不到1米，外观如同男女生殖器，形神兼备、惟妙惟肖。凸出的石柱因20世纪80年代修路，或因公母两山距离太近，涨洪水时易造成峡口堵塞被毁，仅留下母山的石窝独自留存，在春花秋月、风雨霜雪中暗自情伤。在我的记忆里，贵州贞丰县的双乳峰、韶关丹霞山的阴阳元石，江西鹰潭的龙虎山，四川盐源的公母山，等等，当然也包括黔江的公母山不正是山川大地诠释"天地阴阳相合，众生命运相配"自然规律的最好物证吗？！无可否认，观音岩峡谷公山石柱的消失，让人扼腕叹息。

　　有塔必有寺，有寺当有佛。在中国几千年的历史长河里，佛佑众生，人们把观音作为救苦救难的菩萨，慈悲为怀的化身。在群峰峥嵘、绝壁对峙的观音岩峡谷，左边山峰上，文峰塔高耸；右边山凹处，观音寺静卧。曾几何时，有多少善男信女到此顶礼膜拜，求神拜佛，满足内心需求，直至现在，观音寺虽然几经毁败，但仍然以其有求必应的传闻，吸引着四方香客前来朝拜。在历史的册页里，黔江末代知县王良鼎因为清王朝的轰然垮塌，在离开黔江时，失魂落魄、心有不甘地来到观音寺，让人在半崖之上刻下"望治情殷"四个大字，其心理不言自明，只是他没有想到的是，黔江人早已忘记了这位无所作为、默默无闻的知县，只有这个石刻成为观音岩峡谷的文化留痕。

沿峡谷前行，在右边巨大的悬崖峭壁上，手执净瓶柳枝，端坐莲台，指洒圣水，面目祥和的观世音雕像静立其上，因其高123米，宽69米，成为目前全球最高的观音雕像。左边山坡上，复建的观音寺已初具雏形，以观音寺为中心，悬崖栈道、玻璃栈道、龙脊石林、弈孝亭、柳孝亭、佛音坪等景点，组成了峡谷城一期开发的核心景区。

在我年幼之时的每年春节，在母亲的带领下，我们沿着峡谷入口攀上半山，过涵洞，穿丛林，跨越今天已经开发的峡谷城景区，到蒲家郢走亲戚。留存我心中挥之不去的记忆是茂密丛林间的一块块青石板，那是人们往返的歇息地，只有在这里，才会碰到人，穿越丛林时心中的恐惧才会消失殆尽。在景区建成后，我多次来到这里，寻找我小时曾经歇息的青石板，却一无所获。只能在新建的悬崖栈道、林间步路、上山石梯间漫步，嗅野生蜡梅散发的暗香，听丛林间的风声，看露出地表的石林；在回音坪上扯开嗓子大吼几声，再伏下身聆听地表的回音；在悬挂玻璃观景台虔诚膜拜观音，感受风清气朗，扫除内心的陈腐与浊气。

观音立峭壁，溶洞藏绝境。在石刻观音像的右下方，便是青牛洞。这个曾经是乡村孩童的探险之地已被景区管理部门封闭。一位老人曾经告诉我青牛洞与酉阳山上的蛤蟆洞、黑山的莲花洞相通相连。在青少年时期，我和朋友们曾经多次探访，除了依稀记得弯弯曲曲的洞穴凉爽宜人，有众多悬挂洞顶、洞壁的石笋、石花、石柱外，还有冰沁入骨的暗河，我们还捡到一些石燕（化石）作为玩物；也记得曾经迷途青牛洞，与蜈蚣相遇蛤蟆洞，在莲花洞外看见头上有王冠的大王蛇，但对于三洞是否相通相连始终不得其果。多年前，有洞穴探险队深入黔江，对酉阳山洞穴进行考证，结果是，黔江城区拥有40多个奇特的砾岩溶洞，且品质上乘，世界上少有，洞内常年恒温16℃，是极具开发价值的溶洞奇观。由此看来，景区管理部门封闭洞口，或许是开发的前奏，有待时日，黔江地下溶洞群终将揭开她神秘而美丽的面纱，让世人一睹真容。

三

逐水而居，择水而栖。在人类居住史上，无论城市还是村落，水是人类生存和发展的命根，有水的地方，人有了精神，城有灵气。峡谷城，坐拥阿蓬江，内揽兰溪河，使其更具灵气和生机。

据黔江历史记载，在黔江城区发展的历史上，隋开皇五年（公元585年）建造的石城是黔江城区的前身，位于阿蓬江边县坝老鹰关；贞观四年（公元630年），在今黔江区老城筑五方城门，将石城迁至于此。证明黔江城区已经具有近1400多年的历史，而今，东门、南门、西门、北门等名称依在，只是古迹难寻。

我想，古人将城区从激流汹涌的阿蓬江边搬迁到现在的位置，或许因为山间小盆地适宜扩张，或许因为发源于八面山麓的兰溪河更适合人类居住。在大江、小河面前，古人选择了小，小中见大，咫尺千里，其中的哲理蕴含于城区搬迁的理念之中。

兰溪河又叫黔江河，兰溪是古人的称谓。兰溪河是阿蓬江支流，在阿蓬江面前，只能算是一条小河。如果说阿蓬江是大家闺秀，兰溪河只能算是小家碧玉。据考证，兰溪河上游大木溪与四十八渡水流转四十条湾后，在黔江老城三岔河汇合，其河水散发着淡淡的兰花香味，所以称之兰溪河。古时，溪里可行船，而兰香鲹则是鲜美可口的鱼类精品，黔江作家苦金创作的《兰香鲹》小说，在《小说选刊》刊发后，黔江鲹鱼便成为游客餐桌上不可或缺的美食。直到今天，每年的早春时节，在城区的大街小巷，随处可见源自周边山上的兰草售卖。而今，三岔河成为城的中心，三河六岸防洪堤组成武陵水岸河滨公园的美景，成为市民休闲娱乐健身的最佳场所。

穿越城区的兰溪河随着季节的变化，一时温顺，一时暴戾。秋冬春三个时节，兰溪河是温顺的，一江碧水，清澈见底，缓缓东流，如小家碧玉，文静而内敛；只有酷夏降至，暴雨倾泻，山洪暴发，如脱缰野马，洪浪滔滔。接近峡口处，由于落差较大，尤其是夏天洪水泛滥，导致洪水入峡拥挤倒灌农田、危及村庄。20世纪末，人们在峡口上游开泄洪洞分流，修防护堤防滑坡，人为地阻止了两山相会的缘分。

入峡疑无路，峡谷藏万象。起于观音岩，止于舟白渡的8公里峡谷，峭壁直立，一湾河水在峡谷间流淌千年，涛声依旧。据目测，峡谷宽80—100米，平均深度200米，最大落差500米，险象环生的峡谷风貌导致很少有人从峡谷谷底穿越全程。我70多岁的幺舅是为数不多的穿越者中的一员，从他的口中，我神游其中，在这条隐世的峡谷中，记录下它的古、幽、险、奇。

这是两隔塘，也叫马达塘。传说东汉时期伏波将军马援路过此地，马鞍坠落此塘，幻变成妖，所以修塔镇之。此塘与兰溪河床落差较大，因为瀑布成塘，塘中多是红鲤鱼，人若捕捞，鱼则无影，疑塘与山崖有暗河相连。

这是牛鼻眼。在青牛洞下面的山崖上，有一双状如牛鼻的岩崖，传说是太上老君之坐骑青牛幻化而成，青牛洞之名由此而来。

这是白虎滩。白虎是土家人的图腾，传说因白虎经常出没此滩，谓之白虎滩。石刻观世音雕像旁边悬崖石壁上的山洞，就叫老虎洞，白虎栖息之所。

这是八仙洞。在距离山顶的石壁上，有一排间隔开来的洞口，呈一字形排开，仿佛石屋窗户，传说为八仙居住之地。

这是洪水泉。崖边有泉，兰溪涨水，泉如洪流。

这是麂子峡。此处乱石密布，因为麂子从此岸到彼岸的必经之路而得名。

还有楠木洼、小河等，连幺舅也描述不清的峡谷风景。

峡因水神奇，水因峡秀美。从这些具有土家特色的命名中，观音岩峡谷隐藏着众多不为人知的秘密。或神话，演绎着人神起源万物初始的来历；或传说，蕴含着人对自然的认识和征服自然的愿望；或写实，记录着山川风物，和谐共生的自然现象。

峡谷与阿蓬江交汇于舟白渡，这个古老的渡口已少有船只，几棵参天古树和两条江河在此交汇形成的洄塘如同一幅水光山色的自然风光画卷，为峡谷风光画上圆满的句号，也为一江碧水向西流的阿蓬江田园、峡谷风光拉开帷幕。

在我看来，这里峡谷、高山、小河、溶洞，这里的一草一木、一山一石，还有丰富多样的动植物资源，是成就了中国峡谷城不可或缺的资源……在峡谷城远期建设规划里，城区建设者们将以生态优先，按照生态、宜居、低碳、休闲的发展理念对峡谷进行保护性开发，将悬崖峭壁上的洞穴改造为城堡酒店，悬崖栈道也将延伸到峡口，众多的谷中景点、溶洞群也将一一开发。在不远的将来，我们相信：黔江，这座峡谷之城，终将美名传扬，造福一方百姓。

阿蓬江舟白峡口（陈彤 摄）

阿蓬江国家湿地公园（陈德麟 摄）

一江碧水向西流

阿蓬江，是黔江的母亲河，也是中国为数不多的自东向西的倒流河之一，风光绚丽，不愧为"百里画廊"，其中官渡峡被誉为"小三峡"。

江水清澈，奔流不息，两岸山峦起伏、林木苍苍、山花烂漫，珍稀动物时常出没，是国家湿地公园。

阿蓬江是一条神奇的河流，流淌着灿烂的文化，流淌着两岸人民的欢歌与笑语，流淌着两岸人民的梦想与追求。

一条神奇多彩的河流

陈 川

或许因为出生在阿蓬江边的缘故，说到这条河流，我心中便温情涌动，自有一种天然的亲切感觉。

在人们的印象中，河水总是向着东方奔腾流淌的，所以"一江春水向东流""付诸东流"之类的词句广为人知。可阿蓬江偏偏要颠覆人们的认知，从湖北恩施州利川市发源后，在茫茫苍苍的武陵山区千回百转，汇聚万千溪流，一路向西，至酉阳龚滩汇入乌江。它倒流五百里，据称是国内唯一。这与生俱来的叛逆行径，注定会演绎出一段段神奇的传说。

在湖北境内，它被称为唐崖河，因历史上设立过唐崖土司而得名。进入重庆黔江区境，获得了一个更有诗意的名字——阿蓬江。其实，阿蓬是土家语遗音，意为树根草蔸。由此可以想见它曾经有过的原始和野性：两岸树木翁郁、杂草蓬生，每至春夏，山洪暴发，浊浪如野牛般横冲直撞；冲刷之后，河边悬空虬曲的树根和用根须紧紧抓附泥土的草蔸便赫然在目，让人感慨生命的坚韧和顽强。我曾目睹过它的狂野，那是1982年的夏天，准确地说是7月28日，任性发飙的阿蓬江在沿河两岸的场镇村寨酿成了百年不遇的灾难。而今，梯级开发的水电站犹如一根根缰绳拘束着它，昔日的狂放才收敛了几分。

在我的印象中，阿蓬江展现给我们的更多是柔情款款、摇曳生姿的丽容。从小到大，我常与之亲近，或荡舟览胜，或在树荫下垂钓，或干脆扑进它宽广清凉的胸怀以消溽暑。它就像一条彩练，在崇山峻岭间迂回缠绕。浅滩上，江水湍急，不知疲倦地欢歌不息，飞溅的浪花起起落落，白花花一片。巉岩下，一江碧水静悄悄地匍匐，波澜不兴，瞥一眼清澈见底的溪流足可消融心中的烦躁。时至秋冬，漫山的杂树红的红、黄的黄、绿的绿，映入江中，五彩斑斓。江风拂过，水波轻漾，色彩重叠变幻，恍若人间瑶池。

沿河两岸，是土家、苗、汉等多个民族共有的家园。湖北咸丰的唐崖土司城临水而建，虽已是遗址，但石牌坊经数百年风雨而屹立不倒，正反两面镌刻的"荆南雄镇""楚蜀屏翰"清晰可见，不难想象当年的威仪和风光。黔江境内的官渡峡，绝壁耸峙，遮天蔽日，半壁上的多处岩棺透出远古的神秘。其间还有一座三面环水的孤峰，山顶平坦，寨墙的遗迹依稀可辨，被当地人称为水寨。相传早年一支苗民为躲避官府的追剿，在此筑寨抵抗并智退官兵，方免遭屠戮，延续至今。再往下行，少了深沟峡谷，多了良田沃土，加之有舟楫之利，沿岸便自然形成了冯家坝、濯河坝、两河口这样的场镇和大大小小的村落。清雍正十三年"改土归流"之前，这一区域是酉阳土司与汉地的交错地带。尽管也有疆土之争，但各民族通商往来，和睦相处，分享着阿蓬江水所滋润出的富庶和安宁。

出两河口，又进入长达数十里的幽深峡谷。过去滩多浪急，石壁陡峭，人迹罕至。下游修建的大河口电站形成了库区，人们得以乘船欣赏峡谷的原始风光，高岩上的野人洞让人生出几多猜测、几多遐想。最终，它来到龚滩古镇，悄无声息地融入乌江，似乎疲惫已极，只能让更丰沛的水流带着它继续向远方前行。

多年以前，我曾站在两江汇合处，看着阿蓬江以清丽之躯，平和安然地接受乌江的拥抱，感受到它倔强地从大山里冲撞出来的满足和宁静，感受到它一路上广施普惠孕育了多姿多彩的民族文化而隐约透出的骄傲和坦荡。

阿蓬阿蓬

傅天琳

阿蓬，我这样叫你
就像在叫一个妹妹的名字
一个土家族或苗族的妹妹

你裙裾上的花蕾在三月
爱情一样欲言又止
石头中的云朵，时而沉重，时而轻盈

事实上你是一条江，阿蓬江
摇曳在武陵山斑斓而苍莽的风中
那清澈那纯粹令我羞愧

悬崖上，三只小鸟跳过树枝
带着机敏的眼神

还有篝火、山歌、米酒和响当当的明月
是你，作为礼物送给那些古镇
那些寨子，那些欢乐的人群

你是充沛而肥硕的
而我进了峡谷，才知你的细腰
细如游丝

我必须跟随一条鱼
才能啄开一线天的裂口

走进这绝世的美景

你是我每天出发的地方
又是我每天到达的地方

出门就见到你，凡有水的地方都是你
阿蓬阿蓬，你就是妹妹，就是母亲

官渡峡风光（外二首）

笑崇鐘

你是神写的诗
美营建的梦

藤萝亲吻峭壁
丛生的杂树恋爱着阳光
争妍的百花是梳妆罢的新娘
在峡谷柔波里荡漾

悬崖飞流
云雾起舞
几多彩虹珍珠
逊色了庐山瀑布

仙人悬棺
龙吐舌头
神秘了视线
几多神奇瑰丽
传说悠远

仙女峰心潮起伏
依旧满含春意
述说了几多风流千古
声声爱的故事

百里画廊

神龟峡

你是不可名状的百里画廊

一步一胜景

满目绚丽风光

两岸原始森林遮蔽百里长峡

千树绿 万花香

不知有多少珍禽异兽

蕴藏了几多稀世之宝

怎不令人神往

峡谷宽宽窄窄弯弯曲曲

伸向缥缈远方

数不尽的嶙峋奇石

勾起梦一样的遐想

神龟难入梦

一刻不停地眺望远方

含情迎送天下客

水滨神龟

神龟何时化作了峰峦

江水依旧奔向远方的思念

日夜追寻爱的乐园

梦中的风景多么迷人

皎洁的星辉撒满山川

人生如梦如歌

不知江山换了多少次新颜

梦了千年的神龟仍在等盼

中国
峡谷城
清新黔江

阿蓬江

王明凯

一条乌篷船，犁出你的涟漪
也犁出我自作聪明的联想
"阿蓬"是你的阿哥吧
他在回水处吼南溪号子
诱你走进他，图谋已久的怀抱

灿烂的你，咧开腼腆的笑
嘻嘻，才不是呢
"阿蓬"是太平的意思
人家阿蓬江，就是太平的江
我说懂了懂了，"阿蓬"是你
跋山涉水的期盼，岁岁年年的啼痕

你是从远方来的
穿过崇山峻岭的狼牙，穿过
细水长流的雨丝和日头
摘下白头帕揣进怀里
插一朵野菊花就唱响了山歌
唱官渡峡的水寨神秘莫测
唱细沙河的腰肢细腻如脂
唱濯水河的古街凉风习习
唱神龟峡的神掌夹江斗折

大河在峡谷拐了一个弯
绝壁上，你的旋律就撞出回声

像双龟含情，向我们招手

似一河大水，为我们鼓掌

邻船的姑娘来了兴致

一首情歌传了过来

阿哥吔——哪有烙铁它烧不红

哪有棉花它弹不绒

我身边的汉子毫不示弱

背起喉咙就递了回去

阿妹吔——只要小妹你心有意

冷水泡茶我慢慢浓

一船豪情便哈哈大笑

一河嗓门便响起和声

嘿，慢慢浓，慢慢浓

寻寻觅觅阿蓬江

邱 平

初秋，文友相携，溯阿蓬江而上，探寻母亲河的轨迹。

对于一条河的认识，她的源头、她的走向、她的来龙去脉一定是绕不开的话题。说来惭愧，几十年临江而栖，居然没去寻根问源，曾经以为阿蓬江就是这条河的全名。幸有这次机缘，终得一探究竟。

那两天，辗转在恩施利川毛坝镇、咸丰唐崖土司城以及黔江石城、濯水古镇，徜徉在自然风光中，流连在人文景观里，其展现给我们的内容太丰富、太厚重，深感不可名状。

一

在湖北利川茅坝镇的青岩山，山中有暗流，从九个泉孔汩汩而出，汇集成一泓清水，人称"九龙归一"。一条河由是诞生。

青岩山坐落于青岩村，这段河便曰"青岩河"，这就是阿蓬江主源头。途中，鲸吞两沟十七叉，收纳二十三条溪，一路向西，进入湖北咸丰境内，终成大水，始名唐崖河。

"唐崖河"之名源于唐崖土司。因土司声名显赫，土司城气势恢宏，固若金汤，是以"唐崖"名之。

当河流蜿蜒进入黔江境内，人们赋予她一个美丽的名字——阿蓬江。"阿蓬"之词源于土家语，有雄奇、秀美之意。这是一条在中国版图上颇具特色的"西流水"，有"岸转涪江，倒流3800里"之赞。其实这条河从源头出发向西流淌，到黔江石城与段溪河之水交汇，转而南行到龚滩注入乌江，继续向西，于涪陵汇入长江，折而向东，终入大海。汇入长江之前，长度不足600里，其3800里之说，不知源于何典，极尽夸张之能事，细究起来，只能莞尔。

清晨，细雨霏霏，如丝如缕，我们一行人兴致勃勃乘车而去，去的方向就是阿蓬江的上游。汽车在武陵山脉中穿行，群山连绵，沟壑纵横，霜林叠翠，步移景换，光亮的河水不时从眼前掠过，我们追逐神灵般驶向母亲河的源头。

想象中的阿蓬江源头渐行渐近。汽车翻过一座山梁后，停在青岩山半山腰上。下得车来，顿时眼前一亮，规整的茶园、婷婷的漆树、袅袅的炊烟、苍翠的山峦，好一幅山居田园图！

接待方的朋友带领我们冒着淅淅沥沥的秋雨，一路向前。沿着一条水渠前行二十来米，在一蓬蓬荆棘的掩映下，亮晶晶的清流分别从不同的泉眼里活泼泼地奔涌而来。据说一共有九眼泉，一行人便争先恐后地找寻，可数来数去，无论怎么数也数不出九个泉眼。原来，为了保护水源，所有的泉眼一直被密密麻麻的带刺小灌木遮掩着。听说我们是专程来探索阿蓬江的源头，当地热情的老农特意砍掉一部分灌木，好让我们一睹部分泉眼的芳容。于是，我们终于目睹了清凌凌的泉水于夹壁中争先恐后地涌出来。那如圣水般干净透明的泉水啊，任性地在我们对面边舞边唱，眨眼之间，就汇入浩浩茫茫的源塘内，然后顺着人工渠欢快地流去。在目光与之交接的瞬间，我似乎看见她带着一股动人心魄的原始力量，奔腾而下，一往无前。先前叽叽喳喳说个不停的同行者们忽然失语，纷纷举起相机或手机，用镜头代替了舌头，在按下快门的一瞬间，频繁涌动的涟漪被定格下来，衬托出周遭的静穆。

我终于来到了阿蓬江的源头，对阿蓬江来源的认知从来没有像现在这样清晰过，内心的触动，一时难以言说。

我知道，此刻，我离阿蓬江的中枢很近，激荡着的情怀宛如进入了"不知手之舞之足之蹈之"的境地。

她的灵动、她的安静、她的婉约，我看见的，跟想象的应该有距离似乎又没有距离。我努力让自己静下来，虔诚地掬起一捧，品一品她的甘洌。突然看见许多荆棘上长满了果子，这不是小时候在山野里常见的"糖罐"吗？像枣子般大小，呈椭圆形，满身带刺，百度查询，书名"金樱子"。我们争先恐后毫不迟疑地摘下几个品尝起来，虽然因尚未成熟而有些酸涩，却尝到久违的烂漫童趣，因之回味无穷，悠悠复悠悠。

那是山花烂漫般的童趣哟，是在岁月如烟般散去却始终萦绕在记忆深处的味道。一切都源于这里，山脉的轮廓，河流的走向，生民的容颜，已经成为一份割舍不下的情愫，在精神上与之始终相连。如果说真的有地老天荒，不知这山、这水、这两岸的风物是否已经见证。

面对绵延不绝的一渠秀水，我的思绪始终处于懵懂状态。我想把她的前世今生翻检一遍，可能力不够，看不透她；我想通过我的文字，让逝去的东西起死回生，可笔力不逮，说不清她！事实上，有的东西还活着，比如阿蓬江水；有些东西正在活过来，比如唐崖土司城，比如濯水古镇。

在茅坝，每每感动于茅坝人对自然和文化的钟爱，于是，想起了一句话，"自然养眼，文化育人。"这里优美的自然景观俯拾皆是，奇特的山、纯粹的水、五彩的石，茶、竹、漆以及多种植物构成的天然植物园，煞是养眼。说到文化，屡屡出乎我们意外，步青桥、贞节碑、土家民歌、中国楹联文化之乡和香飘四海的"利川红"……在中国中部鄂西南这个边陲小镇上，我们感受到了浓得化不开的文化氛围。茅坝镇党委书记曾维权在座谈会上一句饱含深情的话感动了我们一行人。他说：置身阿蓬江的上游，绝不挖山，绝不砍树，我们要千方百计保护好这一河清水，让外来的人望得见山、看得见水、记得住乡愁，让下游的人们可以放心地饮用。当天吃晚饭时，曾书记一直兴致勃勃且满含期待地向我们推荐利川籍作家野夫，推荐以野夫的小说改编的电影《1980年代的爱情》，还忙着联系利川的朋友购买电影票，希望我们连夜赶过去看。这部电影许多唯美的场景都拍摄于茅坝，所以，我特别理解他既是在向我们推荐热爱这片净土的野夫，以及野夫在这片土地上的人生回味、放逐与坚守，也是在向我们推荐置身于这偏僻的土地却已经在外界产生很大影响的山川风物。因为时间的原因，最终没有成行。我从曾书记的眉宇中看到了些许失望的神色。

二

隶属湖北省恩施州咸丰县的唐崖土司城2015年荣膺世界文化遗产，这是我们一衣带水的邻里的大事。她就像美得让人心颤的邻家姑娘一样，让我们忍不住频频回眸。在去土司城遗址路上，客车驾驶员用略带不屑的口气评说起土司城来，说唐崖土司城什么也没有，居然申遗成功。说得乘兴而来的我们，心里也顿时索然起来。但当我们走进她，看到的却是一幅幅让人震撼与景仰的场景。

唐崖土司城始建于元朝初年，明天启初年进行扩建，占地1500余亩，有3街18巷36院，帅府、书院、跑马场应有尽有。作为一个军事堡垒，背靠玄武山，面朝唐崖河，是地势优越、风水绝佳之地。当然，她最终也没有逃脱世道轮回，时间的烟云已经把长达460多年如皇宫般的土司衙署之盛景淹没，在历经浩劫后，作为一座城池的古建筑已全部焚毁。然而，街道墙垣的轮廓仍清晰而完整地存在着，具有代表性的石墙、石人、石马保存完好，石牌坊前后镌刻的"荆南雄镇""楚蜀屏翰"八个大字清晰可见，后山上古墓葬群巍然矗立。走在泛着青色的石板路上，一边遥想曾经雄镇一方的唐崖土司城昔日之盛景，一边感慨多少年来那些有识之士是如何克服重重困难，担当起保护、传承及发扬光大的重任。

唐崖土司由覃姓世袭。我们在覃氏家族墓前，见到了一位守护陵墓的覃氏后人。他五十来岁，身材修长，玉树临风，一口地道的恩施方言，说话很谨慎。简单的交谈中，得知为了申遗，世代居住在此的覃氏后人已全部搬迁，而他是由政府派来的守护者。透过他虔诚而又略带落寞的神色，我们仿佛看到一个家族由盛而衰没入时光深处的背影，我相信生活的起起伏伏以及先人带给他的荣光与黯然，已经深深地烙在其生命中。

短短的几个小时，宛若观赏了一幅颇具代入感的历史风情画，真是不虚此行！

三

黄昏时分，抵达黔江石城遗址——县坝。

县坝，在黔江舟白街道境内，坐落在阿蓬江与段溪河交汇处的平坝上，曾经是庸州、石城县治所，是阿蓬江边一座年代久远的古城，史称"石城故县"。说她是城，最辉煌时，面积也不过5万多平方米，而且现在已经缩小至三分之一。

关于石城，正史有载：晋太康元年（280），省丹兴入涪陵县，并有治所在县坝之议；北周保定四年（564）置庸州，治所在县坝；隋开皇五年（585）置石城县，州县并立，亦治于此；大业三年（607）州废，县属巴东郡，治所仍在县坝；唐武德元年（618）移治老鹰关无慈城；贞观四年（630）再迁楠木坪（今城东街道南海城社区）。可见，县坝有43年的州治史、33年的县治史，谓之古城，亦不为过。

县坝作为州、县治所的历史虽然短暂，但曾经有过辉煌灿烂。据传县坝繁盛时期有北、东、南三面城墙三座城楼，沿河有六处码头，城内除县衙外，有万寿宫、乾缘宫、文昌阁、演兵场、龙神庙、周家祠堂、大大小小的戏楼以及林立的商铺。可谓规模宏大，功能分明，市井兴旺，商贾云集，文化繁荣。可惜，随着时代的变迁，历经战火的洗劫，"石城故县"已全然衰颓，原主体建筑荡然无存，毫无昔日富丽堂皇的风姿。

走进她，我们的思想或许都不太轻松，却大都无言以对。往事越千年，那恢宏的大道、喧嚣的码头、雄伟的城门、精美的戏楼、深邃的巷子，一切与古城相关的痕迹几乎消失殆尽，取而代之的是错落无序的民房和乱草丛生的阡陌，彻底蜕变成名副其实的乡野。我们辗转于这块曾经的文化瑰宝古城之中，对古城的美好想象在这里没得到印证。对于曾经的"城市"来说，我们只是她寥寥凭吊者中的一分子。

突然想起关于石城的一段旧事。多年前，一些当时颇有影响力的人士提出要高度重视古城遗址研究，建议修复开发古县石城，打造石城"隋风"、黔城"清韵"、土居城"土味""三城"博物苑，使之领军武陵古城文化。当时，考察者有之，提建议者有之，做方案者亦有之，乍看风生水起，终是不了了之。好像是命运的定数，时至今日，谁也无法更改。

细雨中，阿蓬江静静地流淌着。瓷砖和水泥筑就的房屋，虽然也是临水而居，却再也看不见历史的遗存。村子很静，我们也很静。也许是刚从土司皇城的"黄粱梦"中醒来，也许是沉陷在"石城故县"的破败里呆滞。为什么唐崖土司城能被代代精心保护与绵绵传承，乃至被送入了世界文化遗产之煌煌大雅之堂？为什么我们这么好一座颇具历史价值、文化价值与经济价值的古城却被弃若敝屣，任其风流统统都被雨打风吹去？

此时无声胜有声！默默无语间，大家似乎在咀嚼某种况味，也似乎在寻求自己的答案。

四

此行的最后一站，是国家5A级风景区千年古镇濯水。

不用打量，从孩提时代起，青石板踏道、四合院群落、古雅的戏楼，早已深深地印刻在脑海里。顺着戏楼走过去，一条老街，都是旧屋，陈旧的雕花木窗，饱经沧桑的天井，磨得锃亮的青石板，还有那默默无语的美人靠，无不浸透着古朴的气息。我们感怀岁月没有湮没她的风情。

与石城相比，濯水古镇无疑是幸运的。在重新修葺过程中，虽然免不了有一些雕琢粉饰的痕迹，但那些代表古镇灵魂的东西尚在。吊脚楼、古院落、烟房、钱庄、后河古戏以及与镇俱来的市井生活，一如既往地向着当下濯水人向往的方向延伸。特别是濯水人恂恂恪守的"天理良心"为人做事之道，已经深深地植根于这片土地。那些各具特色的土家吊脚楼以及错落有致的徽派院落，在江水的滋润下古朴而又不失灵性。那些略带沧桑的老宅见证了李、龚、汪、余、樊等家族充满传奇色彩的命运与时代发展的足迹。传说中李家的面子、龚家的杆子、汪家的银子、余家的方子、樊家的鞭子和三座宫宇、六座大院曾经声名远播。在过往的岁月里，几大家族的先祖们勤劳谨慎、处事有道，演绎出一个个感人肺腑、催人泪下的故事，各领风骚数百年，支撑起濯水古镇的繁荣与发达。而今，所谓的"五子登科、三宫六院"，虽然只是当下濯水人茶余饭后的谈资，却已成为古镇文化的一部分。

在濯水，最能体现其精神内核的是"天理良心"道德碑。这块立于清光绪十四年的碑石，在历经了一百三十多年的风霜雨雪后，至今还稳稳地矗立在老街之中。它时刻警示着世世代代濯水人经商、为人、处世之道在于要讲诚信，讲天理，讲良心。碑石旁边，一尊青铜雕塑与之有异曲同工之妙。雕塑表达的是一位正在称秤的商人"秤杆上翘，童叟无欺"的形象，具有浓郁的生活气息，栩栩如生，扣人心扉。老街的"天理良心"碑石和这尊雕塑与蒲花暗河景区天然形成的"苍天有眼"景观遥相呼应，积淀出古镇精神内核——诚信。有了诚信，就有了向善的力量、向上的力量，就有了最美的风景！所以，中央电视台在此摄制《濯水村——大诚止于信》专题片，向世人隆重推介濯水人世代坚守的诚信品格。"天理良心"四个字犹如种子一样实实在在地植入了濯水这片土地上，成就了濯水人以诚待人、诚信经商、重信守诺的良好风尚。青铜铸就的雕塑，既有温度，又有高度；青铜雕塑一侧的生意场，更有温度，也更有高度。只缘此处，奉行的唯有"诚信"，除了"诚信"，还是"诚信"。诚信！诚信！于国于家，尽得风流！

走在古镇老街上，生活气息扑面而来。看见耄耋老者嘴里衔着水烟杆神态悠然地看年轻人下棋，一群妇女坐在屋檐下一边缝着鞋垫一边张家长李家短，我们偶尔会好奇地伸出头看看，或是融进去潜心询问，体会一下什么是真正的慢生活。那时，我们也就成了老街的一道风景。

街上小吃店林立，绿豆粉、马打滚、叶儿粑、麻糖、魔芋豆腐……各种香味不断招惹着一行人的味蕾。濯水绿豆粉被评为重庆非遗美食，以大米、黄豆、绿豆采用传统工艺制作，口感香软，声名远播，格外吸引人。一家小吃店聚集着一帮人，正在围观一位俏丽的中年妇女手工烙制绿豆粉的场景。只见她右手拿着装满粉浆的漏斗不停地转动，那娴熟的手法看得人眼花缭乱，而其灵巧的动作却好似随手而为。不大一会儿，偌大一口铁锅里，绿豆粉像线条一样一圈圈盘旋开去，嫩绿中泛着金黄，滋滋冒着热气，散发出袭人的清香，弥久不消。我们忍不住尝了一点，清新爽口，极有质感。

老街的尽头，气势恢宏、构造精美的沧浪桥横跨阿蓬江两岸。最初的廊桥只有303米，曾经号称亚洲第一廊桥。其实，当时的廊桥并没有传说中那么高大上，反而因一场大火把主体木质结构全部烧毁而让廊桥失之东隅，收之桑榆。重建起来的廊桥居然意外荣膺了"世界第一风雨廊桥"的声誉，使之格外吸引眼球。廊桥全长658米，跨连阿蓬江、蒲花河，由濯水怀远、唐钟飞韵、彩虹伏波、蒲花飞龙四段组成，首尾相接，既相对独立，又浑然一体。桥身由桥、塔、亭叠构，塔、亭虽檐角交错却又层次分明、；桥面美观大方，细节考究，通透敞亮；整桥为纯木质结构，以榫头卯眼相互穿插衔接，精密而牢固，融汇了传统古建筑与土家风貌的主要特点。入夜，桥上灯火通明，远远看去，金碧辉煌，宛若银河星汉，恰似长虹卧波。河流的鲜活与廊桥的静穆，田野的舒展与廊桥的灵动，相辅相成，形成了古镇所特有的风流与韵致。

廊桥的过往今生充满着悲喜与传奇，有关廊桥的际遇，在古镇人的心里一定留下了深深的印迹。不过，时过境迁，关于这个话题在古镇人家问不出所以然，也看不出他们的表情。在他们的心目中，旧的廊桥也好，新的廊桥也罢，都属于他们的濯水，都属于濯水的他们。

徜徉在这些古风古韵中，感受到了她一如既往的安详，安详得如同刚从历史中走来。许多时候，我会陷入一种深深的矛盾中。我喜欢这种宁静，喜欢静下心来慢慢咀嚼这种独具魅力的安详，但我知道她需要迎接八面来风，需要与繁华的现代文明交融。好在为了更好地保护、建设濯水，人们期待的恢复濯水讲坛，创立文化沙龙，建设书院、影剧院等正在进行之中。我相信，当古镇原有的文化传承与新的奇妙创意水乳交融，将会成就明日之古镇。

古镇永存，只缘古镇的灵魂永恒。

在此行的最后一次座谈会上，一个小小的细节始终令我难以忘怀。一位七十开外的老者，趁我走出会议室接电话之机，请求我一定告诉主持人让他清唱一段后河古戏。后来得知，其实这已经是纳入议程的，只是他担心被漏掉这个环节。听了老者的演唱后，与会者着实被那颇有土风的曲调打动了，虽然场面小，没有锣鼓家什的伴奏，而他也因为年龄的原因气息有些不足，可那丰富的面部表情、略带沧桑的嗓音、婉转的唱腔加上流畅的招式，确实扣人心扉，我们一行人心里暖乎乎的。

老者的举动，顿时让我欣慰起来。对唐崖土司城风流的发扬光大，心中肃然起敬；对石城的由盛而衰，隐隐有些心痛。而在濯水，却看到了当地人把对传统文化的保护与传承当作神圣的事业来对待，自此，我是真正体会到文化可以教化人，文化可以温暖人，文化可以促使民族的血脉绵绵不绝……

毋庸置疑，水，是人类的乡愁。作为黔江人的母亲河，数千年来，她无怨无悔地养育着纯朴、善良而又坚韧的黔江人民，因此，阿蓬江是濯水人的乡愁，也是所有与黔江相关的人的乡愁。站在风雨廊桥上眺望，阿蓬江水仍旧那么温柔安详地流过，温柔如深山少女，安详似远寨老屋，与"静水流深"的意境高度契合。"濯水"是一个好听、诗意的名字，春秋时期有《孺子歌》曰："沧浪之水清兮，可以濯吾缨。沧浪之水浊兮，可以濯吾足。" "濯"字从水，本意是洗，"濯水"即洗涤的水。"濯缨濯足"，我还想延展为"濯身濯心"！是啊，每当看见那一汪能洗尘洗心的碧水，眼前立即就敞亮起来，内心也干净起来。阿蓬江对濯水人来说，就像鱼儿离不开水，作为古镇文化，离开了阿蓬江，什么也无从说起。

阿蓬江水就这样静静地流淌，淌过风光独特的神龟峡，淌过吴冠中眼中的"唐街、宋城、爷爷奶奶的家"——龚滩古镇，融入乌江百里画廊，融入滚滚东逝长江水，浩浩汤汤，横无际涯。

在悠悠长长的阿蓬江边，我心醉神迷。这是一条真正未受污染的河流，她像一条玉带蜿蜒润泽着两岸的生民。我相信，与许多经历了树木砍伐、植被遭遇破坏而让河流变得干涸的地方相比，她的绵延不绝，她的碧波荡漾是上天对珍爱自然者的最好馈赠。

寻寻觅觅中，我们被洁净的阿蓬江水牵引着，诗意的情绪潜滋暗长。温润我们的不仅是水，还有融合在其中的更丰富，更绚丽，也更开阔眼界、壮阔心胸的种种况味。那是文化的风味，那是艺术的气息，那是历史的足音！所以然，文化流传，艺术流传，历史流传，如若滔滔不绝的阿蓬江，不消也不散，不散也不消！

溯流追踪，阿蓬江的前世今生贮满了灵性和文脉；顺流而下，悠悠阿蓬江载着土家苗汉儿女亘古不变的温情，向西流去，向东流去，从过去流到现在，从现在流向未来……

阿蓬江神龟峡

杨辉隆

我为寻神龟而来
那些传说，那些美景
如商人对金钱的企盼
让我朝思暮想

高山绝壁，人迹罕至
一山一水，一草一木
总在挑逗我的好奇心
神龟就在我的想象中

神话在这里成批生产
游人都在为它们命名
让每一个弯，每一道门
名正言顺传播四海

阿蓬江畔的明珠

土 凡

有条雄秀的江，芳名阿蓬江，从东向西流，你说神奇不？资料显示：这是7亿年前冰川运动产生的"黄陵背斜"现象所致。阿蓬江是黔江最大的江，是56万土家、苗、汉儿女的母亲河。发源于湖北省利川市，黔江辖区流域长约90公里，沿途有城市大峡谷、濯水古镇、神龟峡等著名风景区。满江流淌着不服输的精神，每一朵浪花都承载着远沉的历史，每一次涛声都是期望的呐喊。峡有女儿柔媚的温顺，岸如男儿雄壮的豪放。没有滚滚的狂涛浊浪，却有冰清玉洁碧绿的丽水深吻如珍珠般的岸石，一路碧澄欢歌。当阿蓬江一头扎进寨子的怀抱，这江段有怀古，思乡井，看今朝，放高歌的感觉。这里是阿蓬江湿地公园核心区及乡村旅游于一体的官村风景区，是阿蓬江畔又一颗璀璨的旅游明珠。

沧海桑田数次，可对始有乾坤以来却是一小数耳。2020年，又一个沧海桑田的数字流年，很平凡。却有生动的内涵图腾在阿蓬江边的寨子社区，一部颇有动感的影片激情上演，片名"乡村振兴"。施行乡村振兴试点并全面深入推进，是新征程路上的重要任务。我算是乡村振兴在寨子社区试点的参与者，也是见证者，但更多的是体验者。体验这闪烁着溪流文化的美丽乡村原图脱胎换骨。

有朋友问我有否乡村一日游的消遣之地，我毫不犹豫地向他推介了阿蓬江畔官村景区这颗玉石般的明珠，说自己经常去却没有厌烦过，并毛遂自荐免费为他一行人做导游。三月，想与花儿说说话的一行人，身影点缀在新建成横跨阿蓬江的寨子大桥上。"这桥是哪时候修的，哪个没让我晓得？挥手间就建好了哇！"朋友以玩笑的口吻说，面带惊讶之色，感叹建桥速度。我说这就是新时代的黔江速度。桥下碧水欢流，桥上车流疾走。两岸杨柳依依，山竹簇簇，远山如黛，云雾缠绕。不远处的天空，一团黑云慢慢滚移过来，如晴方好，有雨亦奇，更可多一份遐思。大桥的一侧是一大片花卉园，这是官村景区重要景点之一。景区还有桃花溪、二十四节气园、官村古寨、古屯兵广场等重要景点。

"走啰，我们去和花儿对话了哟。"我喊道。其实我早已在端品眼帘里横斜出的一朵艳带脂色的桃花，映射出娇羞的样，人面桃花相映红。风中花蕊微颤，灼灼其华，依旧笑春风。花卉园占地两百余亩，一头是寨子大桥游客零换乘站，一头连着美丽的桃花溪，培植上几百种花木。空气中充满着清新的芬芳，令人心旷神怡，浑身畅爽。接着我又欣赏了一朵玉兰花，乳白带浅脂，她的花臂很长，向下伸展，然后上曲，花托就像一只纤纤玉手捏住花朵下部，如母亲呵护自己襁褓中的婴儿。

俏丽宛如美人的茶花映入眼帘，粉的、红的，团团伙伙，竞相怒放。茶花树下分明有褪去光彩的残花掉落，可新鲜花蕾依然循环绽放，拽住自己的春光，占尽该有的风流。让人想起诗仙李白劝酒的名句："人生得意须尽欢，莫使金樽空对月"。是啊！不负青春，不负韶华，用拼搏点燃青春，用追求牵引动力，成就生命的美好吧！

停停走走，梅花林到了，梅花凋谢了很多，残花一地。"无意苦争春，一任群芳妒，零落成泥碾作尘，只有香如故。"梅花的冷艳就不必多说了，千百年来赞美梅花的诗句可装满几十个G的硬盘。红梅不惜胭脂血，披肝沥胆随春去，一股敬佩梅花之情充盈心间。花儿虽艳，绿来护伴，大地渲染出浪漫色彩。花卉园里百花争春，勃勃生机，满园春色四面外溢，点缀得恰到好处。心有花儿的彤红，生活有绿的诗意。远近来往的游客络绎不绝，体验这片放松心灵之地。让人想振臂高呼"绿水青山就是金山银山"。绿色环保之感油然而生。

桃花溪，一条从花卉园边上汇入阿蓬江名不见经传的小溪，是乡村振兴试点打造官村风景区，以此带动寨子社区及周边的重点项目之一。在我一个爱画画者的眼里，策划者建设者们是将桃花溪描上精彩绝伦的一笔。小溪边上，挨紧还散地坐落着几十户人家，家家户户房前屋后被修葺一新，植铺上绿色。特别是沿公路一线，有用地条件的人家、院落立上朝门，盖上灰瓦，变着花样砌上栅栏式火砖围墙。点缀上古色，恰到好处。硬件都可达到驻足过夜乡村游的水平，在温婉皎洁的月光下，围炉夜话龙门阵，褪去城市生活的喧嚣与烦恼。灰瓦青砖的颜色裹挟着老家的味道，乡村的情结。院子的角落里，仿佛有娘亲的身影，笑盈盈看着子女的归来。溪流两边空地里都被栽上桃花树，遗憾的是桃花树还很矮小。此时正是赏花时节，虽不见桃花枝条漫天遍野的红、粉，桃花却也开得星星点点，别有一番滋味，美不胜收。我相信时间会让桃花枝条浓墨重彩，游客会纷至沓来，为桃花溪的魅力挑起拇指点赞。情不自禁想起在白帝城看到的康熙大帝诗句："桃园意在深处，涧水浮来落花。"

桃花溪的一高处，矗立着一块石碑，碑身新立，但所刻内容却有几百年的历史，名曰"邑令潘澄夏复镇夷乡碑记"，说的是我不认识更不熟悉的清代县令，上奏雍正皇帝，请求将镇夷乡（据说是现在的冯家、濯水及阿蓬江的一部分区域）从酉阳冉土司辖区归还黔江郡之事。令人感慨万千，山川永在，故人不回。这也从侧面反映了黔江人不屈不挠的革命抗争精神。

桃花溪上还有一座古老的石拱桥，据说有300多年的历史。那如月牙儿弯弯的一拱，连通了两岸人的日子，承载古老驿道挑盐客的汗水和号子。人走在桥上，水流在桥下，人赏水，水却奔流无暇顾。人靠智慧将石头变成漂亮的路，流水却嘲笑桥不能阻止汹涌时的波涛。桥面中间的青石板被人脚板磨得珠圆玉润，两边铺着墨绿的青苔，像防滑地毯。中午的天光荡漾在桥面上，心能感受到小桥神秘的力量，铁骨傲气。任你怎样踩，绝不半分矮。听，桥下铃铛般淙淙的流水声，把思绪浸润得葳蕤多姿。春已来，百花开，古老的石拱桥，用坚挺的身躯，扛着人们希望的脚步，紧连着人们幸福的生活。

赏完石拱桥继续沿江边前行，我们到了官村景区又一个重要景点：二十四节气园。顺便先说一句：二十四节气园隔江对面是石鸡坨，一个出泡菜坛子、茶罐、沙钵、酒壶和夜壶的陶坊，在黔江可谓是闻名遐迩，你不妨去体验一下制陶的工艺，体验一下长相不好还可以重捏一次的感觉。千万别有把自己再捏一次的奇想，人这长相可不是泥捏的。想整容的人真该去陶坊观看烧陶的过程。二十四节气园，除了地皮，其余都是新打造的景点。在一大片新开垦的梯田中间，雕塑家们把二十四节气以实物意象的形式构造，竖立在观光道旁，准确反映出每个节气到时人们该干什么，顺天应气，以求当年收益最大化，五谷丰登，国泰民安。

二十四节气起源于黄河流域，春秋时期，勤劳智慧的中华民族就定出仲春、仲夏、仲秋和仲冬四个节气。后经过不断地完善，秦汉年间，二十四节气已完全确立。公元前104年，一群智慧的先人制定出了《太初历》，二十四节气被订入历法，并确定了天文位置……我想：中华文化几千年长久不衰、不断，二十四节气算是一个强有力的纽带吧！

当看完大寒节气雕塑时，我汗津津的身子被乍暖还寒的天气刺了一下，突然感到饥肠辘辘，心想都逛了大半天，是该给自己喂食了。二十四节气主要的一项功能就是生产粮食的时间表。民以食为天，食以粮为源，家以康为福。我以啥？我现在以填饱肚子为乐。"走，找地方干饭去。"我大喊了一声，同行被惊到了，愣眼爆鼓地盯着我。我嘿嘿一笑，说我们都走完一年的二十四节气，肚子还不饿吗？这一年过得真快呀！是的，逛完二十四节气园，有一年如一日之感。二十四节气以年作单位，为一圆环，周而复始滚动在历史的路上，进步在不断地叠加。官村景区二十四节气园分明就是留下的新鲜辙印。

我们的午餐是每人一碗绿豆粉，外加几块油炸酸渣鱼。这简单的食物里面，有股浓浓的味道冲入我的大脑，是儿时娘亲的味道，我永远铭记的味蕾。脑子瞬间想起刘禹锡思乡的诗句来："山桃红花满上头，蜀江春水拍山流。花红易衰似郎意，水流无限似侬愁。"恋乡情结是人类最纯真质朴的情感。

大家用餐完毕还想去看看官村古寨、古屯兵广场。听农家乐老者说：古屯兵广场靠江边湿地公园一侧，傍晚时分，能隐隐听见金戈铁马激烈的厮杀声，令人撼惧，当地人黄昏时都不敢去那里。我想这就是生命磁场的效应吧！也许只是一种感觉。天公不作美，突然间淅淅沥沥下起了春雨，又没带雨具，外加建设者顶着春雨热火朝天地施工，汗浇力夯打扮乡村，道路变得泥泞难行，只好悻悻作罢。有些美好的事物，有缘一定会相识，留下美好的向往，不失为聪明之举。官村景区，请耐心等待！我们一定会再来目睹你别样的风采，赏析你用汗水梳妆的美丽身姿。

这幅依山傍水的山居图里，有山有水、有花有树；有民宿、有农家乐、有现代化的网店；有绿得像翡翠的直观感、有节气园体验的紧迫感；有儿时娘亲的味蕾、有老家的味道。一个值得你净化心灵、敞开口袋的好去处。这只是乡村振兴的开头，随着政策持续深入推进，泼下的色彩会使官村景区天更蓝，水更碧，山更翠。旅游观光产业会使民更富。紧迫感会变成人们对美好生活愿望的助推器，紧紧拥抱日子的大美，扎扎实实进入富裕的新时代。

官村景区，你没有理由不靓。这颗阿蓬江畔熠熠生辉的明珠，一定会名播神州，光芒四射，大放异彩。

中国历史文化名镇濯水（陈彤 摄）

世界第一风雨廊桥（朱大忠 摄）

千年古镇
遗韵长

　　国家5A级风景区濯水，已有上千年历史，是"中国历史文化名镇""中国楹联文化古镇""中国韵文化景区"。

　　独特的民族建筑，古老的石板街，历经风雨沧桑，依旧异彩绽放。

　　古镇的多元文化相互交融，形成了以"天理良心"为魂的为人处世准则，令人肃然起敬。

　　门前那条自东向西的倒流河，碧波荡漾、日夜奔流，述说着古镇的风流与沧海桑田。横跨两岸的"中国楹联文化名桥"沧浪桥，是世界最长的风雨廊桥，美轮美奂，令人叹为观止。

　　清澈见底的蒲花暗河，流淌着神秘与传说；暗河上的"天生三桥"鬼斧神工，令人慨叹造物主的别出心裁。神秘的"赤穴"，古老的故事，悠扬的土苗情歌，会把你的思绪带向很远很远……

濯水廊桥叫"沧浪"

王子君

一提廊桥，总是想起那个曾经风靡世界的电影《廊桥遗梦》，那部充满了伦理思考又展现人性之美的电影，带给人太多的唏嘘感慨。遗梦，逝去的梦，破碎的梦，不能完成的梦。而当我一眼望见沧浪桥时，却如惊鸿一瞥，坠入如梦的意境。它如此虚幻，却又如此真实，它并不高耸，却如此雄伟，让人感到它永远不会成为令人伤感的记忆，只会成为永存于世的风景。

我是站在濯水古镇芭茅岛酒店房间的阳台上望见廊桥的，时已过午。

它静静地横卧在江面上，木质桥身，重檐歇顶，形如波浪起伏，状若龙行凤舞。桥下，阿蓬江静水深流，一艘白色游艇正飞驶而过，在苍青色的水面划出洁白如银的光练，水波荡漾，令廊桥安静的倒影轻轻飘摇。岸边，水草丰美，或青或黄，柔柔地与江水、廊桥相映成趣。水鸟不知栖在何处，不时地传出"叽""叽叽""叽叽，叽叽"甚至是"叽叽叽叽叽叽叽叽"的嗍啾鸣唱，有一种隐匿的欢悦气息……

对了，导游早已介绍过，这座廊桥曾是爱情的见证。那是在唐朝，濯水尚称作"白鹤坝"的时代。阿蓬江自高山深谷一路喧嚣着奔腾而来，临近白鹤坝，却突然变得宽阔温柔。白鹤坝没有桥，往来两岸全靠河渡。江东一位正直勇敢的土司王子，为了能自由地见到江西的蒲花公主，执意要建一座桥。桥建成了，建成了一座风雨廊桥"沧浪桥"。爱情的初心，也化作了造福两岸人民的福音桥。2013年，千年廊桥遭遇大火，化为灰烬。但是，濯水人悲叹之际，把染黑的江水清淤，把滩涂建成湿地，把荒地辟为花园，把倒伏的水草小心地扶起，给水岸的空地种上芭蕉，在旧址上建起了这座新廊桥。新廊桥，依然叫作"沧浪"，它已是集廊、塔、亭、阁于一体，横跨濯水古镇内河、阿蓬江和蒲花河，成为世界第一风雨廊桥，惊世骇俗。

这是一座充满大爱的桥。

耳畔，响起古老的吟唱之音："沧浪之水清兮，可以濯我缨，沧浪之水浊兮，可以濯我足。"濯水，或许就是在廊桥初建时取代了白鹤坝之名。廊桥之所以叫沧浪，莫不是与濯水的"濯"字相呼应？沧浪，这苍青色的水呀，濯我缨，濯我足，更濯我心，濯我民情！

顾不得行车劳顿，我去走廊桥。

廊桥的起点，就在濯水古镇的街头。夕阳正西下，闪射出一束束冲天的光柱，和半天的彤云。桥头一层一层尖翘的檐角，和细格的窗棂，落在逆光里，显出既古气又浪漫的神韵，几处银杏似黄非黄，明艳闪光，点缀出将浓未浓的秋意，轻风从江面拂来，空气清新温润。

印象中廊桥就是一条直直的走廊式通道，哪知这座廊桥路面却如流线，高低起伏，上上下下，需要时而拾级而上，时而沿阶而下。如果你脚步轻快跳跃，那真是一种随波浪起舞的感觉了。我就是这样迈着舞步式的步子，登上了层塔亭，来到最高处的中心楼阁。这里，别有一番风光。

东望，廊桥顶面龙鳞高耸，龙身隐没，古镇街道若隐若现。

西望，廊身蜿蜒，似要探进一条通达南北的高架桥。极目处，是漫天柠红霞光，霞光披拂下的山脉，南北逶迤，欲与路桥比短长。

向桥北俯瞰，映入眼帘的是一片草木花卉间生间长的江滨湿地，色彩缤纷恍如春天。紧贴着泥土，一垄垄红色的花连着橘色的花，水草怀抱着浅浅清清的水塘。三三两两衣着鲜艳的女子，慢悠悠地走在花间栈道上，一群红蓝黄绿的孩童嬉闹追逐，笑声盈盈，不经意都成了花园里的一部分。

而桥南，竟是一个太极、如意图案相交相错的开阔半岛，岛中还有小岛，水汊、石径、花木植物、几步长的木桥纵横错综，俨然一幅经过精心设计的图画，有人在画中或坐或立或行，下棋座谈，一派怡然自得的样子。西侧的蒲花河在半岛南端汇入阿蓬江，再缓缓南流，流到拐弯处，一座石拱桥赫然飞架两岸，由晚霞染成金黄色，与水中的倒影形成一个极为完美的金黄色椭圆形图案。东岸，连着濯水古镇的，是峰峦迭起的青山。啊，那些山也优美极了，它们以廊桥为中心，南边的山头向东辈，北边的山峦也向东辈，似乎廊桥对它们有一些神奇诡异的吸力……

濯水之美，竟然没有死角。

从高高的楼阁下到底部，瞬间，我又被那茎干高深、叶片扁长、花序紧簇的密密芦竹震撼到了。

廊桥两边的花园，沿桥身都种植着一大片芦竹。芦竹，在濯水叫作蒲花。我不知那蒲花之名是否源于蒲花公主，但蒲花河却是切切实实地因蒲花公主而得名。蒲花正是开得最盛的时候，高高地立在枝头，一枝挨着一枝，却又枝枝独立，枝枝向天，骄傲，自由，清风一来，摇曳生姿。西天际，此刻成了它们最美的布景。那晚霞，碎金一般铺了半边天，一块巨大的灰黑云团，由霞光镶了金边，仿佛一只正在昂头孵游的巨天鹅，隔着天隔着地，和蒲花相拥相惜。而阿蓬江，已被漫天的流霞染成了青底金彩的水粉画！波光潋潋，天色斑斓，怎一个美字了得！

太美了！太美了！我只有一面拍照，一面赞叹！

我被美景所诱，一步一停，658米的廊桥竟走了一个多小时还没有走完，流连难返，却因夜宴在即不得不返。待到坐上宴席，已是暮色将临，华灯初上，廊桥上灯光齐亮，通体透明，如龙似凤，又齐齐地扑入阿蓬江中，水上水下璀璨辉煌。这是人间仙境，还是天堂幻影？！

正举杯相祝的人们，全都放下了酒杯，奔到阳台上抢拍这壮丽的景色。

我醉了！我陶醉了！所有人都醉了，都陶醉了！

好一座廊桥，好一道江水，好一个濯水，好一曲沧浪歌吟！

入夜，人们涌向廊桥。他们可以细细地品味这座土家族建筑风格的廊桥风韵了。那精致的雕刻、丰饶的楹联、古拙典雅的造型和那些精密衔接的榫头卯眼，会不会令他们痴迷不已？那唐朝盛世钟声，会不会在他们安坐红漆长凳时响起？当他们置身层塔亭，能否得到一种既古朴又现代、既民族又世界的艺术享受，获知濯水历史文化传承有序的秘密，并破解那飞龙跨河腾飞的隐喻？

夜深了，万籁俱寂，古镇进入了梦乡，唯有廊桥依然光影绰绰。而我，一个名叫"子君"的旅人，在兀自凭栏痴痴凝望廊桥，看它投映在水面上的魅影，回味廊桥的前世今生：它的诞生；它在烈火中的痛苦；它凤凰涅槃一样的重生……廊桥呀，沧浪桥，你若知我在你身旁，你会不会拥我入怀？

廊桥睡去，我也睡去。

我醒来的时候，廊桥也醒来了。

渐渐地，周围的一切也醒来了。鸟儿开始鸣叫，"叽"的一声，或两声或连绵多声，就像音乐，就像一曲美妙的合奏。

晨光中，那苍青色的水呀，和如龙似凤如彩虹的廊桥，还原为大自然生态原色，尽情融入天地之风、天地之气。

清晨的廊桥还和昨天阳光下、灯光下的廊桥一样美吗？

我忍不住再去廊桥走走。

廊桥安静得很，江水是安静的，水草是安静的，房舍也是安静的，桥西那座高架的公路桥梁，来往的车辆甚至也没有传来声音。只有小鸟在栏杆上飞跳，旁若无人地啁啾。而偶尔一两个行人踏出来的脚步声也那么动听，那么富有节奏，反衬得一切静美。

那幅有太极如意意味的半岛，和花团锦簇的湿地公园，此刻也不像昨天那样有人在座谈、玩耍，但见水光潋滟，蒲花生长。那蒲花，吸收了一夜的天地精华，又高了，又丰润了。

灰白色的民居，安安静静的矗立在两岸，像守护着这座廊桥。这不是电影《廊桥遗梦》里的廊桥，这是世界上最长的廊桥，这是世界上最美的廊桥，这是世界上最能遮挡风雨的廊桥啊！

我寻找着最佳的角度拍摄廊桥，但是无论我怎么拍，都无法一下子把整座桥收进画面，它太长了。

在靠近高架桥的地方，廊桥戛然而止。

和廊桥西相接的也是花园，叫蒲花园，高架桥从它的上空飞架而过。据说，蒲花园再往西，就是蒲花暗河景区，从空中看，蒲花园像一条浑然天成的绿色丝绸，将连同廊桥在内的濯水古镇景区和蒲花暗河连为一体。蒲花园里，树木修剪成花棚花树的形状，就连桥柱，那一根根高架的钢筋水泥的桥柱，也用绿色的藤蔓环绕包裹，成了更为立体的绿树景观。远方山峦间有白色的雾，越来越浓，只露出黛色的峦尖，做了蒲花园的陪衬。

我猛然醒悟到，阿蓬江，廊桥，蒲花河，湿地公园……各美其美，美美与共，已构成濯水古镇一个完整的生态体系，正在实现"绿水青山就是金山银山"的现代生态理念。在这里，阿蓬江会越来越清澈洁净，濯水因它润泽，会更加物丰地饶。

我心愉悦至极。

我要以跳跃的步伐原路走过廊桥。

鸟儿的啁啾声更响亮啦。

我忽然想，这桥叫风雨廊桥，刮风下雨时它真能为行人遮风挡雨吗？

我问保洁员。三两个保洁员在优雅地拖着地板，我说她们优雅，是因为她们的动作是轻柔的，生怕用多一点力就会皴坏地面。木质的地板泛着古色古香的光。保洁员自豪地笑。能啊，廊桥始终能够保持干燥。下大雨的时候，雨水也会飘进来。但你看呀，这是人字形廊桥，青瓦木梁，又这么宽绰，有五十米呢，四面通透，雨水自然不会浸到桥中间来，雨水一过，桥面会立即恢复干燥。

我顺口问道，你们在这里生活得幸福吗？热爱这地方吗？保洁员又笑了，如果幸福不是用收入衡量的话，幸福得很嘞。你看哈，我们有辣么好看的廊桥，有辣么好看的水，有辣么好看的山，人和人也没得大事。要是不热爱这个地方，那不是傻子嘛！

保洁员指指桥，指指江，又指指远山。我被她们又骄傲又风趣的话逗笑了。好山好水好人情，滋润着这里的人民。

说着话，天空就飘下细雨，廊桥显出了它作为风雨桥的意义。果然，雨水只在窗棂边探了探，根本飘不进到里面，行人在廊桥安然地行走，毫不在意。

雨水是温柔的、甜润的，沾染着秋水的气息，和飞鸟的笑声。

这次，我只用了八分钟的时间走过了廊桥。但我觉得我已走过了濯水的悠久历史，走过了廊桥的风风雨雨。濯水，因为有了廊桥，而成了世外桃源，还是更具人间烟火的味道？无人定论。但是，这种种的词语用在濯水，都恰如其分。说它是世外桃源，是它让人感知到，古镇人在这里已完成了人与自然的共生共荣，他们的心不因市声涌了进来而受冲击、变得躁动，反而是外乡来客受质朴淳厚的古镇风情感染，心灵经受这苍浪之水洗濯，情怀纯净，灵魂清宁，来了不想走，走了还会再来。

廊桥，连接阿蓬江的东西两岸，更连接由濯水延伸开去的大千世界。

雨水仿佛只是为了湿润一下空气，很快就停了。太阳升起来，温情地照耀着古镇的山山水水，青山沐浴着酒红色的光，阿蓬江闪烁着碎银般的光，人们的脸上洋溢着恬静的光。一切，已经在光尘中。

我看见自己就站在光中，遍身披染了光。我将把这光带回去，向人们映照出濯水、沧浪廊桥这梦境一样美好的存在。

吟唱一曲濯水谣（组诗）

雷 子

奔濯水

从北纬31度的岷江上游出发

河流以昼夜不歇的速度比我提前抵达

我是那个云雾锁山时迟到的人

北纬30度的黔江不弃

憨直的武陵山像闭关修行的老道

我是奔这个纬度而来的歌者

我是奔濯水之名而来的慕者

湿地阿蓬江提供了温润与清凉

濯水谣的音符若云翅从我额际掠过

沧浪之水洗濯我2020年郁结的忧伤

从濯水捧出《诗经》里远逝的爱情

在濯水打捞那件还未褪色的衣裳

苇草摇摇 拂扫秋霜

我不敢惊扰那水底的鱼

它们的鳞片里收纳着汉唐的月光

时光的织布机要穿梭多久

才能织成锦绣的诗行

濯水谣要被多少人吟唱

它才不用展翅也能飞翔

帆船渴望河流 旅者渴望驿站

我只取一勺濯水化成冰雪

用它来濯洗我灵魂的擦伤

沧浪桥吟

任何想象不如抵达

隔着屏幕的饕餮盛宴是种诱惑

横跨一江两河的风雨廊桥浴火重生

她是凤亦是凰 她是钢也是柔

白天的廊桥专注弹奏人间袅袅烟火

夜晚的她展开金色的翅膀低吟浅歌

沉寂与喧嚣皆是被包容的生活

风吹的桥头 我将云絮还原成三维的空间

雨飘的桥头 我将伞折叠成光影的注脚

芭茅入眼 相思更浓。

拾阶而上 森林幽香扑面

古老的榫头和卯眼装订了这本古典的书

桥中翘楚 青砖黛瓦 雕梁画栋

走过峥嵘 走过风餐露宿

 无须海誓 无须山盟 相爱莫辜负

心心相印摇橹远 双江无憾抱月眠

浅霜暗哑 我裹紧纯棉的衣衫

邂逅盐女与廪君

蒲花之水将自己隐居成暗河

她将巴国的神话久久抚摸

糖一样蜜时光流走了

盐一样鲜光阴也悄然晃过

惊愕廪君拉弓误射盐女的影像即使过了千年

为何还那么令人心痛

讶异盐女扑簌倒下的姿势撑累洞中的钟乳

水以滴为笔 洞穿我未曾读懂的洪荒

盐以泉为引　温暖洞中的岩画与石锅

岸上的时光嶙峋　无我立锥之处

盐女酌水济火取浮青

舌尖上的味蕾雀跃

盐女婀娜　长发飘飘　肤若凝霜

拓疆开域的首领难拒一见钟情的汹涌

从彼此的身体里取出真爱之糖喂养对方

唤醒沉睡的灵魂　从对方的血液里救出被囚的自我

相爱的人难辨糖与盐的蛊惑

盐女不舍廪君出征遭遇险恶

她将自己变成铺满天空的飞蛾

廪君冲动举弓　盐女如流星跌落

痛不欲生的廪君跳下山崖

他们融成岩壁那滴晶莹剔透的盐

拒绝遗忘　拒绝风化　拒绝干涸

没有一粒糖可以独善其身

没有一粒盐可以远离人间

我终于知道为什么泪水是咸的

我终于知道为什么血液是咸的

我终于知道海水为何那样咸

爱情若糖　婚姻若盐

诗歌似糖　小说似盐

用一半糖水　一半盐水的配方不宜闯荡江湖

一湾暗河的水隐没雨滴史前的记忆

波涛淹没了时间

同等体积的糖与盐　孰轻孰重已不必再谈

几处鸟影乘舟而去

昨天的巨石早已坐化成仙

风雨廊桥下，民歌唱作人

——记土家山歌的传播者王志凌

赵晏彪

庚子年，秋。中国峡谷城文学创作组委会组织作家到重庆黔江区采访，几十位创作高手"书写建党百年伟业，传承红色基因，讲述扶贫故事"。

"黔江区居然有机场？"这是作家们下飞机后的第一句感叹。入驻的酒店是濯水风雨廊桥的芭茅岛酒店，走进酒店，那里的文化气息扑面而来，那一束束打眼的芭茅草，赋予了酒店艺术的色彩，犹如一片霞光装扮着如画的初冬。

芭茅花是黔江的特色植物，我每次来黔江都会去河边欣赏那一簇簇芭茅花绽放的娇姿。那晚的月亮格外圆，也分外明。饭后，我步出酒店想去河边走走，夜晚的廊桥甚美。刚走出酒店，忽然一阵歌声从不远处的桥头方向飘来，"原汁原味的山歌！"我不禁脱口而出，寻找芭茅花的兴致瞬间被这纯朴的歌声替代了。

只见在桥头的一角，在红灯笼的映衬下，游客们正围着一位拉着手风琴的中年汉子。在他的周围，几位穿着少数民族服装的妇女跟着琴声唱着当地的民歌："阿哥住在石板街，幺妹住在风雨桥，石板街上哥不在，风雨桥上呃，妹心焦。啊啦哩咿，阿蓬哥，啊啦哩咿，我的娇……"

掌声，欢呼声掺杂着"唱一个六口茶"的喊声，犹如演唱会一般热闹。

我站在人群的后面，欣赏着他们的歌声，让我惊奇的是，无论游客点什么歌，那位手风琴师都能让游客满意，特别是那首《我的祖国》，大家合唱起来，唱得桥板回声阵阵。无疑我也被感染了，情不自禁地大声而歌。

时间已经到了晚上十点半，还有十余位游客没有尽兴，一首接着一首地唱歌。因明天要随作家团采访，我极不情愿地返回酒店。

黔江的空气好得让北京人羡慕，森林覆盖率达到70%，难怪夜里竟然没失眠，一觉睡到天亮。上午我们去了扶贫先进村——著名的"土家十三寨"。寨子里民宿是一大特点，但在欢迎作家们到来的时候，一支民歌队为我们唱起了山歌《土家迎客歌》，瞬间让我想起昨晚那位拉手风琴的汉子。

我问当地文联主席阮泽鸿是否认识风雨廊桥桥头唱民歌的汉子，阮主席说，"知道。他是'廊桥之恋民歌队'的发起人，他的事迹还上了我们黔江的新闻。他叫王志凌，其实他不是黔江人，而是酉阳人，从小喜欢唱山歌，他走南闯北一圈后，来到了我们黔江。收集民歌，一边创作民歌，一边教大家唱民歌，后来组建了'廊桥之恋民歌队'，天天在廊桥这里无偿给游客唱歌，宣传土家文化，成了我们黔江的一道风景了。"

"他还是个诗人。"黔江作协主席笑崇鐘说着吟起王志凌的一首诗："在封城封路的流年里，春天赐我以孤独，独享一座廊桥，民歌赐我以热情，把我的殷切，燃烧成一团芬芳的火。"

诗人、民歌传播人王志凌不正是黔江文化旅游的一个典型人物吗？

黔江的余晖真美，田野间远远望去无处不入镜。我来到了风雨廊桥的桥头，想跟王志凌聊聊。此时他正一个人自拉自唱。

我坐在他的对面，拉起家常："听说你不是当地人，是为了民歌到了黔江？"

我们的谈话就这样开始了。

"从严格意义上说我不是异乡人，酉阳跟黔江毗邻，年轻时候还在黔江工作过，而且，酉阳、黔江两地在中华人民共和国成立前都属于酉阳州，我现在所在的濯水，是1952年才从酉阳划归黔江辖管的。

"我离开家乡二十几年了，走过的地方包括成都、广东、辽宁和新疆等地，尤以南疆待的时间最长，整整12年。从某种角度说，我不是发现黔江，而是一直忘不了黔江。在我心中，黔江就是我的故乡，所以，2015年回老家以后就一直有入住黔江的想法，更想能够为她做点什么。"

"为什么不是老家酉阳而是选择的黔江？"

"黔江是渝东南地区的文化和经济中心，早年的黔江地区，曾经下辖酉阳、秀山、彭水、黔江和石柱五个少数民族自治县。黔江的文化环境相对其他几个县要优越得多。黔江文化一直以来有一种兼容并包的气象，她不排外，而恰恰相反，她更乐意接受周边的甚至更远地区的文化。因为当年黔江成立地区，人员都是从早年的涪陵地区和周边五个县集结而来，因此，她的文化构成中，本身就根植了一种包容的精神。"

"是的。黔江的领导开放且包容，有格局，想做事能做成事，所以黔江濯水景区创五A指日可待。"

王志凌接过我的话茬说："记得2016年我就是在酉阳景区摆地摊，也是得空的时候自拉自唱，想把民歌发扬一下。也有许多老百姓围观，所以我想，如果领导出面组织一支民歌队在酉阳景区表演唱会成为景区的亮点。于是我一百个热情地托我的学生去找过分管旅游的领导，建议创办一支民歌队，可是一直没有下文。"

王志凌说到此低头笑笑。

从志凌的语气和表情看，我知道他当时的心情定是失望的。对于一个热爱民歌的人来说，他的建议和真诚换不来只言片语的支持与鼓励，定会感到悲凉。

"2017年我考察了周边的秀山、彭水和黔江以后，决定在黔江住下来。找到黔江负责濯水景区的领导——旅投集团徐东副总经理，他听了我关于组建民歌队的想法以后，当即表态，欢迎我来，地方由我选。什么叫感动，那时才体会到"感动"二字的分量。于是我就挑选了现在风雨廊桥的桥头，作为我落脚的地方，楼上就作为民歌队活动的活动场所了。"说着他向二楼的方向指去，那"廊桥之恋"的茶楼招牌四周，一个个红红的灯笼在朝我微笑着点头。

"2018年初，黔江区掀起学习习水经验的浪潮，想组建一支自己的民歌和民乐队伍，以打造本土文化。恰恰在同一时间，我来到濯水，濯水镇党委洪副书记找到我，一拍即合，洪书记当即表示，组织人员由他负责，队员培训由我负责，同时还替我挑选了一个民歌队队长，负责组织和后勤工作。就这样，2018年3月，濯水古镇廊桥之恋民歌队成立了，镇党委庞秋波副书记还是我们民歌队队员呢。"

志凌说着笑了。看得出，他是从心底高兴和满足。

"民歌队成立以后，区上领导和镇领导非常重视，有重要接待和演出，许多时候都让我们参加。去年11月，区委书记余长明亲自来我的廊桥茶楼聆听过我创作的濯水情歌等曲目，还对随行的镇政府领导做出过帮扶民歌队的指示，给予我们经济上和精神上的支持与鼓励。"

"现在挖掘民歌是不是有难度？"我们正在聊着，忽然来了几位民歌队员。见我在采访王志凌也都围了过来。

"你采访王老师就对了。当时他走街串户，劝说周边邻里加入，但是多数人都拒绝了。"一位歌手说道。

"就是嘛。当时他叫我加入的时候，我是不想来的。我觉得那些调儿很难找，唱出来也怪怪的，因为年轻人喜欢唱那些流行歌曲。"这位叫冉琳的民歌手快人快语："听王老师自己说，他当时灰心过，甚至想过放弃，但是想到自己来到黔江的初心，是为推广土家山歌而来，又坚定了信心，静下心来思考如何去做，今后的路该如何走。后来，他决定在风雨廊桥的桥头唱山歌吸引当地人的注意，但是用王老师的话说这个方式并没有达到他想要的效果。"

说到这儿，有人突然笑了起来："我们当时以为王老师神经不正常。他一个人坐在楼上拉着琴唱着歌，有很多人就站在楼下看，包括我们民歌队队员，直到现在说起那段往事还时不时笑王老师。"尽管大家是在说玩笑，但玩笑中透着一股辛酸。

"周边的街坊邻居都不能理解王老师这种行为，但是，不少人却被王老师那种坚持不懈的精神打动了。慢慢地，我们自愿登门找他学习山歌了，后来，前来学唱山歌的人越来越多了，人数也从最初的几个人发展到现在的几十个人。"民歌队队员罗小琴这样对我说。

"当初有一半的人五音不全，但是他们都下决心学，平时只教他们最基础的，比如说怎么用气，发声的时候要注意什么，也教他们识简谱，练习一些简单的东西声乐，更多的是我教他们用感情唱，唱山歌若没有感情唱来是感染不了人的。为了让队员们唱出那种真情实感，我除了要亲身示范以外，还会给队员们讲解山歌背后的故事。如今，民歌队的队员们已经会唱十几首山歌了，而他们所唱的这些山歌都是我长期深入武陵山各区县搜集、加工而成的。我这真是取之于民，用之于民。"大家都被王志凌的话逗笑了。

队员李琼抢着说："王老师给我们讲乐理知识，我们都觉得找到另外一种快乐。王老师不但教我们唱山歌，为我们开解生活中的烦恼，几乎把所有的精力和时间都花到了民歌队里，他对民歌队的付出，队员们都看在眼里。大家都在私下说，60多岁了，还能做这么多事，这种精神好难能可贵，我们这些年轻人应该向他学习。"

有客人提议让他们唱一首《我和我的祖国》，王志凌拉起琴来，队员们唱将起来。而我却在想，黔江的民风民俗，即便经历了改革开放几十年的世事变迁，其质朴敦厚的本质还在。我曾多次来黔江采访，这里至今还保留了许多祖先们传承下来的文化精粹，犹如一座文化宝库。只是需要我们去发现、认识和开发，一定大有收获，不仅是民歌还有文学。

你是苗族人，为何对土家民歌如此着迷热爱？歌声暂停的时候，我再次发问。

"我从小生活在武陵山区，酉阳黑水，那是个穷山恶水的偏僻之地，却深藏着许多优美的山歌民歌，可以说，自己是听着山歌长大的，一直到读大学以前，我所能接触到的音乐，主要的就是土家族、苗族民歌。在新疆的时候，曾经关注过南疆的民歌，认为那是南疆人民的文化宝藏。回到酉阳老家的一天晚上，一个偶然的机会，听到了源自黑水的民歌阿拉调（市级非遗），当时就被它的美深深打动，那之后，才有了要为武陵山民歌的挖掘开发与保护尽一份绵薄之力的想法。所以，到了黔江的第一件事就是组建民歌队，因为土家族的音乐不仅需要挖掘发现，更需要是推广与传承，推广才是最有效的保护。"

我们正聊得起劲，一位四十岁左右的青年人走过来。

"这是我的恩人。"王志凌热情地向我介绍说。

我看了看这位王志凌口口声声称为"恩人"的年轻人，朴实而又聪明，朝我笑着点点头。

"李泽江，李总。他就像老天爷在濯水给我准备了这样一个人一样，不计报酬帮助我，就是我前面说到的民歌队长，发起人之一。他整合了黔江50家散乱的小客栈，统一标准，从此我们古镇上再也没有出现过乱拉客，价格五花八门的现象。"

他的话让我有了兴趣，"请问您眼中的王志凌是怎样的一个人呢？"

李泽江笑笑说："我们认识和组建民歌队纯属偶然。那年我们去乌镇考察，他们那里有一支民歌队。当时区领导说，我们山歌多好听呀，咱们也应该组建一支民歌队，在景区表演。就这样，我回来后寻找合适的人，景区的人向我提供，说桥头有一位会唱山歌的人。

"志凌让我感动的是，每周上三次课，晚7点到9点，有生意他也不做了，把门一关。他说教学员们唱歌最重要，而且是先上课后吃饭，还没有收一分钱报酬。他已经坚持两年了，只要景区有活动，随叫随到，他会带领民歌队无偿演出。"

李队长滔滔不绝地讲着王志凌，"为了发掘民歌，他经常开车几十公里去收集素材，找会唱民歌的老人学习。有一次我们两人去一个村寨寻找民歌老人，汽车轮胎突然出现问题，险些掉进悬崖。想起来都后怕。他说要推广还要创新，所以他创作了许多新民歌，但灵魂是从土家族民歌中得来的。"

　　李队长说着站起身来，"老王不但热心民歌，无私地教大家唱民歌，还特别有一颗感恩的心。他总说自己在黔江有两个恩人不能忘。第一个就是"社稷公益"的李应华主任，李主任尽自己所能帮助非遗飞翔计划进入中国少儿基金会项目，给民歌队添置了十万元的设备，包括下去采风的开支。第一首民歌《濯水情歌》就是他们出钱制作出来的。还有分管旅游和文化的唐洪芳副区长，多次听我们的民歌，去年底曾经带领区'四大家'领导和政协常委听了好长时间至少老王的五首原创，当即做过指示，要支持要参与。"

　　还没等李队长说完，王志凌指着李队长说："还有他！是三个恩人。"

　　我们都笑了。李队长摆着手笑着走了。

　　我问志凌在寻访民歌的时候有哪些有趣的故事。

　　"有呀！我发现了民国时期的民歌手抄本。"

　　"民国时期的民歌手抄本？"我睁大了眼睛。

　　"是呀。"王志凌兴奋地说道："去年深秋，我们去太极乡看望一位民歌爱好者，我们边聊边唱，忽然我发现他家房子前后的红豆杉都挂满了红红的果子，我们就爬上树摘红果，一边采果子吃，一边高兴地唱起《濯水情歌》。"

　　在树上摘果子唱民歌？好浪漫呀。我惊叹着。

　　"是呀。其实民歌就是老百姓在田间地头，在树上，在房上乃至火铺上或者是谈恋爱的时候唱起来的。"

　　王志凌的话使我眼前出现了一幅图画：形状像一把小伞的红豆杉，叶翠果红，招人喜爱。特别是她的传说更是惹人爱恋：传说世界上本来没有红豆杉，是一只名叫"爱"的红色小鸟创造出来的。那时"爱"正沉浸在失去女儿的悲痛之中，她怀着悲伤种下了一粒种子，因为有了爱的眼泪的魔力，那粒种子长出了不一样的枝叶。这令"爱"也很兴奋。要知道她创造了一种植物！"爱"便把全部精力都投入到这棵树上，使她渐渐忘记了悲伤……

　　"让我们没有想到的是，这位朋友的老父亲听见山歌调子以后，居然翻出自己多年没有拉的二胡也拉了起来。我猜想这位老人家是个高手，急忙下树跟老人家一起拉二胡，然后问他山歌会不会唱，原来老人就是这个村的歌师级高手，他返身进小屋，翻开了箱子底，居然找出一本书，发黄的毛边纸，毛笔手抄，线装，赫然写着'抄于民国初年'。我如获至宝，当即征得老人家同意后全部翻拍下来。后来才晓得，连黔江区博物馆都找不到这样的版本呀！"

　　真是民歌在民间。我为王志凌高兴，执着会换来美好的回报。

"是的。还有一个故事我一生都难忘。"王志凌说得兴奋，打开手机，指着图片说："这就是我因为采风获得的灵感，阿蓬江采茶歌的诞生就是得益于一位老太太唱的民歌。有一天在濯水景区广场，偶然听见一个老太婆唱着山歌，感觉曲调很优美，等我手头事情忙完了去找，因为人多，再也找不到了。历经半年时间，终于打听到那个唱歌的老人家是犁湾的人，于是驱车前往犁湾，要找的人不在，找到一位残疾老人，老人想唱，家里人不准唱，差点吵起来了，无果而归。又过了一个月，再去犁湾，找到一位90岁高龄的老妇人，她居然是文化宝贝级的非遗人物。这位老人家记性特别好，可以把她年轻时候从婆婆那儿学来的民歌山歌和小调完完整整地唱出来，第一次采访她，唱了6首，都是完整的民歌，这是我几年采访中遇到的唯一一位可以完整记得歌词的老人，比如流行边区的《十把扇子》《双叹妹》《十想》，等等。从发现这位老人至今，我已经去过她家五次了，每一次都有惊喜，采茶歌是我第三次去她家时的收获，第一句唱出来，我就晓得，是我找寻了许久的那首歌，她一口气把12段完完整整地唱给我，正是疫情后期，我回到家连夜就把这首歌改编出来。前不久，湖北一个专门搞民歌创作的创作人，听了我改编的采茶歌，当即表示想跟我合作。"

对土家山歌有着一份深入骨髓般热爱的王志凌，说到收获民歌的经历，他的笑是天真的，像个孩子。

夜深了，站在房间里看窗外的月亮格外的圆。想着王志凌在采风和采访民间歌手中得到的收获，想到如果不是随着"中国峡谷城创作团"来到黔江，怎么能采访到王志凌这样精彩的故事？

民歌来自民间，文学也来自民间；民歌来自发现，文学也是来自发现。黔江民歌是这里的老祖宗们多少年文化积淀和传承的集大成者和幸存者留给后人的财富。此次，给我最动最大的是，如此深厚雄浑的文化宝贝没有得到很好的利用和开发，深感从事非遗保护工作任重道远，深感一个地区的政治生态、文化生态和执政者的心态是这个地区良性发展的关键。黔江有王志凌这样的执着，有区领导的鼎力支持，有热爱民歌的民众，才有对非遗保护和传承工作的成效，尽管这只是九牛一毛，尽管这是微不足道，因为武陵山区土家族、苗族民歌亟待抢救呀。

短短几天的采访，让我感受到了武陵山区民歌是在通信和交通条件都极其恶劣的环境下，顽强生长起来的文化奇葩，四省边区的文化相互影响、相互促进且其表现内容和形式基本相似，这本身就是一种奇特的文化现象。一首歌，可以穿越千山万水在不同省份几乎以一样的旋律和歌词出现，比如土家民歌《六口茶》，湖北、湖南、黔江都在唱，只是歌词略有改动，可见优秀文化的生命力就像这里的芭茅草一样顽强坚韧。

王志凌说他自己接触土家族民歌时间晚了，武陵山民歌可以作为一个音乐派别，像西藏音乐一样列入中国的音乐史，这是一部大书，里面埋藏了不少宝藏，这其中文化因素的含金量，不会亚于西藏音乐，因为土家族文明一直处在汉文明的中间地带且绵延至少两千年不曾中断。值得庆幸的是，由于黔江区领导对打造景区有想法，对挖掘民歌有力度，加之王志凌等一批人对民歌的热爱，黔江地区的民歌必将影响到周边对土家族民歌的重视。看着王志凌不厌其烦地深入各村寨表演民歌，采访民歌爱好者，使被采访者也就是农村那些一生热爱山歌的老人们，感受到了自己存在的价值。我被触动了，被感染了，作家更应该让王志凌和热爱民歌的人们通过作品而感受自己存在的价值!

在他们唱歌的时候，我从他们幸福的脸上，看见了他们是多么渴望自己脑子里的古老的民歌可以留给后人，一代一代传下去，生怕自己的东西没有让我们记录清楚，也不怕王志凌多次麻烦自己。

想着想着，我有了创作的冲动，打开电脑，那文字像阿篷河水一样流淌……

曙光映照在窗户的那一刻，《廊桥恋歌》的优美旋律跳跃在脑海里。

古镇老街遗韵长

邢秀玲

走进濯水古镇，宛如闯入一幅水墨画卷，解读一阕婉约宋词，品尝一坛陈年老酒……这里的一山一水，一丘一壑，一花一草，一石一木，都那么静谧灵秀，古雅朴拙，仿佛诠释千年的沧桑，历史的风云。

古镇门口耸立着一尊石雕白虎，这是巴人和土家族崇拜的古老图腾，威武雄壮，气势凛然。据白虎底座下的碑文记载：濯水古镇已经有四千年的历史，曾经见证了巴人的进退兴衰，目睹了秦人的金戈铁马，在漫漫历史长河中积淀了丰富的文化内涵，街巷格局具有浓郁的渝东南风情，融合了巴文化、土家文化及其他文化，使之相互交织，彼此映衬，成为一道靓丽的风景线。

濯水古镇因环境幽美，白鹤翔集，昔称"白鹤坝"。得天独厚的地理位置，使它自古以来便成为重要的驿站和商埠，自清代后期，该地区成为川东南驿道、商道、盐道的必经之路，留下曾经繁华的记忆，刻下岁月流逝的痕迹。

穿行在古镇老街，看到街头千姿百态的雕塑，仿佛目睹昔日商贸盛景：坐在方桌旁休憩品茗的茶客、进出商号钱庄的商人、忙于招呼顾客的卖鱼老翁，他手中的铜秤杆高高翘起，意味着让利三分的经营之道。还有打糍粑、磨豆花的小商小贩，处处充满着浓郁的生活气息。特别是街心矗立的"天理良心"石碑，让人驻足凝视，沉思良久。民间的朴素道德理想被时间擦亮，历久弥新。当内在价值触碰到金钱和权力的暗礁，渐次溃散的今天，这块石碑尤其有着警钟长鸣的意义。

面容娇美的土家小妹领着我们观摩老街上的七个大院，讲述"六大家族"的故事，让我们兴致盎然，穷追不舍，反复询问"李家的面子，龚家的杆子，汪家的银子，余家的铺子，徐家的刀子，樊家的锭子。"这句话的意思，导游小妹解释，面子是很吃得开；杆子是枪；银子是金钱和财富；铺子是店铺、药铺；刀子是习武会使飞刀；锭子是拳头。这句流传很广的话，概括了清末民初时期，古镇上名噪一时的"六大家族"各自的特点。

先来说说"李家的面子"。清末民国时期，李家在濯河坝最有面子，不仅人丁兴旺，在濯河坝有"李半街"之称，李家子弟在州府、县府及当地当官的人很多，做生意发财的人也很多，还出了一位抗日将军——国民党第43军副军长李春晖。

从家族人口和实力来说，龚家是古镇上的第二大家族，祖上是从柏杨湾赶鸭子来到濯水的，发现这里最宜居，就定居下来，至今已有十二辈人了。"濯水袍哥会"就是以龚家为中心集结起来的。他们以此组织为名，在镇上收保护费，维持地方秩序，解决了许多官方都无能为力的事情，树立起了很高的威望，赢得了百姓的信任。"龚家的杆子"由此而来。同时，龚家也为商队提供保镖，保护着古商道的运输安全，避免了遭遇拦路抢劫的祸患。后来，还参加了四川的"保路运动"，声名远播。在龚家大院的"镖"亭，我看到了早已消失的春秋刀、九环刀、月牙铲、牛头叉、双戟、钩斧、铛、锤等古代兵器，悬挂于此处的一副对联也耐人寻味：交心结义抱此亭，风雨飘摇留记忆。

再来说"汪家的银子"：清乾隆初年，汪氏家族从江西南丰县迁入濯水，得益于这方水土的滋润，迅速发展壮大起来。光绪年间，汪子文引进徽商詹氏，来濯水发展徽墨产业，开作坊数间，后来开办商号、银号、榨油作坊，还发展运输业。到民国中期，汪家进入鼎盛时期，濯水近代的多数工厂、作坊、商号都与汪家有关。汪氏家族中又以汪子文所掌控的产业最多，他把生意做到湖南、湖北、贵州、安徽等地，成为濯水镇工商业的杰出代表。当我们跟着导游踏进他家四进院落的后院时，犹闻当年榨油作坊的号子声和榨油声，眼前重现昔日火红的劳动场面……

汪家虽为濯水镇首富，但从不炫富扬威，而是崇德向善，重视教育，家族中出过举人、补郎等。民国时期，汪子文的儿子汪德祖，曾就读西南军政大学；另一位汪氏后人汪仕静创办濯水镇第一个女子学堂；汪本善为濯水镇20世纪50年代第一个大学生，后成为中科院研究员、当代著名有机地球化学家。

余家曾是远近闻名的书香门第。祖先通过开店铺、药铺等方式，积累财富，买田置地，故有"余家的铺子"之说。余家重视教育，有"一门三进士，四代五尚书"的美誉，故而余家大院又称"八贤堂"。

相传，余氏是忽必烈的孙子南平王铁穆健的后代，他有九子一女。朱元璋率兵攻陷元大都时，铁氏全家为避灭门之祸，向南逃至一条大河边，后有追兵紧赶，前有河水拦阻，眼看走投无路，束手就擒，铁家有人急中生智，对着河水祈求："只要有人救我全家过河，以后愿随他姓。"话音刚落，一条大鱼出现在河面上，驮着铁氏全家过了河。铁氏家人从此改姓余（鱼），既为报答鱼神的救命之恩，也为隐姓埋名，躲避仇家。余家经多次迁移，有四个兄弟定居濯水。

饱读诗书的余家老三后来考取了进士，仍然保持与世无争的做人原则，并训诫后代要学文从医。余家开了家医馆，称"光顺号"，以经营药材为主，"光顺号"主人余光顺是一位盲人，但医术精湛，医德高尚，镇上的人们称他为"神医"。至今，余家的祖传医术已传到曾孙辈，从医者有11人之多，堪称悬壶济世的"杏林人家"。

"徐家的刀子"源于徐家世代习武，惯使飞刀之故。徐家在民国时期开过武馆、镖局，行侠仗义，远近闻名。1963年，徐家后裔徐廷泽从台湾架机回大陆，成为第一位架机起义回大陆者，受到周恩来、叶剑英等党和国家领导人接见，并奖励2500两黄金。

最后说说"樊家的锭子"。樊家曾经出过一位身手不凡的武夫，爱为镇上的百姓打抱不平，只要碰到官宦、豪绅欺负百姓的情况，他会毫不犹豫地亮出拳头，教训一下。当时，樊家并不富裕，只是经营一些小本生意，过着普通人的生活，但男人们都从小习武，练就一身武功，又具备一副侠肝义胆，受到镇上乡邻的敬重。而樊家几代女主人，都有守寡的遭际，她们上孝老人，下抚子女，料理生意，目不旁骛。现在的樊家大院门上，还悬挂着清廷所赐的两块贞节匾牌："云蒸霞蔚""桂馥兰芬"，并有后世文人撰写的对联一副：侠义男儿忠贞女子，钟灵濯水毓秀巴山。以此表彰樊氏家族的侠义风和贞节气。

濯水古镇除了闻名遐迩的"六大家族"，还有许多人文景点，其中三大会馆"万天宫""禹王宫""万寿宫"分别是江浙会馆、湖广会馆和江西会馆，现在虽然失去了当年的热闹和繁华，但遗址犹在，供游客凭吊和遐想。那座浴火重生的"沧浪桥"，如今更加气势恢宏，仪态万千，据说还要向前延伸600米，将成为世界最长的风雨廊桥。站在桥上凭栏眺望，阿蓬江历历在目，三两枝桃花斜伸到水面，令人想起"远山芳草外，流水落花中""绿树村边合，青山郭外斜"等古诗，思绪飞向遥远的年代，绮句丽辞纷至沓来……

古镇是最能释放乡愁，安放心灵的地方，也是最能引发灵感，唤起激情的水土。法国南部的阿尔勒小镇催生了凡高的《向日葵》《乌鸦飞过麦田》等经典画作；哥伦比亚的马孔多镇赐予马尔克斯丰富的素材，使他创作出了《百年镇》《百年孤独》等传世之作；从湘西的凤凰古镇走出了大文豪沈从文和大画家黄永玉；水乡乌镇诞生了文学巨匠茅盾；莫言的高密东北乡一再出现在他的作品中；贾平凹的商洛棣花镇是他取之不尽的创作源泉……

我相信，黔江的濯水镇也会成为作家和艺术家们创作的摇篮，灵思的温床，诞生和古镇的千年文脉相符的鸿篇巨制，无愧于毕兹卡故乡的厚赐！

中国
峡谷城
清 新 黔 江

世界第一风雨廊桥（外一篇）

彭斯远

在黔江，有一座横躺在乌江第一大支流——阿蓬江上的风雨廊桥，造得非常别致。因为它紧靠濯水古镇，所以此桥又叫濯水风雨廊桥。该桥原本为我国古代建造，虽然经过几次再建，但毕竟由于年久失修而显得破破烂烂，到了改革开放以后的2016年重新再建时，设计者将其扩建为长达658米的一座廊桥，这不仅打破了大世界吉尼斯纪录，而且被我国廊桥协会评为"世界第一风雨廊桥"。

该廊桥结构宏伟而显气势磅礴，全桥由四个部分有机组成。其第一段310米长，名为"濯河怀远"。桥上建有多层的塔亭和土家点将台，其最高处为中心阁楼。土家族原本是一个剽悍而善于打仗的民族，在古代他们曾被周武王召集而出兵征讨骄奢淫逸的商纣王，战士们唱着鼓舞士气的军歌，把敌军打得落花流水。因此，改建廊桥时，便同时设立了用以显示土家军威的点将台。如此庄重严肃地把让人休闲的廊桥，与古代保家卫国的军事史有机结合，这给大桥添上了一抹浓郁的火药味。此外，桥体上还应用重檐、歇顶、檐口提升以及多层举折等建筑手法，创造了风格统一而又求其变化的桥身形态，让桥的造型显得特别古朴典雅。

桥的第二段105米，名为"唐钟长韵"。原来在那高达26米的三层楼顶上，悬挂着一个全国仅有八口的唐代铜钟。钟顶铸有"大吉大利愿平安"字样。这是国家一级保护文物，自然也是足以镇桥的稀世珍宝。每年春节或其他重大传统节日，人们用固定在铜钟旁边的木槌撞击铜钟，发出响亮的声音可传达到几公里以外，这不仅显现了铜钟的威力，而且因悦耳的钟声还给廊桥周围民众带来欢乐，就像《诗经》开篇"关雎"所描写的男女婚配，必须要做到"钟鼓乐之"一样，让廊桥民众也生活在婚庆的欢乐里。

桥的第三段97米，名为"彩虹伏波"。该桥段跨越阿蓬江支流蒲花河上。为了桥面外观多姿多彩，建筑师采用了单拱桥体与曲直桥身巧妙结合的设计，让其线条柔美，宛如绚丽的彩虹一般，给人以美的享受。该桥段的桥身分为三层，内部空间层次极为丰富。其首层与桥的第二段"唐钟长韵"相接，桥身中段起拱。二层的直线廊道与底层的弧形廊道在中间交会，形成叠合空间。三层则为民众的观景区域。此外，房顶的檐角飞翘，也让人感到异常优美轻盈。

桥的第四段146米，名为"蒲花飞龙"。桥面多以曲线屋顶呈现于人们眼底，间以现代格栅桥墩点染其间。桥的立面则用龙的整体形态为创作原型，隐隐地显示出飞龙跨河腾飞的境界。人们行走在这"蒲花飞龙"的桥上，仿佛自己也如龙腾飞一般的惬意和畅快。

当然，在以上四段桥身的大部分边沿，还有大半人高的板壁作为护栏，这样让过桥的人，感到十分安全，而且，护栏上边十分通透，人们可以由此望见桥外的蓝天白云，呼吸到新鲜空气。而护栏下边并不封死，留出一段仍可通风的空间，如此既安全，又通风，过桥的人，就感到十分舒适了。要是过桥的老人感到疲乏，还可坐在紧靠护栏旁边的长条凳上休息，造桥者的人性化设计，显现了他们为民众服务的极端热情。

在四段桥身的许多立柱上，还刻有不少来自全国著名学者专家撰就的楹联，这也为廊桥带来了不少儒雅的风范。譬如在廊桥入口处，便镌刻着岭南才女周燕婷所撰的一副妙联：

濯水清波，百里流经夫子眼；

长堤翠柳，一春风拂女儿腰。

其上联直接以"濯水清波"入题。濯水即阿蓬江，由东北而至西南，经黔江至酉阳，在龚滩古镇注入乌江，为乌江第一支流。阿蓬江全长虽只500华里，故濯水段则称百里，这百里濯水的滚滚流淌，完全足以让孔夫子感叹地说出"逝者如斯，不舍昼夜"的警句，从而表达了劝人珍惜时光的训诫。而下联则描写阿蓬江堤上的翠柳让春风吹拂了多少美女的细细腰肢。此联的诗意在于以妙龄女子的腰身与春天的杨柳枝条互为譬喻，既以柳喻腰，又以腰喻柳，这就把阿蓬江边的戏水美女，描摹得令你久久难忘。读此妙联，使我们既领略了前人惜时的教诲，又叫人们依稀瞧见濯水江岸美女风姿，来此廊桥流连，其精神享受，难道还不够多吗？

当旅游者从廊桥回到下榻于廊桥旁的芭茅岛酒店时，我们从外观上再看濯水廊桥，却发现廊桥呈现出的是另一番完全不同的壮丽景象。这使人想起苏东坡游庐山所写《题西林壁》：

横看成岭侧成峰，远近高低各不同。

不识庐山真面目，只缘身在此山中。

原来身在庐山看庐山，与在庐山旁边的各个不同地方看庐山，其感受都是完全不同的。同样道理，在濯水廊桥内部与外部的不同地方考察廊桥，其观感也绝对是不一样的。

在廊桥上游观览近两小时，那是我们在桥的内部观看桥体四大部分的有机组合，而我们在芭茅岛酒店外某高处观看廊桥时，则发现廊桥有一层桥身的，有二层甚至三层桥身的。有的桥顶呈水平面形状，有的则呈不规则的弧形。所以，廊桥外观或如长虹卧波，或如楼台亭阁的错综组合，其多彩多姿的曼妙景象，绝不是在廊桥内部所能一眼观尽的。

可见，这座世界第一风雨廊桥，在机体组合，外部形态，和工艺表现上，不仅呈现出传统木质廊桥与使用胶合木和钢架相结合的全新结构方式，而且又表现出东、西方建筑美学的有机结合，从而实现了当今建筑史上的一种崭新探索与尝试。另外，游览一天之后，在夜幕降临下瞧见的濯水风雨廊桥，则形同金色的长龙，又好似天上的街市，蜿蜒在绿水青山，闪烁着灿烂的辉煌。

如今，四面八方的游客，不知疲倦地纷至沓来，为的就是惊羡于廊桥集古朴、柔美、刚劲、崇高为一体的恢宏！这是中国改革开放历史带来破茧而飞的嬗变，这是社会经历痉挛阵痛后的一种新生，自然，也是浴火焚烧后的崭新涅槃。

啊，我心上的濯水风雨廊桥，你像会客厅里的一个宝物，永远地雄踞在万千来客的胸怀！

沧浪桥楹联

天下名胜古迹很多，人们往往记它不住。但也有因一副楹联而让人记了它一辈子的。

譬如，成都武侯祠，就因清末有个叫赵藩的人，在该祠题写了一联云：

能攻心则反侧自消，从古知兵非好战；

不审势即宽严皆误，后来治蜀要深思。

该联把蜀国军师诸葛亮用兵的特点做了精妙的概括，同时又总览孔明治蜀策略，即关于正反、宽严、和战、文武诸方面的政见，做了极富哲理和辩证的阐释而令人久久不忘。于是天下来武侯祠参观的人，便蜂拥而至。甚至连全国人民的领袖毛泽东，于1958年来此凭吊古代圣贤，也对此联给予了高度评价。

再如，在我国的许多名山胜景，也都有因古迹孕育、催生了对联，古迹又存活于对联中的典型例证。如：

兴废总关情，睹落霞孤鹜，秋水长天，幸此地湖山无恙；
古今才一瞬，问江上才人，阁中帝子，比当年风景何如。

这是江西滕王阁的那幅著名对联而让作者的写景、咏史、抒情、议论，存乎其中，从而使广大民众产生了游览滕王阁的极大兴味。

再如，杭州西湖湖心亭也有一副对联因活画了西湖湖心亭畔那"柳浪莲房""莺歌蛙鼓"，而让西湖美景被天下人所大加赞叹的。

至于昆明大观园内大观楼上的那副由清乾隆年间昆明寒士孙髯翁所作的180字长联，也正因为该联内容广阔，主题深刻而令大观园名声大振。许多外省游客之所以急欲飞春城，也正是想来亲赏长联艺术而选择南国游的。

上述诸多事例无一不说明，对联艺术对于游客的巨大吸引力。

其实，对联的强大吸引力，同样也表现在重庆黔江濯水古镇沧浪桥对联的感人魅力上。该桥全长658米，是世界第一风雨廊桥，被列入世界吉尼斯纪录，有"中国楹联文化名桥"之美誉。且看，在廊桥入口处不远的一楹柱上，刻有北京楹联专家王冰所撰的十字短联，即：

神龟沉日色，
白虎壮江声。

此联直抒胸臆，以濯水的地理与人文相结合的风光切入主题，显得十分干净利落。上联说地理，下联讲人文，一点也不拖泥带水。原来阿蓬江在土家语里，就是一条雄奇秀美母亲河的意思。它在黔江境内，冲破崇山峻岭，一泻千里，两岸谷峭山高，悬崖绝壁相对夹峙，形成了独特的江流峡谷风光，其中有一大峡谷名为神龟峡，全长近40公里，风光旖旎，最为险要独特。这就是上联说的阿蓬江及神龟峡的地理形势。下联叙写一个叫廪君的上古巴人首领，带领部族建立了我国历史上第一个被文字记载的巴人部落，死后化为白虎，出没于巴山渝水之间，巴人识其身影，遂杀猪宰牛以祭献之。多少年以后，白虎便渐渐成为巴人的图腾，世代为巴人所崇奉。

该楹联以神龟峡影射的神龟与廪君死后化为的白虎相对，文字简约而含义丰富，寥寥十字便巧妙展现了濯水的历史人文风光，真是耐人寻味。

沿着廊桥桥身继续前行，在一处楹柱上，我们读到重庆楹联名家文伟所写的另一副仅只14字的对联：

顾影桥横天上面，

倚栏人在水中央。

该联妙在先将廊桥拟人化，赋予了廊桥以人性。此刻，廊桥正在以水为镜，顾影而自怜自矜，便看见水中亦倒映出桥的形象，所以廊桥就像横卧于天上的彩虹一般美丽。接着，下联则借《诗经》的典故，叙写靠在栏杆上的游人好似在水中漂荡一样。原来《诗经·蒹葭》中有句云，"所谓伊人，在水一方。溯游从之，宛在水中央。"如此化腐朽为神奇的典故运用，就把靠在廊桥上的游客予以了美化。此联先写桥后叙人，谁读了它而不被吸引得流连忘返呢？

为了到廊桥三楼去观看那镇桥宝物——仿制的唐钟，当人们登上廊桥一楼时，却在一对楹柱上，读到了黔江楹联家王义山所撰的30字中联：

笛韵横飞，霞彩斑斓，船头响起渔歌子；

夕阳斜照，波光闪烁，桥上邀来虞美人。

此联着重勾绘作者眼中的一幅独特美景。上联从廊桥傍晚时分的景色写起，写"笛韵"的声，"霞彩"的色，写出有声有色，可闻可见的美景。下联则以夕阳来进一步勾绘廊桥黄昏时的特定景观。最为出彩之处，在于上、下联的末三字，即"渔歌子"与"虞美人"的双关用法。首先，它们是两个词牌名，其次，它们指两个相依相绕而不愿分离的恋人，即男歌手和美女。此处似乎剑走偏锋，但却显示了作者用心良苦的艺术营构功夫。

最后来到三楼看见那高高悬挂着的仿制唐钟。该仿制唐钟全国仅只二个，其中一个挂在北京大钟寺，另一个则保存于此。可见这口黔江廊桥所存唐钟，是何等的稀缺和宝贵。于是，我们在这儿读到了别号洗梦楼主人即酉阳才女杨琼芳所撰的32字中联，她那大气堂皇，令人感到中正平和的联语，完全瞧不见半点女性手笔的气象：

风雨桥长，看高阁连甍，二水平流天一色；

盐丹驿古，听疏钟彻野，万山拱护镇千秋。

此联起句平铺直叙，直奔主题，承句则笔势陡起。因风雨而显出长桥的雄伟气势，故让人看到了"高阁连甍"的廊桥峻峭外貌。由于顶部高耸，该桥有脊有檐，所以还显出了那桥似亭似塔，若楼若阁的勃勃英姿。此外，游人还看见了阿蓬江与蒲花河的水缓缓流淌，直到天边也永远不变地呈现出无边的青绿。下联描述古镇昔日就担负着丹砂运输的重任，而从清代后期起，古镇更成了川东南驿道、商道、盐道的必经之路。就在这繁忙的运输中，廊桥上传来了稀疏的钟声，这钟声在万山拱卫的武陵山腹地响起，显出了它的一派肃穆与庄严。

以上多副廊桥楹联，无不流露出对联的"对"与"联"紧密结合的艺术特色。而这又体现在楹联对于下述四个方面的严谨要求：

一要上、下联字数相等，断句一致。除个别联语有意空出某字的位置以达到特定效果之外，上、下联的字数必须相同，既不多，也不少。

二要上、下联的平仄相反，音调和谐。传统习惯是"仄起平落"，即上联末尾一字用仄声，下联末尾一字就该用平声。上下联各自句内平仄交替。当代联家余德泉还总结出了一套对联必须用所谓马蹄韵的规则进行写作，就是以"平平仄仄平平仄仄"的方式一直延续下去，犹如马蹄的节奏一般令人读来十分畅快。

三要上、下联的词性相对。上下联对应的词句必须"虚对虚，实对实"，即名词对名词，动词对动词，虚词对虚词。

四要上、下联的内容必须有所关联，前后衔接，但又不能重复。

此外，若系张挂的对联，传统作法还须直写竖贴，自右而左，由上而下，不能颠倒。另外，有的对联还有横批，这是对联的题目和中心。好的横批在对联中可以起到画龙点睛的作用。

对联作为一种民间习俗，是中国传统文化的重要组成部分。2005年，我国国务院把楹联列入第一批国家非物质文化遗产名录。楹联习俗在华人乃至全球使用汉语的地区以及与汉语汉字有文化渊源的民族中大量传承、流播，对于弘扬中华民族文化有着极其重大的价值。

当然，楹联就是发源于律诗绝句中的对偶句，如杜甫《登高》中的颔联和颈联，"无边落木萧萧下，不尽长江滚滚来"，"万里悲秋常作客，百年多病独登台"，其对仗就极为工整。如此对偶句渐渐演化为字数不拘的对联，如要贴在房屋的楹柱上，就成了楹联。所以，说白了，楹联就是一种非常严谨的对仗文学。

而这种语言文字的平行对称，则深刻表现了与哲学一贯主张的所谓"太极生两仪"的我国文化含义。所谓太极生两仪，就是把世界万事万物分为相互对称的阴阳两半。因此，可以说中国楹联的哲学渊源及深层民族文化心理，就是阴阳二元观念的文学化。古代中国人以阴阳二元观念去把握万事万物，这同时也构成了中华民族的特定思维方法。《易传》认为，"一阴一阳之谓道。"老子也说，"万物负阴而抱阳，冲气以为和。"这种阴阳观念不仅极其广泛地浸润到古代中国人对自然界和人类社会的认识和解释之中，而且深深地扎进汉民族的潜意识之中，从而成为一种民族的集体无意识。所以，楹联则是对立统一哲学观念的艺术表现，其内容的深刻性，不容抹杀。

此外，濯水廊桥的众多楹联还说明，作为一种短小的文学样式，其通俗性和高雅性，总是紧紧扭结在一起的。人们常说对联雅俗共赏，这丝毫不假。试想，还有哪一种文学形式，能像楹联一样上为学者文人，下为妇人孺子所喜闻乐道呢？

原因在于廊桥楹联是一种既简单又复杂、既纯粹又丰富的艺术，诚如前文所述，楹联的规则并不深奥，尤其是对语言的色彩、风格，对题材、内容，它都没有特别的要求。楹联一般都很短小，又广泛应用于社会生活，不像其他文学形式始终摆着一副高雅的面孔而放不下架子。而楹联，则易学、易懂、易记，也不难写。只要符合联语要求，无论语言之雅俗，题材之大小，皆可成联。所以楹联深受百姓欢迎，而成了一种平民艺术。

但是，廊桥楹联俗而能雅，而且是大雅。譬如那些融哲理于风景名胜的诸多联语，其辉映山川古迹的笔力，岂能不大雅乎？廊桥楹联正因为具有如此谦恭而能大雅的品格，所以，它与廊桥的高超建筑艺术比肩，而成了受到天下人同样赞美的一种文学艺术。

濯水风雨廊桥之能与成都武侯祠、江西滕王阁、杭州西湖、昆明大观园等园林成为广大民众同样喜欢的游览之地，楹联所起的作用，绝不能小视。

风雨廊桥帖（外一首）

高若虹

适合慢走 适合停留
桥头的风吹着心上的远方
桥尾的雨打湿回头的乡愁

适合归隐 适合寻根
认芭茅做相望的邻居
喊阿蓬江为含泪的母亲

适合布衣桑麻 适合青灯诗卷
雕花的木窗撒下阳光 月光的散碎银两
檐角的红灯笼打好故乡与歌谣的行囊

适合悠悠地嗅 深深地嗅 久违的木质香味
古老 质朴的榫头卯眼正好加固 连接断裂 塌陷的爱和良善
适合穿青瓦的衣裳走向外婆掌纹的炊烟
耳朵的廊桥就会响起乡路粗布的方言

夜色降临 廊桥换上镀金的衣裳
神背回生活的火焰 诗人走过留下诗的光和明亮

夕阳摇着橹远去 阿蓬江流淌为一道泪痕
蒲花江抱着明月 我提着灯笼 各自在等那个合适的人

蒲花暗河吟

水往低处流
没听说水往暗处流

可蒲花河流着流着就把光明流丢了
流着流着就流出太阳的眼睛了

谁把她嵌入大山 塞进洞中
就像把曝光的胶卷放入暗室冲洗 定影

以柔弱洞穿大山的没有别人
只能是滴水穿石的水自己

蒲花河把自己囚进黑暗中
从岩石里把美和深邃救出来

因为曾经黑暗
出山才洁白如练

水用水的方式爱山 爱草 爱这峡谷
就像我们换了一种方式爱她爱你爱我们的爱人

蒲花暗河就这样无怨无悔地流着
山想河一次就亮丽一次 想着想着就把他们想成壮美的河山

廊桥雨

致 龄

五月，雨的廊桥是阿蓬江上一道别样风景，她是隽永的，那种惆怅而缠绵的隽永。如果说她是画，她就是流芳千古的顾恺之《洛神赋图》的水墨背景；如果说她是诗，定是唐宋阁楼回廊里烟雨深深的别情诗。

在武陵山，走进五月，你不得不走进濯水廊桥，否则，你的情感际遇中就少了一种体验，一种极深刻的叫作凄怨的体验。

因为雨，这凄怨便湿淋淋地美得深邃，甚至深邃得让我的双眼噙满了热泪。

才一踏上廊桥，不远处的山峦，就有白云飘过来，那么浓郁，乳白色的，绸缎般婀娜，注目不大一会儿，眼前的桥檐居然有细细的雨珠顺着瓦槽一串一串滑了下来——哦，下雨了！

那江上，蒲花河与阿蓬江交汇的地方，碧绿与黄绿泾渭分明的水面，被雨刷刷上一层薄薄的雾状的柔色，半岛边上，一叶扁舟，那一蓑衣一斗笠的人儿，若无其事地，依然搁在我的山水画里，似乎没有避雨的意思——他是刻意在那儿惹我的吧？惹我在武陵雨的惆怅中，激起一片思念的涟漪，为我常常在文字中用第二人称的那个人儿！

自然不敢久觑，这样的景致，伤人。

慢慢踱过廊桥，可那"涟漪"随了云天之上的一声闷闷的滚雷，竟然化作了波浪。先是淅淅沥沥，瞬间就滂沱起来了，这雨的世界，呈现给我的是满眼的迷茫。隐约的山水，像我隐约的痛——如果说，相思是一种病，那么，最好不要到雨的廊桥上来，她会美得你雪上加霜！

宽阔的江面，适才那雾状的柔色，早已经被大滴的雨击打得粉碎。远山已经遁去，对岸的古镇，在雨帘的跳跃中，像一条淋在雨中的哈巴狗，一动不动，慵懒而无奈，让人陡生怜爱。只有山脚的农舍，那白色的墙面隐隐约约地点缀在绿色的丛林边上，可以唤起心头的某种温馨的记忆。更远的远处，是雨的故乡，抑或是"你"的双眼，我都无法想象。

我独自一人，把玩着这世界第一的廊桥，也把玩着自己的伤悲。如果说，相思真是一种病，那么，一定要到五月雨的廊桥上来，她会让你在索然茫然的雨的寂寞与热烈中，品尝到人世间最凄美的果子。

廊桥雨，是一种际遇，属于情感最深邃处的际遇。

双眼潮湿的时候，见前后无人，索性凭栏。近景之外，西边，一条高速公路架在高天，似有好多大小车辆，在云中穿梭，横切了这雨。东面，随着一声长长的汽笛，一列红色的旅游列车，又从另一个方向，把这雨帘给割断了……哪一年，哪一天，哪一刻，你会乘了这样一趟满载武陵雨的列车，来廊桥，牵着我的手，赏雨，忆雨不？

处处都是相思。这雨的廊桥，满眼别离，哪敢久凭栏，一转身，大步朝前，径直走进芭茅岛的雨中，高仰着头，张开双臂，让滂沱大雨，痛快地击打在我的脸颊上，一圈，一圈，再一圈，我的双眼在眩晕的痛快中，再度潮湿，差点就趁着雷声喊出你的名字来，任那雨水与泪水，在情怀里交融，翻滚，继而波浪滔天……

出得雨阵，是廊桥最东边的一段，就是传说中的相亲桥。雨似乎小了些，江边的吊脚楼上，一座《廊桥之恋》的音乐茶吧，在红灯笼和绿树的掩映中，安静地等我，等她的归人。尤其"廊桥之恋"四个大字，字字惊心，笔笔优雅，一看就知道是出自名家之手。

上得楼来。主人沏了热茶，买一件印有"廊桥之恋"几个字的文化衫把湿衣服换了，一口暖茶，顺着喉头，一直润到心坎儿上。好客的主人解我，轻轻地为我弹起柔柔的吉他。说来也怪，吉他声才起，那雨竟然就突然小了，细细的雨丝，安静的屋檐，在这高高的吊脚楼上，拉起卷帘，倚廊而望，竟然把自己幻化成了温蕴着无尽相思的神仙——惆怅而美丽的爱神。

这五月的廊桥雨，凄婉，幽怨，虽然有失大气，却伶俐有加，真是人生中值得一驻的绝境之一。

又一曲吉他，老板更进一步，居然一边弹一边轻声地哼起了去年流行的那一首老歌新唱《我等到花儿也谢了》……

雨，不知道什么时候累了，便停了。一袭白云，浓浓地、柔柔地、薄薄地、轻轻地贴在江面，一直绕到吊脚楼前面的乌篷船边，禁不住一声惊叹，这烟雨廊桥，好美！而屋檐的翘角之上，天，居然出露一片蔚蓝，廊桥尽头的远山之巅，还挂起了一溜红色的晚霞，桥上和吊脚楼的回廊，先后亮起了红灯笼，心情也从幽深的凄怨转换为清朗的缠绵。

——惆怅雷霆赤子心，涉江权当武陵人；寂寞廊桥烟雨处，不羡云霞只羡君。

廊桥雨，像极了我的人生。

2020年5月26日，致龄在濯水廊桥，在雨中，想一个人，唱一个人，等一个人——一个我诗歌里常常用第二人称的人。

这是李清照的风雨廊桥。

骑水畅游蒲花暗河

雨 馨

一想到去蒲花暗河必走水路，便满心欢喜。

况且是五六人一船，撑船掌舵，山歌击桨，入洞天，穿幽峡，渡暗河，沐飞泉……逆流探秘，听说还要在小小窄窄的舟楫之中有惊无险地共赴伸手不见五指的"冥界暗河"，在峡与洞的穿越中领略神奇的洞天飞瀑、钟乳石笋、绝壁险滩、野猴啸跃，更是心之向往。

谁说最奇绝峭峻的风景，不是在曲径通幽，人迹罕至处呢?

我们在离濯水古镇不远的一条赶集的背街下车，沿途都是农家散放的鸡鸭猫犬，萝卜和白菜在地里长势葱葱，赶集回家的村民，背篓里装着洗衣粉、农具或牙牙学语的几岁幼童，有头上包白头巾挑竹挑子的老汉有滋有味地嚼着手里的油炸煎饼，有手足丰润低眉捂着怀里婴儿哺奶的年轻媳妇。

沿着河道延伸出的清澈支流一直走，顺着水声和大片开花的芦苇步行十多分钟，便来到秋树茂密，山气清新的岸边。

一汪碧水，黛眉初妆，蓝中映绿，绿中透亮地泊在两山之间。"哎呀! 好清亮的水!"我不禁暗自惊叹。雨后的峰峦，叠彩染翠，两岸幽竹，凝雾滴露，真应了那句"山光悦鸟性，潭影空人心"。

湖面森森森森，没有一丝风，云隙中突然滑落的天光呈块状倾盆而下，瞬间"轰隆隆"的珠宝噻噻滚落，"哐"的一声巨响惊得我瞠目结舌，击破水面的音效同时又溅起道道金鳞银碎。可转瞬之间，天地又乍然恢复平静，静成若有所思的一种空旷。定睛再看，岸寂波平，当我正迟疑刚才那幕宛若白日梦的山色湖光，冥冥中，向导一句，"到了，就在这坐船"。我的耳朵，才被神游的丝线从远处拉回，如梦初醒。

岸边，两只刚漆过鲜亮得有些耀眼的橘色小船已经泊在山影里等我们了。"上船喽!"大家闻声聚拢，两两相扶地登上小木船。船一离岸就在照得出人影的水面射得老远，水波柔滑丝碧如少女的长发和肌肤，又像大清早刚被人擦

145

过的一面水镜，随着晃动的水波镜子里色淌线流，神笔泼墨，几笔涂鸦，披麻皴、辟斧皴、米点皴、卷云皴……皴擦质感的石纹经勾勒点苔，一描一染，一深一浅，都是"横看成岭侧成峰，远近高低各不同"的绝佳上品。

船渐渐驶进幽深的峡谷，两岸突然巨石高耸，擎天入云，几只镶着黄蓝二色被山林描画了一身新衣彩羽的山雀"嗯——"地从绝壁上悬空射出，惊落一行人唏嘘一片，啧啧称赞那轻巧伶俐，傲踞天险的小小精灵。驾着风，驭着气流，它们在空中亮嗓，振翅，低飞，巡绕，忽而又划出一道道优美的弧线，犹如空气中的层层涟漪。突然，它们又转了心思般地，径直向下俯冲，加速，再加速，电闪雷驰般快贴着水面了，却故意逐出几点稍纵即逝的水花，令众人屏神凝气地看呆了，直到船渐渐驶远才想起该用怎样的掌声回报这不知名的空中特技表演呢？

峡中半日，我的眼睛每分每秒都愿意被那水中凝固的翡翠绿的巨大果冻黏住，久久不曾挪开，那澄澄的绿，染透我的眼，我的皮肤和头发的绿，缎子般覆盖在睫毛上莹亮亮的水珠还没有滚落的绿，仿佛多看一眼，就要在唇边嗓音里融化，在那发呆的眸子里生根。

"上船了！"不知谁一声呼唤，大家鱼贯而聚，相扶携着纷纷登船。

撑船的是位憨厚腼腆的农家汉子，瘦削的脸，中等的身材。一口淳朴的黔江乡音，听来十分亲切。

"这暗河有三绝，峡深、洞奇、水幽。信不信你们等下跟我进去就知道了。"他一面开船一面认真地给大家介绍。

船骑着水面，竟像是冰上滑行听不见丝毫声音，近了，近了，"黑龙潭到了"。大家仰面而望，只见陡直的悬崖把天空也挤出一道天隙，两岸悬石聚合，一只惟妙惟肖的"大漏斗"从天而降，而在它周围，密林般的钟乳石笋柯枝折斜，对岸雄壮的山影里，一只巨猿，怒目对峙，而藤萝绿绦从高空轻柔地垂下，秋千般地随风荡漾，一晃一荡，便让人想起上面坐着几个穿雪白纱裙，雪肤娇颜无忧无虑的"绿野仙踪"里的蜜蜂仙子，她们在藤萝上荡秋千，荡得开心时，从半空丢下一串串银铃般的笑声。

真静啊，这峡谷里山气如洗，幽深蓊郁，斜桨逐浪，晶莹的水花泛起层层易碎的珠玉，水面自由铺展开去，一支神来之笔肆意泼墨，一晕一染，一顿一挫，轻重快缓之间，峰峦有了烟霞，林木多了青黛，水里有山，山生茂树，丝丝缕缕的涟漪，似漂浮水底的碧波翠影，天空的留白，迷迷离离地反衬岩影修竹，水鸟争渡，暗河的萧瑟和清寂，好似一幅虚幻相生的宋画。

人在画中，船若轻骑，似水底有千万只飞奔的疾蹄，推波助澜地送我们这满眼满面的空蒙野趣。

石缝生草，一到春天，成千上万只黑燕前来筑巢，峥嵘陡峭的石壁岩缝凹洞，都是它们恋爱成家，生儿育女的巢穴家园。燕窝乃山珍之宝，有燕窝，就有腿脚结实灵巧的山民，冒险飞檐走壁，仅用简陋的竹索和草鞋，柴刀，便可从黑燕们入冬齐巢而去的隐蔽处，小心翼翼地掏挖出珍贵的药材。

据说，这武陵山脉峡幽林杂，暗河经流的峡谷洞穴中，阴凉通风，冬暖夏凉，很适合黑燕们栖居。船工师傅说，"过去，传说这黑燕的燕窝，因售卖昂贵而很多人冒险而来。但稍不留神，丢了性命摔坏腿脚的也不少呢！"

众人听了，不禁发出阵阵叹息。"人为财伤，鸟为食亡。"虽为古语，但在那少有耕地，以采药打猎为生，清贫度日的高山村民，也不为一种艰难的营生。

"大家快看，弯刀形的峡谷拱桥过后，是月牙形的、天眼形的。"顺着船夫的指向，我们仰头而视，果然，三座巨人般的天然拱桥巍然而立，在我们头顶把天空切割成弯刀、月牙和天眼，哦，这就是蒲花暗河称奇之一的以喀斯特地貌著称的"天生三桥"。"哎呀！真像哦！"大家纷纷伸长鹅颈，全神贯注地仰望良久。船过峡口，淅淅沥沥的山泉，渗透石缝，草根，"滴答滴答"地飞落而下，一座巨型舰队般的城门，就在我们头顶，随着我们的小船远去，远远向我们行注目礼。

"戴眼镜和帽子的，最好都收起来，以免掉进水里，多半是捞不到捡不回来的哦！"我看到同伴的帽子翻了一个90度跟头就一下子掉到了地上，船工师傅连忙提醒大家。

浪移舵转，我们的一叶轻舟，竟迈开莲步亦步亦趋地滑向一座陡然而立的万丈石壁，"坐稳当了"！只听船工师傅一声朗喝。小小的船体"嗖"地一下就轻快地从暗河最窄处穿过。高空欲坠的巨石，就在刹那间侧着身，一闪而过，大家都舒了口气，再看崖壁上的石壁，已经演变成由数个幽深溶洞组成的骷髅面具。"过去，还真有占山为王的土匪带着家小，暂居在此呢！"船夫一一补充。

船沿着岸继续前行，哦，移步异景，嶙峋的岸又变成了一头临危不惧的猛狮，雄踞间歇泉的上方，它站立水边，似乎在饮泉疗伤，它忍住咆哮和呜咽，安静匍匐着，又仿佛想抬起头来，把自己浑身的累累伤痕袒露成临风昂首的一段危岩。再往前，刚才这座高悬挺立的危岩，被一把天斧从中劈开，留下我们的小船刚好侧身而进的这条水巷，半人半兽的巨兽，在一分为二的那一刻，永远凝固成悬崖上负重千年万年，上亿年的铜墙铁壁。日复一日，他赤裸着的被日晒雨淋的骨骼和形体不再剑拔弩张，不再莽撞地冒犯天庭，经年的溪流冲洗他浑身的伤痕，鸟儿们衔来草籽野花种在他的手掌，眼窝和耳郭里，暗河里会发光的银鱼舔舐着他的肌肤，巨兽蹲下身来，他把坚硬的肘臂伸向空中，他要像山神一样护卫这里的一草一木，飞禽走兽。

渐渐地，他对这身边的四季，对人间的鸟语花香，春夏秋冬有了感知，从此，这藏在空谷深峡之中的蒲花暗河有了自己的保护神……

原来石头也有如此动人的故事。一段非凡想象的石壁神话拉近了我和蒲花暗河的距离。

船继续滑行，骑着疾走的水流从峭壁中突围。悬崖边，一棵树的剪影拨开窄窄的一方天空，峭壁不见了，两岸是千年沉积亿年造化而成的钟乳石岩层，岩层仿佛是刚刚凝固而成的液状岩浆，融化的过程，一次次滴落、凝固的轨迹，渐渐堆积，重叠、缓慢地钙化成石，形成悬挂的冰凌，堆积的缓坡，惟妙惟肖的石人，石象和石狗、石猴、石蛤蟆……奇妙变换的造型，别提多让人忍俊不已。

一尊满目悲悯的千手观音，八仙过海里各有绝活的八个仙人，最让人心惊龙腾虎跃！白鹤亮翅！……"一块块奇形怪状的石头，一时间都成了惟妙惟肖的'神仙'，三分形象，七分想象。哈哈！哈哈！"一阵阵爆发的捧腹大笑渐渐淹没了高声竞猜。幽谷里吹出嗖嗖沁凉的风，我下意识地抱紧了两只胳膊。

"大家注意了！马上要进入伸手不见五指的夜晚了，大家在自己的坐位上做好，不必惊慌。这也是我们蒲花暗河最惊心动魄的一部分……"

我暗暗捏紧了手心。

暗河两岸，怪石成壁，成崖、成丘，成仙，成浩瀚天穹向下俯视的一只远古巨眼，成横空出世飞虹跨江的天鉴三桥，成雪瀑倾吐巧夺天工的颗颗夜明珠，栩栩如生、闻声而动的飞鸟走兽，成偷饮暗河灵泉而长生不老的绿毛山鼠，成守护此洞千年万年的巨石神龟，成一只泥色丑陋但嘴衔金元宝的大蟾蜍……任由想象神游，驰骋，飞奔。我们的船骑着轻快的水流，一撑一划，脚下是漆黑如墨的暗河，左右时需绕行迂回才能避开的陡石岩暗礁。当耳边一句"天黑请闭眼！"的幽默响起，大家猛地陷入伸手不见五指的漆黑之中。坐在船里，我和同伴都仿佛突然消失了，眼前只剩下黑暗时，大脑里的神经末梢却一触即发地活跃起来。没有任何光，世界混沌一片，随着船体的不断晃动摇摆，闭上眼，时间仿佛停止了，纵横的思绪成一束束光线，慢镜头般徐徐而来。近了，我仿佛看到了天昏地暗，地动山摇的瞬间，光线一点一点地聚合，昏暗，黑尽而止。暗河内潜流翻涌，丑陋的水怪，时隐时现，周围山势突变，或狰狞或千疮百孔地凝结着，高悬着，匍匐着，满壁皆皑皑不绝的怪石嶙峋乍现。我仿佛听见远古的山峰在亿万年前纷纷折断，森林被发怒的岩浆淹没，百兽惊慌失措地逃窜，海底的河床被瞬间搅动得天翻地覆，海底的魔咒裹挟着巨浪，漩涡，海啸和台风等重型武器，地壳迸裂，火山吐着猩红的信子把贝类和鱼群吞噬一空，大地沉落到无声的海底，海洋凸升成崭新的峰岭，天地分崩离析之后，如同这微观的暗河，陷入万籁消隐的绝境。

"滴——答——！"我听见一枚小小的水滴撞击着耳朵。

"你是谁？你在哪里？"黑暗中我问自己。

这些被时空的定海神针尘封在这里的石怪暗河，请你们原谅这群叽叽喳喳的冒犯者吧，我不想把你们从梦中惊醒。这个梦，我想最恐怖的部分已经做过了，接下来的，应该是被时间冲淡和遗忘的新生的思绪。抬头看，一缕缕金质的阳光如金箭般穿刺而来，插入石壁石缝，经亚热带的云气氤氲，雾蒸雨润之后，草木苔痕，鸟影蚁痕，重新苏醒。

我仿佛随着暗河的波光倒影做了一场远古秘境的梦。

梦醒时，船慢慢驶出暗河，船工师傅放下竹篙，立在船头，顶天立地地亮出一副好嗓子："哥哥是那青冈树哦，妹妹是那四季豆藤，哥山望着那山高哦，妹水望着那水甜哦，缠上又缠下是为何？哥哥要是芭蕉树，妹妹就是那芭蕉叶，哥哥要说爬一下，妹妹就说爬不得，你说爬得爬不得……"

众人齐声应和，"粑——得！"

梦里，有一撑船静笃的汉子，对着一潭"独坐幽篁里，弹琴复长啸"的山水亮出惊炸炸的高亢野嗓，曲调是酣畅撒野的，词是诙谐俚俗的，山歌的调子悠长回旋，在峡谷里回音袅袅。歌中的阿哥阿妹，用山里的苞谷叶和四季豆藤谈恋爱，活在真山水真性情里的黔江人，让我结结实实地羡慕了一回。

我庆幸这次带了一只会录音的耳朵来，我庆幸一个下午的光阴，我做了一回这潭中的游鱼，我录了这两岸的青山雾岩，这舟楫之间，湖光山色之间，蒲花暗河独有的"山河天眼里，世界法身中"的禅意回去。

濯水清兮濯吾心

文 猛

沧浪之水清兮，可以濯吾缨；沧浪之水浊兮，可以濯吾足。想去拜访古镇濯水，总感觉这千年古镇美丽的阿蓬江会与孔老夫子有关——孔子曰：清斯濯缨，浊斯濯足，自取之地。

事实上，孔老夫子没有到过古镇，在阿蓬江清澈的浪花声中，走过古老的青石板街，看看山，望望水，走进那些古老的院落，古老的商号。老实说，我拜访过很多古镇，濯水古镇在建筑风格上并没有太多吸引我眼球的地方。倒是那些大门上古老朴素的对联，给了我无尽的思索和教诲。所有的世俗，所有的浮躁，所有的烦闷，在这条古老的街上，在那些古老对联的教诲中，在这清清静静的河水中，不濯缨，不濯足，濯洗的是那颗在历史的沟壑中沧浪得苦涩的心。

走过濯水古镇，最先映入眼帘的是古镇的戏楼。把一座戏楼作为一座古镇的封面，在我拜访的古镇古城中的确是第一个。一个地方的美酒、香茶，是一个地方山水风物、风土人情的浓缩和升华，品尝的是静的美。一个地方的古戏，则是这方乡土生活的剪影，欣赏的是动的魂。张扬一台戏欢迎你，给你一个激昂的心调，足见濯水人的豪放和义气。更为让人惊异的是濯水独特的"后河古戏"，以一种"半台锣鼓半台戏"的激昂，传达濯水人心中的悲欢，更是让人过耳难忘。对于那古戏、古戏楼，我实在没有妙笔去描述，因为再美丽的描述也不及那戏楼处处的古老对联的讲述——曰：古镇澜回，千声犹荡土家韵；高台风起，百载远惊巫峡云。曰：两水润新园，绕岸轻波堪濯足；七弦萦古镇，连台好戏可清心。曰：丝弦醉月，水袖裁云，演古镇传奇，半台锣鼓半台戏；韶乐绕梁，霓裳焕彩，添武陵神韵，百代风骚百代情。品读这些深邃的古老对联，我们还能有什么可说的？

伫望戏楼，濯水人的后河古戏、山歌、哭嫁歌、木叶情歌濯心濯耳，余音绕梁，但是这绝不是这个拥有两千多年历史古镇兴盛不衰的原因。中国人好逐水而居，中国的历史以及经济繁荣都是从江河开始的，那就是河流文明，有水的地方就有人，有人的地方才有经济的繁荣，商贸的繁荣。濯水以前叫濯河坝，因为美丽的阿蓬江而让酒旗飘舞，生意兴隆。

在濯水有"李家的面子，龚家的杆子，汪家的银子，余家的铺子，徐家的刀子，樊家的锭子"之说，足见这六家在濯水的分量。

作为一个粗糙的小文人，我无法用笔去描述那些融合土家特色建筑的庭院、柜台、榨油房、酿酒房，我只能从这些古商号大门上的对联去遐想那些曾经的繁华和濯水人对"天理良心"经营理念的讲述。今天的古商号虽然没有物质的繁华，却有精神的濯洗，大约这也是濯水多次更名都少不了那个"濯"字的原因。

汪家是濯水古镇商业的领头羊，汪家除了三个榨油作坊以外，还有酿酒、烟墨、票号、钱庄、运输等。如今这些作坊都不再生产，早年的榨油作坊成了今天的绿豆粉作坊。在汪家的大门上，有这样的对联"雕梁画栋，不铆不钉，喻众人不伪不斜不诈；阔门豪宅，大开大合，装天下大人大义大忠"。"成以勤，节以俭，看檐翘廊回，珍藏两字传家宝；立于信，行于诚，任客来商往，通用一篇致富经"。朴实、纪实、说实，没有好高骛远、气吞山河的盛气凌人，表明我的房子这么修的，我的经营这么做的，实在让人回味无穷。再看他榨油坊、酒坊和烟房上的对联，更是朴素而精彩，就像那古老的榨油号子，回响江畔，就像那醇香美酒，永驻齿间——"风雨不惊，听隐隐号声，韵融古镇两江水；沧桑难抹，看层层油印，香入老翁一袋烟"。"秋月晴明，月照人酤村酒醉；春风煦暖，风流木榨菜油香"。

"借融融月色，梦到阿蓬，诗文一脉传香远；将淡淡心尘，浣之濯水，风物百年沁玉清"。"血融蒙汉，旗出八贤，家山总带芝兰气；心浸诗书，儒承百代，梓巷犹传翰墨香"。"光前裕后，立信开诚，百鼎精深欣济世；顺道应天，扶危解难，九芝馥郁巧回春"。这三副对联在余家的"光顺号、八贤堂"大门上高挂，与世无争中透出书香门第的自豪、悬壶济世的自信。

濯水老街拐弯处就是龚家有名的抱厅，作为古镇上唯一拥有枪杆子的大家族，家中常年支起大锅给过往穷人施粥，枪杆子的冷漠和乐善好施的温情让我们对龚家肃然起敬——"抱璞归真，衣食自经营，庭除不使喧尘到；乐施好善，精神长播布，兰桂时吹淑气来"。"交心结义，抱此一亭，风雨飘摇留记忆；舍爱施恩，济之百姓，声名淡泊显襟怀"。龚家是这么彰显门风的，历史也是这么感叹的。

走进龚家的抱厅，厅外是老街，窗外是阿蓬江。主人冲上清茶，端来团子粑、冲冲糕。聆听窗外淅淅沥沥的春雨，品尝小镇淡淡的清茶和美食，我们宁静如诗。陪同的人对重庆市黔江区财政局的同行说，今天下雨，街上游客较少，要在平时，真还难得有这般的清静——

品味清茶，回味那些朴实的对联和古街，静也好，闹也罢，我心中想起孔子关于沧浪歌的评述：清斯濯缨，浊斯濯足，自取之地——

因为，这个地方叫濯水，濯心之地也。

濯水 濯心

张 涌

濯河之水，沧浪之水。"沧浪之水清兮，可以濯吾缨；沧浪之水浊兮，可以濯吾足。"我不知道今天的濯水沧浪桥——那座世界第一风雨廊桥是否与2000多年前的《沧浪歌》有关。然而每一吟诵楚辞《渔父》，我就想起濯水廊桥，想起大美黔江，一丝怅然，几许慨然，几多欣然。

早在七年前的深秋，我就和一帮画友流连濯水古镇，陶醉在四维苍苍、一带如玉、蒲花如雪、廊桥凌波、鸥鹭翔集的胜景中。我在廊桥上摩挲来自大山深处的一根根原木廊柱，赞叹廊柱上的楹联："碧水天然同谁濯足，仁风自在到此清心""神龟沉日月，白虎壮江声"。在晓风轻抚中漫步阿蓬江岸，看林峦一抹、朝雾迷茫、长桥隐约。那年的11月25日，我们挥手自兹去，一步几回首。没想到我们离开三天后，传来廊桥发生火灾的消息，这座美轮美奂的廊桥毁于一旦。一时惊诧莫名，心痛莫名。我以为，濯水的风雨廊桥只能留驻心中了。更没想到的是，今天的风雨廊桥已然恢复，从303米变身为658米，从亚洲第一蝶变为世界第一。依然为纯实木打造，依然是土家族传统工艺。这是现实版的凤凰涅槃。

大火可以焚毁建筑、焚毁文物，但永远烧不掉文化，毁不掉人们对美好生活的向往。哪怕是"楚人一炬，可怜焦土"；哪怕是火烧圆明园。除非有人焚书坑儒，除非有人要刻意革文化的命。所幸，在高扬文化自信的当下，文化之花灿然，文脉传灯不灭。正如濯水风雨廊桥，浴火重生之后，更加风姿绰约。

漫步风雨廊桥，我们可以听唐钟长韵，与珍藏在黔江重庆民族博物馆的国家一级文物唐钟遥相呼应，在心中树立起对黔江这个千年古邑、"渝鄂咽喉"的敬重。这是大咖青睐的美丽之地，杜甫、黄庭坚、寇准、张之洞等历史名人的朗吟与悠扬的钟声相映生辉。

可以看彩虹伏波、落霞孤鹜、秋水长天。或者，在蒲花摇曳中，轻吟

"蒹葭苍苍，白露为霜，有位伊人，在水一方"；或者，倚亭临风，浅唱"杨柳岸，晓风残月"；或者，击水中流，高歌"大江东去，浪淘尽千古风流人物"，发一番"寄蜉蝣于天地，渺沧海之一粟"之慨。

最有意思的是在廊桥上"濯河怀远"，看水浊水清，回望历史风烟深处与渔父对话的诗人。"屈原既放，游於江潭，行吟泽畔，颜色憔悴，形容枯槁。"这个时候，诗人虽不复有"峨冠博带"的飘然潇洒，然而心志更坚，去意已决。屈子独步高蹈，清高自许。"举世皆浊我独清，众人皆醉我独醒。""安能以皓皓之白，而蒙世俗之尘埃乎！"

诗人踏波远逝，士人风骨长存。濯水之水、汨罗之水合而为沧浪之水，隐喻着传统文化根脉。沧浪之上，渝东南文化的密码、苗家土家的文化密码深藏在沧浪桥上，令人百读不厌。

同时我也知道，隐藏文化密码的，不止有廊桥，还有廊桥连接的濯水古镇、濯水老街的院落；还有雄奇苍莽、深秀内蕴的黔江大地。

1000多年来，濯水老街汇聚湖南、湖北、广东、广西的商人，到明清时期，逐渐形成樊家、汪家、余家等五大家族、七个大院。巴文化、土家文化、商贾文化、码头文化在大院融合，聚集，繁衍，绽放。

最有文化气息的，应该是樊家的濯河坝讲堂。这是一个古色古香的书院，处处洋溢着书卷气。讲堂临街一面是开放式门厅，建筑体现了徽派古民居与土家族民居的结合，是重庆和武陵山区唯一的凉厅街，也是全国唯一的凉厅式义学讲堂。在讲堂，聆听来自历史深处的琅琅书声，与那个"有教无类"的孔夫子来一场跨越时空的对话。正是从孔子开始，这些民间讲堂、私塾，与官学一道，默默承担起薪火相传的大任。2000多年来，读书识字，崇文重教，一脉相承。古代读书人家供奉孔子牌位以彰显对文教的重视。今天当然看不到这种习俗了。所幸在濯水古镇的院落里，处处可见与之异曲同工的"天地君亲师"牌位。

这块当年被清扫的"封建余孽"，我们今天有必要重新认识，重新解读它的博大精深内涵。牌位书写要求"人不顶天、地不离土、君不开口、亲不闭目、师不齐肩"，蕴含了敬天法地、孝亲顺长、忠诚爱国、尊师重教等价值取向，写满了对文化的崇仰和敬畏。而这一切，恰恰是我们今天所缺乏的，或者说是我们需要加强的。"天地君亲师"是文化图腾，濯水古镇乃至黔江大地随处可以印证这种图腾崇拜。譬如余家大院，他们高奉"天地君亲师"牌位，延续"耕读传家、诗书继世"的文脉。苍天有眼，这里出过三代朝廷大臣，"一门三进士，四代五尚书"，在清朝光绪时被赐名"八贤堂"。

即便是生意做得风生水起的汪家也对"天地君亲师"敬畏如仪。汪家经营钱庄、桐油、食盐，在濯水近代工商业发展中有着极为重要的影响。他们还引进詹氏徽商在濯水发展徽墨产业，为中华文化的重要符号——烟墨做出重要贡献。汪家烟墨在濯水、在黔江传递的是文化香火，培育的是文化血脉，传承的是"以诚待人，忠孝为先"的中华传统美德。人约正是因为崇义重教，汪氏家族人才辈出。

沧浪之水、风雨廊桥、深宅大院、牌匾烟墨，在濯水古镇、在黔江深厚的文化土壤上不断融合、发酵、包浆、醇厚。

想起了樊家立于清光绪十四年、上刻"天理良心"四个大字的"道德碑"，它时时警示古镇商贾，经商、为人、处世之道在于"天理良心"。我们经常感叹物欲横流、人心不古，是否也应该不时来此叩问"天理良心"？

想起了樊家大院里保存的清朝受封获赐的牌匾"桂馥兰芬"。我想，有天理良心，世事必然向好，必然桂馥兰芬。

想起了黔江小南海镇的土家十三寨。聪明的土家人变"天地君亲师"牌位为"天地国亲师"，既有对传统文化的坚守，也有与时俱进的睿智。这种睿智，这种对文化的敬畏，和着阿蓬江的涛声，和着沧浪之水，涤尘濯心，韵味悠长。

廊桥叙爱

—— 延意雷子新作《吟唱一曲濯水谣》

华小克

夜幕愈重，廊桥的金色愈炫

悬于碧野之上胜似宫殿的绚丽

钳固了我凭栏望远的双眸

惊诧，赞叹，频频连拍过后

炎彩入目袭心

光愈亮，歌声的剑愈锋

这番景致的刺痛如此剧烈

激昂的思绪随夜色下沉

我恰似宋朝的宫女

穿行在爱情真纯又悲伤的故事里

土家情侣阿果和阿朵的生死恋

为廊桥，也为人间风雨

染透了千年百代的光辉吗

我措足桥上，禁不住泪水盈睫

爱之光照映内心的一片清寒

勾起隐藏半生的弯弯长痛

不经意的一次闪别

积下一万个日子的浓愁和憾恨

今夜，独自与漫漫金光对影

我的爱情不是传说

没有可以永世的颜色

这一刻，多想廊桥变"郎桥"

与你手手相握，双目对视而歌

这一刻。你在否？你言否？

现实与虚空交互

虔信与清思异域并立

你说，你是照耀廊桥的月亮

陪我走在光河中

把爱演绎成两颗心的赤裸

生无界，逝无隔

你曾像勇敢的阿果——追逐成功

若知廊桥是天下第一美景

何以停下奔跑的脚步

天知我情，予金光和银辉

我便由宫女变成阿朵

在天在地，挚爱无拂

清晨的廊桥有木香徐来

艺人匠心，画出三起三跃的长廊

善思者步上楼梯，向内心念虑私语

诗人与作家以自己的方式孤吟慢行

我听懂了他们无声的语言

——自沉自醉！何需加上明说的释意

我遇见，濯水涤去心愁的女诗人

她自言，2020年与爱人经历磨难

一块心石，已在阿蓬江的碧水中放下

她转身留下似真亦幻的背影

摇晃了踏木而过的足音

我遇见，想与土家女寨主对歌的小说家

他自言，一曲原生态的山歌

可以把颠簸情路的创伤熨平

要为永世的爱人起名"真心无悔"

……

我与自语者一一擦肩而过

抬头看向天上的太阳
金光顷刻间将温暖淋遍全身
恰似你自言，一种照耀永在
尽管没有来生，没有后果
也要伴着日月与我同行
一曲幽音沿阶梯向钟楼飘升
廊桥上我跪拜祈天，默念心魔之语
——把地久天长这支老歌
印在余生的每一时刻

中国峡谷城
重新黔江

上善濯水

郑清华

智者乐水，仁者乐山，善者钟情于人文。

黔江濯水，有水，阿蓬江、蒲花河；有山，麒麟盖、五佛岭；有人文，自是古镇、天眼、道德碑。

阿蓬江，一路向西倒流五百里到此放慢了脚步，许是依恋这里"夜晚千船点灯、白日万人作揖"的繁华，许是"从善如流"，不忘回馈濯水一泓碧波。

我的家乡就在下游，童年时常听爷爷讲这水、这山、这古镇。这次重回故地，亲切中却多了些陌生，总感觉这些故事就深藏在古镇老街光滑凹凸的青石板下，或是斑驳残存的风火墙里，忽隐忽现，挥之不去，又召之不来。

晨起伫立江边，江水清清的、柔柔的，微波不惊。我突然忆起老子"水善利万物而不争、居善地、心善渊、与善仁、言善信、政善治、事善能、动善时"的话来。此"八善"，乃水之德、江之魂，亦是浸润在爷爷心里的那份情感，流淌在我血液里的那份绵延。

朝阳下，"沧浪桥"酷似一道彩虹倒映江面，典雅而诗意的名字引人无尽的遐思，耳畔依稀传来"沧浪之水清兮，可以濯吾缨；沧浪之水浊兮，可以濯吾足"和"清斯濯缨，浊斯濯足"的吟唱。记忆里，这唱词有"白者自白"之风，有"儒家仁爱"之雅，也有"濯水濯心"之颂。难不成，这不起眼的千年古镇，真与"孔圣人"有关？

古镇"青砖小瓦马头墙""丝檐悬空半干栏"建筑，连同悠长的青石板路，总是幻化出千年不绰的景象：驿道、商道、盐道尽皆汇集于此，南腔北调、俚语咸集于斯，悠悠岁月，涵养了满满的和善与包容。

古镇人爱看戏，戏楼就在老街口。爷爷说，那个时代，看戏是有"瘾儿"的，一为显示身份，二为广结人缘。那兼有昆山腔、南戏味的后河戏，或小口软糯，或荡气回肠，还有住在戏楼旁边的美丽姑娘，再配上这条温婉包容的阿蓬江，平添不少温情与柔美。这不，姑娘成了我的奶奶。

其实，不止爷爷爱讲，这里的人们同样爱讲古镇逸事，或活灵活现，或"自命不凡"。

汪家说诚信。汪家的"半边钱""找补券"就躺在展柜里，一张纸币撕成两半用，十里八乡都"通吃"，这是明证；"雕梁画栋，不铆不钉，喻众人不伪不斜不诈；阔门豪宅，大开大合，装天下大仁大义大忠"，这是写照。

余家道报恩。相传成吉思汗后裔率领的元军被追到一条江边无船可渡，突然江面游来一条大鱼，将他们驮过了江。这条江，自是阿蓬江；这余家，自是报恩谐音改了姓，余家"八贤堂"记录着这一切。

樊龚两家"义"字当头。樊家开办"濯河坝讲堂"，前有凉天，武陵山区独有的开放式义学讲堂；龚家捐修的"杨柳路""桐木路"虽已荒废，却不辱"龚家抱厅"里那面"义"字大旗。

凉亭旁立有一块道德碑，上面阴刻着"天理良心"四字。天理，自然之公理；良心，人之天性善心。字体虽是有些斑驳模糊，却仍不失它"镇镇之宝"的身份和地位。碑刻并不难，难的是刻在古镇人心里，刻出古镇千年文明史。

古镇有一尊买卖雕塑，卖者面容慈善，手中秤杆上翘，那是"立起"的公平；老柜台上一本本赊账单，只见数额不见签名；濯水绿豆粉好吃，只因多加了"三两绿豆"；红军善行感天地，古镇居民"草垫垫船渡红军"……岁月的遗存，就这样由眼、由耳入了心。

古镇人和古镇物身上似乎总是附着一种不朽之魂。而且，它已不再是某个家族所独有，而是属于这个古镇、这条江和这个民族的了。

"濯"，"濯洗"之意。浊水可自清，洗浊能自净。这古镇之魂当若水，亦可濯心而自清、自净。于是，古有《道德经》的"上善若水"，今有我心中之"上善濯水"。

因"善"而生忠义诚信，因"善"而循"天理良心"，世间一切概莫能外。此时此刻，我祈盼时光停留，邀友做伴，静静地享受"上善"润物无声的这种感觉。

可是，还有一个濯心之地是必须去的。沿廊桥一路向西，穿过花海、水上乐园、现代农业园便到了。蒲花暗河并不长，却在"三天两夜"黑白斗转间，让人体验到重回母体的凝重。

进入暗河，黑暗笼罩全身，让人顿生肃穆，自然地闭上双眼，头脑里一片

中国
峡谷城
清新黔江

空白，真像回到母体的胎儿，没了喧闹，没了纷争；所有人不约而同地选择沉默，静听自己与母亲同频跳动的心音，轻轻伸一伸腿，都生怕打扰了母亲的安宁。

我震撼于这样的静。待到睁眼，前面光亮起来，"胎儿"剥离了母体。"人之初，性本善。"我想，濯水之"善"就是这片黑暗与光明共育的精灵，是从蒲花河、阿蓬江对冲出濯河坝时就带有的基因。

"天生三桥"的桥体底部神奇地等高而水平，桥与桥之间漏下来的日光形成两个"漏斗"，去时像极了两条美人鱼，回时却赫然变成了一双眼睛。这是"天眼"，看着世间花开花落，辨着众生百变百态。暗河口亦变成一把"大刀"，人从刀下过，敬畏心中留。

可不就是"人在做，天在看"吗？

进出暗河不到两小时，我却仿佛经历了一世。上苍有天眼，人间有良心，濯水的自然与人文竟是如此地珠联璧合。

人性有善恶、美丑，人生有得失、起伏，来时浮躁、阴暗甚或是愤愤不平的心，在有了与山水、与人文的亲密叩问后，忽然间静了，也净了。如同蒲花间歇泉"三潮水"，虽是一日三涨潮，却也尽在天理，又归于自然。

上善濯水，吾心安处。过去，外乡人因为这里"尚善"而把根留了下来。今天，外乡人却从这里把"上善"带回了家。

濯水古镇

王明凯

你指给我一条江
说它从崇山峻岭的峡谷中走来
给一座小镇浣衣濯脚
沿河两岸不仅生长吊脚楼和杜鹃花
还生长后河古戏与木叶情歌
唉乃之声连着蒲花暗河
划一叶小舟穿过它的三天两夜
心情和胸怀，就豁然开朗

你指给我一座桥
说它有悲欢离合的传奇人生
前世在苍茫中无中生有
今生在大火里凤凰涅槃
如果在遮风避雨的廊亭上沏一壶茶
不仅能品望美丽的远山近水
还能在想象的廊桥遗梦中
邂逅浪漫而多情的弗朗西斯卡

你指给我一条街
说它是老屋基上种出的新庄稼
吊脚楼与四合院，在青瓦间接骨斗榫
渣海椒和绿豆粉，在吆喝中传宗接代
"十大号口"秀得古色古香
"四大家族"传为民间佳话
石板街上，油光水滑的老石磨
已推不出白生生的河水豆花
卖鱼翁高高翘起的铜秤杆
却称得出濯水人，代代相传的天理良心

情系濯水濯心地

饶昆明

我和濯水，有半个多世纪的情缘。

少年之时，常听人讲起濯水，濯水给一个懵懂少年的印象，是一个充满神秘意味的境界，是一个定格了的历史瞬间，是一个虚幻与现实交错的时空。有如《清明上河图》，不过一卷图画，却似闻人声鼎沸，似觉人流潮涌。这便是一个少年，对于濯水最初的臆想。此后的岁月里，我已记不清去濯水有多少次了，但印象最深的有这么三次。

第一次到濯水，那时我正上初中，学校举办"纪念毛主席畅游长江五周年"活动，选拔善于游泳者到濯水畅游阿蓬江，我有幸入选。下水的地点在濯水街场上游，一个小地名叫七里塘的地方，说是这里离濯水街场约有七里的水路。那时感觉七里水路很长，虽为顺水，但水流舒缓，游起很费力。游到半程时，我感到体力有些不支，身体欲下沉，本想中途放弃，上随行的护救船。但转念一想，自己作为所谓的"可教子女"，因在学校选拔赛中有不俗的表现，才争得这次机会，不能就这样轻易地放弃了。于是我重振精神，拼尽全力继续向前游，终于游完全程，受到老师和同学们的称赞。那次畅游阿蓬江的经历，虽说并非精奇出彩，但对于我个人而言，却有着一种特别的励志作用。此后，无论遇到什么困难险阻，我都能坦然面对，勇往直前。可以这么说，濯水是我人生之梦开始的地方，我对濯水从此充满了感激和热爱之情。濯水留给我最初的印象，不是那些老街古巷，也不是那些名特小吃，而是这满江的碧波荡漾，满江的清亮清爽之水，一洗积压在我心中的阴霾。

另一次印象较深的濯水行，我是陪同从主城下来的驴友们，相约一起到濯水露营。我们先是游览了濯水古镇老街，然后再去蒲花暗河，在里面野炊自做午餐。那时蒲花暗河尚未开发，雄奇险峻的暗河天生三桥，在翠竹绿树碧水衬托之下，呈现巧夺天工之态，让人无不惊叹于大自然的神奇。我们乘小木船逆水而上，转过一湾，但见首桥似桥天门初开，雄姿凛然，以"雄"称奇；二桥鬼斧神工，高峻险峭，以"险"立世，尾桥暗河伏涌，神秘莫测，则以"幽"见长。暗河生三桥，"桥"生于石，成就于水，水给桥带来灵性，桥为水增添雄奇。船出暗河，便是幽幽峡谷，树更茂，竹更密；山更峭，峡更窄。离桥洞前面不远处，河中立有一巨石，这中流砥柱，使得河水变得湍急起来。还好石下有一沙丘，为人们备下了回旋之地。如此幽静之地，正适合我们在沙滩上埋锅做饭。野炊进行时，山岚轻拂，阳光正明，整个峡谷回荡着我们的欢声笑语。野餐后我们出了暗河，去看传说中的"三潮水"。"三潮水"为蒲花暗河的一条支流，每天于晨时、午时、酉时三个时辰喷水而出，涌泉成河，流水潺潺。当地有传说，只有心正行端之人，才有缘目睹这种间歇泉涌水。我们于傍晚时分，有幸看到了涌泉成流，看来我们都是心灵美好之人，即使先前心里有些繁杂之念，经清凉的暗河之水洗涤，已是纯净而明亮，不然的话，哪能看到如此神奇之水呢？

还有一次记忆深刻的濯水之行，是我接受创作关于濯水古镇长篇小说的任务后，在古镇小住了几个晚上。遍访古镇老者，特别是当年古镇"四大家族"健在的后人。通过他们的讲述，以及实地考察，全面搜集了关于濯水古镇的历史典故、民间传说、民风民俗、人文环境等方面的第一手资料。这次带着任务而来，待的时间较长，对濯水古镇的历史轮廓进行了多方梳理，有了比较全面深入的了解和认知。如果说之前对濯水古镇还停留在感性认识上，那么这次则多为理性思考，对濯水古镇的人格品性进行了深入的挖掘，彼此进行了一次心灵对话，让我的心灵得到一次洗礼，激发了创作灵感和激情。后来经过一年多的努力，最终完成了二十五万多字的长篇民俗历史小说《濯水谣》，试图进入古镇的前世今生，进入古镇前人的内心世界，再现前人的生活状态和生存环境，更加真实地逼近濯水古镇的历史。

古人云："沧浪之水清兮，可以濯吾缨；沧浪之水浊兮，可以濯吾足。"而今沧浪之水时清时浊，吾以清水濯吾心。如若心之清澈，人必真诚；即使身处逆境，淡然处之；为人为文，冰心玉壶，境由心出。

何处廊桥圆不够（外一首）

致 龄

剪下一片中秋月

铺在水滨

不需要太大

能托起我俩的幸福就够

用怀里的黑管

换一杯

东坡先生的桂花酒

踏着王菲的明月

把情影

舞成来年的醉

等不及酩酊

便迫不及待地

撞进你的舞步

搂着"朱阁"慢转

转入桥涵

牵着"绮户"低回

低入江水

明月一杯

点点滴滴

都是佳人醉

得来只因机缘错

中秋月里拳拳心

景色太美
美得让人好怕
怕这属于生命的美好
又一次
成为追忆

何处廊桥圆不够
芭茅岛上不夜人

廊桥寺

一
枕一座桥
听风 眠雨
再嗑些鸟鸣
蘸我的古泉酒

高高的红灯笼
在雨帘的薄雾中
借了这微醉的林梢
挂出些禅意来

二
今夜
谁的廊桥寺
没有钟声
而箫声呜咽

雨挂晓月

淅淅沥沥

啼血的杜鹃里

惨惨淡淡

就差两声木鱼

舟横野渡

今儿个的渔翁

戴一斗笠落寞

那平日里披惯了的

一蓑衣闲适哩

莫如

再温一盅林冲酒

船灶里

添一把呼哨

好让煮的时候

借沸腾

假装出一些快乐来

三

烟雨之中

楼高千丈

而低头那刻

四目相对的铿锵里

双手合十的人神之间

"阿弥陀佛"

今日已是

凡仙两界

沧浪桥头的风

郑 石

最是人间四月天，阿蓬江边遇古镇。

沧浪桥头的风，带着一丝丝雨后的鱼腥气。濯水古镇有能力留住每一只馋浪的舌头。

这风的味道，想必是有"好鱼"可吃的。

"老板，来一碗神豆腐。"顾名思义，此物只应天上有，人间难得几回尝啊。其外观宛如一块成色极佳的碧玉，乖巧地躺在土碗里，待你舀上一勺；其制作方法是把当地一种高山植物用手揉成糊浆，再加入草木灰水以搅匀。"六个小时"，是它留给人们的赏味期限，过期便化为青汁；其口感更是绝妙，不然这神豆腐的酸辣丝滑怎会勾得游客的舌头跳起摆手舞呢？

然而，这神豆腐的"仙"比不过古镇的"旧"。游人试图通过脚底与青石板的摩擦，去触及古镇的黄金年代。遥想当年，古镇上四大家族鼎立，却各司其职。负责"入仕"的余家，最会赚钱的汪家，乐善好施的龚家，匡扶正义的樊家。他们和当地居民一起，把濯水送上了繁荣的巅峰。八贤堂、龚家抱厅、光顺号、汪本善旧居，这些带着浓厚土家印记的建筑，哪个不是古镇辉煌过的印记？沧浪桥头的风，带着柔软的水汽，将游人的赞叹与惋惜层层包围。再住一晚，解锁一座古镇的神秘，便是我这好事游客的当务之急。

一碗香辣爽口的绿豆粉开启了游览古镇的第二天。土家人对米的崇拜，最直接的体现是在以米为食材的美食上。濯水当地的米经历了土壤的滋养，接受了阿蓬江水的洗礼，配以绿豆的粉末，被加工成绿豆粉。佐以猪、菜混合油、胡辣椒、酱油、醋、蒜泥、姜末、葱花等调味品，口感鲜香、糯实。作为一道早餐，它有着至高的职业操守，完美地做到了开胃、爽口、提神。

餐馆的旁边，便是一块道德碑，上面刻着"天理良心"四个字，距今已有129年历史。相传，光绪年间，当地两户人家因为一块土地纠纷而打官司。此事传遍阿蓬江两岸，老百姓都在等着"看热闹"。在两户人家各自做了陈述以后，这块土地纠纷得到了令双方都很满意的解决。两家人为纪念公平正义，便合资修建了这块道德碑。这事顺着商道传到了几十上百公里之外的龙潭和龚滩甚至更远的地方。濯水古镇的居民和商人被这种"天理良心"所指引，便越发诚恳和勤劳地做生意。他们吸引了上海、宁波、厦门、广州等地的客商。甚至还有日本人来此经商，把"光顺号"的生漆和"同顺治"的药材带到了日本。由此，"天理良心"便成了濯水人的为人做事之道。

离"天理良心"碑不远，便是古镇的戏台子。"后河古戏"绝对是古镇文化里浓墨重彩的一笔。虽仍属黄皮戏一类，但其土家特色的唱腔、锣鼓及京胡曲牌，吸引着大批游客驻足欣赏。一个酉阳游客告诉我，他的祖父在新中国成立前经常来濯水做生意。每逢赶集天，镇上熙熙攘攘的都是人，白天最热闹的地方是临街商铺。夜幕降临，锣鼓喧天，后河古戏便开始"抢风头"。他的祖父顺着人潮往前走，戏班的声音，由远及近。唱念做打，时空的围墙在这一刻被打破，我仿佛看到了一个青年跟着锣鼓的声音悄悄比画起动作来；一个妇女抱着孩子撑在栏杆旁，随着戏声轻轻哼起来；一个老人卖了几十斤生漆，换了一张有座的戏票，缓缓坐下来。"锵锵、且且、嘚嘚、呛呛……"后河戏声与沧浪桥的风声在时空交错中融为一体。

小菜以果腹，大菜以润心。常驻阿蓬好，鱼虾满江河。来濯水古镇是一定要吃鱼的。阿蓬，土家语，是"雄奇、秀美"的意思。若说"一江春水向东流"，那么阿蓬江绝对是叛逆之河，它由东北流向西南，其两岸的峡谷景观、湿地公园都是老天爷赏赐的珍宝。这给阿蓬江鱼类的多样性提供了可能。黄腊丁、母猪壳、鲢鱼、鲤鱼、青鲍这些鱼经过当地特色调料的加工，做成汤锅。"不识愁滋味"，是我吃下第一口鱼肉的感受，好的菜品应该是可以带你回到少年时光的，无忧无虑，满心欢喜。

餐馆后院的客栈修了一个很有特色的鱼塘，形状像鱼皇宫。而客栈的老板则是从广东远道而来的商人。他说自己第二次来古镇就决定要定居这里，"天理良心"的经商理念与他不谋而合。当地人更是敞开怀抱，欢迎他的到来。前院的餐馆老板教会了他打麻将，也教他讲当地话。他熟识镇上每户人家，与当地人称兄道弟。古镇千年的繁华，似乎随着这些外来客商的到来再次显现。

"烟房钱庄"便是旧时古镇外商与当地商人合作共赢的典范。由汪氏家族与徽商詹氏家族共同创办。钱庄位于古镇最中心的位置，承载着往来商客的金钱动向。古镇的兴旺，离不开一个稳定的钱币市场。而外商与当地商人的合作模式，也传承至今。沧浪桥头的风，不知还记得那个叫詹信安的徽商否？

一个地方的特色小吃越多，越能追溯其悠久的历史文化。罐罐茶、葛粉、鲊广椒、五香豆豉、金包银饭、马打滚……时间洗去了濯水曾经的繁华，但带不走古镇留下的缤纷美食。"民以食为天"，食物是得天独厚的历史见证者，人们在吃上下功夫，食物则留下了人们加工的印记。这些印记便是一种文化图腾。天地悠悠，濯水是一条值得慢慢去品味的"大鱼"。

阿蓬江边旧精魂，沧浪桥头的风不止，游人的心就不归。

濯水古镇（外一首）

杨辉隆

来濯水古镇前
我一直在心里假设
古镇的前世今生
有多少食材值得烹制

来了濯水古镇
我发现，一张文化名片
伫立千年，被黔江人镀了金身
让来来往往的游人心里敞亮

那夜，朋友离室未归
我听见廊桥下的水声
如一曲激越的交响乐
穿越唐代，穿越古今
音符是华夏文明的种子

那些为古镇写意的故人
他们用汗水浇灌出——
古镇闪光的留存
讲堂、商号、作坊
看似老得掉渣的遗产
在游完古镇老街后
都一一涌入我的诗行

蒲花暗河

游蒲花暗河
是一次与地核的长吻
不要怕黑暗和寒冷
前方的光不是亮了吗
温暖就是那一束温柔的秋波

艄公吼一声原生的民歌
穿透了暗河溶洞
回声就是身边那个女人
时而轻声细语
时而嘻嘻哈哈地叙说

游览蒲花暗河
谁说只需要三天两夜？
我愿意用一生一世
在这里逆水而上
守候前世和今生的别有洞天

面朝濯水 春暖花开

王长贵

"面朝濯水，春暖花开"，并非来自海子的抒情名篇《面朝大海，春暖花开》。诚然，我曾一度那么地推崇诗人朴素明朗而又隽永清新的语言，感动诗人愿每一个陌生人在尘世中获得幸福的真诚善良的祈愿。但自海子走后，在近二十年里，我从不去想"春暖花开"的字样。

最近几年，在一次次走进濯水后，我之所以能够从海子这首表面轻松欢快与实际内涵之间产生某种分离的诗中走出来，是因为濯水能让你面对人生的局，做出轻松的选择，面朝濯水，总是春暖花开。

一

万天宫的外墙头，老藤依旧没有一丝绿意。此时已是春天，江畔的小树开始争宠，但老藤只是一如既往，拥万天宫导游图入怀，阐释古镇的古。我感动着另一种感动：人生的宠辱之局——老藤的不做派，宠辱不惊，处之泰然。

濯水古镇开埠于唐末，兴盛于宋代，繁荣于明清，至清代后期，成为渝东南驿道、商道、盐道的必经之路。寻着老藤的胸怀，抬头直视裸露在封火墙上的每块砖瓦，或者俯视隐藏在地的块块青石，唐宋遗风也好，明清印鉴也罢，都如《小窗幽记》："宠辱不惊，看庭前花开花落；去留无意，望天空云卷云舒。"

世人喜欢受宠爱而畏惧羞辱，这在古镇也是有说法的。而今，走进古镇的龚家抱厅，除奇特的建筑艺术之外，有袍哥文化，以及"龚家的杆子"，总会让一颗心在声誉中飘来荡去。民间，袍哥以其"义"，而有"袍哥人家，绝不拉稀摆带"。因此，当龚氏的一支在"明天一早，龚家将有十寡妇"之后，在一年的早春上演血色黄昏，留下了古镇少有的血腥故事。多年之后，一颗心随着外界的毁誉飘来荡去，喜怒无常，悲欢不定，再不能有片刻的安宁清净。于是，龚家后人悬壶济世，行善济贫，宠辱不惊，不为心外之物所累。

心追逐外物，则"颠狂柳絮随风舞，轻薄桃花逐水流"。摆脱虚荣妄念的束缚，淡泊名利，就能真正获得内心的宁静。这就是濯水，在初春的老藤中破解宠辱——面朝濯水，春暖花开。

二

他有一所房子，面朝阿蓬江，从窗子看出去，是风雨廊桥。盛夏的中午，老人在江风中讲述着遥远而又仿佛是昨天的故事。

旧居，榨房，半边钱，这一切属于曾经的故事，汪半街或者汪家的银子。如今，老人从社区支书岗位退了下来，生活不富不贫，日子不紧不慢，与儿孙相守经营一方小店。古镇的前世、今生和未来，在他的故事中，演绎的是贫富之局。不过，在濯水，这个局的"眼"，是贫而有志，富而不骄。因此，他说作为一个外来户，在濯水安家落户，贫富之外，是春暖花开。

渴求财富，本身没有错，只是"君子爱财，取之有道"。汪家在贫富之间，不论是隐于古镇一角，还是辉煌于古镇，有社会的变革，有时代的缩影，验证了世间的贫富差距在所难免。不变的是，贫时做到贫而有志，以自足无求为乐；富时做到富而不骄，不奢侈，能知足，乐于施舍。

因此，贫富之局——贫而有志，富而不骄，在汪家，近似于家规。汪家在清中后期，以其富出现在世人眼里。但造富的汪氏祖母，一个大家闺秀，三寸金莲，在走路尚很费力的情况下，仍然坚持身体力行，每天都会抱着猪食桶，下近百步石梯，以半桶猪食去喂猪。农忙或加工很累时，几片猪肉就到了干活人的碗底。到了今天，这种场景仍为人们津津乐道。

《菜根谭》有云："苦心中，常得悦心之趣；得意时，便生失意之悲。"生活中，是苦是乐，主要取决于我们的心境，并不在于贫与富。贫与富，相互对立，相互依存；有时互相交替，有时互相融合。能够贫中作乐者，才算懂得了快乐的真谛。

"行到水穷处，坐看云起时"，山穷水尽时还能找到快乐的人，才是真正洒脱智慧的人，我深以为然。这就是濯水，在往事和现实中解读贫富——面朝濯水，春暖花开。

三

古镇之所以古，在于历史的沉淀。在往事的丰硕与现在的热闹之间，墙角下，一朵花，开在阳光里。花很艳丽，枝很瘦弱，原来是长在一个破茶壶里。不过，努力向上，进退间彰显生命之力。

阿蓬江自古与乌江、酉水，成为武陵山区沟通三峡地区和江汉平原的重要通道，巴文化、楚文化在这里交流、媾和、繁衍、传播。濯水古镇矗立于阿蓬江边，见证了巴人的进退兴衰，目睹了秦人的金戈铁马。因此，时代的风云际会，在濯水总是进退有方，行止在我。

在古镇的封火墙上或脚步下的青石板上，我抚摩那些经历了无数风吹雨打而留下的痕迹，在"濯"字承载的记忆里看进退之局。樊家大院（濯河坝讲堂），与古镇上其他建筑不同，既不设大门也没有售货柜台，通透。这在因商而兴的古镇，确实有些异类。

多事之秋，似乎和樊家有缘。樊氏后人直言，正是在多事之秋里，从容进退，几代寡妇挑起一个家，以通透的处事，勤劳的本质，节俭的精神，到民国时期成了古镇四大家族之一。

家大业大后，樊家开设义学，让家庭贫寒读不起书的孩子在这里接受启蒙教育，是为"濯河坝讲堂"。每每走过讲堂，只要你细心聆听，抑扬顿挫的讲学声，总会穿越时空而来。

在这里，人生的进与退，都应该有操守，有追求，不怕难，不沉沦，不自颓，把持得住自己的心性。

"积善之家，必有余庆；积不善之家，必有余殃。"进退之局，在于通透。通透了，就能保持一颗平常心——面朝濯水，春暖花开。

四

一个充满寒意的早晨，在沧浪桥头，我和一只不知名的小鸟相遇。古镇上，后河古戏传承人之一的女先生走了，锣鼓鞭炮声响起。这只小鸟停在枝头，只在匆匆而去的脚步经过时，调整一下不算优雅的姿态，是那样的处之泰然。

古镇因此而清静，老戏楼因此而寂寥。

我的脚步有些沉。慢慢踱到濯水文化中心，翻新的后河古戏——《天理良心濯水人》的排练已至尾声。指导老师说，排练结束后，大家高高兴兴地去送送女先生。

高高兴兴奔丧，这在外界看来，本应挽歌如咽的丧事，或许将给人误解。然而，在一家有事百家帮的濯水，对于生死之局，老先生认为肉体的善终是福，况且年高而逝，自然是喜丧。作为后河古戏传承人，当然有比生命更为重要的东西，诚如孔子说："朝闻道，夕死可矣"。

人固有一死，活着时追求生命的价值，死时顺其自然，这样的生死之局，正是"纵浪大化中，不喜亦不惧"。

把死看成是回归大道，这是何等的豁达。我游走在古镇上，静观天理良心碑，揣度《天理良心濯水人》，在哀乐声中超越生死——面朝濯水，春暖花开。

五

面朝濯水，春暖花开。

我肤浅地认为，只要你走进濯水，至少能在这里悟出宠辱、贫富、进退、生死之局，无论是置身于风斜雨急、还是处身于艳丽色姿中，泰然处之，你就能把眼光放得辽阔，把持得住自己的情感，人生不致迷惑。

于是，我又一次想起海子和他的《面朝大海，春暖花开》。我固执地想：海子倘若能来濯水，他的人生应当是春暖花开。因为：

从明天起，做一个幸福的人/喂马、劈柴，周游世界/从明天起，关心粮食和蔬菜/我有一所房子，面朝大海，春暖花开/从明天起，和每一个亲人通信/告诉他们我的幸福/那幸福的闪电告诉我的/我将告诉每一个人/给每一条河每一座山取一个温暖的名字/陌生人，我也为你祝福/愿你有一个灿烂的前程/愿你有情人终成眷属/愿你在尘世获得幸福/我只愿面朝大海，春暖花开

愿每一个陌生人在尘世中获得幸福的真诚善良的诗人，卧倒在山海关附近冰凉的铁轨。所以，你要来濯水，因为濯水的人和物是温暖的，会教你"度"和"放"。

濯水濯心，清洁精神的家园。是故，面朝濯水，春暖花开。

濯水吟

张 涌

武陵叠复叠，山山自郁苍。
粼粼一水曲，妙曼阿蓬江。
清江如碧玉，笙歌时飞扬。
莺声和涛声，鸢飞复鹤翔。
秋水长天净，佳气自含芳。
江流不知处，远黛入苍茫。
何处飞虹起，凌波风雨廊。
最是落霞美，长廊沐金光。
廊上击唐钟，铿鸣何悠长。
钟声可祈福，白虎佑四方。
土家多佳丽，温婉复清扬。
妍姿一巧笑，春心入肝肠。
廊桥作信步，恍入方外乡。
桥端连古镇，文化长浸润。
樊家识大义，兴学育时俊。
天地君亲师，自幼能体认。
崇文复重教，一镇皆合顺。
汪家有大院，徽墨溢清芬。
诗书多诵读，砚田勤耕耘。
我身本凡胎，我心易惹埃。
濯水宜频顾，以濯心上灰。
高吟《沧浪曲》，心间筑云台。
一朝释却名与利，待我归去来。

斯水濯浊

谢爱冬

人是很容易受到环境感染和影响的。所处环境变化，往往会引起心境转换、带动情绪调整。时人津津乐道"说走就走的旅行"，很大程度上正在于对这种环境变化所带来的精神放松、身心愉悦的向往。

造化神奇的名山胜水，令人心旷神怡、流连忘返。沉醉其间，叫人自然而然地沉浸于天地之广大、生命之精彩的体悟中，情不自禁地投入到理想人生的设计、美好生活的追求上来。

名山胜水之外，时时映入视野的蓝天白云、青山绿水、茂林修竹，同样令人精神振奋、心情欢畅。"说走就走的旅行"，也因此不再那样高不可攀、遥不可及，成为一种稍稍趋近即可俯拾的现实。

譬如，我们很容易就能够亲近濯水。

驶出高速公路濯水出口，三五分钟即可深入濯水，的确堪称轻松、容易。轻易得到的东西，常常不为人们重视和珍惜，但其实并非不好。很容易就亲近濯水，绝不意味着濯水很平淡、乏味、无趣。恰恰相反，濯水，是一个颇富传奇的千年古镇，一处风光秀美的山水田园，一个引人入胜的特色景区！

濯水位于阿蓬江畔，初名白鹤坝。千年之前，河滩上群鹤纷飞，蔚为壮观。后濯水正名为"濯"，可谓立意高远。犹指奔流西向的阿蓬江水，"清斯濯缨，浊斯濯足矣"，又蕴含濯涤尘俗、纯净心神深意。

斯水濯浊！

濯水地处武陵山腹地，宋、元以降，历为土司辖境。明初，濯水仍为酉阳土司属地，对岸即为黔江守御千户所军营。边鄙的小镇，顿时成为土司势力与朝廷驻军交接前沿，双方商旅往来、物资交流、文化碰撞，濯水因此更得以飞跃发展。酉阳土司一度欲望膨胀，不断向黔江边境侵扰，黔江军民深受困扰。土司侵扰之举，毕竟只是"小打小闹"，化解这样的"内部矛盾"，显然不宜多生事端。后经上级官员巧为调解，黔江驻军、西阳土司共同约定：勒山石制成界址碑一块，双方各派一名勇士，从濯水出发向对方地界负碑行进，以石碑最后落地处为界。结果，土司派出的代表举起沉重的石碑已无力前行，而黔江守御千户所驻军濯水对岸的百户将军谢昂，"独负行十余里，周环数百步乃止"。慑于朝廷驻军之悍勇，西阳土司此后再不敢侵边犯界，边境遂得以安宁。

斯水濯浊！濯水，濯涤了西阳土司对土地的觊觎、权力的僭越，促进了民族团结与融合。濯水的历史故事，警人安分、知止。

界址碑早已湮没于历史，如今濯水街头可以寻见的是一块"天理良心"碑。此碑立于清光绪十四年，碑面近一米见方，其上阴刻"天理良心"四个大字。石碑年代并不久远，碑体也并无奇处，留心细看，更见左上角曾经遭受人为破坏，修复印痕历历在目。听老人所言，早年濯水居民大多对所谓"天理良心"不以为然，有两个案例可为明证。其一，为"万年契"。街上有家境殷实的甲乙二家，后甲作局设赌，乙迷失其中尽失家财，还欠下巨额赌债。甲要求乙立下借据，注明欠银若干、如何计息外，特别设立"后代若有能力，须连本带息偿还未尽债务"条款，令乙家世世代代背上一笔无法还清的债务。甲之毒辣可见一斑。其二，为"灯盏田"。又濯水有丙丁两家，丙为地主，其家广有良田，势力极大。丁为普通农户，拥少量田土可得温饱。丙家连片良田中，有两三亩为丁家所有，丙欲购不得。后丙思得"妙计"：丙热情邀请丁做客，喝茶聊天故意拖延至夜晚。因路途全无照明，丁告辞回家时，丙"好意"地将当时堪称稀罕、金贵的"马灯"借给丁举灯归家。坎坷路途中，丁不慎将"马灯"玻璃灯罩摔碎。丁归还时申明赔偿，丙却故意推说"不急一时"，丁碍于情面只好同意"把帐记下"。一两年过去，丙带着一帮人向丁讨债，本息合计算出来一笔天价赔款。丁家无力反抗、也无力赔付这笔不合理赔款，只好以自家良田抵偿。丙家之阴狠、强横令人心惊，更为人不齿，人们皆称那块良田为"灯盏田"。因为人们对"天理良心"的期盼，所以就有了这块"天理良心"碑。但市井之间狠毒、奸猾、强横大行其道，人们又哪里会真正尊崇"天理良心"呢？直到狠毒遭镇压，奸猾受鄙视，强横被打击，一度推倒且被砸掉一角的"天理良心"碑，才重又竖立起来，几十年间更誉为古镇之魂。石碑静立街头，很容易就忽略过去。直待人们着意寻找，细加品味，"天理良心"在人们心中掀起波澜，又尽皆为之深叹！顺应天理，但凭良心，可谓社会和谐稳定的基础、个人安身立命之根本。凝视石碑上四个遒劲的大字，人们愈加明悟，只要事事循天理，人人从良心，必当建成更美好的社会，迎来更幸福的生活。

斯水濯浊！"天理良心"祛除了种种恶浊念头、阴暗心理，讲良心、崇友善，终于成为共同的审美标准和社会价值。

濯水历史传奇、人文厚重之外，又有廊桥之清新、暗河之空灵令人神气舒爽、神思飘逸。

濯水廊桥横跨阿蓬江两岸，享有"世界第一风雨廊桥"盛名，其佳景天成的设计、古朴自然的风貌、精巧细致的工艺广获赞誉。走上廊桥四顾，古镇山环水绕，廊桥古风古韵，美景自然清新，观之令人忘俗。廊桥尽头，往前两公里即抵蒲花暗河。暗河隐于两岸青山之间，一湾蓝绿的溪水，如水晶般透亮。登船沿溪前行，有紧邻的三座天生石桥骤现眼前，叫人直叹大自然的鬼斧神工。处天生石桥下仰望，三桥之间仅现两小块明亮的天空，恰似一双邈远的眼睛，透视着人们内心。再向前深入，小船驶入一片黑暗，顿觉周围的一切仿佛都静止下来，进入了一个新的世界。直到微微亮光迎来，这才重新回到现实生活。身临如此佳妙的绿水青山，回味短短十来分钟黑暗体验，没了耳畔种种纷扰，少了眼前诸般诱惑，令人心中愈加纯净，更生出对自然宁静的几多向往来。

斯水濯浊！心弦为廊桥之古韵拨动，心灵受暗河之空灵洗礼，怎不平生几多对古朴宁静的尊重，对自然规律的敬畏。

斯水濯浊！向着濯水这份传奇、深邃、宁静出发，"说走就走"的濯水之旅，一定能够洗净思想浊念，荡涤心灵尘垢，忘却心中烦忧。

斯水濯浊！

濯水戏韵

黄 霞

山有山的韵味、水有水的韵味，即便是都有五官四肢的人类，其韵味也各不相同。

古镇之多，数不胜数，但每一个古镇的韵味是不一样的。差异在哪里？除了民风民俗和建筑风貌，估计更多的来自文化的不同。

"到了濯水古镇就一定会去看看后河戏！"这与"没有看过故宫就等于没有到过北京"有同样的含义。

但这样一个处于武陵山腹地的古镇为什么会产生这样一个戏种？最早的发起人是谁？为什么时隔百余年的世事变迁却传存得如此完好？

这些问题困扰了我很多年，也曾查阅"县志"等相关资料企图寻找答案。直到近年来，黔江大兴文化旅游，因工作便利我先后拜访了老街上对后河戏钟爱一生的几位老人家，并将老人们的零星记忆串联起来，对后河戏才算有了比较清晰的了解。

大约在19世纪中叶，当时的濯水是乌江支流——阿蓬江畔的一个水码头，因为地处川鄂湘黔交界地带，与旅游胜地张家界也相隔不远，俨然有后来的"武陵会客厅"之地利。山里山外的货物在这里聚集交易，逐渐成为远近闻名的商贾重镇，不仅吸引了附近省份的客商停留云集，甚至远至安徽等地的商人也看重这个经营环境和这一方山清水秀，竟也在这个古镇上修建房屋，索性安营扎寨了。从至今保留完好的建筑上就可以看出端倪，曾经有研究民族建筑的专家来濯水古镇后感叹：土家族吊脚楼和徽派建筑完美结合的老房子唯有濯水古镇保持得如此完好，全国也少见啊！

商气浓人气旺，大约在晚清同治八年（1869年）一个名叫"玉字班"的湖北戏班子来到濯水，上演了《二度梅》《天水关》等曲目。由于当地人喜文化迷戏曲，这个小小的戏班子竟然在镇上演出达一年之久。在此期间不少戏迷熟记了戏中台词，学会了各种角色的唱腔。后来，这批"戏迷玩友"先是聚在茶坊酒肆中表演几个片段，吸引不少街坊前来观看学唱，后来渐成气候，形成一个能独立演出的团体。

岁月变迁，后河戏也在时间的长河里随波逐流、曲折起伏。到了1951年春，濯水业余后河剧团正式成立，还开创了"铡美案"中秦香莲扮演者由男扮旦角改为女扮旦角的先河。戏班子固定演员不过十来人，最多的时候台前幕后加起来却超过三十人。这种灵活的"用人制度"颇有现代企业管理风范呢！

其实，在当时民间这种戏班子很多地方都有，大多被人唤作"草台班子"。这群白天或下田种地或摆摊卖货，晚上却粉墨登场吹拉弹唱的演员，在当地个个都是明星般人物。有老人回忆起当年县剧团组建时招兵买马，仅濯水后河戏戏班的人就占了一多半，自豪之情溢于言表。

后河戏演唱的曲目不多，但却能推陈出新。除上演传统折子戏，如《辕门斩子》《打渔杀家》《小姑贤》《穆柯寨》《九件衣》《陈州放粮》等片段外，还自编自演了《春到阿蓬江》《分家》等新剧目。或许，这样与时俱进的创新精神才是让后河古戏得以融入新时代的原因之一吧！

后河古戏的唱腔分南路、北路、上路三大类。是内行人才能细分出来，像我这样的外行听起来就跟京剧、川剧没什么区别，看上去妆容和戏服也差不多。当然，这样说也错不到哪里去，因为后河戏就是集汉剧、南戏、川剧与地方花灯戏和傩戏的大融合。

后河戏的锣鼓曲牌分闹台锣鼓和演出锣鼓两大类，有一百多种。如闹台锣鼓从"四门进""大出场"开始，到"启霸""遛马"，其中含"风乐大""扑灯蛾""扣扣""园园""飘飘"等，都是根据剧情的动作和唱腔而定。什么曲牌打什么鼓，由引子锣鼓到放腔锣鼓，应用自如。京胡、二胡伴奏则是根据锣鼓牌子而定。

有戏班子就有戏楼。老街的戏楼曾经是当地建筑的一道风景。那个早已被岁月毁掉的老戏楼据说是一个大大的四合院，一方是戏台，其余三方是回廊，摆满了看戏的条凳、椅子和桌子。中间留出四四方方一片天空，白天看蓝天白云、夜晚观繁星点点，既采光又通风。整栋楼除了屋顶的瓦片其余全是上好的木材，榫头结构，没有一颗铁钉，大堂最大最粗的几根柱子要两个大人才能合抱。最妙的是在下雨天，演戏的人淋不着雨，看戏的人在对面的廊里隔着露天院子、透过雨帘子看戏，那情景现在想来都别有一番诗情画意。

从古至今，后河戏并不是天天都演的。过去是古镇上谁家有红白喜事，或者那些从旱路水码头来做生意的商贩为了答谢老顾客、庆祝新店开张什么的，才会请一堂后河古戏去热闹热闹、添添喜庆。现在是每逢节假日或有旅游团队来古镇的时候就会开演。

近年来，区上高度重视文化旅游融合发展，要把濯水老街加上河对岸的暗河两个国家级4A级景区整合打造成5A级景区。好家伙！短短三五年，该恢复的恢复、该新建的新建、该整修的整修，修旧如旧，完美保持古镇的文化风貌。老街顿时像洗净一身泥污后的老虎重换新颜、虎虎生威；又像风里雨里奔波了几十年的老者坐下来喝足了茶、吃饱了饭、养足了精神，变得鹤发童颜、气定神闲。

"好一个休闲度假的养生之地呀！"外地人这样说，当地老居民也都发出这样的感叹：石板街没有变、吊脚楼没有变、家家户户临街做生意的货铺没有变、一进连着一进的院落没有变，被称为世界第一长土家风雨廊桥比原来的更气派、更漂亮了，外地游客多起来了，原住民的腰包鼓起来了，日子更滋润了，精气神更好啦！

喜欢看后河古戏的人还特别欣慰，选址重建的戏楼更大气漂亮了。一楼一底，全木结构。雕梁画栋，每一帧雕刻就是一个民间故事；飞檐翘角，每一个造型就是一个美丽传说。其雕刻之精美、楼堂之大气、土家建筑与徽派建筑融合之巧妙，让游客和建筑专家们称叹不已。

戏楼前面是一个大大的广场，也是由一块块本地山石铺嵌而成。很多外地人在看戏和跳摆手舞的同时，也会留意到脚下青石板上的花纹，研究一番后惊呼：古镇好气派呀，铺地的石板都是艺术品呢。

当地人听了，用一副见惯不惊的口气回答：已经有专家对这些石头上的花纹进行了研究，这是中华角石化石的一种，是古生代奥陶纪海洋生物化石，距今有4亿多年了。这样的"化石"我们这里到处都是，你喜欢？拿块回家做纪念吧。

脚下踏着"化石"，嘴里品着美食，耳里听着后河古戏，放眼望着碧玉般滔滔不绝的阿蓬江水。即便是土生土长的我，也常常心生感叹，天生万物，造物奇妙。再自诩强大的人也不过只是时间编写的鸿篇戏剧中的一个微小人物、千年古镇老街青石板上的一个匆匆过客而已。

这样一想，多骄傲的人都放下了架子、多谦卑的人也就丢掉了包袱。

濯水值得您去，后河古戏一定要听！

端午里的濯水古镇

钟良义

一

从濯水古镇的上码头排列开来，经樊家大院、后河古戏台、天理良心碑、汪家大院、龚家大院、余家大院……一直到下码头的红军渡，空气中弥漫着熟悉又陌生的节日气息，街的两边无论是深宅大院还是小门小户，挨家挨户都在或大或小的黑褐色门楣上悬挂了清早割来的艾草、菖蒲，艾草和菖蒲依旧用红线捆绑着，几滴晶莹的朝露倒悬其上，一如即将滚落的珠串。原来，端午的粽香早已溢满了古镇岁月的皱褶。

无疑，艾叶和菖蒲仍是古镇驱魔除灾的旗幡，而非生活化石的古镇在手机或数码相机里的一缕回光。行走在这样的节日和挂满菖蒲、艾叶的街巷，包裹在粽子里的心情自然变得愉悦起来，而不是像摊煎饼一样变得越来越扁薄。

这样的端午，昔日不曾有三天长假的说法，甚至连一天的假也不曾有过，但临街摆放的一个个装满新鲜粽粑叶的圆木盆或白瓷盆，一只只装满糯米的筲箕或簸箕，一串串用棕树叶捆绑的三角锥形状的粽子，始终是端午里的濯水古镇一道永恒的风景。每逢这个时节，绕镇而过的阿蓬江里总是龙舟竞渡、江水飞花，划桨的汉子憋着争第一的一口气赤膊搅动小镇的雄性之美；沧浪桥上美目顾盼、情歌荡漾，相亲的阿哥阿妹用木叶情歌唱尽小镇的万千柔情。如泼出去的水一样嫁到外乡的女儿连同女婿每年都会在这个时候被接回小镇过端午节，因为当爹娘的不能像女儿一样心里只装着孩子和丈夫，任何时候都得想着子女，毕竟是她们自己身上掉下来的肉。在镇上相中了姑娘的小伙子，这个时候也会背着装满好酒好肉和新衣服新布料的背篼来镇上未来的老丈人家接心仪的姑娘去家里过端午节，因为姑娘还没过门，这礼数不但少不得，还要表现出大方，这不仅是讨未来老丈人的欢心，更是给心上人在小镇上争面子。女儿女婿外孙子外孙女来了，未来的女婿也来了，粽子自然就有了特别沁人心脾的清香，这清香随着袅袅炊烟飘上了岁月沧桑的石拱桥、沧浪桥，一直到镇子边上的高速公路大桥，阿蓬江里氤氲的水色也由是尽情跃动起来，把古镇晕染成了一幅水墨画。

如今，端午有了法定假，包粽子的活计也被有心人弄上了现代化的流水线，这古老的濯水古镇也有人开起了专门的包粽子作坊。但古镇仍然时兴一家人一起包粽子，过节的寄托仍如街上被列为非物质文化遗产的苕麻糖越扯越长，粽子不仅是日常舌尖上的美食，而且，还被赋予了文化意义。粽子连同雄黄酒一起永远在家家户户的八仙桌上弥漫着端午的清香。

一位在自家门前卖粽子的老人告诉我，现在吃粽子虽时兴喊快递小哥送，但永远替代不了一家人围在一起包粽子的快乐，嫁出去的女儿并非泼出去的水，她们永远都会记得在端午节绵长浓厚的粽香里和夫婿一起回到镇上。

二

站在涅槃重生、有世界第一之誉的风雨廊桥——沧浪桥上，在天空弥漫着的粽香里俯瞰奔流不息的阿蓬江水，我想起二千八百九十六年前的今天，大诗人屈原在汨罗江悲情一跳的历史。这一天，身居三闾大夫高位的屈原衣袂飘飘，形容枯槁，踯躅在荒凉的汨罗江畔。"入则与国王议事，以出号令；出则接遇宾客，应对诸侯"，但"誉满天下，谤亦随之"，失意与失宠，使汨罗江成为他最好的归宿。在旁打鱼的隐者，曾力劝屈原随波逐流，不要拘泥。但这位瘦长而文弱的汉子说："吾闻之，新沐者必弹冠，新浴者必振衣；安能以身之察察，受物之汶汶者乎？宁赴湘流，葬于江鱼之腹中。安能以皓皓之白，而蒙世俗之尘埃乎！"浊与清，是与非，玉碎与瓦全，屈原用悲情的一跳，做出了决然选择，从此，端午承载着一种悲情传承了下来。

中国的知识分子，多以自己独特的出世与入世方式，游走在诗化的理想与政治宏愿之间。从屈原的悲情一跳，我想到了乌镇历史上的沈约、陈与义和现代的茅盾与木心。沈约是昭太子萧统的老师，是梁武帝的重臣，他不仅劝谏有功，而且博通辟籍。但作为文人的沈约，不仅身躯孱弱，而且在政治上也是患得患失。有李商隐和黄庭坚写的诗为证，李商隐说："张衡悉浩浩，沈约瘦愔愔"，黄庭坚说："定是沈郎作诗瘦，不应春能出许愁"。朝臣张谡去世，对张心存芥蒂的梁武帝告知沈约，沈约犯了读书人的天真，说人死了，何必再议论。梁武帝遂大怒而质之，沈约又悔又惊，竟被吓死。

与沈约齐名的宋代大臣陈与义，也是宋朝重臣。他与沈约相反，将仕途看作一场春梦，急流勇退，隐居起来，多次谢绝再次入仕的邀请，守着"纸帐不知晓，鸦鸣吾当心"的清贫，保持了一个中国文人的刚正。

和陈与义一样，茅盾与木心两个近代和现代文学史上的大师级人物，血液中始终流淌着至真至刚的文化因子。十年浩劫中，茅盾站在一个严谨的现实主义作家高度，低调、隐忍，少于写作，但在离开这个世界时的弥留之际，他捐出25万元的稿费设立了茅盾文学奖，同时，申请重新加入中国共产党。而木心，很少有人知道他在"文化大革命"中用节省的手纸在囚居地写下了厚厚一叠的思想感悟，在岁月的浮沉中，始终保持着"举世皆浊我独清，举世皆醉我独醒"的高洁品行与灵魂。

濯水古镇与乌镇虽相隔千里，但与屈原至真至刚的文化基因却是一脉相承。因此，濯水古镇也不乏响当当的历史人物，也不乏至真至刚的品性。余家大院的余进安虽得顶戴花翎，却训诫子孙只可学文从医，不可涉足污浊的官场。龚家大院出生的龚沛光、汪家大院出生的汪本善立志科学报国，成为我国早期的科学家。李家兄弟从戎报国，在淞沪抗战中血洒疆场，彪炳史册……

屈原悲情地走了，而端午永远承续了下来，不蒙世俗之尘垢的文化根脉也在端午的粽香里代代相传，就像脚下的风雨廊桥，六年前的一场无名大火虽然将其化为灰烬，但却不能将其承载的文化毁灭。古镇居民始终坚信，野蛮可以摧毁物质的形，但磨灭不了穿越时空的文化，任何力量都不能阻挡人类对美好生活的向往，正因为如此，濯水风雨廊桥又如凤凰般涅槃重生，从原来的303米变为658米，从原来的亚洲第一变身为世界第一，把古镇的建筑文明推到了极致。

所以，每逢端午节，古镇居民总忘不了把青翠的艾叶和菖蒲悬挂在老街老房的门楣上，和着五月的似血彩霞，照出古镇的一片光亮。

三

时逢多雨的五月，端午里的濯水古镇自然被多情的雨水洗涤得如刚沐浴的少女，街面的青石板亮得可以清晰照见人的影子。或砖或木长在街边的各式高楼矮屋，或高或低悬于各家屋檐下的红灯笼，或多或少挂在各户门楣上的菖蒲、艾叶，或红或黄斜插在各个门面上空的旗幡，全都倒映在细雨洗后的石板街上，微风一吹，那影子便在水光中掀起涟漪。

我突然发现，端午的雨水洗涤后的濯水古镇就像轮廓分明、性感无比的美人坯子，抑或是几根粗线条勾勒出的简笔画。

是的，濯水古镇就是一幅简笔画，一幅寥寥几笔就勾勒完的简笔画。一江傍镇而过的沧浪之水，一条凸凹有致如美人坯子的独场肠子街，一座历经沧桑而风韵犹存的风雨廊桥，再加上一排矗在江边千年不倒的吊脚楼民居和一群融合土家吊脚楼、北京四合院、徽派白墙灰瓦等建筑风格的四合院，就构成了古镇的全部。

细细欣赏这样的简笔画，不难发现，街上一地的青石板以其深深浅浅的杵凼，或明或暗的脚印、水滴石穿的细穴等特殊的文字记录着古镇居民傍水而居，世代繁衍，清贫而又诗意的日子，记录着樊、龚、余、汪、李等五大家族的兴衰史和李族子弟血洒疆场的抗战故事，记录着巴蜀文化、土家文化、商贾文化、码头文化在这里的完美融合，记录着古镇曾经的辉煌与自信。

在樊家大院，准确地说是濯河坝讲堂，我看到了濯水人的自信。聪明的樊家人不仅在屋顶开了个戽斗形状的天窗，让时光变成戽斗装满光亮，照亮整个院落，让琅琅书声在院落里久久回荡，而且，还把大院临街的一面弄成了徽派古民居和土家古民居相结合的开放式门厅，弄成了全国唯一的凉厅街和凉厅式义学讲堂。

站在挂着菖蒲和艾叶的樊家大院门口，看着从戽斗般的天窗里跌落在院子里的阳光，和孔子来一场超越时空的对话，我幡然明白，一个蚂蚁般大小的僻远小镇之所以会有"一门三进士、四代五尚书"的"八贤堂"，会有科学家从龚家大院走出，会有李氏兄弟共赴国难……完全是因为端午文化的浸润和濯水古镇始终传承着崇文重教的历史文化，以及敬畏"天理良心"的价值取向。

聪明睿智的濯水人不仅把这种文化传承和价值取向外化成"天理良心"碑，让它恒久地立在凉厅街正中央以警示所有人做人做事都要讲天理良心，而且，将其内化于心，创造了"秤要称旺秤，六两算半斤；无钱可赊账，还钱不翻年；药费随便给，穷人不收钱。"的道德文化和商业文明。汪家大院的人把生意做得风生水起，成为武陵山区闻名的商号，秘诀就在这里。其实，这又何止是汪家大院呢？走完濯水古镇的老街，你就会惊奇地发现，濯水古镇的街上每一家店面，每一间商铺，每一个摊位，都似乎被阿蓬江滔滔不绝的沧浪之水濯过涤过，都在天理良心的文化基因里表现出极度的商业文明和商业自信。

这样的商业文明和商业自信正是需要不断传承的宝贵文化，我们每一个人是不是都应该用这种文化镜照一下自己？是不是都应该到濯水古镇来一次濯心涤尘的旅行，在天理良心碑前拷问一下自己的灵魂？

蒲花河

吴明泉

蒲花河
上辈人为一条河
取下的乳名
一直被人叫
人人都觉得轻盈

一个乡村女子
低垂目光
步态羞怯
不轻易让人看破内心

过着流水碧波的日子
用白云装饰闺房
静静守着洁净之身
一等就是多年

像惊醒一个睡梦
从远处到来的脚步
轻轻叩响
隐匿的凡心

火辣辣的目光之处
是赤裸的美丽
是来不及躲藏的慌乱
是原始的疯狂

安守本分是幸福

而内心被搅乱

也是甜蜜

现在只想端坐这里

呈现全部的美

让你贪婪吮吸

我干净的爱情

濯水，心灵栖息之地

曾宪容

在离黔江城区26公里的地方，有一个古镇，名曰濯水；在濯水，有一条河流静静淌过，名曰阿蓬江；在阿蓬江上，有一座风雨廊桥横跨两岸，名曰沧浪桥。古镇、江水、廊桥，令人魂牵梦萦，这是一个可以栖息心灵的地方。

我向来认为，有水的地方就有灵气，有古镇的地方便有故事，毫无疑问，濯水就是这样的一个地方。

在一个适合出游的季节里，我再次走进濯水，从"心"品读了它的悠远深邃。

时逢天气晴好，蓝天白云下的古镇干净、清新，翠绿的树叶、鲜艳的三角梅在阳光下熠熠生辉。迎着江面，空气里嗅到的满是温暖和清香。漫步于斑驳的青石板上，我用碎碎的脚步丈量着、端详着这些古街小巷，街道两旁旌旗飘扬，店铺一间挨着一间，琳琅满目地摆放着各种民间手工艺品，三三两两的游客穿行其间，闲适悠然。古镇的房屋是土家建筑和徽派建筑的完美结合，飞檐翘角，小青瓦、花格窗，雕梁画栋、造型别致。行走其间，仿佛穿越到千年前。巴楚文化在这里交融、繁衍，源远流长，极具特色的民居大院里，斑驳残缺的老物件彰显了古镇上各大家族的沉浮与兴衰。历史悠悠已如过眼云烟，只有这条支离破碎的石板路，见证着昔日的喧闹和繁华。

濯水是一个不大的古镇，但这里却拥有世界第一风雨廊桥。廊桥全长658米，静静地矗立于秀美的阿蓬江上。阿蓬江是土家苗寨儿女的母亲河，是中国唯一一条由东向西流的河流，她在崇山峻岭中蜿蜒前行。阿蓬，在土家语中有雄奇、秀美之意。一直很喜欢这两个字，阿蓬阿蓬，也许是因为它朗朗上口的音韵之美，也许是因为它是我们母亲河的名字，或许更是因为她在我最钟情的古镇绵延上千年，虽历经风雨沧桑，还是那么温婉秀美吧。

风雨廊桥有一个好听的名字，叫沧浪桥，这是中国著名书法家廖奔到访濯水古镇时所题写，"沧浪之水清兮，可以濯吾缨；沧浪之水浊兮，可以濯吾足"，沧浪二字道尽浪漫和沧桑。沧浪桥分为"濯河怀远""唐钟长韵""彩虹伏波"和"蒲花飞龙"四段，分别悬挂着"尧辙、舜弦、周道、汉魂、唐音、宋韵、巴风、楚雨"八块桥匾，这十六个字彰显了黔江及濯水悠久的历史和厚重的文化内涵。整个桥身为纯木质结构，集廊、塔、亭、阁于一体，两侧有约百扇可自由开合的雕花木窗，桥内两旁摆放着红漆长凳，可供游客休憩赏景。漫游廊桥上，上百副制作精美的楹联牌匾映入眼帘，苍劲有力的字体、典雅隽永的内容，构成古镇另一道独特的风景。在阳光的映衬下，风雨廊桥显得更加美丽动人。

白天的古镇是安静祥和的，江水湛蓝清澈，白鹭在江面追逐嬉戏，岸边的垂柳掩映着静谧、绵长的河水，一排排竹筏停靠在岸边，水浪经过，晃晃悠悠地漂荡着。远远地，一位红衣女孩静静地倚靠在江边木椅上，身旁放着大大的行囊。她目光专注，任微风吹起长发，阳光安静地洒在她的身上，暖暖的，地上的影子被拉得细长，宛如画中人。也许女孩和众多游客一样，历经车辆颠簸，不远千里才来到这里，只为寻觅这份安宁。

夜色渐浓，华灯初上，古镇又是另一派迷人景象。凭栏远眺，沧浪桥在五彩灯光的照耀下，宛如一条闪闪发光的巨龙横跨江面，璀璨夺目，美得令人窒息。一排排红灯笼倒映在江面，随江风左右摇摆，令人沉醉。广场上燃起熊熊篝火，人们跳起自由欢快的土家摆手舞，热情豪迈。古街深处的茶馆内，茶香袅袅，琴声悠扬……"人生如逆旅，我亦是行人"，洗尽铅华，将心灵安放于此，一切疲惫和浮躁在这里归零。

"心之所向，素履以往"。待到繁华落尽，我在濯水等你！

游蒲花河

阿 缘

绿水柔波衔两山
高峡平湖起波澜
空山丽日扶疏影
瑶池落座蒲花畔

清风徐徐伴舟行
一时昼夜两分明
三桥横跨天河上
兀见天眼浮彩云

河壁两岸高万仞
疑是众仙斧琢成
岩崖深处探秘迹
半壁仙来半壁人

忽见天光增一色
暗河尽处无人家
十里长峡添奇想
多少奇景还待发

水墨三塘盖（吴延安 摄）

云漫金山（刘祖斌 摄）

云上夏都 三塘盖

　　三塘盖距黔江城10余公里，有"盖上冰城，坝脚南国"之美名，被誉为"云上夏都"。这块29平方公里的土地，平均海拔1420米，年平均气温15.1℃、夏季平均气温22℃，是避暑度假与生态休闲的胜地。

　　境内自然景观鬼斧神工，美不胜收，令人叹为观止；人文景观美轮美奂，妙不可言，令人心潮起伏；奇风异俗，五光十色，令人眼界大开；物产丰饶，肾豆、茶叶、蜂蜜、野生天麻等绿色特产誉满华夏。

看山杂诗

陈景星

一

山后九峰连，环拱如芙蓉。
一峰挺中权，突兀撑青空。
下窥不可极，烟霭横蒙蒙。
何年构飞楼，骇绝惊神工。
云生山下石，风落天外钟。
飞鸟近可接，横视无高峰。
谁为辟此地，万古疑仙踪。

二

对面羽人峰，林立森如柱。
或作怒狮蹲，或作刑天舞。
高挺连理枝，对骈双剑股。
群仙聚大罗，万国朝神禹。
簪珮杂琼琚，环拱云中俯。
此外百万峰，罗列不可数。
城郭及舟车，戈甲间旗鼓。
如从壁上观，大战骇秦楚。
始叹造化奇，山水创奇古。
横绝不可思，良工太辛苦。

三

积石一万丈，楼阁当空悬。

艰哉一勺水，价值千金钱。

何人出奇想，天外引飞泉。

高树缚森竹，曲折相蝉联。

半空通水脉，洒滴声溅溅。

竟如黄河水，奔放来高天。

爱之饮一掬，舌本食甘鲜。

安得和金丹，服食成飞仙。

金子岭

王尔鑑

不识金银气，欲上金子岭。
宝藏孕山灵，金光时烱烱。
篮舆跨石脊，一片篝林影。
凤来林壑鸣，云散岚翠湧。
蹁跹羽人山，向我频引领。
顽石亦点头，点金术可屏。
即此是蓬瀛，何须访箕颍。

魂牵梦萦三塘盖

刘桂根

生命的精彩在于有无数的梦想并为之不懈地追求。因为，梦想是灯塔、曙光，是人生的路标，指引着人生前进的方向。

在酷热的盛夏，谁都梦想觅一绝妙之地悠闲康养，既可消暑纳凉，又可欣赏绝美的自然风光，还可领略浓郁的民族风情。2018年，中信集团派我到重庆市黔江区挂职扶贫，有幸饱览了紧邻神秘北纬30度线上令人震撼的三塘盖风光，一个美妙的梦想在心头荡漾。

三塘盖素有"盖上冰城，坝脚南国"之美名，被誉为"云顶夏都"。这块29平方公里的土地，平均海拔1420米，年平均气温15.1℃、夏季平均气温22℃，是避暑度假与生态休闲的理想之地。

在我看来，"养在深闺人未识"的三塘盖，宛若一位绝美村姑，不施粉黛却又天生丽质，只要梳妆打扮，定会惊艳世界。为了把三塘盖打造成"中国唯一、世界一流"的康养胜地，让三塘盖走出国门、走向世界，我们为之奋斗、为之追求、为之奉献、为之快乐。因为，梦想与追求定会开出绚丽的花朵。

我深深知道，三塘盖永远令人魂牵梦萦。等到几年之后，三塘盖康养胜地建设好了，三塘盖就会迎来凤凰涅槃、浴火重生的华丽转身，成为令人神往的人间仙境。那时，我们邀约亲朋好友从北京乘坐两小时的飞机到达黔江武陵山机场之后，再用半小时的车程就到了三塘盖，定会为三塘盖妙不可言的美而惊诧，也会为曾经的梦想和追求而万分欣慰！

我们沿着崎岖的沙塘公路，经过"二十四道弯"的"天路"，登上龙嘴岩观景台，只见触手可及的云海、雾海，时而翻腾、时而平静，奇峰怪石若隐若现，飞驰的火车像长龙一样穿山而过，高速公路上的小车在云雾衬托下，像飞机一样在天空中翱翔，心也随之舒展开来。

当夕阳西下、彩霞满天的时候，走进云雾环抱、犹如海市蜃楼的悬崖云浪酒店时，在凉风和星星的陪伴下，定会很快进入甜美的梦乡，为来日的旅程养精蓄锐。

清晨，三塘盖的第一缕阳光似乎比平常晚了半小时，窗外，鸟儿在欢呼雀跃，太阳刚从遥远的东方天际喷薄而出，霞光万丈；山下的云雾微微翻腾，景象万千，形似"千岛湖"，又似"舟山群岛"，还像"飞流直下"的瀑布。

吃过早饭漫游。走进让人心跳的悬崖游泳池，四周都是玻璃且悬空在崖壁上，遇上大雾天气，感觉人在仙境中畅游；遇到阳光明媚的时候，感觉人在太空翱翔。位于海拔1628米的酒店观景塔，是三塘盖景区的最高点，举目远眺，可看见白沙塘、李家坪水体、山地马拉松赛、空中铁路等十大景点，三塘美景尽收眼底，更是观日出、看云海、拍风景的最佳位置。

来到红豆杉主题公园，漫步在林荫大道上，尽情地呼吸清新空气，陶醉在富氧环境中。公园占地750亩，栽植的15万余株红豆杉郁郁葱葱。中式、欧式、现代、古典等不同风格的别墅区美轮美奂，一栋栋小别墅依山就势、错落有致。墨柱青瓦，质朴典雅，房屋结构彰显出中国古建筑独有的神韵，清新不落俗套，简洁对称突显沉稳，文雅精巧不乏舒适，浪漫与气质相得益彰。远离都市尘嚣，内心只有宁静。晚饭后，在灯光、月光的陪伴下，闲庭信步与熙熙攘攘的游客拉家常、侃大山、摆龙门阵、听音乐、讲故事，这样惬意的生活、舒适的环境，只有在这样的地方、这样的时节才能最深切地感受到。

虽正值盛夏时节，但在三塘盖上却感受不到热气袭身。来到滴水岩瀑布，走下汽车就感到阵阵凉意，飞溅的水花形成水雾，在阳光照射下犹如身着轻纱的少女玉手轻扬、翩翩起舞，瀑布底下不时有大人和小孩穿梭来往戏水，有的用崖壁上泉水洗去身上尘土和倦意，有的捧着清澈泉水慢慢吸进肚子里，回味无穷。

前方就是名震四方的石钟山，因山形似一顶倒置的铜钟矗立山间而得名，在薄薄的云雾下若隐若现，一会儿探出头来凝视前方、一会儿用手指点江山，定然是经历了千年风雨，看遍春花秋月之后，才会如此淡定与从容。走近石钟山，犹如一尊在此休憩千年的睡佛，惟妙惟肖，令人叹为观止。站在石钟山下，一段嵌入山间的石梯映入眼帘，沿着石梯逐级而上，便是朝圣之旅。恢复重建的观音寺庄严肃穆，香客们在不绝的晨钟暮鼓与袅袅梵音中荡涤灵魂。远眺石钟山，像玉玺、像天神、像观音菩萨、像唐钟倒扣。清晨的石钟山，云缠雾锁、烟雨朦胧；黄昏时节的石钟山，落日余晖洒满山间，一片金黄映入眼帘。正如清代黔江知县张九章游完石钟山后写下的诗句："陡绝山高薄暮天，云封石寺倍苍然。有钟莫大无声扣，底事修成自在仙。"附近有规模宏大的"田园•石钟"木屋休闲康养民宿建筑群，鸟语花香，绿树环抱，四季如春，令人流连忘返。

九门十八洞是大自然鬼斧神工之杰作，空气清新，环境优雅。山上奇石怪异，众多石峰各展风姿，峰林壁巷宛如迷宫。石林占地4.2万平方米，笋状如峰，千姿百态，时而像古时战场、排兵布阵、刀枪林立；时而像千军万马、安营扎寨、独守边关；时而翘首相望、抱腰接吻、春风得意。有诗云："九门十八洞，洞洞十八家，家家十八户，户户八爷子，再加一个老妈妈。"

走进三塘村的黄家寨，仿佛穿越了时空，置身于古朴的明清时代。那冉冉升起的如银炊烟，那亘古沉默、永不停息的流水，那随着夕阳踽踽独行的老牛，让人遐思万千。脚下被磨得锃亮的青石板路，两旁正在盛开的野蔷薇花，向游客述说着岁月的沧桑。沿着青石板路逐级而上，古老的碉楼静静矗立，仿佛向世人诉说历史的变迁。古寨游人如织，熙熙攘攘，若不是各种现代物件提醒，还真以为自己回到了几百年前的古镇。登上黄家寨最高观景台鸟瞰，溪水从寨前流过，风雨桥上过往行人你来我往。这里远离闹市，藏于山顶角落，已经不再偏僻；如今的人间烟火，已不再沧桑。

沿着逶迤的山路，漫步到紫阳洞前。绿叶掩映下的潺潺流水声与动听的鸟鸣声交织在一起，仿佛在弹奏一首美妙的自然交响曲，不禁让人遐想联翩。站在紫阳洞下，飞流的瀑布与岩石撞击荡起的水花如珠如露，溅到脸庞，沁人心脾。"一穴两开洞口风，朝迎旭日晚来红。断崖何处施捶凿，留得空灵悟化工"这个美妙境界，心灵随之得到净化。

被誉为"白云之上的地方"，还有不少值得一看的景点，比如"观音堂三绝"（即梯子岩、观音堂、天书奇石）。观音堂有200多年历史，因有观音像而得名，为黔江境内罕见石窟。在距离观音像几米处的崖壁上有一股经年不息的泉水，喝上一口，眼睛便长满了蓬松的星子。在观音堂之下方，有一造型古怪的奇石，当地人称为"天书石"。在"天书石"上，有一难认的字，"大"字多一点，不是"太"也不是"犬"；"天"不像天，"夫"又不像夫，"大"也不像大，故而被人们称为"天书"。当地传言：若能识得天书，世代衣丰食足；子孙能中状元，尽享富贵荣华。其实，"天书"可辨认为"天太大"，是观世音菩萨在向世人警示：老天不可欺，为人必须慈悲善良；凡夫俗子不可全知天下万物，须尊崇自然，顺应自然，以期达到"天人合一"的境界。

来到三塘盖，人们往往被长岩岈所吸引，长岩岈长约千米、三面绝壁。站在此处，头顶绝壁，远处青山为障。因地处天险，曾经是土匪负隅顽抗的天然据点，如今一幅几十年前用朱砂写在岩壁上的红色标语，铸就永恒记忆。历史烟云之外，有一棵松树依然挺立，是众多摄影爱好者拍摄远景的倚身之处，因为远处的渝怀铁路、渝湘高速公路，都能在松枝之间，出现在人们的镜头之内。从这里看长岩岈，这棵松树，成了绝壁上的点缀，夕阳西下，这里成了游客看落日余晖的最佳位置。

"水次人营窟，穿云石缝斜。直凭崖作瓦，竟以水为家。帘织当门雨，藤缠隔树花。环山如翠幄，孔孔露蜂衙。"这是清代土家诗人陈景星描写三塘盖岩居人家的诗句。三塘盖留存的一处人类岩居旧址——严家寨，会把游客的思绪带向很远很远。严家寨上下郁郁葱葱的灌木交相辉映，一阵阵不知名的小花散发出来的幽香，沁人心脾。这里可住宿、体验古人生活、喝现代咖啡、听摇滚音乐、品红酒谈人生过往。崖壁上一排排的"仙人脚板"，传说是当年两位神仙斗法留下的足迹。在月色映衬下，远在百米之外的"万家灯火"已经点亮，点点灯光错落有致，像闪烁的火花，将大山装点得璀璨夺目、一派壮观景象。当大雾弥漫大山，朦胧的轮廓时隐时现，更增添了几分神秘色彩，宛若一幅淡淡的水墨画，给人留下诗意和遐想。

走进民族风情文化长廊，以风情画、雕刻等形式展示土家族、苗族的风土人情，令人眼界大开。由108块石碑组成的文化碑林夺人心魄，石碑上刻满了古今作家、诗人描写三塘盖最美的诗歌、散文（赋）、对联、旧体诗词，可谓字字珠玑，令人回味无穷。风格独特的中国土家族文学馆在阳光照耀下闪烁着智慧的光芒。馆内收藏了近百位著名土家族作家的精品力作和数十位荣获全国土家族文学奖的作家作品，令人肃然起敬。

三塘之美景数不胜数，你可留下来放飞梦想，也可颐养天年。晚上住长岩岈露天营地看晚会看万家灯火，白天在草坪上放风筝嬉戏追逐回忆童年趣事，去观音堂拜佛静心，徒步古盐道体验盐商的艰辛。去天王洞，体验在地下暗河上泛舟的乐趣；去马帮沟，感受古代交通物流形式及马帮的艰险；在黄家寨草坪上，夏天滑草、冬天滑雪。这里不仅集聚娱乐项目和天然美景，更布局"一医院四康养"，国内知名医院分院坐落于此，慢病管理中心、健康管理中心、康复疗养中心、亚健康防治中心围绕在旁，让人们充分享受一站式健康服务。

同时，国际教育学校、商业服务中心、文化中心、老年活动中心也为游客提供了多元服务。

住"元宝"大酒店，去大溶洞探险，看龟王山及龟蛋山奇景；到黄家院子看千年古柏；去猪艳门了解八戒兄弟的艳史。运动员公寓错落有致，能在这样的环境下训练，怎能不是人生一大体验？住李家坪、长莲池民宿，体验土家族、苗族风土人情，品黔江特色和三塘盖山珍；到祈雨台看炮房独景；泛舟塘上，体验水上乐园。高山农业体验园、长莲塘水上乐园、冰雪奇缘公园齐聚此处，非凡的高山娱乐体验让人流连忘返。

坐上空铁环游一周，置身天之下、云之上、悬崖旁体验悬空的刺激和浪漫；阵阵轰鸣声中，空铁徐徐前行，窗外景色多彩秀丽，山势陡峭而崎岖，起伏跌宕，在绿叶的映衬下，真是"横看成岭侧成峰，远近高低各不同"。可自由行走，喝咖啡、品贡茶、听音乐，360度领略大自然风光，春夏秋冬体验到的效果各不同，春天春草繁茂百花齐放，夏天鸟叫蝉鸣凉风拂面，秋天满山红遍层林尽染，冬天银装素裹分外妖娆，各种景色美不胜收。看山地马拉松赛或领略马拉松赛道的上下起伏，与漫步游客互动……

未来的三塘盖或许比梦想更美。在这片神奇的云上净土洗涤心灵，感受人间仙境的境遇，定会收获无法言说的惊喜，"深闺"怎能不令人魂牵梦萦？

风物三塘

饶昆明

第一次上三塘盖，就是为了观赏三塘雪景。那时的三塘还没有正式通车，我们坐客车到白土乡场后，便沿着盘旋蜿蜒的机耕道徒步上山。那时飞雪飘絮，洒落在地便化为雪水，山路很是泥泞难行。翻到雪线以上，脚下的积雪越来越厚，走在雪道上很有些吃力。我们抄穿插于机耕道的近路上行，那断断续续的小径就像一条滑溜溜的蛇，崎岖难行，稍不留心，就有可能滑倒在地。山路整体呈"之"字形盘旋而上，落在后面的人，看着前面的人就在头顶，似乎伸手就能够着上面之人的腿脚，但如果当中没有近路穿插，要赶上他们还得拐好大一个弯，有很长一段路程。

也不知是谁带的头，上面的人抓起雪球朝下面扔，一时间雪团乱飞，我们落在后面的人只有挨打的份，毫无还击之力。于是我们索性停步，躲避直飞而下的雪球。就这样只稍作逗留，前面的人就转弯而去，我与几个女士落在了后面。越往上走，积雪就越厚，一脚踩下去，几乎淹没脚踝，我穿的是低帮鞋，积雪直往鞋里钻，钻进鞋里化成冰水，冰凉刺骨。但此时的雪景却是越来越美，让我们兴奋不已，早已忘却天寒地冻，在冰天雪地里留连忘行。

翻过山桠口，但见雪野茫茫，大地沉寂在白色的梦幻里，悄无声息，可听到雪花飘落与苍茫大地的窃窃私语，我们恍如进入到一个没有鸡鸣犬吠的无人之境。此情此景，让我忆起远方的雪原，如此熟悉而又陌生的冰雪世界。如若不是还有几个同行的女士，我真想匍伏于雪地里打几个滚，重圆童年雪地里撒野时那远逝的旧梦。

我出生在北方，也曾领略过藏区的雪原，翻越过海拔五千多米的大雪山，那可是一种大美，是天地间的一种大境界，我等狭小的胸怀，实在包容不下，犹如一条小溪流，哪能容下大江大河之辽阔呀。此时此刻，那些路边的小景，反倒让我更为着迷。鲜艳的红籽披上洁白的婚纱，透出无尽的喜色鲜艳夺目；

蓬松的松毛上开出的冰花，蓬勃旺盛，纯洁无暇；大树枝头结出的冰葡萄，晶莹剔透，娇憨动人；还有那为冰雪包裹着的枝条，也是姿态万千。所有这些，均可细品，稍不留意，就会与它们擦肩而过。这样的雪天雾地，空透度极低，无法得见磅礴的远景，我只能将手中的相机，对准风雪中那些细小之物，当然，也留下女士们美丽的情影。

就这样走走停停，我们离预定的宿营地越来越近，在一个岔路口，看见前行的驴友在雪地上为我们留下标记，感到心头一热，同时也觉得有些愧疚不安，于是不由得加快了步伐。没多久，就看见了那个我们将要夜宿的寨落。俯视之下，寨落那些房屋星星点点散落于在茫茫的雪原上，像是些用积木搭成的白木屋，这整个山塘盖，除了白雪，就只有那些木房灰色了。好一个童话世界呵，让人恍然入梦境。我真想将我的心永远冰藏在无人知晓的雪野里，让我的肉身四处游逛；我真想成为童话世界中的一个角色，哪怕只是白雪公主的奴仆。

到达了目的地，我们仍余兴未尽，在村寨的外面溜达了一圈，才回到老支书家里烤火闲谈。只等闻到了厨房飘来饭菜的香味，这人间烟火才让我从梦幻世界回到现实中来。在老支书家，我第一次吃到肾豆，色香味俱佳。后来虽然也常能吃三塘的特产肾豆，但不知何种原因，总觉得赶不上老支书家肾豆的滋味，那么香甜，那么妙不可言。

夜里，同行的二三十个人分组到四个点住宿，我们七八个分在张社长家。张社长是位热心肠的土家汉子，听说我们想听山歌，便立即打电话请来了当地一名山歌手，这位山歌手曾参加过区上乡村文化周山歌大赛，取得了不错的名次。他歌声一起，又有几个当地的山歌手闻声而来，分住在四处的人也都涌到我们这里来了，把炉火围得密密实实。刚开始时，他们还有些放不开，说有些山歌只能在山野里亮开喉咙放声高唱，不宜在屋里当着这么多的男男女女开口。我们回说没关系，荤素不论，这是一种文化。他们果真就放开心结唱了起来，你一首我一首的，这一唱就有些一发不可收，悠扬的歌声满屋激荡，让我们几乎忘却了外面的冰雪世界。

直到深夜，山歌声才停息，我们也休息了。即将进入梦乡时，突然听到喧闹声，原来是几个年轻人，又去喝了点小酒，兴奋得睡不着，想来找我起来继续嬉闹玩耍。我们装作没听见，不敢搭腔，不然的话，这觉就休想睡安稳了。

一夜凛冽的寒风，使得泡雪的表面凝固成一层冰壳，给我们的回程带来了更大的难度。为了防滑，每人都事先准备了一个拐棍，还纷纷在防滑靴上绑扎上草绳，尽可能地使之防滑。有人扛着会旗，领着队伍走在前面。路面确实很滑，十分难行，队伍没走出多远，就有人滑倒，不过倒在雪地上，也没出什么意外。几个女士边走边打雪仗，一不小心就有人来了个横空出世，整个人横倒在冰雪覆盖的机耕道上，算是有惊无险，也没受到一点皮外伤。

我们从沙坝方向下山，一路上的雪景更让人着迷，不时有女士大声呼叫，让摄影师们为她们和她们选定的景致拍照。我自然也成了她们支配的对象，随着她们跑来跑去，其中自是多走了许多路。不光是女士们沉醉在美景中，就连我这个大男人，也被眼前的景色迷住，每看到一处美景，都要流连一番，不知不觉悟间，我又和两个女士落了队伍后面。落在后面并不可怕，只要努力还是可以赶上队伍的。可怕的是我们三人贪恋路边的美景，没留意就走错了路，与大队人马背道而驰。我们走的那条路虽然也有人走过的痕迹，但那是当地人走过留下的，刚开始我们都没察觉，还在那里自鸣得意，以为他们只顾赶路，没有顾得上路边的景致，很多地方还没有践踏，留给我们一个美妙的时空。

那时节我自然成了她们的主心骨，我还在安慰她们说，没关系，快乐就体现在路上，碰到美景决不放过，该拍照还是要拍照，不要错失良机。听了我的话，她们也就安然了，一路上我们在雾雪浓重的雪野里，在错误的道路上越走越远。只等我们碰上了一户农家，一问才知，我们已走错了方向。此时，我也不知我们是从什么地方走错路的，那时浓雾弥漫，看不清山势，农人怎么说我们也不明就里，最后他只得说，原路返回，看到岔路口就从另一条机耕道往下走，只走大路，莫走小路，否则就会迷路。

等我们一行三人回到正确的路线上，来来去去已经花费了大半个小时了。恰好接到前面人的电话，让我们跟随大部队的足迹走小路，还说他们一路上都做标记。一路上果然看见他们在雪地留下的箭头符号，还有隔一段路就遗留下的一小块橘子皮，或者是一段断落的绑鞋草绳。这下我们可以放心地赶路了，我也放下心来。谢天谢地，我们终于走出了白雪覆盖下犹如迷宫般的小路，在大路口又看到了他们在雪地上画下的四个箭头符号后，加上我们身上的野外服装在雪地里比较醒目，让早到山脚下的大部队看见了我们，于是停下来等候我们。当彼此都真切地进入对方视线时，山上山下都欢呼起来，群情激奋，那场面真让人激动万分。先下到山脚的大部队，选定路边一户农家地坝，一边休整就餐，一边等待我们下山。我们会合后稍作停息，又继续赶路。当我们回头远望被我们征服的那一座白雪皑皑的巍峨雪山，自豪感油然而生，心里有种满满的自信。

第二次上三塘，我们是全装负重徒步，从白土与沙坝两乡交界的一条溪沟里逆流而上，走了七八个小时的山路，才爬上三塘盖的岩口。这次，我们是奔着三塘日出和云海而来，岩口就是最佳观赏地点。这次同行人员比上次精干，只有十几个人。我们在岩口上面不远的地方，选到一户农家地坝扎好营帐，顺便依托这家农户，自己动手做晚饭。蒸的新米饭，炒的老腊肉，这日子像过年。那时节三塘盖上大多数农户在烘烤烟，三塘盖的烤烟全区闻名。那户农家的烤房柴火正旺，我们无须再去另烧篝火了，吃过晚饭，我们就围坐烤房灶口，烤火取暖，谈天说地。

主人家姓石，和我们聊得十分开心，他兴致一来，竟不声不响地摸黑去到苞谷地里，掰回来十几个嫩苞谷，让我们在柴火灰里烤着吃，说这是高山晚熟品种糯苞谷，人不对头不得去掰回来。果真如他所说，这火烧高山糯苞谷，滋味真是好极了，满口生香，又甜又糯，如食甘饴。

原本说好的三塘日出和云海，却因自己睡过了头，错过了时机。当我第二天睡到自然醒，他们早就奔岩口而去。我起身出帐，天光已经大亮，若我此时再赶往三塘观看日出和云海的最佳处岩口，怕是太阳快当头顶了，只得作罢。传说中的三塘日出和云海，这样与我擦肩而过。后来，我们当中有人拍摄的三塘云海的作品，在市级风光摄影展上摘取桂冠，斩获金奖。

第三次上三塘，是参加区文联组织的采风活动，挖掘白土三塘的历史文化底蕴，收集整理三塘的民间故事和传说，为三塘的旅游开发造势。这时整个白土的村道公路全都硬化了，交通条件已是今非昔比。我们十几个人分乘几部轿车，浩浩荡荡地开进白土镇。如果说前两次只是为了观赏三塘风光景物的探秘之行，那么这次前来，便是对整个三塘以及白土全镇的历史遗存、风光风物、风土人情，进行全面的考察探访，对三塘有了整体上的认知。

当日，在镇上领导同志的陪同下，我们探访了镇上周边的几个点。印象较深的是那座土木结构的双层碉楼，这是当年当地大户为了防范土匪而建，巨型条石作基，夯土为墙，墙体上留有射击孔。在当时可以说是坚不可摧，一碉在此，悍匪莫开。这从一个侧面说明了当地民风的强悍与不屈不挠的精神。

后来在当地负责同志的带领下，我们驱车直上三塘，道路大致还是早年那条机耕道轨迹，经过拓宽硬化，已成坦途，沿途风光无限，登高望远，风云变幻，让人心旷神怡。与第一次徒步三塘的迷茫雪野相比，又是另外一番景象。

晚餐还是在以前老支书家里，虽然房屋已经过修缮，但依稀还是能够分辨以前的大致方位。十几年过去了，三塘已经发生了很大的变化，这里即将开发成旅游景区，将要发生更大的变化。三塘的明天会更美好！这已经不再是一个遥远的梦想，也不只是人们的一个愿景，而是正在变成一个活生生的现实。

次日，我们游览了三塘几乎所有的风景名胜和历史遗迹，听了许多当地的民间故事神话传说，对三塘有了更深的了解，对三塘的历史文化有了进一步的认识。大岩千的剿匪故事，黄家寨的前世今生，观音堂石窟的神话传说等让我们印象深刻。

对于人文景观，我倒也比较关注，但我更倾心于自然风物。所谓"偷得浮生半日闲"，多在人与自然的交融中，去功利而得闲情逸致，是一种可遇而不可求的境界。

听当地陪同人员介绍，在三塘盖观音堂石窟下方不远处，有一块巨石，上有天书，无人可识。因为那里荆棘丛生，同行者当中的许多人走到观音堂石窟前，便止步不前了。我坚持要去察看，在当地陪同人员的带领下，跟着他们披荆斩棘，在树木荆棘丛中，终于寻到了那块巨石。

据传，此石因雷击一破而开，另一半已化为碎石，留下的这一半巨石，大致呈矩形，像一张倾斜的八仙桌。岩石倾斜的一面看似平整，但表面筋脉凸起，纵横交错，点横撇捺，犹如汉字笔画，字迹隐约可辨，但至今却无人能够确认。按照当地人们的解读，"大"字多一点，不是"太"也不是"犬"；"天"不像天，"夫"又不像夫，"大"也并非大，凡人难解其意。因此，当地人将之当作无人可识的"天书"。这在当地还有个传言：若能识得天书，世代衣丰食足；子孙能中状元，尽享富贵荣华。

如若站在远处观"天书"，岩石筋脉走向难辨，字迹模糊不清，加之荆棘丛生，岩石上苔藓密布，难以辨析识别。我们拨开丛生荆棘，走近巨石，仔细观摩"天书"，一时众说纷纭，各有各的道理，无法取得共识。其实，如果说换一角度来读"天书"，会发现"天书"也许并非一个单独的汉字，而是类似于人们生造的"双喜""招财进宝"之类的连体组合字，照此来看，便可以将所谓"天书"辨识为"天太大"，其意可以理解为，这是上方观音堂石窟里的观世音菩萨在向世人警示：上天不可欺，为人必须慈悲善良；凡夫俗子不可全知天下万物，须尊崇自然，顺应自然，以期达到"天人合一"的境界。

当然，这只是一种个人解读，或许"天书"还隐喻着另外的深意，我等凡人，来去匆匆，岂可如此揣摩天意。人生不过是一个渐悟的旅程，就比如自己三上三塘，每次上来，都会有新的感受和感悟，或许来得多了，就能够有新的收获。

咏三塘盖

黄晓东

石钟山飞瀑

借道春山路亦难，
划开苍色出云端。
泻珠迸玉何相惜，
高处原来不胜寒。

天路

曲曲弯弯第几峰，
武陵云海上苍穹。
天路崎岖无俗客，
不是青云便是风。

清平乐·春山小调

浮云争俏，漫漫青山罩。来去自由春正好，谁解个中玄妙？险岩
雾里横空，无求不问东风。猜想林间小鸟，撒欢上下咕哝。

菩萨蛮·三塘雪

寒山重叠霜枝洁，天云洒落三塘雪。欲作去来游，何拘往复稠。
村醪当自酹，苗岭乃苍翠。纵目识阴晴，如期岁自更。

题三塘盖

信自画中游，笑三塘雾，白土云，是耶非耶，幻乎谜乎，向天路
寻源，直上重霄看日出；疑从尘外去，叹万仞山，黄家寨，仙者
道者，闲也忙也，携龟王入梦，怡然绝顶辩风生。

游三塘盖长岩阡匪巢遗址

一

独径长长是匪窝，
岩阡凹凸又如何。
枪声虽在阴崖绝，
标语仍陪岁次过。
因信关山能涤荡，
可寻魔窟自吟哦。
残阳不许秋风冷，
征路苍苔记忆多。

二

山林聚啸总难评，
或匪或民分不清。
居在岩阡云设帐，
炊于石壁罐熬汤。
应知无奈因生计，
莫问如何有隐情。
黎庶管他吴蜀魏，
太平还靠食衣行。

感悟三塘盖

钟良义

"山不在高，有仙则名"，这是一句古代名人说的话。

有山就有风景，最美的风景往往隐藏在自己忽略的地方——这是我在三塘盖登高时的感悟，一家之言。

人群居住的高山山腰或山顶平缓地带，黔江人称之为盖，山顶为头层盖、山腰为二层盖。三塘盖是头层盖，它以亘古的谦逊姿态隐藏在黔江绵延起伏的大山里。虽然1400多米的平均海拔完全够得上一座高山的标准，但它却不以高山自诩，而是羞涩地自称为盖。

三塘盖雄奇秀美。如果说峻山柔水的黔江是一本精美绝伦的山水画册，城在峡谷上、峡在城中央的黔江城是其点睛之笔或封面之作，那么，三塘盖就是这本山水画册的扉页，抑或是卷首语。

这样想的时候，你会惊奇地发现，这本画册题上《中国峡谷城》的书名，配上三塘盖这样的扉页或卷首语，简直是绝了，比起什么"神秘黔江""魅力黔江""清新清凉之都""养心养肺之地"等不是浅薄俗气就是题不对文的名字来，不知要高明、大气多少倍。

还有什么比这更贴切、更精准呢？

一

上三塘盖的山路犹如蛟龙蜷曲在山。已经是仲秋九月天，山中的农时比山外晚半个月左右，稻谷还没开始收割，像云梯一样的稻田层层叠叠铺满耀眼的金黄，有如"满城尽带黄金甲"一般壮观。道路两侧的树木、蔬菜、茶树、花草或绿或红，或紫或黄，犹如画家调满赤橙黄绿青蓝紫颜料的调色盘。随着山体的增大和变陡，黑褐色的岩石与或黄或红的土壤披着斑斓的色彩扑面而来，似乎暗示了三塘盖的深邃与神秘。

汽车喘着粗气爬到山顶的时候，云气蒸腾，山峰、树木、农舍、牛羊若隐若现，密不透风的树林深处偶有溪水如鸣佩环的声音传出，抑或有一两只拖着长长尾巴的锦鸡受到惊吓从地面的树叶里猛然蹿起，慌张地消失在远处的密林里，让人疑心这黑黢黢的密林里会有金凤凰飞出。

几个摄影界的朋友为看云海和日出用石头建造的云卜村酒店就在这时候出现，占据着三塘盖的最佳位置。

站在观景台上，从云缝里俯瞰来时的崎岖山路，我不由得惊呼：天哪！六六三十六道拐，七七四十九道弯，如丝带飘舞、如云缕飘逸、如河流飘忽，这哪是什么山路，分明就是天路。

对，它就是天路。

一位带路的当地村民告诉我，这是帮三塘盖上的村民摆脱贫困修建的一条扶贫路，因为有了这条路，山里山外的距离骤然缩短，山外有的东西山上不缺，山上有的东西山外千金难求，比如这宜人的康养环境，所以，村民都把这条路叫天路，是天道酬勤的路、通往人间天堂的路、老百姓心中的路。

我惊异这位当地村民的口才，但我更相信他是言由心生。

时逢秋雨停歇，日出雾起，山与山之间的沟沟岔岔被茫茫云海淹没，雄奇险峻的山头如踩着祥云的仙女，在云雾中绰约飘忽。天路蜿蜿蜒蜒，犹如捆在土家男人腰间的白色丝帕，大小山峦犹如土家族人正月玩狮子灯时脱衣甩膀堆出的罗汉。它们把脚蹬成稳固如磐的八字，把手捆绑成力拔千钧的钢绳，把肩并成供人攀爬的台阶，发一声雄性十足、气冲霄汉的吼，山体丰隆的三塘盖便踩着他们的肩膀一级一级地往上爬，直到在风起云涌的云海上面岿然如雄奇豪放、肌肉结实的将军。

云海自是层层叠叠匍匐于山脚。她时而像白衣少女的裙摆飘逸洒脱让人心净如洗，时而像江河的汹涌波涛上下翻滚令人望之胆寒，时而像草原上奔腾的骏马群恣意纵横让人顿生驰骋疆场的英雄梦想，时而像薄如蝉翼的面纱遮掩美女让人浮想联翩，时而像温顺的羊群依偎在牧人的身旁让我想到眼大辫子长的放牧姑娘或一首古老的草原情歌……

有了这样的云海和云海下面的天路，眼前的三塘盖便显得更加磅礴大气、神采非凡。恍惚间，我突然明白了什么才是真正的雄浑，什么才是真正的美轮美奂，什么才是真正的梦幻之境；突然明白了也许人类需要的是率意的艺术，每一次的呈现都必须独一无二，就像现在看到的云海。

二

就像网络推手推出网红一样，大自然这个神奇的推手也会在不同的季节推出不同的美景，不同的是网络推手只认钞票不认人、只认关系不讲原则，只要你愿意出钱，推手就可以让你一夜走红，只要你有圈子里的关系，就会有人无原则地闭着眼睛给你投票或拉票，在这种推手的作用下随便一个人都可成为当下网红；而大自然的推手则与人类相反，它完全按照客观规律、四季变化而作用于大自然，绝不会有任何虚假的成分。如同这时的三塘盖因为接近1000米的海拔落差，不仅秋色正浓，而且图层迥异。我惊奇地发现，这个极大的落差把一种从眼前到天边的绿铺在了底下一层，坡地里高山反季蔬菜基地的绿、红豆杉基地的绿、老鹰茶基地的绿……草绿、墨绿、浅绿、嫩绿，无不绿得生动，无不绿得精神，包括匍匐在地的小草，呈现出的都是一股拼了命往上疯长的绿。随着海拔的陡增，以大红为主色调的图层进入视线，满坡的红籽树、红泡树……珠圆玉润的果实缀满枝头，给人一种红红火火、轰轰烈烈的景象，一路颠簸产生的疲劳自然消解。再往上走，就是金灿灿的黄，秋菊的金黄、柚子的麦秆黄、柑橘的土黄……无数的黄调和丰收的景色呈现在眼前，让人顿觉畅快。

徜徉在这样的彩色海洋里，完全能够想象三塘盖的春天定是生机勃勃的花花世界，夏天定是绿浪连天的避暑天堂，冬天定是千里冰封的北国风光。我突然觉得，三塘盖真是人间大美，我的眼神再亮，也看不出三塘盖蕴藏着的美丽；我的相机再好，也拍不出三塘盖的独特魅力；我的画笔再妙，也难画出三塘盖的风骨。

所以，在云上村酒店后面一处叫岩口的地方，我背对青山、面向云海，忍不住以"老夫聊发少年狂"的模样肆无忌惮地跳跃——跳得再高，在这巍峨的群山里我仍觉渺小如蚁。

怪不得有朋友告诉我说，你到重庆读懂了解放碑、朝天门，还远远不够，因为重庆是大城市带大农村，你还得去黔江读中国峡谷城，读三塘盖。三塘盖有很多大自然的偈语，会给你醍醐灌顶般的启迪：人在任何时候都是渺小的，绝不能因为机缘巧合在某一时刻某一地点登上了某一高峰就以为自己达到了"一览众山小"的最高境界。

三

站在岩口远眺，云海或动如脱兔或静如处子，远近高低各不同的大小山峦诗意的白里尽显妩媚之态，让人有了几分穿越时空的奇思怪想：

这样的风水，历史的长河里没有几个风流人物才怪！

果然，一个人从历史的字里行间飘飞到我的眼前。

来人身着幞头袍衫，拿着一本《叠岫楼诗草》，银发飘飘地站在三塘盖上王家寨的老屋前，表情一如归家的游子。他在吟咏一首诗，一首年轻时回到家乡三塘盖写的诗：

万绿丛中老屋存，

梅松绕径竹当门。

问名一笑还成喜，

去日儿童已抱孙。

老人深望着浮在云海上的三塘盖和远处的武陵仙山继续拈须吟诵：

芒鞋踏破翠重重，

石磴迂回古木封。

奇景易穷千里目，

名心销尽五更钟。

岩悬飞溜喧高树，

亭裹疏烟补断峰。

天半梵音何处答，

涛声万壑吼虬松。

隔着百多年的岁月，我看不出他的高矮胖瘦，辨不清他的模样俊丑。但有一点可以肯定，肚子不是酒精肚，头顶也不是脑满肠肥惹出来的荒原。他叫陈景星，字笑山、小山，百度搜索里虽然搜不到他的画像，但从其存留在世的《叠岫楼诗草》里可以看到他浪迹江湖、寄情山水、随性赋诗的诗人模样，可以看到他满怀家国情怀、一生悲天悯人的文人模样。他是个读书入仕的男人，是三塘盖上开天辟地以来第一个、也是唯一一个考取的进士，虽然是在他过了不惑之年后，但终究是实现了他读书入仕、求取功名、光宗耀祖的人生梦想，一肚子的诗书终究没被捂在肚子里沤粪。

自古文人命多舛，陈景星也没能逃脱这定律，因此，幼时虽已文才傲蜀却偏偏屡试不第；青年时投笔从戎意欲在金戈铁马生涯中建功立业却又竹篮打水白白耗费了八年光阴；不惑之年重返科考入仕，虽然如愿以偿得了一官半职却又遇上蚊帐里面耍大刀的时代，壮志难酬。

游学、从军、为官，陈景星一生滞留在外，但对三塘盖的乡情自始至终没忘记，即使客死天津还将自己的一把老骨头放回三塘盖变成黄土。少小离家，至死方归，个中缘由绝不是一句"巴山夜雨涨秋池"就能解释得清的事，这与一个男人年轻时的野心或志向有关。有谁没在大山里吮吸过？彷徨过？挣扎过？又有谁没有过到山外闯一番事业的壮志雄心？出生在三塘盖王家寨的陈景星也不例外，他目睹了三塘盖的美丽与贫困，他一心想建功立业改变三塘盖贫困的命运，可惜的是他一生也没整明白，生逢一个官声和擢升不成正比的晚清时代，一个混乱的大清末世，你纵有万般才华也是枉然。所以，他兢兢业业为官十八年，到头来也只能用一句"历尽崎岖万念空"的无奈诗句给自己的人生做了个结尾。

幸亏如此，仕途虽被黑暗迷乱的时代蹉跎，却成就了他的诗作，给后人留下了《叠岫楼诗草》这本充满人性光辉的诗集和"太息豺狼当道卧，寸心时为下民哀"等饱含忧国忧民情怀的诗句。从三塘盖的高天厚土里走出的他虽然没有改变家乡贫穷落后的命运，但也因此摘得了土家诗人的桂冠，成了诗坛上的一颗星。

与陈景星一起从字里行间走出来的还有两个人，一个是张九章，一个是王良鼎，都是清末到黔江任职的县官。不同的是张九章是百度里一搜就可以查得到的硬角色，而王良鼎却是百度搜索里无论如何都搜不到的可悲人物。

张九章是1847年生人，比陈景星晚出生六年，但科考入仕的运气比陈景星好。陈景星1896年考中进士当官的时候，他已从京城来黔江当了七年知县。七年间，虽没改变黔江贫困的境况，但他利用在工部任职时结交的人脉在艰难世道之中给黔江做了不少让老百姓摸得着、看得见的大实事、大好事，比如修筑黔江河堤、编修黔江县志、开办墨香书院、开仓赈济灾民等。对于一个有着悲天悯人情怀的封建士大夫而言，能在不让做事的时代为老百姓做点事，心胸自然是开阔的，闲暇之余他也曾游历境内高山大河，借景抒怀，以诗言志。他去了三塘盖，写下了关于三塘盖的不少诗句，比如，在游览梵音袅袅的石钟山时，他欣然写道：

陡绝山高薄暮天，

云封石寺倍苍然。

有钟莫大无声扣，

底事修成自在仙。

不仅如此，他还把黔江的山川形胜、风土人情、气象变化等记录成《双冷斋文集》，为后世留下了黔江的"资治通鉴"。

与此同时，他也看到了大清朝的腐败，在1888年莅任黔江第九十任知县的时候目睹民众之贫、教会之乱、鸦片之毒给黔江带来的灾难，然而，有着"缙绅之风"的他并未像前几任一样选择逃离，而是在夹缝中发誓，要在自己的一亩三分地上有所作为。所以，上任不久，他便在离三塘盖不远处的关口驿道边一块如房屋大的石壁上，找人镌刻了"砥砺廉隅"四个大字，既警示自己，也告诫过往官员：为官者要有为官的风范，要经得起磨砺。

也许是三塘盖的氤氲灵气浸润着这块张九章宣誓的巨石，百多年的风雨也未能让几个刚劲的大字泯灭或模糊。

不无讥讽的是，这样一位一心想干事也在夹缝中干成了一些事的官吏，"砥砺廉隅"七年，到头来仍只是一个七品，远不如后来靠关系入仕、玩文字游戏起家的黔江的末代知县王良鼎，他什么事都没干就得了个四品。

王良鼎是一个用百度搜索都找不到的晚清举人。按理说，一个举人是没有资格吃官饭的，就像时下的专科生，连报名考试吃公家饭的资格都难取得，怎么进得了体制？但王良鼎就偏偏靠着父亲的关系当上了吃官饭的州府小吏。与陈景星、张九章比起来，他这官来得也太容易了，自然免不了春风得意，距三塘盖数十里外的两河口有一处黑黝黝的石刻——"奇境天开"，一笔一画都写满了这份得意。

据他在石刻上题写的序文所说，1907年的一天，他借掌管两河口的盐、铁、茶专卖之机，带着一大帮谄媚之徒游览太平洞，见其空旷深邃、奇石异境，忍不住兴致勃勃地题写了"奇境天开"几个大字，并在大字前题写了几句序文，说"丙午年余奉檄榷两河口，公余游玩，见古洞谽谺数十里，入其中几疑别有天地。因题数字，以志鸿爪"。

这家伙既不是书法家，也不是什么大官，竟然脸都不红一下就主动题词，足见其小人得志之态，不仅如此，他的心机之深、文字游戏功底之厚也让人难望其项背。"借机公费旅游"的事本可以让他丢掉饭碗，但他却师法前人用"屡败屡战"遮盖"屡战屡败"的文字游戏，以"公余游玩"四个字将公费旅游这件事捂得严严实实。当时的他肯定没想到，五年后平步青云出任黔江知县仅半年，就被辛亥革命火烧屁股。更不会想到，他这个黔江知县除了皇帝诰封四品的一张揩屁股都嫌糙的黄纸外，手中没有任何实质性的权力。于是临走时，他心有不甘地在黔江城边一处叫观音岩的石壁上题写了"望治情殷"四个大字，并在序文中写道：

余于前清宣统三年辛亥十月莅任

于民国元年壬子五月请假回籍

时当改革无补民生行将去也

所题数字"以志感怀"，与五年前在两河口题写的"奇境天开"相比，字体没变，但字里行间表现出来的情绪却发生了天大的变化，小人得志时的快意歌吟被大厦倾塌时的悲戚感叹所代替。尽管如此，他仍做着有一天能够重返官场的春秋大梦。在序文中不忘用最擅长的文字游戏掩藏其心机：没有挂冠辞职，也没有溜号脱逃，只是"请假回籍"。

三个男人都生逢乱世，都是大清朝的一方官吏，除王良鼎在百度搜索里找不到影子外，另两个男人只要一打开百度搜索，就会有很多词条跳出来，一个是悲天悯人、以诗存世的奇男子，一个是砥砺廉隅、官声存史的好知县。可见天地间有杆秤，秤砣就是老百姓的心，只有心系黎民百姓疾苦的良臣能吏才会青史留名。

四

在时空穿越中与几个历史人物的相遇，让我幡然明白，每个人心中都有自己的一座山，都有自己的一条河。山不在于高矮，河也不在于深浅，更不在于有没有仙和龙，关键在于这山是否有百折不挠的筋骨，这水是否有撞开大山的韧劲。陈景星吮吸三塘盖的乳汁把自己定格在他的诗意人生里，张九章受三塘盖的浸润把自己镌成了百年风雨难泯其迹的石刻，而王良鼎尽管煞费苦心附庸风雅弄了两处岩刻，但老百姓却当他不存在。

这样想的时候，眼前如波涛翻腾的云海渐渐消失。三塘盖现出壮如男人的身形，放眼望去，随处可见陡峭壁立的巉岩、动魄惊心的峡谷、高不可攀的巅峰，却不见矫揉造作的仿古楼阁、怀旧自恋的府第遗址，更看不见不可一世的富豪别墅，倒是这两年新修的连户路、产业路在传统院落和现代院落之间、形形色色的产业基地之间如人体内网状的血管，与主动脉一般的天路相连接，构成了三塘盖上的阡陌奇观。

"朴素而天下莫能与之争美"。信步在这血管一般的阡陌之中，感悟庄子的这句哲言，我得到了一种心灵的释放。随处可以邂逅憨厚、纯朴的村民，感受人间烟火如同乡村画卷；随时可以坐下来歇脚抽烟，感觉不到城市的喧嚣与通邑的拥堵；随便在哪个院子都可以喝一杯村民用上百种名贵野生药材泡制的土酒或自家土法制作的盖上藤茶，听他们高声地摆儿女们在城里打工、上学或做生意的龙门阵，叙说祖上从江西一路披荆斩棘到三塘盖挖金矿的故事或这两年寨子在脱贫过程中的变化，人与人之间的距离便在浓浓的酒香和氤氲的茶香中消失。

村民说，他们来自江西，先祖们不远万里上三塘盖是为了寻找和挖掘心中的金矿，是为了更美好的生活。

三塘盖原名叫金山盖，地下有金矿只是一种传说，但有铁矿倒是千真万确。因为挖矿的人前赴后继，再大的地方也经不住越来越多的人的挤占，再多的矿也禁不住这种肆无忌惮的开采，时间一长，可供人们居住的空间缩小，千山叠翠的山头被无情地挖成了疤癞，三口翡翠一般的大塘也因塘底挖穿龟裂成了白天装太阳晚上装月亮的豁嘴干塘，金山盖也因此改称三塘盖。三塘盖再不像当年那样郁郁葱葱，再不像当年那样充满勃勃生机，靠喝望天水长出的苞谷小如盐罐，秃顶的山头开始大面积石漠化，饿肚子自然就成了淘金梦醒后的必然结果，啃完大山然后逃离大山也就成了三塘盖上青壮男女的必然选择。

往往难以预料，没想到流失青壮男女的三塘盖在不经意间悄然发生了变化，留守老人守住了渐荒的村庄，深植于地的草木拼了命往上长，癞秃的山头重新变回遮天蔽日的原样。随着背包客越来越多，远走他乡的青壮男女如冬去春回的鸟儿开始飞回，三塘盖又以平和、素净、淡泊的姿态面世，并示人以警——生态环境石漠化固然可怕，但更可怕的是人心石漠化；土地撂荒固然可怕，但更可怕的是人与人之间情感撂荒。只有永远感恩脚下的土地、眼前的家乡，新的希望和新的史诗才会诞生。

五

　　大自然的美尽管千万次周而复始，但人们不会产生厌倦。重现千山竞绿、万壑滴翠之景的三塘盖，又以新娘一样的笑靥，以最新鲜的妩媚，最纯洁的灿烂，在这金色的秋天里给我们演绎了自己斑斓的色彩、无边的浩瀚。我突然觉得受邀挖掘整理三塘盖的神话传说和历史文化遗存之行显得有些多余，三塘盖根本无须倚重或有或无的名流，无须找人编造粗俗的神话和传说，无须东施效颦似的古街或堆砌假冒伪劣的古董，仅凭令人心跳加速的百仗岩、形如唐钟倒扣的石钟山、峰林壁巷如迷宫的九门十八洞、剿匪标语犹存的千米长岩岈（山岩凹陷如"匚"的地方）、引人穿越时空的明清建筑群、以崖作瓦的岩居人家严家寨、使人悟道明德的天书石等景点，就能以迷人的自然生态，平和、素净、淡泊的大山秉性吸引越来越多的人登高悟道或赏景悦心，就能让山上的老百姓靠山吃山，把日子过得像春天的花一样美丽、秋天的色彩一样绚丽。

　　奉命助阵黔江脱贫攻坚的中信集团深谙此道，面对有着"盖上冰城，坝脚南国"之美名的三塘盖，面对有着"云顶夏都"之誉的三塘盖，面对年平均气温15.1°C、夏季平均气温仅22°C的宜人气候，面对众多独特的历史文化遗存和大自然偈语，就有了攻坚战的突破口：三塘盖脱贫的路径不就是生态旅游、康养旅游吗？绿水青山就是金山银山，对于这美在深山、穷在深山的三塘盖，除了生态旅游、康养旅游，还有什么路径比这更合适呢？

　　中信集团玩了一个大手笔，决定斥资数十亿元对这块风水宝地进行淡妆浓抹，用旅游扶贫的长效功能让这"养在深闺人未识"的三塘盖惊艳于世，让这宛如美丽村姑的三塘盖不再香消玉殒于贫穷，让三塘盖搭上脱贫的战车走出国门、走向世界，成为"中国唯一、世界一流"的康养胜地。

　　一个天姿国色的女人会因没有新鲜的血液而花容失色，一处美丽的风景都会因为贫困的阻隔而沉寂于深山。三塘盖很幸运，遇上了穷在深山有远亲的大好时代，遇上了决胜脱贫攻坚战役的英雄时代，遇上了一群攻城拔寨、骁勇善战的扶贫将士。由此，有着强大造血功能的生态旅游产业、康养旅游产业在三塘盖如花绽放。

　　因生态而疮痍，因疮痍而生态，又因生态而脱贫致富。我很惊异，三塘盖为何没有囿于轮回，而是破茧成蝶，涅槃重生？同行的朋友告诉我，答案就在观音堂石窟下的天书石上写着，那是一句大自然的偈语。

观音堂石窟是三塘盖数十处历史文化遗存之一，是黔江区迄今发现的唯一一处石窟，其址位于白土乡三塘村的梯子岩，宽1.3米、深1米，通高2.5米，距地面高1.4米。分上中下三部分。上部浮雕寿字、瓦、鱼及水波纹。中部楷书阳刻"灵威""普度众生""普陀岩"等字，下部为佛龛，有阳刻的楹联楷书"何须朝南海，即此是普陀"。有人在岩上题诗咏叹："悬崖峭壁附天梯，普陀神像远目及，五岭二郎刺云层，夕阳西照公背媳。"

天书石在观音堂石窟下方不远处，是一块呈矩形、如倾斜的八仙桌的巨石。岩石倾斜的一面看似平整，但表面筋脉凸起，纵横交错犹如汉字的点横撇捺，一个四不像的字隐约可辨，却神仙难认。"大"字多一点，似"太"不是"太"，类"犬"不是"犬"；像"天"不是"天"，似"夫"不是"夫"。这就是朋友所说的"天书石"上的天书。当地传言：若能识得天书，世代衣丰食足；子孙能中状元，尽享富贵荣华。

我不是神仙，我的子孙和我一样也没享受到富贵荣华，自然认不得这天书。朋友提示我说很多时候只要换一个角度看问题，结果会是另一个，如果从人们生造的"双喜""招财进宝"之类的连体组合字的角度来认这"天书"，就会发现你一开始便犯了方法论的错误，"天书"并非一个单独的汉字，而是千年风雨把"天太大"三个字写成了连体组合字。

良久凝视"天太大"这个连体组合字，我忽然意识到，这是大自然的一句偈语，是在警示人类：欺心不可有，凡事须从善；民心不可悖，万事遵天理；美好的生活在于法从自然，以期天人合一的境界。

千年贫困的三塘盖之所以能够破茧成蝶、涅槃重生，不正是对这天人合一之道的最好诠释吗？

三塘盖景区即感

卢金伟

此际人间美尽淘，
祥云似驾独登高。
天留水墨堪成画，
手挽金光可铸刀。

巨石关开身自险，
层林阵列气犹豪。
欲求酣醉何须酒，
只待三塘走一遭。

金山天路

陈 彤

一

2019年端午节，"焦心慌"和往常一样，挂着根水竹光棍，带着"黄瞎子"，慢腾腾地从三塘盖长莲池来到岩口，看白土坝与三塘盖之间那条被称为"天路"的盘山公路，细数目所能及的半山太阳岭到岩口到底有多少个拐弯。年过七旬的"焦心慌"本名焦兴华，左脚微瘸，至今孤身一人，不苟言笑，早就习惯了人们叫他"焦心慌"这个绰号。"黄瞎子"本名黄金山，比焦兴华大三岁，双目视力极差，从未娶妻。这些年，俩"光棍"时常挂着光棍结伴而行，到岩口的观景亭里一边看风景，一边聊天。这是他俩回忆过往、畅想未来、打发时光的方式。

位于重庆黔江西南部的三塘盖，因盖上有长莲池、白沙塘和马家塘三个天然湖泊而得名，又因山上多铁矿并地处金山之顶，原也名金山盖。岩口是金山门户、三塘要冲，有一夫当关、万夫莫开之势，也是金山盖最佳的观景点。这里可北望如虎踞龙盘的龙嘴岩，南眺似巨佛高坐的石钟山，俯瞰金山东坡的茫茫林海，远望烟雾空蒙的层层群山。每当日出时分，绵延数十公里的悬崖岩体被映照得金碧辉煌，尽显金山本色。每至雨后初晴，更是金光万道，瑞气千条，云蒸霞蔚，气势如虹，宛如仙境一般。

焦兴华年轻时来岩口，都是和苗女田三妹在山林中采菌子、挖天麻、抓野鸡……当然每次少不了要在岩口崖顶坐上一阵，看远山林海，听松风鹤鸣。他尤其喜欢雨后初晴时的金山云海，群峰间缥缈的云雾如同悠然舞动的绸缎，在阳光中变幻出迷人的色彩。时隐时现、扑朔迷离的金山群峰犹如轻歌曼舞的苗家姑娘，给了他极大的慰藉。现在他老了，脚也不方便了，带着好友"黄瞎子"来岩口，主要是看看这条白晃晃的盘山公路，漫无边际地瞎聊。这条在危岩间盘旋的公路，因弯道特多而成为三塘盖的一道风景。"天路"让焦兴华总是忆起他早已离世的妻子田三妹。三妹衣襟上的银饰在阳光下闪闪发光，在微风中叮当作响，在焦兴华的记忆里挥之不去。

"'焦心慌'，你数清楚没有，这公路到底有多少个拐嘛？""黄瞎子"急了。

"我数着数着又数聋浑哒，从太阳岭到岩口，应该是68道拐，这回应该没数错。"焦兴华说。

的确，要数清金山天路有多少个拐弯是件难事。这是2004年修通，2012年硬化，最近又进行了改造并装了护栏的村公路。公路从海拔500多米爬升至约1500米的岩口，山腰太阳岭以上就长达17公里。一条银色巨龙在金山蜿蜒盘旋，斗转蛇行，堪称奇观。黄金山自然是看不见，只有听焦兴华眉飞色舞地描述。

二

金山铁矿曾吸引不少外乡人迁入这里安家落户，开矿炼铁。焦兴华和黄金山的祖上就是从彭水迁来这里的"铁户"。三塘盖冶炼业兴旺之时，多达50余座炼铁高炉，从业者数千之众。为了炼铁，山脉西端彭水县大厂、小厂出产的煤炭，被挑炭客源源不断地经杀人沟运往了三塘盖。金山的林木也被成片砍伐，曾经古木参天的山盖渐渐秃了顶。铁户们将打有各家记号的生铁、熟铁运往一个叫呼烟胎的地方，投下悬崖，让铁砖从滑铁沟滚下山去，在山脚金山乡沟底分拣后运出售卖。那个时期，山上人家因为开矿炼铁而生财，即使不办田土，也不差粮吃，何况山林里的野兽、野菜、菌子也是他们取之不尽的美味。因山上比山脚富有，所以山脚坝上的姑娘都愿嫁到山上去。但好景不长，民国后期，这里的铁矿和森林资源开始枯竭，高炉也逐渐熄火，山上的居民不得不开始垦荒种地，甚至迁下山去。三塘盖甚至出现了规模庞大的匪帮，干起了打家劫舍的勾当。新中国成立前夕，土匪一把火烧伞苗寨时，刚满半岁的焦兴华成了孤儿。他是解放军从火场中救下的，"焦兴华"这个名字还是解放军张支队给起的。

新中国成立后，这里设立三塘村，20余平方公里的山盖上星罗棋布地分布着400来户人家。山上虽然还保留了几座炼铁高炉，后面还建起了硫黄厂，但村民们仍然转型发展农业。地处高山大盖的三塘村，因有三大天然塘而并不缺水，暴雨后水位猛涨，田土往往还沦为沼泽，也因此十年九涝。20世纪70年代初，为了解决水患，当地人对三个湖泊进行钻孔、打洞等粗暴改造。黄金山就是在给水塘开孔放炮时，被炸飞的石砂弄伤了双眼，伤好之后，他就感觉视力减退并逐渐加重，没过多久就看不清东西了，就连走路也得拄着光棍，这也让他一直没讨上老婆。此后，湖泊消失了，田土增加了，然而无水可用又变成了三塘盖新的难题。好在前些年脱贫攻坚，对这几大水体进行了生态修复，三塘胜景的往日形态才得以重现。

黄金山每每想起三塘盖发展的前世今生，总是感慨万千。父亲给他起名时一定是对金山有感情并寄予期望的，但他没想到自己却在与金山"斗"的过程中模糊了双眼。他想象着焦兴华描述的天路说道："我们祖祖辈辈挖金山、砍金山，现在又来修复金山、开发金山，'焦心慌'，你说这是不是走的弯路？"

"是走了弯路，但走回来就好了。现在不是正建设国际康养度假区吗？不是说绿水青山才是金山银山吗？等路更好了，树更多了，水更清了，这里也就更好了。'黄瞎子'你虽然看不清楚了，但也要好好活着哟。"

三

千百年来，三塘盖人"靠山吃山"，采矿、炼铁、狩猎、采集……日出而作，日落而息，俨然形成了一个自闭的生态系统。他们往往只有卖铁、赶集时，才会爬下岩口，翻山越岭到山脚下的白土坝、筲箕滩、太极场等集市去显示一下三塘盖人的存在。焦兴华也是在这条险象环生的山路上，失去了他的幸福，得到了"焦心慌"的名号。

1979年底，三塘盖实施了家庭联产承包责任制。勤劳的焦兴华不再缺衣少食，终于娶了自己心心念念的田三妹，有了家，开始了幸福生活。承包地远远不够消耗他们这对年轻夫妻的力气，于是计划着还要养猪。五月的一天，他俩去筲箕滩买了只猪仔崽轮换着背猪崽回家。一路上，田三妹特别高兴，快到岩口时，三妹唱起了苗歌："山高高不过人心嘞，路长长不过脚步哟。妹唱歌来呢花要开，开花结果啥哥快来。"

歌声被坐在岩口上面的黄金山听到了，他扯着嗓子应道："妹在岩脚使劲唱，哥在岩口打一望；不见路来不见人，只听见阳雀闹沉沉。"

一听歌声就知道是黄金山，背着猪崽爬岩口险路的焦兴华喊道："'黄瞎子'，你两眼摸黑还打什么望哟……"抬头说话间，明晃晃的太阳让焦兴华脑子晕了一下，身子一闪，背篓里的猪崽掉了出来，嘶叫着滚到了岩下。见猪崽掉下坡了，田三妹情急之下跟着跳下坡去，想要抱住猪崽。但悲剧还是发生了，不仅猪崽没能救起来，已有身孕的田三妹还摔得大出血，昏了过去。焦兴华说了声"'黄瞎子'，快拄起光棍回去。三妹摔了，我得背她下山去医院。"就着急忙慌地背着三妹往山下跑。到乡卫生院的山路，本要三个多小时，但他只用了两个小时。然而，田三妹还是没能抢救过来，这可是两条人命啊！

之后，焦兴华常一个人来到岩口，望着眼前的山路失声痛哭。他从此少有笑脸，总是焦眉皱眼，久而久之，便得了"焦心慌"的绰号。焦兴华每每心情不好，黄金山就用自家发生在这条路上的人命事故来安慰他："那年我大嫂难产，才抬到太阳岭就死了，也是两条人命啊。人死不能复生，你也莫心焦了，比起在这条路上死了的人，你我的命算好的了，至少命还在，谁叫我们生在这个屙屎不生蛆的盖上呢？哪年才能修条路哟？"

然而，这陡峭山路上，悲剧还在继续。1989年5月，彭水大厂青年焦辉勤，来三塘盖黄家寨租赁的土地上栽种烟苗，十多天没回家，他的妻子黄油琼找乡亲们帮着满山寻找，后来在悬崖下找到了焦辉勤的尸体，他应该是失足掉下悬崖摔死了。这之后不久，黄广云的老婆胡桂英，因为难产，和胎儿一起死在了岩口下面的山路上。那天，焦兴华和黄金山也在岩口，听到岩下的哭声，焦兴华又哭了，他抓起黄金山的手大声哭叫："不能再死人了，不能再死人了！"

经历这一幕幕惨剧，想着田三妹和他们未出生的孩子，焦兴华无比心焦，什么时候才有条公路啊！

四

因为铁矿资源的枯竭，加之没有公路，金山不再是过去的"金山"了。农村改革之后，三塘盖人虽然基本不差吃不差穿了，但日子过得也并不富裕。黄金山所在的黄家寨是三塘盖上最大的寨子，四周绿树成荫，翠竹掩映，数十栋吊脚木楼依山而建，鳞次栉比，寨子四周开垦了不少的田土。焦兴华所在的寨子一把伞虽然曾被土匪烧过，但仍有几户人家，寨子四周土地宽阔。俗话说：

"人勤地生宝",但要是没有选对路子,再肥沃的土地也生不出宝来啊。三塘盖的村民,固守着传统的劳作,在脱贫致富的路上走得异常艰难。留在村里挣钱难,娶媳妇更难,山下的姑娘不再愿意嫁到三塘盖来,村里的姑娘都想着嫁到山下去,不少青年因此选择了外出务工,留守村寨的人越来越少。其实,三塘盖的男人特别能吃苦,特别听老婆的话,他们心里或多或少有点担心,怕有一天老婆会偷偷跑掉。他们要用一生的勤劳,固守金山和他们的家。

1992年,三塘盖被列为优质烤烟基地,鼓励大家通过种植烟叶实现脱贫。但由于不通公路,烤烟发展面临着巨大困难,肥料、煤炭上山难,烟叶下山难,缺少劳动力的家庭都不敢种太多。尽管这样,明显的经济效益还是刺激着村民的积极性,没过几年,三塘盖的烤烟基地发展到5000多亩的规模,年均收入10万元以上的烟农达200来户。从未出过大学生的三塘盖,种烟10年就供出50多个大学生。

焦兴华经常跟"黄瞎子"聊起村里那些后生,特别是带领村民修建公路、发展烤烟的寇建祥。寇建祥本也是在外务工,有着可观的收入,自从发生了焦辉勤摔死在悬崖下、胡桂英死在送医路上的这些事后,他立志要回家乡带领村民开山修路、发展烤烟。2000年,白土坝到三塘盖的村公路终于动工了。这条公路近乎是在绝壁上凿出来的,路虽然主要是修在安堡村地域内,但目的地却是三塘盖,因而三塘村民纷纷投工投劳,参与修建。焦兴华在修路时特别卖力,他要将压在心头的焦虑和对田三妹的怀恋,用自己的力气夯实在路基里。正是在这次修路时,因脚下打滑,他挥舞的铁锤砸在自己左脚小腿上,造成了严重骨折。伤愈后,他成了不敢再下重力的瘸子。

2004年6月,这条盘山公路全线贯通。通车那天,焦兴华拄着水竹光棍,带着"黄瞎子"来到了岩口。他们坐在那里,听着汽车的声响,有着无比的兴奋。焦兴华还背着一大箱鞭炮,在岩口全数燃放了。鞭炮声在山谷回荡,那声音比田三妹的歌声还要美妙。晚上,寇建祥邀请焦兴华等修路骨干和黄金山等村里的五保老人到他家吃饭喝酒、看露天电影,"黄瞎子"坐在电影幕布下,把电影听完了才走。

公路修通之后,村里的车一天天多了起来,但因为是没有硬化的土路,而且太陡太窄,并不畅通,尤其是雨雪天气,经常发生交通事故。通行之初就曾发生过前往三塘村检查工作的公务车侧翻坠崖,造成车毁人亡的事故。后来,山上的一个年轻人骑摩托车不小心也摔下了悬崖,失去了年轻的生命。本地车主们往往随车带些煤渣、砂子、干草和工具，以便遇到泥坑和路滑时铺路、修路。外地人轻易不再开车上三塘盖，金山再美的风景，也只能是"藏在深山人未识"。

2012年，实施"惠民工程"，这条"天路"终于得以升级改造进行了硬化，并加装了"生命护栏"。随后，修通了横贯三塘全村，从龙嘴岩经白砂塘、长莲池连接新华乡钟溪村的36公里的公路，并进行了硬化，出入三塘村的公路从此增加至三条。

随着土地品质和烟叶市场的变化，烤烟不再是三塘人唯一的致富之路，国家实施"精准扶贫"政策后，他们开始思考金山盖的未来。从祖上开矿炼铁到改革开放后发展烤烟，从三口水塘开洞引流到如今修复蓄水，从伐木围猎到今天生物多样性的自觉保护，他们也领悟了"绿水青山"与"金山银山"的关系。短短几年间，三塘盖基础设施建设发生了翻天覆地的改变，不但进行了高标准基本农田建设、人居环境改造、农业产业转型升级，还启动了国际康养旅游度假区项目建设，通达公路、产业路、入户路的建设，金山之巅形成了宽阔平坦、四通八达的公路网，村内公路总里程达到了50多公里，"天路"不只是"上天的路"，更是"天上的路"了。同时，更加快捷的高等级旅游公路即将建设，新的"天路"景观即将呈现。

三塘人的山路之痛终于结束，焦兴华和黄金山的心中有了新的风景。

五

"天路"的风景对于黄金山来说，原本只是从焦兴华口中听来的。他做梦也没想到，自己古稀之年还能重见光明，真真切切地看到这条通往幸福的道路。

2019年7月3日，这是黄金山永远都不会忘记的日子。这一天，乡上的干部找到他，说要送他进城去治眼睛。黄金山并不抱什么希望，也不想进医院，几十年都过来了，看不清就看不清吧，反正什么事都有"焦心慌"帮他看、跟他讲。乡上的干部劝他说："这次是山东日照的医疗专家来做白内障免费救治，上次筛查就说你这眼睛主要是白内障，并不是放炮给炸瞎的，你老人家就跟我们去看看吧，没准能成呢。"

最终，黄金山还是随他们上了车，进了城，入院几天后就成功实施了白内障手术。出院那天，驻村扶贫的"第一书记"去医院接他，路上还特意安排司机在筲箕滩、白土坝作了停留，扶着重见光明的"黄瞎子"走了走筲箕滩老街、白土坝新街。快50年了，黄金山没有想过自己还会走上这些熙熙攘攘的街市，还能看清这些熟悉而又陌生了的环境。车行到岩口时，他要求停车，他慢慢走到公路边，看着眼前这条明晃晃的"天路"，大声喊叫起来："看见了！看见了！我也能亲眼看见这条路了！"

回家的第二天，黄金山就去找到了焦兴华，一起又来了岩口的观景亭里。

"'黄瞎子'，你治好了眼睛，比找到个老婆还高兴吧？"

"是啊，至少现在走几步路不用麻烦你牵了嘛。"

两人看着风景，吹着风闲聊着，黄金山向焦兴华说起他这次进城的见闻："这次手术一分钱没要我出，说是健康扶贫。哎，现在政策真好。"

"是撒，你现在可以看得见了，但这三塘盖变得你连路都找不到了吧？"

"就是，就是。"

焦兴华对黄金山说："路不算什么了，这些年村里发生了很大变化，去年全村平均每户收入都上了10万元，有20多家人在城里买了房子，都是现款哟。等那条旅游大路修好了，旅游景区建好了，三塘就要变天堂了。"

黄金山望着焦兴华，惊讶地发现"焦心慌"似乎不再心焦什么了，脸上也露出了笑容。聊着聊着，他俩又开始数起了"天路"的拐弯。焦兴华掐着指头数着，好一会儿不说话。数着数着，焦兴华和黄金山都困了，不再数了，他们倚着亭柱打起了盹，或许他们做着不同的梦，梦见那条高等级旅游公路上车如流水，梦见层峦叠嶂的山谷里鸟语花香，梦见不再耕地的牛，梦见女人……

咏三塘盖胜景（组诗）

李绍洪

三塘烟云

烟波浩渺笼三塘，山若轮船出海航。
峻岭孤峰云里住，风光美景此中藏。

严家寨岩居

苍天赐予自然房，挡雨遮风胜天堂，
昔日仙人留脚印，境迁时过也难忘。

长岩岈

悬崖岩洞似龙宫，棒客当年在此凶。
解放大军除匪患，千秋绝笔影留踪。

映月山

光照千秋映碧天，图腾牛角土家传。
每当十五上空过，山月合欢共枕眠。

观音堂石窟

观音堂下步天梯，岁月留痕崖上题。
五岭二郎云里住，公公背媳众人迷。

岩口天路

日照山塘绕紫烟，弯弯险路挂云端。
飘飘彩练随风舞，酷似七仙裙带宽。

金山绝顶

金山高耸入云天，绝顶登峰四面渊。
又有青龙张大嘴，石钟百丈处崖边。

长连池

群峰叠翠绕长连，绝顶喷泉在此山。
百丈崖边伏流出，彩虹一道上云天。

龙嘴岩

青龙昂首啸蓝天，唤雨呼风亿万年。
八面武陵互照应，无穷山水画屏连。

云上村

云上村庄景色鲜，民风民俗自天然。
武陵八面遥相映，沐浴朝霞爽若仙。

龟王山

神龟昂首傲金山，白虎青龙非等闲。
风水轮流时运转，达官显贵耀人间。

石钟山

奇山矗立万年长，栩栩如生浴艳阳。
如佛如人皆有数，神钟雅韵永飞扬。

滴水岩

滴水岩边飞瀑下，天河水泻未虚夸。
诗仙昔日若来此，绽放黔江一朵花。

百丈崖

百丈悬崖奇秀险，飞鹰不栖兽难攀。
阳光辉映璨如镜，滴翠苍横倚莽山。

九门十八洞石林

异水奇山早耳闻，九门十八景迷人。
天然怪石多无数，如虎似龙皆有神。

云浪三塘

王长贵

云浪三塘，是对三塘盖最精简的描述。在黔江，盖者，言其海拔高，至少千米以上。着一浪字，有静有动，静的是盖上的万事万物，动的是云彩，云在盖之下，盖在云之上，是泼墨般的呈现。

正是如此，三塘盖像极了唐诗宋词，无论是严谨的格律或者长短句，细品慢卷，留给你和我的是一本耐读的书，也是值得珍藏的大书。说耐读，是因为极简的村寨，山水间云彩为插画；说是大书，因其形，南北铺开，东头之案以天路支撑，云彩为卷首；西端手爬岩为柱，晚霞为卷尾。书里，一改盖上无人野自阔，古寨为文，三塘为注，风流云散，字里行间，是人，是生活。

读这本书，可略读，也可精读。

晨读云浪三塘，得早起，因为云雾打开的书页，只有此时才是唯一。是时，红日未出，远处几缕朝霞穿云破雾而来，染红的书签直达卷首。一眨眼，海天相接处出现了一个红点，渐渐变大变圆，在无垠的云海衬托之下，鲜活的太阳浪出"书"面。刹那间，云光倾泻，脚下的云渐渐聚集，忽而如汪洋一片，忽而如大地铺絮，忽而如山谷堆雪。眼前的云海，一浪接一浪，既远在天边，又近在咫尺，轻拢漫涌，铺排相接，变化多姿，妙趣横生。此刻，回首来时的路，隐于云下，却又清晰，个中意味，已是"尽日看云首不回，无心都大似无才。可怜光彩一片玉，万里晴天何处来？"

有形不累物，无迹去随风。当风指拂过三塘盖，正是一天好风景，随云，访友，奇妙的山，清澈的塘，以及历史轮回中的人间烟火，大自然总是精心安排。其间，古寨，碉楼，田野里的劳作，小院中的白发老者，刚好是日间温习。于是乎，在云端里读诗爱诗，在泥土里生活写词，一种洒脱，会让你在岁月中永不知倦。

夜诵开始，云浪三塘翻书于西端。在手爬岩上的长岩岈看夕阳，总会想起当初坐在农家小凳上，茶色尚浓，而现在太阳慢慢地钻进薄薄的书页，变成了一个红红的圆球，骑在映月山的缺口。红浪向四周蔓延着，蔓延了半个天空，然后一层一层淡下去，直到云浪成了灰白色。此刻抬头，不变的夕阳隐在云层之后，那抹夕阳，不管来自何处的过客，一时登览，无论是来路还是去路，那都是前人给我辈在危崖间铺垫的一条路。"开缄日映晚霞色，满幅风生秋水纹。"浪来浪去，岁月匆匆催人老，让人感喟——无论是坐在门槛上等待着的父辈们，还是远远瞻望着的我们。

这样的诵读，可以是一天，或者某个瞬间。不过，即便如此，浪是中心句，三塘盖给你的思绪，总能让人在浪中归于平静。是的，云海上，夕阳下，你我的身影只在今天。明天，我想我会慢慢地淡忘，你已在远方，因为三塘增进了你的智慧！

当然，要读透这本书，得精读，至少要走过四季，或许更久。因为，云浪三塘，与四季同在。

春在三塘盖，得和着残雪一起品鉴。这时候，近观，绿在草根脚，细细的，从坝上浪至雪沿，严格得像一首律诗。远观，天空变幻莫测，云浪多变，时而云层低矮，时而阳光直射。如果躺在农家小凳上，小憩中睁开眼，天如碧海，云似轻舟，朵朵白云静静地、轻轻地漂浮着，诗中有画画中有诗。

夏至，盖上人家的炊烟，开始稀少，生活变成了长短句。红的、白的、紫的野花，顶着一轮火热的太阳冒出头，向空气里散出甜醉的气息。水牛早就躲到了塘里，只露出一个头在水面上透气。鸟也不敢飞出山林，村中的狗也只是伸长舌头卧在树荫下。地被晒得滚烫滚烫的，成片的烟叶却很精神，底下几只黑褐色的大肚蟋蟀，安着弹簧似的蹦来蹦去。

秋天的三塘盖，集诗词之大成。云浪，静如处子，写满醉人的笑颜。山岗，万山红遍，层林尽染。午后，面向暖洋洋的阳光，一个人坐在树影稀疏的山坡上，看五彩叶子的诗行，读挂在枝头飞在空中的光色，伴着风铃一般的悠扬，想起长短句不过就是如此歌唱的愉悦。

冬日，银装素裹，盖上天地自是一幅美丽天成的画卷。但檬子的鲜红，点缀洁白，于色彩的反差间，夕阳，秋风，笛声，觅食的鸟们，以及飘香的瓜果，逝去的或现在的，总在眼前。

走过四季，来此沏一盏清茶，赏着一袭晨风，一抹夕阳，一缕清新，一曲雅韵，咏怀，听风数雨。在浪中品味三塘，我总以为就是品读漫漫人生路。

云起云消，一路走来，值得追求的东西实在太多，但三塘盖给你的，有山，有水，诚如《论语》。子曰："知者乐水，仁者乐山；知者动，仁者静；知者乐，仁者寿。"走过三塘，浪涤尘埃，你是知者，阅尽世间万物，悠然、淡泊。你是仁者，就像大山一样，岿然矗立、崇高、安宁。

岁月一浪，沉积千年。今天，勤劳的黔江人，在守护绿水青山中翻开这本值得珍藏的大书，开始讲述云浪三塘的故事——黔江三塘盖国际旅游康养度假区项目正式启动。这是黔江地区迄今以来投资规模最大、建设规模最大的义旅康养项目，也是政企合作、扶贫富民的典范项目。

因此，岁月的暖，温过时间的河，抚过久闭的山门和心扉，假以时日，我们在时光斑驳的深处，感受云浪三塘，一起聆听花开的声音。捡起内心的丰盈，把一腔心事搁浅在平淡的日子里，用一颗春暖花开的心，守候一盏静美，聆听岁月撒下的絮语；那一溜云浪，一程山水，一段故事，那些记忆盈着的一抹巧笑嫣然，沉淀着一份独有的素雅，在素色年华里展示美丽。

诚如是，既得朝雾深似海，又拥夕阳无限好，来此一浪，不许惆怅，错过了风，会收获雨；错失了夏花绚烂，将走进秋叶静美。心若年轻，岁月不老，无论时光如何流转，守住心中那一季春暖花开。

将清风装在杯子里，也将大山和四季端上餐桌，心存浪漫，我们就无法离开自然。这，就是云浪三塘的赐予。

白土风光

龚远政

清风送爽，丹桂飘香，又是一年中秋月。

这天，应朋友之邀我来到白土乡，来到被称为云中草原的白土乡三塘盖。

记得几年前的中秋节，"重庆文学院——黔江白土金秋笔会"在海拔一千多米的三塘盖黄家古寨隆重举行，我作为本土作家也荣幸地参加了这次盛会。采风活动期间，作家们受到盖上村民的热烈欢迎。乡亲们仍是那样古道热肠……他们的真诚和热情深深地感动了我们，于是大伙儿纷纷执笔，对这山里的人文景观、自然风光以及纯朴的民风民情，进行了热情的讴歌和宣传，并掀起了一场"白土热"。正是由于这次规模较大的宣传活动，才使得处于深山一隅的白土一举成名；也让三塘盖上的土特色——肾豆，走出大山走向了全国。

时光荏苒，一晃几年过去了，但那份固有的情怀，那种特有的乡愁，令人久久难以忘怀。正是这份长久的牵挂，这种深深的思念，令我魂牵梦绕、难割难舍……于是今年中秋，我再次来到白土乡，并和朋友们一起徒步爬上三塘盖。

白土乡始建于清朝初年，历史悠久，距今已有三百多年。这里因出产制作陶器的白色瓷土而得名。这是陪同我们的那位朋友讲的。接着，他指指点点、热情地给我们当起了义务导游。他说这里，有如诗如画的山水风光，有非常罕见的奇花异木；有多姿多彩的民族、民间艺术；更有历史悠久的人文景观和传统习俗。

我们好不容易才爬上山岭，一个个早已是气喘吁吁，汗流浃背了，但大伙儿却激情飞扬，兴奋地唱起了山歌："看到太阳要落坡，看到锦鸡要梭脱，看到姐儿要走了，再不连娇没着落……"

站在垭口，秋风习习，感觉很爽。放眼望去，脚下群山逶迤，像一条条苍龙蜿蜒向远方……一时间，让人陡生了几分豪迈之气。

朋友指着山下的一条小河，说山上山下的海拔相差一千多米；白土乡境内，不仅有幽深静谧的兰河谷，也有耸立云端的三塘盖。立体气候十分明显，素有"一山分四季，十里不同天"和"盖上冰城，坝脚南国"之称。兰河谷、降龙桥、长岩千、观音堂、紫阳洞、大岩盘，千层皮悬崖、九门十八洞……犹如一个个藏在深闺中的娇羞村姑，正期盼着人们去揭开那神秘的面纱。

最美的季节当数春天。朋友说春天的杜鹃花，是这里一道亮丽的风景。每到三五月，被称为"九曲回肠一线天"的兰河谷两岸，千枝竞秀、争奇斗艳，犹如花的海洋，达到了美的极致。春杜鹃、夏杜鹃、红杜鹃、粉杜鹃……品种繁多、花色鲜艳，令人赏心悦目、流连忘返。

仲夏狂欢夜。三塘盖夏夜的荒野，神秘而狂放。据说盖上有个山洞叫长岩岈，是以前一个大土匪头子的窝。他不仅抢钱抢粮还抢人，经常带人下山抢一些良家妇女去做压寨夫人。狼穴长岩岈，不知演绎了匪徒们多少风流浪事。

然而时下，也许在城市里生活得太压抑太悲摧，一些"驴友"突发奇想，他们到山洞中想沾一点"匪气"，便时常有成双成对的"鸳鸯"在洞天里野合。不过现时的"压寨夫人"不是抢上山的，而是情投意合自愿跟随而来的。

站在山洞外，观日出日落、看云海雾涛、听飞泉流瀑、闻鸟语花香……那才是真正的美不胜收！如若洞中设一棋局，与好友对弈，两耳不闻山外事，一心只做洞中仙，"无丝竹之乱耳，无案牍之劳形"。洞门口再篆刻一联："松子落棋子落洞中同乐；扫竹叶烹茶叶山里自娱"——这才是真正的享受生活，真正的回归自然啊！我们都情不自禁地发出了由衷的感叹！

每年七八月，生活在都市里的人们备受酷暑煎熬而躁动不安，而海拔一千四百多米的三塘盖，却凉风送爽、气候宜人。三伏天晚上烤火是盖上的一大特色。白天清风拂面，令人神清气爽，晚上拥炉而坐，叫人酣然入眠。如若饱食了山珍野味，当晚一时难以消解，便可参加村民们的篝火晚会，一起唱乡间打俏歌，跳土家摆手舞。其乐融融，悠闲自在。

三塘盖最好玩的季节莫过于秋天。"九九小阳春"。每年秋天，白土的大山之中，木耳、香菇、天麻、竹荪、野百合、九月香等山珍，俯拾皆是，非常丰富。这些土特产不仅是佳肴美味，而且是天然绿色食品，长期食用可以帮助消化、软化血管，是治疗心脑血管病防止中风的灵丹妙药。特别是三塘盖上独有的肾豆，滋阴壮阳，强身健体，是罕见的滋补保健食品，是广大消费者的抢手货。

每到重阳节，很多人都慕名来三塘盖，或登高望远，观赏山乡风景；或去观音神堂，求神祈福保佑平安。

我们爬了一天山，两腿走软了，肚子也叫唤起来了，朋友便带我们走进竹林深处的一家农家乐。

见我们一大群人进屋，好客的老板娘脸上立马笑出了菊花瓣，在奉上香茶的同时递上了菜谱。她说山珍野味随你喜爱任意点，而且收费合理……一杯茶没喝完，一桌丰盛的晚宴就呈现在大伙儿面前。我扫了一眼席面，多数菜都叫不出名。上菜的村姑告诉大家，桌上这十几道菜，在山里很普通但在城里却是拿钱都难买到的山珍。其中最有名的是三塘盖特有的土鸡炖肾豆……桌上摆有高粱酒、苦荞酒、"苞谷烧"和各种药酒。不怕你没有酒肚，就怕你没有酒胆。席间还有幺妹子婉转悠扬的山歌助兴："早想郎来晚想郎，变根刺儿路边藏，几时等得郎走过，轻轻抓住郎衣裳"……听天籁之音、品人间美食，体验山村的野趣，寻觅人间之真情。质朴的村民，温馨的农家，令人乐而忘返，真有宾至如归之感。

是夜，岭上一轮圆月，天空繁星点点。在黄家古寨的一座土家吊脚楼上，我们一边觅秋虫声、听知了鸣、赏山间月；一边喝油茶汤、品雨前茶，吃炒板栗……

兴之所至，朋友们有的吟诗、有的画画、有的作文，舞文弄墨，直抒胸臆，好不快哉。唯笔者不才，无文亦无墨，为了应景只好胡诌一联："鲈鱼脍莼菜羹古人故乡情；桂花糕莲米粥今日农家乐"。

三塘云路（外二首 ）

韩最达

绝顶腾云驾雾来，
凌霄漫步上天台。
群峰隐约孤身拜，
净土清风扫尘埃。

白土白家榜炮楼

运土夯墙筑炮楼，
看家护院隔春秋。
旋梯斗孔层层固，
吐火长枪打破头。

幸会白土降龙桥

一桥深壑两头牵，
平步青云上九天。
未见降龙悬利剑，
唯聆鼓瑟响清泉。

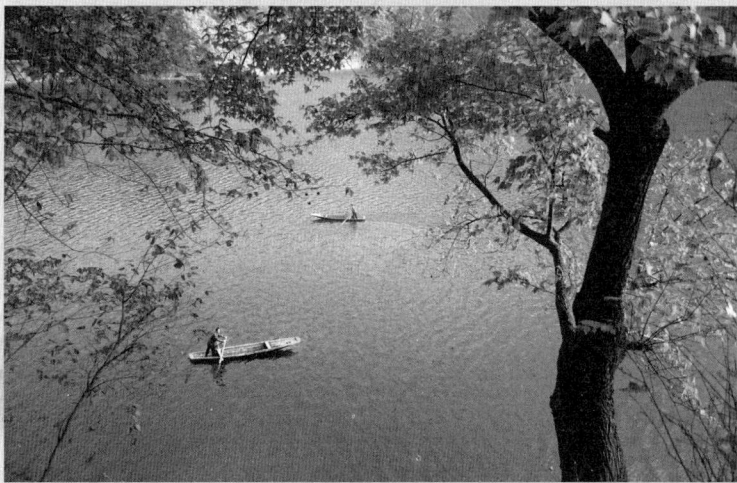

深山明珠小南海（陈彤 摄）

小南海之秋（陈彤 摄）

深山明珠 小南海

黔江小南海，有"人间仙境""深山明珠"之誉，融山、海、岛、峡诸风光于一体，是全国原始风貌保存最完整的地震堰塞湖。

海周秀峰环列，岛上古木参天，湖水碧波荡漾，不知是山映绿了水，还是水映绿了山。

与小南海临近的土家十三寨古朴典雅，是天然的民族生态博物馆，青山如黛，果木成荫，百花争艳。汇入小南海的河水涓涓流淌，向世人述说着世外桃源的静美。

独特的民风，奇异的民俗，火辣辣的山歌，令人震撼，令人忘情地陶醉在梦一样美的境界里。

幺妹住在十三寨

聂震宁

有多重因素引动我于2020年11月参加作家采风团前往重庆市黔江区。黔江在重庆市东南部，境内自然资源丰厚，人文资源独特，有"中国峡谷城"之称。黔江是红军转战过的地区，据称有数十处红军革命遗址遗迹。黔江旅游资源丰富，曾先后被联合国环境基金会评为"绿色中国•杰出绿色生态城市""中国清新清凉峡谷城"和"中国最具魅力宜居宜业宜游城市"。黔江是少数民族聚居区，土家族和苗族占全区人口的73.6%，民族风情丰富多彩。这些都是令我向往的因素。而最直接让我向往的因素却来自一首歌：《幺妹住在十三寨》。

准确地说，两年前，一个偶然的机会，收看到抖音播放的《幺妹住在十三寨》MV视频："幺妹儿我住在十三寨，隔山隔水又隔崖，树上喜鹊喳喳叫，蝴蝶双双落花开。土家幺妹乖又乖，甜甜酒窝逗人爱……"原生态的歌声清亮、火辣，还有点儿俏皮。抖音总是奇突的，不完整，不解渴，于是上音乐网把全歌听了，引发我对土家幺妹和土家十三寨的好奇。

一首美妙的歌曲引发人们对一个地方的向往，这几乎是生活中相当普遍的现象。多少年过去，今天的人们还乐此不疲、不远千里到广西去找寻《刘三姐》歌声里的"山歌好比春江水"，到云南去找寻《五朵金花》歌声里的"大理三月好风光"，去北京北海公园享受"让我们荡起双桨"，到俄罗斯体验"莫斯科郊外的晚上"……

上网检索"十三寨"，从十三寨认识到那是黔江的土家族十三寨，一个美丽的地方！那里有全包围的四合院，土家吊脚楼民居，原味的土家民俗风情、农耕田园，一条板夹溪蜿蜒流淌……藏在大山深处山清水秀的十三寨！十三寨是目前中国规模最大、保存最完整的土家原生态集居带，融土家族民族文化、建筑文化、农耕文化在一处，集武陵山区自然资源、人文资源、峡谷景观于一体。这里建有中国第一座土家族生态博物馆，由武陵山民俗生态博物馆展示中心和十三个依山布建的自然村寨组成。山水相傍、竹树掩映、溪水清澈，终年四季都有锦鸡、白鹤、山羊、猴群栖息出入其间。尤其令我好奇的是，在网上读到资料，说是土家十三寨是仅存不多维系着母系文化的少数民族部落，这里一直有推选女寨主的风俗——女寨主不仅要有操持重大事务的决断力，还要会唱山歌。为此，有人把这里称为"十三寨女儿谷"。

如此这般，即便各种事务日程排得再紧，我也决计飞往黔江武陵山机场，参加作家采风团，瞻仰红军遗址，聆听扶贫故事，领略黔江风光，踏勘十三寨，寻访"女儿谷"的幺妹们。

十三寨位于黔江区小南海镇，13个典型的土家院落坐落在两排青山中间的一条小河——板夹溪的两岸，像一串珍珠镶嵌在青山绿水之间。山寨两边群山耸峙，山形奇特；一条小河潺潺流淌，清澈见底；座座山寨绿树掩映，生机盎然。土家十三寨，分别是学堂寨、熊家寨、瓦房寨、女儿寨、摆手寨、何家寨、老熊寨、张家寨、龙家寨、周家寨、大湾寨、向家寨、谈家寨，均为百年古村落，共有200多户1000余人的土家原住村民。村民们常年居住在深山沟谷之中，多年来与外界联系甚少，成了中国目前规模最大、最美的土家原生态聚居带。

坦率地说，作为在广西西北部山区长期生活过的我，对中国西南山区特别是深山沟谷中十三寨的这种地理条件和自然资源并不陌生，抑或说，对在这样的大石山区里山民们的生活状况相当熟稔，简单说来，就是：山形奇特，可供观赏却不宜农耕；河水清澈，可供嬉戏却无法浇灌田地；山寨安逸，可是大石山区里农业比较效益低，增收难，贫困人口多，脱贫难度极大。

多少年来，十三寨的村民们都是守着有限的一点山地，种植庄稼和养殖牲畜维持一家人的生存。在进入十三寨前，我请教区里的陪同人员，十三寨的村民过去靠什么维持生计。他告诉我，过去全靠种庄稼，有一点稻谷，大多是苞谷、黄豆、麦子、红苕、洋芋。我问吃得饱吗，他说，正常年景勉强能让全家人吃得上个半饱，遇到年景不好，收成差一点，全家人糊口都成问题。最要紧的是没有钱，遇到孩子上学、家人生病、婚丧嫁娶，找几个钱特别难。特别是过去十三寨的交通条件非常艰苦，进出村寨只有小道和水路，只能步行和乘船，去一趟县城要一两天时间。改革开放后，这里的交通条件逐步得到改善，有班车开到村寨，可是公路还是砂石路，缺乏维护，坑坑洼洼，坐在车上非常颠簸，雨天更是泥泞不堪。村民说，对于老人和晕车的人，坐一次车就是受一次罪。那时每天班车也只有两班，进城回寨子还是不方便。20世纪80年代末90年代初，年轻一点的村民纷纷外出务工，家里的土地只好撂荒。

这些就是黔江被列为国家扶贫开发工作重点县时的十三寨村民的一些生存状态。尽管这里是中国目前规模最大、最美的土家原生态聚居带，可是让数千村民的生活如此困难，当然不是国家扶贫工作所能忽视的。

国家宣布进入脱贫攻坚决胜阶段后，黔江区于2016年宣布摘掉国家级贫困区县的帽子，土家十三寨不仅实现脱贫，与此同时发生了巨大变化。请看十三寨获得的各种荣誉："全国少数民族特色村寨""中国美丽乡村""中国宜居村庄""中国首家土家生态博物馆""重庆十大避暑纳凉目的地"……

十三寨获得的这些荣誉首先得益于国家的政策。2014年中央一号文件下发后，黔江区政府顺势而为，全面深化农村改革，发展乡村经济，在保护的基础上，开发打造土家十三寨。主要是加大力度对土家吊脚楼群进行保护和修缮，对院落连接道路进行整治，对道路、桥梁、交通、停车场等基础设施进行建设、完善，提高了土家十三寨与外面世界的交流水平。政府和旅游公司合作，在十三寨修建民俗博物馆、民族体育竞技场、山歌传习室，把"山歌发源地"的巨幅标语刻写到高山峭壁上，组织专家对13个寨子调查研究，确定了"一寨一品"策略，实施特色村寨的品牌建设。土家十三寨终于获得国家4A级景区的认证。

实施旅游开发后，十三寨村民们的生活发生了巨大变化。通过区政府招商引资，引进了花木公司、园林公司参与建设十三寨。十三寨的绝大部分村民把自己的部分土地租赁给了花木公司。花木公司开始经营起村民的土地，而村民每年从公司获取每亩500元的租金。从2014年开始出租，租赁年限14年。土地流转政策使得村民们荒废的土地资源得到重新利用。

土家族村民当然不会就此早早靠着收地租饱食终日无所事事，他们是勤劳而且聪明的。村民们通过旅游表演、商品销售、农家乐经营等各种方式直接或间接参与到旅游开发中。有的一起创办旅游公司提供旅游服务，有的从事舞蹈、山歌等文艺演出，有的开起小卖部，有的开设小吃摊点，有的制作土特产如野生菌、蜂蜜销售。村民们开设的农家乐达到50多家400多个床位，带动了250余户参与旅游配套服务。现在十三寨一年接待游客人数竟能达到50万人次。13个寨子实现户均增收6000元左右。

大石山区里的十三寨的变化，让曾经长期生活在桂西北大山里的我大开眼界，深为震撼。

我寻访十三寨，不只是为了领略土家族风情，聆听脱贫故事，其实还为的是那首《幺妹住在十三寨》美妙的歌曲，为了想了解那仅存不多的维系着母系文化的少数民族部落，那里推选女寨主的风俗，为了亲眼见到歌声里美丽的土家幺妹们。

到了黔江，才知道演唱《幺妹住在十三寨》的土家族女歌手覃诚芳真的就是十三寨的幺妹，而且，她不仅是十三寨的幺妹，还是十三寨的总寨主！是2016年通过公开竞选被选上的。总寨主就是这十三寨的文化领袖，对内负责协调村寨关系，组织村寨活动，对外负责推广和宣传土家文化。这就是说，十三寨要通过发展旅游产业脱贫致富，总寨主责无旁贷，各寨寨主都必须尽力，幺妹们要做出更多贡献。

为了推广和宣传土家文化，覃诚芳2018年9月尝试着做了人生中的第一次抖音播放，截取由她录制《幺妹住在十三寨》MV视频的15秒片段上传到抖音。她本来不抱什么奢望，却在第二天迎来了意外惊喜，一夜之间获得了将近五十万的浏览量，过一天浏览量就超过了百万——而我当然也是粉丝之一了。十三寨推选覃诚芳做总寨主是做对了。她成了土家族的一张名片。很多网友通过她的歌声，认识了土家族民歌，她不仅将土家族民歌带出了大山，更重要的是，她把更多人的目光带进了十三寨。

覃诚芳不仅为自己的家乡十三寨做出了特殊贡献，也为自己的歌唱天赋开辟了成功的道路。她高亢悠扬的嗓音，火辣俏皮的演唱风格，把土家族山歌风格做了很好的演绎，在演唱民族风情歌曲上独树一帜。她连续两次夺得了全国山歌大赛第一名，应邀赴保加利亚参加"第46届布尔加斯国际民俗艺术节"，还获得过第十四届CCTV全国青年歌手大奖赛湖北赛区原生态组银奖、第六届中国原生民歌大赛铜奖、广西柳州第三届"鱼峰歌圩"全国山歌邀请赛最佳演唱奖、2018中国民歌夜"最具民族风情"奖、湖南（南山）六月六山歌节第二届山歌王争霸赛全国"十大山歌王"、重庆市民间文化艺术之星大赛"艺术之秀"、山西卫视《歌从黄河来》全国12强等等，成了名副其实的"山歌女神"。很多听众纷纷留言："听着听着就不由得想去十三寨，亲自看一眼这儿的土家风情。"

作家采风团的主要行程之一是参观十三寨。我向接待的主人打听总寨主覃诚芳会不会出来接待我们，得到的回答颇为让人扫兴：覃诚芳很忙，去重庆参加一个重要活动了。

　　然而，让我喜出望外的是，作家采风团登车出发，车上的导游员就是一位穿着土家族盛装的土家族姑娘。她落落大方地自我介绍："我姓庞，叫庞娇。来自十三寨。大家叫我幺妹好了。"庞娇幺妹长得很漂亮，圆脸庞，大眼睛，浅酒窝——"土家幺妹乖又乖，甜甜酒窝逗人爱"，忽然就想起了十三寨的著名歌手覃诚芳和她的歌。我问幺妹："幺妹，你认识歌手覃诚芳吗？"她微微笑道："认识啊，她是我们的总寨主。"

　　提起寨主这个话题，车上的作家们顿时来了兴趣，七嘴八舌地问起选举幺妹做寨主的习俗。庞娇幺妹给大家做了一番介绍，说覃诚芳就是公开招聘寨主大会上选出来的总寨主，除了总寨主，大会还选出了每个寨子的寨主，一共13位幺妹。她忽然自豪地笑道："我也选上了，是瓦房寨的寨主。"圆脸庞上露出浅浅的酒窝。

　　哈，导游幺妹竟然就是寨主！

　　提到少数民族地区的寨主，人们的脑海里往往会浮现以往在影视作品中看到过的各种寨主形象，或者是威严的，或者是骁勇的，或者是慈祥厚道的，实在很难跟一位年轻漂亮的姑娘形象联系起来。可是面前这位年轻漂亮的幺妹实实在在就是十三寨里瓦房寨的寨主！

　　我问她："你当寨主怎么不在寨子里管事呢？"

　　她告诉我们，寨主在寨子里管事是义务劳动，有事就管，平时自己另外还要打工挣钱，有时晚上去寨子里解决一些问题。我说寨主有点像是志愿者。她肯定地说，寨主就是志愿者，可是平时寨主也没有多少事情要做，所以自己还另外担任了黔江区青年扶贫志愿者。她说她们几个幺妹在抖音上有一个节目"土家八幺妹"，在节目里推荐土家十三寨的旅游活动，推荐扶贫农特产品，蛮多外地人就是通过"土家八幺妹"这个节目参加到土家十三寨的旅游活动中来，还网购了不少扶贫农特产品。

　　我问："土家八幺妹，庞娇幺妹你是领头的吗？"

　　她嫣然一笑，露出浅浅的酒窝，说："不是哦，我没有那么大的号召力哦。领头的是我们十三寨的寨主队长李佳幺妹，她也是女儿寨的寨主。李佳幺妹特别能干，是我们青年扶贫志愿活动的领头人。她评上过我们黔江的青年文明标兵，得过黔江'最美旅游导游大赛'的冠军。"她略顿了顿，加重了语气，"李佳幺妹还获得了重庆市五一劳动奖章啵！"

我问这次能见到李佳幺妹吗？她想了想说，好像她另外有一个任务。说罢又对我嫣然一笑，圆脸庞又一次露出浅浅的酒窝，神情里有点抱歉的意思。

我赶紧说，没关系没关系，见到庞娇幺妹，得到你这么优质的服务，看得出土家幺妹又漂亮又能干，而且土家十三寨的幺妹还特别能干，我们就很高兴啦！

很富于旅游经验的巴士司机显然听到了我们的对话，及时播放起覃诚芳演唱的《幺妹住在十三寨》——

幺妹我住在十三寨，
隔山隔水又隔崖，
树上喜鹊喳喳叫，
蝴蝶双双落花开。

土家幺妹乖又乖，
甜甜的酒窝逗人爱，
一壶罐罐茶芳香醉人怀，
一支山歌调飘到云天外。

幺妹我住在十三寨，
山青水秀花儿开，
吊脚楼上我望情哥，
唱着山歌等你来。

山寨风情惹人爱，
红红的篝火摆起来，
一曲哭嫁歌心思让你猜，
一个红绣球牵出情和爱。

幺妹我住在十三寨，
山青水秀花儿开，
吊脚楼上望情哥，
唱着山歌等你来。

在小南海你看见了什么

傅天琳

你看见水，碧绿碧绿的水
水中有岛，岛中有林，林中有寺

你看见白鹤、鹳、野鸭、鸳鸯
一群蓬松的词语在水面翩翩地飞

你看见成群结队的巨石
在水中、在岸边，奇形怪状
极不和谐

或卧，或蹲，或立，或跪
沉默着，存在着
存在是为了做证的

你看见来自地球内部的挤压
何其猛烈！鹰叼来一行绝句
悬挂于绝壁

当黎明穿过长长的隧洞
穿过夜的喉咙，你看见了时间

你看见1856的清晨，地震前一秒钟
小羊羔唇边第一朵带露的紫花
武陵山盛开的马蹄

你看见了水下
一个村庄一座森林
一千人三千牛羊八面风暴十面出击

仅仅一百五十余年
水就成了琉璃，眼泪就成了钻石
灾难就成了风景

你被一束光惊醒！你看见了沧桑
你看见小南海在暮色中沉淀为巨大的静

跑 寨

刘运勇

武陵山中那些寨子，离天很近，一座座仿佛砌在白云之间。且相距甚远。山寨依山而建，若构成一弯，便是月牙儿；或仅几幢，便如烁烁朗星。有个板夹溪土家族十三寨，分为上下两段，上段六寨是学堂寨、熊家寨、瓦房寨、女儿寨、摆手寨、何家寨，下段七寨是老熊寨、张家寨、龙须寨、周家寨、大湾寨、向家寨、谈家寨。均沿溪流弯转。每至春深时，荷叶田田，油菜花金黄。十三寨亦即十三个家族，有一千六百多人，各具不同的族群，又相互扭结纠缠。前后十三个寨子缀连，就有十五湾、十五坝，国家民委曾实地考察，得出个结论：十三寨之于中国，不但是第一座土家族天然生态博物馆，也是规模最大、最美丽的土家原生态聚居带。

十三寨沿板夹溪两岸分布，每座寨子，都由土家族吊脚楼构成，分全包围型四合院和半包围型品字样式。这里随处可见百年民居建筑。摆手寨民居，就是一座由木屋围成的四合院，距今已有两百余年历史，为黔江区重点文物保护单位。在这个四合院中，居住着十余户吕姓人家，占地面积近千平方米，是目前发现的国内最大的木屋四合院，土家人经常于此聚会，他们点燃篝火，跳摆手舞，唱阿拉调。

阿拉调必须弹着舌头唱，唱腔儿越弹越高，逶地触到了天上游云，会震出霹雳闪电，接着下起飘泼大雨。歌唱者绝无上气不接下气的窘困尴尬。伴唱合唱的那些男女，似乎并无弹舌音技巧，只管放开喉咙吼：

太阳出来噻照白岩，

金花银花哪滚下来；

金花银花噻我不爱，

只爱幺妹那好人才。

把寨子里那些幺妹，听得如醉如痴的，被歌声布下的网捕住，才唱出头一句，幺妹就跟着唱，很多幺妹跟唱，几个男女合唱，唱到远方月亮升。

十三寨古建筑群，记录了土家人传自远古的生活方式、审美特征及价值观念，也是考证土家人社会生活的活化石。吊脚楼为全木结构，瓦屋顶均饰有花屋脊和翘角，四周设置栏杆走廊，以及雕栏花窗；门户外侧，安装着半截木栏，防止小孩顽皮跑出或野兽拱入。吊脚楼有三层，楼下常用作猪羊牛栏圈、厕所、堆放柴禾，外墙悬挂农具，中层是几间卧室，楼上储存杂物和粮食。这里还完整保留着土家人犁耕锄挖、肩挑背扛，石磨推浆、石臼舂谷的生产生活方式；吊脚楼下，堆满了小山一样的柴火，两根木柱间拴根细长的绳子，晾晒一些衣物和玉米，不经意地诉说当地人生活的宁静、古朴与满足。

都说山里人十分好客，可相互往来，须得一个寨子、一个寨子地，去呼朋唤友，先唱一首山歌把寨门喊开，比如阿拉调，那就叫作跑寨了。

幸好寨子间距离并不太远。

跑寨原本是为寻觅幸福与快乐，联系朋友，或者赶个小场，心情一定焦急，去得早了，遇见寨门紧闭，扯起喉咙就唱山歌。

倘若把人找齐，跑遍十三寨，需要唱上十三次歌，会累死个人了啰，起码会把喉咙吼哑。干脆约定俗成，只唱那一首土家族《六口茶》，男女都很熟悉，你唱我和，绝不产生歧义。男孩子端起门口搁的一只茶碗，不忙喝，先行试探：

"敬你一口茶呀问你一句话，

你的那个爹妈噻在家不在家？"

女孩子很泼辣，人称幺妹儿，听不得拐弯抹角的话，立即严厉驳斥，回唱道：

"喝茶就喝茶呀哪来这多话。

我的那个爹妈噻已经八十八。"

这是拒绝。哪有二十幺妹、八十八爹娘？男孩子风趣得很，还想盘根究底：

"敬你两口茶呀问你两句话，

你的那个哥嫂噻在家不在家？"

问她家中只有你一人吗？幺妹毫无畏惧，将他怼了回去：

"喝茶就喝茶呀哪来这多话。

我的那个哥嫂噻已经分了家。"

然后，嘎吱一声把寨门打开。幸运的话，正碰上英俊小伙或漂亮幺妹出寨，或许就能打个望眼，甚至一见钟情了吧！

板夹溪这十三座寨子，每一座背后都耸立着高高的峰峦，寨前排列着无数山包，如万岳朝宗，是极其秀丽的。溪流两岸，分布着几百亩藕田，等到荷叶干枯，就可以刨藕了，幺妹们脱掉长袖衫，高挽起裤腿，露出雪白的手杆儿和脚杆儿，跟莲藕有得一比。

这是寨子的一天亮色。

十三寨人固然乐观，又是自由开放的地方，土地却很贫瘠。山民盼望过上幸福美好的生活，可交通闭塞、往来艰辛，传说沿板夹溪往上，可以走到天上去。可寨里的人不肯相信，无人敢去走一走。唯有熊家寨的打鱼匠熊三信了。上天的路十分遥远。熊三背上几十双草鞋，从学堂寨开始，经过女儿寨、摆手寨、何家寨，一直走到谈家寨，前头冷水潺潺，正有两坡百层梯田，形状宛如天梯，他拱入一片白云里，不见了踪影。

熊三确真登天了吗？不晓得。反正异想天开，就当他走上去了。

跑寨吼门，要多约几个人去，穿上青蓝二色的衣裤，包一条头帕儿，无所畏惧的，吼得天翻地覆，包管有人抽掉门闩，放你进去，找哪个幺妹谈谈都可以。

若不然，吊脚楼外侧那半截木栏，就发挥作用了。栅栏终归有防护功能，也不是哪个想进，都能够进入的。在房门紧闭的情况下，就只得喊开。熟人喊门很简单，直接站在门前，呼喊某某人来也，自然有人把寨门打开。生人还是要以歌代喊。那就是在寨门跟前把《六口茶》全部唱完。跑寨人站直了，雄赳赳的，眼前好似对着个幺妹，端起茶碗，扯起喉咙就放声高唱：

"敬你三口茶呀问你三句话，

你的那个姐姐嘞在家不在家？"

幺妹躲在门后观察，看不大清楚，听他嗓子还敞亮高亢，委婉地回答男孩子：

"喝茶就喝茶呀哪来这多话。

我的那个姐姐嘞已经出了嫁"。

这就对了！男孩儿极其兴奋，然而，她家中还有小的没得？于是又问：

"敬你四口茶呀问你四句话，

你的那个妹妹嘞在家不在家？"

幺妹羞涩难当，听不得如此弯酸，却不愿意再刁难对方，老实回答说：

"喝茶就喝茶呀哪来这多话。

我的那个妹妹嘞已经上学哒。"

男孩不敢进来，还要问两句，才绝对安全，不虞有人打岔。

板夹溪这个地方，无论多么贫困，天天都有人唱歌，远近地方都称之为民歌之源。即使你在寨子大门前，见不到一个龙幺妹周幺妹庞幺妹，也不要紧的。或许会遇到一只喜鹊。寨外竹梢上头，一抹斜阳之下，高挂着歌声。满寨人苦中作乐，着土家服饰，随着木叶情歌，正嗨跳摆手舞哩。

近年城里搞文学那些人，来夹板溪蹲点，选了好些情歌，编入一本书里头，有词有谱，拿上手就可以唱。

土家族歌谣都存在土家人的心头。

那个熊三，背着满背篼草鞋，径直上天去，直到穿烂了七七四十九双草鞋，才跑到了天门的跟前，被一扇非金非木的大门阻住。熊三并不晓得这是座啥寨子，只好学人间跑寨，对着门，大声地唱起歌来。这可是天上地下第一喊的哩。他先唱了一首《龙船调》，里头没得半点回音；又唱起了《送郎调》，里头仍然没得回音；熊三急了，唱起了高腔的《阿拉调》，吼得声嘶力竭的，里头还是没得任何回音。

天上既没得茶喝，也没得歌唱，更不能跑寨了咯。熊三这才晓得糟了。他本就是穷地方来的，跑上天又怎样，天街也不富，起码不轻易能富，不过吃饱穿暖罢，熊三却永远回不来了。

其实，十三寨穷得叮当响，是个贫困村。寨子里依靠种几亩稻谷，挖几篼红苕，只能填饱肚子，要想生活无忧无虑，几乎是不可能的。跑寨解决不了问题，那就不得不往外跑，出了寨子，东南西北都去得，只求自己不饿，然后全家能够有饭吃。先是幺妹们跑掉了，随即小伙子也跑开，去城市当农民工。至于唱歌么？那就等到过年过节，跑回来唱唱，唱到个幺妹，接来当媳妇。

好长时间里，十三寨偃舞息歌，就连塘里荷叶都蔫了，难怪小伙幺妹们要跑。

终于，城里干部扶贫，来到十三寨，见板夹溪两岸寨子星罗棋布，老人小孩都盼望日子能够过得好一些。十三寨有十五湾田。扶贫干部们带着寨里人，种植了两百多亩茶叶、九百多亩黄檗，还种上市场行情看好的脆红李、枇杷，养了一千多桶中蜂，并帮他们找到了买家；在十三寨，发展起民族文化项目，用抖音短视频，宣传十三寨民俗风情，西兰卡普、绣花鞋垫、民族服装等土家手工艺品，在货架上堆得琳琅满目，让世界近距离地领略土家十三寨的民俗文化魅力。他们还将土家出嫁、迎亲队伍和小南海渔歌那些特色文艺演出，表演给八方游客，吸引他们前来跑寨。如今十三寨，随时都能听到村民唱山歌，家家户户都是农家乐，通过旅游脱贫的就有两百多人！在政策扶持下，他们不愁吃、不愁穿，义务教育、基本医疗、住房安全有保障。板夹溪十三寨集传统建筑、传统民俗、优美风光于一身，早早地入选首批"中国少数民族特色村寨"；又入选全国第二批"宜居村庄"；同时被评为"重庆十大避暑纳凉目的地"，以极其丰富的内涵，成就了中国土家第一寨的称号。

日子好过了，跑出去的小伙幺妹，又都跑回来了，接过了乡村振兴的接力棒。

十三寨还通过民主协商方式，选出十三个女寨主，个个貌美如花、能说会道、能歌善舞，有个庞幺妹，还有个盘幺妹、周幺妹和何幺妹，都是寨子导游，也是寨主。她们就像十三块吸铁石，磁力强大，吸引着南来北往的游客。

哪个还去跑寨，只需喊上一嗓子，十三个寨子里拥出来十三个姑娘，口称寨主，清一色的土家族打扮，人往寨门口一站，头微仰视，歌声就飘向天空：

"敬你五口茶呀问你五句话，

你的那个弟弟嘞在家不在家？"

噫，怎么女孩来敬茶了？时代不同了，如今十三寨，面对着八方来客，诚心诚意地，向他们敬一口茶、敬一支歌；同时，自问自答：

"喝茶就喝茶呀哪来这多话。

我的那个弟弟嘞还是个奶娃娃。"

最后这口茶，是幸福生活泡出来的，特别馨香醇浓：

"敬你六口茶呀问你六句话，

眼前这个妹子嘞今年有多大？"

女寨主们撩起裙裾，如翩翩起舞的荷叶，歌声如板夹溪那碧绿的水，嗓音穿透了高天上白云，齐声欢唱：

"喝茶就喝茶呀哪来这多话。

眼前这个妹子嘞今年一十八。

呦耶呦耶呦咓呦呦耶，

眼前这个妹子嘞今年一十八耶。"

女儿十八好年华，寨主们嫁了好男儿，或者要嫁个好男儿，也可以去跑寨哩。

男子的暧昧和女子的开放，在十三寨，都是极有意思的。一个拐弯抹角，希冀幺妹独自居家；一个左右搪塞，试试跑寨男子胆识。

熊家寨那些族人，想熊三了，又见不到人，只好在田坎喊几声，好歹远远近近听得见，这一嗓子喊叫是颇有效果的。

上天的熊三怎么了呢？

熊三太寂寞了，探头看见十三寨花团锦簇，日子越过越好，动了下凡的心。可他实在找不到回家的路。好在天上一天，世上一年。这熊三也是个犟人，在天上熬了十来天，把武陵山区那些民歌调调儿，翻来覆去地唱。直唱得天上白云变了颜色，惹恼了天门里的那位神仙，骈指戳出，将熊三点化成石头。熊三立足不住，翻翻滚滚的，向十三寨砸下去，落地时拼命地跳开，砸出一个大坑，四面八方的水飞涌进去，形成了一泓如洗的小南海。

总有个天日，熊三会从小南海里跑出来，再吼上一嗓子：

月亮弯弯噻两头钩，
两个星星哪挂一头。
金钩挂在噻银钩上，
我心挂在那妹心头。

这也是阿拉调儿。

在小南海所想

高若虹

想跳进水里清洗自己
我担心从此成为一个透明的人

想坐在这张青玉的桌子上小酌几杯
又怕坐成有名有姓的石头

想陪东张西望的芦苇聊聊
疑心芦苇会洗净双腿从水里出走

在既不下沉又不上岸的石头背后站了一会儿
我忽然忍不住，就想流泪

一百多年了，山崖上的石头再也没落
以石断水，石头只能长成小南海里黑色的骨朵
捡几块石头回去赠人吧
却发现石头是佛放牧的牛群

试着修改一下小南海无法修改的蓝色
刚动念，八面山、二仙岩几位打坐的神仙就向我举起拂尘

在小南海，我和众位诗人不约而同突然沉默
回京许久了，至今不知为什么

水底的村庄，不要醒来

雨　馨

睡吧，睡吧，哗哗的水声伴着湖底珊瑚枝样的摇摆，滑向一大片水草，两只水鸟，收紧青白夹杂的羽毛，停在湖心孤凸的峻石上，与我对望。透过那只玛瑙色的瞳孔，无边的天光，朗朗倾泻，淌过我的眼，淌过一群人的肩、衣袖和面庞。

云很低，山随平野，湖清岸凝。独自在湖边发呆，静泊无烟的湖如一张翡翠色的锦绸抖向无边，细鱼鳞般铺展，铺展，渐渐兜尽了漫天云影。一群群浑身溜光莹白的鱼儿，逐影循声而来，时聚时散，若隐若现。再听，不难听到水底水花泼溅处，那些跟随掩映在水草深处，悄无声息的屋顶。

我的想象顺着那些黛青色的屋顶，正滑向湖的隐秘幽深处。记不清是第几次来小南海了，可每次来，都是小心翼翼，怕惊动这湖底正在做梦的那个村庄。

山影，孤岛，薄雾，都笼罩在一片神秘的灰里。沿湖寻声，空山寂籁，只有野斑鸠、白鹭和麻雀，偶尔打破耳郭里的空白。

湖水太柔顺了，细密得仿佛都被风化作的无数把土家姑娘的木梳一一篦过。屏息止步，向左，向右，"鱼戏莲叶东，鱼戏莲叶西，"仔细听，哦——鱼戏莲叶间。

不，那声音隐约来自水下，一阙似拨似弹，似吹似敲的丝竹古乐，令山石竖耳，百草瞑目，芦苇垂吟，迎风喃喃，似歌似咏，不伤不哀的优美的曲调……缓缓入心，沁目拂面，哦，这世上原本有些景致，是只需用耳朵去辨识的。

一切慢下来，停在湖心，整个世界都仿佛停止了。呼吸里全是山野的馨香，湖水挡住了我的眼睛，怔怔的我立在船边，却仿佛有另一个我，魂不守舍，分身而去，亦步亦趋地探向那幽深的水底，"哦——"我想踩着那些晃动的屋顶一步步走进湖底的那个村子。

"别去，他们都不认识你，你会打搅他们的。"放羊的男孩站在山顶，他用惊鹿般的眼光阻止我。"哦，原来是这样，我只想看看他们是否安然、富足而恬静。""别去，他们在水底的时候都仿佛睡着了，他们睡着了的时候不希望被人打搅。"男孩阻止了我的冒昧。

雨后，满腮的土腥气混合着泡桐树的清香，男孩鼻息耸动，瞬间便能分辨出菖蒲和红豆杉的味道，男孩和这山间的一草一木，一蝶一虫，早就形神相通，耳中栖万籁，满目枝簇耀，山巅悬崖上，一树白花花、紫盈盈、倒挂如罐的泡桐花，开得惊天动地。在花树下席地而卧，男孩随手采一根官司草咬进嘴里，嚼着清香的茎，恍恍惚惚地开始做梦。

睡吧，睡吧，这黎明涌动着草木潜意识里躁动奔涌的血液。去山巅吧，我知道只有登上山顶，极目远眺，才能走进这湖冰封寂静的大门。而湖边徘徊的我始终无法像一支芦苇似的睡去。我只能跟着冥思，极目水中，去鱼群的王国，去水底的村庄，与它一起熟睡，迷不知返。

湖水太绿，绿得让人舍不得闭上眼，上山看看吧。上山的路，必经一片马尾松和香樟树、楠竹绵延的树林，走着走着，就听着头顶的松果在落，斑鸠在啼，松风细拂，几只黑白相间的山羊，满嘴野果的浆汁，咩咩地冲我打招呼。耳郭里两块空荡荡的空白，渐渐变得清冽，拾级登高，迎着数百步石阶。天光忽阴忽晴，山顶气象，瞬息万变，都随了云雾这支画笔，肆意染，水墨浸，汀岸轻雾，倏尔惊叹这天地间何觅这神来之笔。秋日渐高，云雾散去，野蜂寻香觅花，落叶轻叹徐徐……半晌，耳朵里就蓄得满满的山气了。隔着空蒙的山影，走进一个故事，听划船的土家族姑娘娓娓道来……

清咸丰六年（公元1856年）五月，月亮敲开一扇窗，一个放羊的男孩睡不着，天蒙蒙亮就赶着他的羊群上山，天亮前他来到山顶，蹲在一块大石头上，等云里的那尊天兽吞那红日。据爷爷的爷爷说，那初生的红日活脱如赤婴，可以拨开彩霞，驯服天兽。当一束束金光与天相接，横空临照，可以看见那些水中泪流满面、楚楚动人的鱼。男孩纳闷，所以每天每天，都早早起床，想守在山顶，看个究竟。可他一次也没有看清。

又一个黎明，当他还是像往常一样来到山顶，守候爷爷讲的那个传说时，突然，电闪雷鸣，山崩地裂，大地塌陷，田野撕裂，数十公里的山脉震荡变形，强大的地心引力瞬间滋长，膨胀成狰狞巨兽，上百公里的褶皱山脉被拦腰斩断，巨石滚落，悬崖坍塌，空中，云中，大地上，一片汪洋，一片浩劫，黎明前，来不及呼救，来不及逃走，甚至来不及哭和醒来，后坝乡整个村庄都陷落水底。一座山又一座山凸起，又陷落，后坝乡整整一个村庄消失了，男孩的亲人消失了，邻居同伴消失了，小花狗消失了，祖母消失了，父亲消失了，庄稼田消失了，山洪奔腾，一路疯狂杀戮，诸峰倾倒，席卷成流，又一路疯狂绞杀，冲出重围，泥沙崩溃，截断的峰崖，陡直地插入泄洪汇集的湖水。男孩的家人、村庄和小伙伴都被顷刻之间的浩劫，淹埋在水下。

一个平平静静，藏于深山如蚁巢蜂窠般的村子，就这样安睡在了数十米，甚至数百米的水下。从此，长眠如茧，长睡如风，枕着波涛和月光，不再醒来。睡吧，睡吧。夜里，只有忍着思念，熬干泪水的男孩听得见那夜夜来自水下，亲人的召唤。

一百多年过去了，大地重生时，村庄消失了，一个藏匿于黔之北60华里处的号称小南海的堰塞湖从此诞生。一颗翡翠般镶嵌于高山之上的幽深绿湖原来藏着一声叹惋。古老的传说，凝结如这湖边的一粒粒晶莹的露珠，悬而不落。

总是看不清湖面的云霓。这秋日的午后，马尾松是灰色的，云是灰色的，天地间一片清辉，氤氲的湖山如一支展开的写意画卷，湖底苍苍茫茫，阳光直抵便金光灿灿。寺庙的琉璃瓦屋顶的烟囱，炊烟不绝如缕。万木葱郁，枝叶攒动，沙沙沙沙，发出佛陀的低吟。不要醒来，不要醒来，村里的鸡鸭，撒野的牛羊，地里干活的乡亲，村口正在落叶的核桃树，祖母膝上的绣花针，贪玩爬树掏鸟蛋的小伙伴，晃动着鱼虾的水缸，饲猪的母亲，打铁的亲戚，抽穗的玉米，挂果的辣椒和茄子……

不要醒来，水底的沉睡，代代相传，春播秋收的耕种不要醒来，面容和善的乡亲不要醒来。我拾级而上，登至最高，一览众山小，脚下一望无尽的滩涂，竹林清幽，浩淼幽深的湖，静得让人只能用上好的丝绸锦帛和孔雀绿的羽毛来与之媲美。水清见鱼，岸不动，桨声翩飞，我心中豁然一亮，人与湖，山与岸，似语非语。不要醒来，不要醒来，即使这深秋的一场雨，下得云雾们丢盔弃甲，一抚千里，众山转身，这一天，更皎皎波光凝若天镜。

湖边有舟，身轻如叶，湖心有奇石，断垣陡立。沉寂百年的巨兽，撑破水面，任齐腰的碧波漫上来，涌上来，波澜不惊地环在周围。石与湖，草与鸟，相叠相倚。我喜欢独自在山顶席地而坐，静听松风。一个人慢慢地等，等远处的云，湖面的云，被风吹开。等浑身的倦怠，被暖烘烘的草香，啾啾的鸟鸣熏蒸，昏昏欲睡。等空中的绿丝毯。魔毯啊魔毯，让我稳稳地乘坐你去湖底的村庄吧，给他们送新鲜的粮食，送御寒的冬衣，送肥美的鸡鸭，送颗粒饱满、谷香四溢的种子……睡吧，睡吧，飞毯咒语般地紧偎着我。

羊群的低唤，破草而来，刺破云层，刺破纱透的隆隆雾气。湖面上，青白翁郁的一层虚幻，掩着细细羊肠草径，曲曲折折，盘砌地步上山去。几个回合，便消失在村舍瓦房。

竹林里，啄食的竹鸡，嬉闹的蟋蟀，孵蛋的斑鸠，长尾山鸡……悠然自得，一湖静水，敛沁了黛青色的冷。山隐水迢，松风拂耳，踩在松软的枯黄竹叶上，沙沙，沙沙。草木新绿，鸡犬怡然，我恍然间与迎面而来的挑担扛锄的农人、老妪和孩童相遇，他们面容可亲，衣着素白地侧身而过，垂目有花香，皎面似月盘，在这武陵山中，耕锄渔牧，怡然自得。

后坝乡消失后，他们，数十户勤耕夜织的乡亲，水下安居，是否和乐，是否富足？如今，世间最疼痛的山水最终成为最美的风景。

睡吧，睡吧，夜的大地，武陵山脉伸出它温厚丰沃的手臂，紧紧将一座村庄，良田，风声和蛙鸣抱在怀里。每晚，都有月亮在屋顶上硕大高悬，山泉叮叮咚咚，镶了晶晶亮亮的月色轻轻悄悄地从林中蹑足而过，潺流不绝，每夜每夜，匍匐在村民的睡梦里，黎明前悄无声息地浸润着这块磁石之下的庄稼和土地。

男孩常常把羊群带到水边，采来田野的黄菊、菖蒲、艾草和金簪花撒向水中。他相信清澈的碧波会把他的思念带到湖底，带到湖心渐渐升起的小岛，牛背岛、鸟岛、朝阳岛、古渡……他常常呆坐水边和亲人们说话，和村里的鸡鸭说话，和地里的庄稼说话，和水缸里鱼虾说话，和灶间的小狗说话。

当一百年以后，男孩成了老人，变成了一块石，他静静地躺进了这片湖岸。他说，他要在离湖最近的地方，看得见亲人们的地方，长眠。

沐浴着空气中的湿翠，游走进这片沉睡。

小南海的沉睡，绝不同于其他任何一处山水，我愿意把沉默留给这水下谜一样的村庄，一百年，一千年，一个世纪，时间在这里静止了，大地矮了下去，山影袒露，弧形的天空，在凝望里升高，融入那片磁场，让神思酣眠，灵魂脱壳。睡吧，睡吧，我愿我的声音小得不能再小，细如风语，虫喃，雀鸣，或许要进入水下的冥界，交出人间的唇舌，耳目失聪，循入一尾鱼，一只蜂，一丝风，潜意识松散如丝，顺着那条秘径，我就能看到湖面打开的那条路，走进到那个沉睡的村庄里去。

睡吧，睡吧，我愿听从耳畔芦苇的呢喃，躺倒在那片杂色全无，天光皑皑，如雪如絮的山顶。睡吧，睡吧，破雾锁云处，湖光青霭处，我的目光与湖，与湖中山石相接，与一条渐渐升高的山脊相接，一个男孩，手持竹竿，将咩咩的羊群赶向山洼。

山，如数十只山鹰困顿在悬空的灰云里，厚厚的云朵，鹰的厉喙一次次啄破大地，滚烫的红霞翻滚，蒸腾，酿出羊脂玉一般的汁……若干年来，听听这里的风声，从不变换祷词。湖水也从来都不曾变换它的波浪，如我见过的最华美绝伦的绿孔雀羽，偶有鸥鸟振翅，孤绝地从镜子里掠过，湖心的每块巨石，仿佛也敛尽了一湖黛青色的冷，仰天孤凸，成为画中奇绝叹惋的一笔。

只有男孩和水下村庄的传说，留给我，一个背影。

小南海三题

何炬学

非海之海

巨量的滚石堆积，形成大坝
拦断溪水，构成小小的海
这非海之海啊，被看风景的人誉为
——翡翠、深山明珠
和他们前世不慎遗落的心

为了找回，人们四处寻觅，
南来北往，殚精竭虑，穷其一生
不想在这里，在伤痛的后面
他们终于找到了它——
活泼的爱和澄碧的灵魂

上苍有言：
凡来过这里的人都是有福的
凡在此凝望和沉思过的人都是有福的

滚石坝

天崩地裂之后，直到你走过来
无数巨石痛苦的姿态表明
——垮塌仍在继续

请放轻你的脚步，请不要言语
更不要喧哗和骚动
如此而来——

再请你诚实地告诉我
你有没有发生过
内在的坍塌

那么，如此说来
你此时的到来
是回了家

有些许的伤痛和迷惘吧
始于剧烈的大爆发
终于平和的静穆

千里光

初冬里开遍震区的花是千里光

细小的黄色，内敛的容颜
低姿态的蔓生，于风中簇拥而自在

我知道它们的目的，如果不被打扰
它们要用花朵的幽香和色彩的灿烂
覆盖并抚慰那来自深处的恐惧与震颤

我能够料想，若干年后
当年巨大的创痛终将被风雨抹去
你此时所见所感将不复存在
唯有这千里光在，唯有几个文字在

小南海诗韵

笑崇鐘

百多年前的大地震
造就了你这"渝东西湖"
哪管岁月悠悠
你自丰韵楚楚
如清水中的芙蓉
似夜晚皎洁的繁星
又像刚出浴的漂亮村姑
碧水青山相映绿
水上腾云起歌舞
如梦如幻的传说
激起诗一样的吟咏

漫步岛屿或四周秀峰
花草树木的清香沁润心田
清风浩荡
洗涤心之忧烦
再聆听鸟虫生命礼赞的乐音
亲吻大自然
怎不心旷神怡
飘飘欲仙

驾一叶小舟漫游
在星辉斑斓里放歌
山歌木叶情歌彼此应和
偶尔惊起一行行水鸟
飞越湖面的空旷辽阔
浓郁的诗韵无法言说

山歌发源地

彭斯远

在武陵山中盘桓，作家们不但看到了许许多多惊人的物质创造，同时也发现不少让人倍受鼓舞的精神文明遗迹。譬如，在一个名为土家十三寨的寨门口，我们就发现一处被原始森林覆盖的高地，其坡顶悬挂着的木牌上，大书几个白色的字："山歌发源地"。

好啊，山歌的发源地，这儿自然就是艺术创作的源泉，当然也是包括情歌在内的所有山歌的诞生地点。就像产房是婴儿的出生地一样，这儿充满了创造的神秘，充满了对原始生活到艺术品瞬间嬗变的极大惊奇，因而始终是令人向往的。

此地唱山歌和情歌的妇女、老人和青少年特别的多。来此采风的作家，也因看见寨子里的妇女唱情歌，陆陆续续加入歌者的队列，跟着他们一起慢慢唱起来。但被大家唱得最多的歌子，就是那些以"木叶"为题的情歌。

比如，甲妇女刚吼出："深山木叶片片落，木叶多得赛江河；吹起木叶来连娇，情哥情妹乐呵呵。""连娇"就是与情妹谈恋爱的意思。该情歌的意思是，木叶能够促进男欢女爱，木叶就是爱情的催化剂，木叶催生了许许多多感天动地的爱情故事……

待甲妇女刚刚唱完，乙妇女立马就接上了："大山木叶片片飞，好似情书送阿妹；郎吹木叶满山响，声声传情不用媒。"此情歌更进一步强调，木叶飘飞，犹如情书的传递，这让土家人驱除了昔日只有媒人才能催生爱情的落后习俗。

接着，不等别人喘气，甲妇女再一次吼出了自己的声音："深山木叶堆成堆，我摘片木叶也学吹；吹得自己心头热，吹得情哥难入睡！"即学吹木叶的人，也搅得情哥心境不宁。木叶颤动了情感的传递，其作用不可小视啊。

就这样，两人一口气连着来了三首木叶情歌，我以为这下无人能够接着再唱这同题的木叶情歌了，但是当我正在为此而略有遗憾之际，未料到，一个壮实的小伙子不知何时也参加到情歌演唱的队列里来了。他听了两个妇女的演唱，立刻又接上了另一首木叶情歌，且听："久没唱歌忘记歌，久没行船忘记河；连娇正好吹木叶，吹得妹儿一夜睡不着。"

听到小伙儿的演唱，才知土家的木叶情歌，是永远也道不尽唱不完的。在土家族，不但妹儿听了木叶情歌一夜睡不着，就是我们的作家来此采风，听了这样感人心怀的情歌，也将乐得一夜难眠呢。

由此谈情说爱，使作家们想到，远古时代孔夫子搜集整理的我国第一本诗集，即三千多年前的《诗经》中，还有不少关于恋人之间互赠礼物的描写呢。

比如《木瓜》一诗就反复吟唱过："投我以木瓜，报之以琼琚"；"投我以木桃，报之以琼瑶"；"投我以木李，报之以琼玖。匪报也，永以为好也！"那是说，男子用自己辛勤劳动种出的木瓜、木桃、木李赠送给恋人，虽然这些东西并不很值钱，但毕竟是辛勤劳作的产物，女子很看重这馈赠，所以她便用自己携带的高贵首饰如琼琚、琼瑶之类来作回报。而且，女子还认为这样的赠送算不得是什么回报，只是表达她要两人永远相亲相爱的意思。这是多么纯真而美妙的感情啊。

《诗经》开启的这种以向恋人赠送礼品来表达率真感情的做法，产生于武陵山土家十三寨的情歌不但予以了很好的继承，而且还进一步有所发挥，甚至表达得更幽默机趣，更淋漓尽致，更充分地显现了土家人的杰出智慧。

譬如前面提到的两位抢着唱木叶情歌的妇女，她们就一个个轮番唱过许多描写恋人以互赠礼物来传情达意的佳作。

如甲女先唱："秋风吹来天气凉，缝件衣服送情郎。疼郎又怕人晓得，挂起罗裙遮灯光。"这是对于在羞涩中赠送礼品的一种巧妙掩饰，情歌把少女的心理活动，刻画得活灵活现。

接下来，乙女又马上接着吼出了另一首表现女子向男子赠送桂花的情歌，且听："昨日与妹同过江，妹儿头戴桂花香，你把桂花送给我。我推船儿伴你踏大浪。"听了这表现女送桂花男撑船的大胆表白，观众早已掩饰不住那无比欢快的表情。

此外，《诗经》中的《静女》一诗，描写"静女其娈，贻我彤管"。意思是，情妹赠我一支红笔之后，又从野地里采回几根嫩绿的茅草送给我。茅草虽说一钱不值，但那带着情妹体温的草尖，对情哥而言更是十分的可贵。所以，几根嫩绿的茅草，就真实地把二人生死不渝的恋情，非常别致地显现了出来。

在土家十三寨的情歌中，也有不少作品是以描述男女恋人间互送礼物来传达彼此情意的。

譬如甲女高声唱道："妹送荷包圆又圆，送给背二哥装银钱；白天带起山中走，夜里放在枕头边。"表现了情妹对于背二哥的格外关心和体贴。

如此刚刚唱罢，乙女就马上吼出另一首描摹女子连夜为恋人打草鞋的歌，且听："一根麻绳紧紧搓，做双草鞋送情哥；哥莫嫌弃鞋儿丑，夜赶鞋子打黑摸。"

两个歌手，一个表扬女子以荷包送恋人，一个赞颂女子夜晚打黑摸替情哥编织草鞋的劳累，借助特定的细节就把二人对情哥的深情表现出来了。

情歌除了表现女子为情哥打草鞋的劳累之外，也有暗示女子颇有心计，欲借打草鞋的动作把男子紧紧拴住，譬如甲女就这样唱过："妹打草鞋细细搓，一心打来送情哥；半根头发搓进去，紧紧套住哥的脚。"同样是赠送草鞋，但女子对于情哥的爱，与掺和在爱意中的复杂感情，就更值得听众好好咀嚼了。

除了表达女子赠送礼品的之外，也有男子向恋人赠送礼品的情歌，如那小伙子就唱过如下一首："大河涨水小河浑，情哥摇船去扳罾；扳到鲤鱼送情妹，扳到乌龟送母亲。"对于劳动所得，若是鲤鱼，味美可口，自然应送情妹，而若是扳到乌龟，足可养身，故送给年老的母亲更为适宜。如此土家十三寨情歌叙写得那么真实自然，令人可信，显示了民歌作者观察生活的细腻，也见证了十三寨作为山歌发源地可令人信赖的美学品格。

两位女歌手和一个男歌手轮番唱出的情歌，诙谐幽默中情深意切，悦耳动听，群众和采风的作家们听了，都不约而同报以热烈的掌声。趁歌手们在片刻的休息之际，参与采访的男女作家纷纷与他们合影留念。此外，我还特别上前做了个小小的采访。

他们倾情地告诉我，土家人之所以如此喜欢吟唱山歌，这不但是改革开放激发了他们的热情，而且也是党的扶贫政策让他们富裕起来，从而启开了他们那尘封已久的歌喉。所以他们说，"不唱山歌不开怀，要唱山歌开口来。"这就把他们的山歌唱得那么动听的原因，讲得再清楚不过了。

此外，两位女歌手还指着男歌手说，他叫何福，是我们村里民俗文化团的团长。他的责任就是负责组织当地民众搜集和创作山歌。末了，两位女歌手又主动自我介绍，一个叫吕瑞莲，一个叫李素秀，虽然都55岁了，但一定要协助村民俗文化团把土家山歌的创作和演唱，轰轰烈烈搞下去！这时，我才明白了十三寨为什么是土家山歌发源地的深刻道理，文学源于生活，这个重复了千百遍的真理，让我在这里得到了真切的认识。

走进土家十三寨（外一首）

王明凯

走进土家十三寨
就走进了云端的米芾
那山，那水，那村，那寨
别有洞天地铺展开来
像极了，陶渊明笔下的桃花源

学堂寨没有桃花
却有桃花般耀眼的民俗馆
用撮箕口式的吊脚楼
安顿记忆与乡愁
板夹溪的历史站在墙上
西兰卡普的光亮坐在展柜里
用年迈的石碾和折腿的风车
讲述劳作的艰辛和丰收的喜悦
从民国举过来的老马灯
照亮的，不是旧学堂的读书声
而是客人们，啧啧称奇的赞美与目光

何家寨坐落在山坳里
山有山的景致，寨有寨的姿色
泉水在磨槽的半坡上唱歌
绣花鞋垫在胖嫂子的手掌中跳舞
吊脚楼上的诗刚刚起句
就有幺妹的歌声传来
划破丛林，划破河弯

划破亭台连廊围合的山歌广场

在空旷的山水间形成回响

诗人左顾右盼，不见歌者的身影

只有"山歌发源地"的广告语

在山风的脊梁上，站成醒目的风景线

掩映在河湾里的摆手寨

树树皆秋色，处处有落晖

迎宾的旗幡站成丽人

用微笑和美酒，把客人迎进寨来

四合水围成的院坝里

早已备好了阿哥的火把和幺妹的歌喉

只等太阳落山鸟归林

就会有熊熊的篝火燃起来

照亮满堂的歌声和幸福的笑脸

热情奔放的土家幺妹

就会与远方的客人翩翩起舞

跳一曲大摆手和小摆手的圆舞曲

土家十三寨，寨寨逗人爱

请原谅我今次的行色匆匆吧

待到春暖花开时

我会再一次，从远方的风中赶来

用一种缓慢的爱

与你一寨一寨地相拥

把我的诗，做成十三朵玫瑰

一朵一朵献给你呀，我亲亲的十三寨

小南海

站上你的湖堤

就踩痒了你，纤柔的腰身

你用风情万种的姿色

撩开我，迫不及待的欲望

与你的丹霞赤壁站成合影

我想象那场山崩地裂的表演

用鬼斧神工的力量

和刀削斧劈的歌唱

制造了你，风姿绰约的美丽

而冰凉的镜头不懂历史

照不出你压在湖底

化石般的悲壮与哭泣

与你的湖口金礁站成合影

我看见衡山的落日

在林立的礁石上涂满晚霞

照亮了柳岸归港的渔船

携大湖静谧的黛蓝

挽夕阳下百尺老松的苍翠

似一个署名地震的展览

在深秋的暖风中，如火如荼

与你的湖光山色站成合影

我看见树梢和竹枝

在湖底的图画里向我点头

喜洋洋的码头，有轻舟荡出

漾起渔舟唱晚的傍晚时光
一位鲜花般的美人
正挥动手中的红纱巾
舞进我，青山绿水的背景

乘一叶小舟驶出港湾
一腔热血就轰鸣了马达
把"小船儿轻轻"的歌曲
哼成湖面，返老还童的爱情
牛背岛突然燃起篝火
诱我们心痒身痒，泊船上岸
吼一嗓心中的木叶情歌
奔赴一场，土家妹子的摆手盛宴

家住十三寨

糜建国

距重庆市黔江城区44公里，紧邻享誉全国的小南海景区，有两山夹一沟处，被当地人称为板夹溪。沿板夹溪逆流而上到达溪流发源地鸡公山脚，保存着中国目前规模最大、最完整的土家吊脚楼群，这便是十三寨——黔江区新建村。近年来，该村依托以土家民俗文化为主题的土家十三寨4A级景区，突出"乡村旅游+特色产业+民俗文化"融合发展，打好四张牌，大力发展乡村旅游，助推脱贫攻坚取得良好成效，获得重庆市脱贫攻坚先进集体称号。

一

高高的大白岩山下，一条双生谷河蜿蜒而去……

所谓双生谷，其实是一条河，因井而得名。就是当地村民生了很多个双胞胎，据说是喝了寨里那口井水的原因。井是老井，如一位老人一样，静静地在那里奉献上百年了。而让任明祥、许丙秀两口子没明白的是，同样是吃这口井里的水长大的，别人家都生双胞胎，自己却生了一个智障儿子。

不过，那是2001年1月的事情，距今已是19个年头了。

刚刚接到儿子任伟来的电话，在儿子含混不清的话语中，任明详终于听明白了：昨天发工资了，言语中不乏兴奋。挂了电话的任明祥，情不自禁地，眼泪"唰唰"流淌下来，这可是儿子第一份靠自己双手挣来的工资啊。

家住瓦房寨的任明祥是2013年的建卡贫困户，在任明祥家大门上，贴着的黔江区脱贫攻坚明白卡上，写着"因残致贫"。这个残，就是儿子的智障。其实，任明祥也是一个老病号，胃病在十多年前就缠住他，在外地打工时，一痛起来，就没法做事。

"前些年，四处借钱，带着智障的儿子，到处求医看病。最后竟没人愿意借钱给我们了。好几次，妻子都哭着要去寻短见……"往事不堪回首，想起那些绝望的日子，大山里这位满脸沧桑的汉子语气变得沉重起来。尽管任明祥会木工活，有手艺在身，人也吃得苦，跑了上海、江苏、贵州、重庆，但收入仍然无法支撑家庭的各项开支，更不敢奢望医治自己的病，身心的痛苦，只有默默地承受着。

命运发生改变，是在2013年建卡之后。

2014年，在区里残联安排下，智障儿子进入了黔江特殊教育学校上学；

2015年，妻子许丙秀通过政府安排，应聘到了黔江区邮电局上班，在食堂洗菜煮饭打扫卫生，每个月收入接近2000元；

2016年，村里来了政策，任明祥得到一个公益岗位，负责学堂寨、熊家寨、瓦屋寨、女儿寨、摆手寨的环境卫生，每个月补贴990元；寨子里搞风貌改造，闲暇之余，任明祥去打零工，一天能挣到300元；还享受了金融扶助贷款5万元，三年无息。贷款后，任明祥购买了两头小黄牛。

说到喂牛，任明祥还有一段故事。

在任明祥心里，马不吃夜草不肥，担心牛吃不饱，任明祥把闹钟调上，一到深更半夜，就爬起来添草。有几次，手机突然不闹了，任明祥干脆把床铺移到吊脚楼下的牛圈里，睡在牛旁边。有村民就拿这个开涮："任明祥，听说你昨晚和你家那头大黄牛睡一个铺？""是啊，和大黄牛睡的！"老实的任明祥不知道是坑，实实在在地回答道。"可你家大黄牛是头牯牛啊！"一听这话，任明祥才反应过来。

白天，在打扫完寨子里的卫生后，任明祥把两头黄牛散放在山坡上，自己就割草。夕阳西下，游客们看见吃得胀鼓鼓的两头牛，一前一后往寨口走来；背后的任明祥背着冒梭梭的一背篼青草，像座大山，蹒跚地走在霞光里……

从寨子出来到石会镇那条公路上，平时车少，山坡的芭茅花莽莽苍苍，疯狂地生长，把公路都遮住了。村里安排村民去割，每天补助60元，很多人嫌少，不愿去，任明祥一听，爽快地答应了。他心里乐着呢，割了牛草不说，还挣了钱。

在任明祥精心喂养下，两头牛也疯长，体肥膘厚，年底杀了后，不用挑到镇上去卖，寨子里几家农家乐一下就分了，光一头牛，就赚到一万多元。

在2016年底，任明祥主动上交了脱贫申请书。

虽说脱了贫，但智障的儿子如何自立，依旧是任明祥两口子心里的痛。

终于，在今年初，疫情过后，通过残联的关系，毕业后的儿子经过两次考核，被分配到重庆市一家科技公司上班，这不，终于领到了工资，儿子忍不住高兴，给任明祥打电话来了。多年来，压在心上的一块大石头终于掀开。

天空中下着小雨，烟雾在山岩上缥缈，仙境一般……

可能是有些兴奋，再加上胃痛，昨晚整整一晚，任明祥都没有睡好。

想到儿子终于有了工作，任明祥下定决心，今天一定要去医院检查。天还没亮，把家里头喂猪喂牛的事交代给邻居后，就坐上了去黔江的第一趟班车。

一大早来到武黔医院，从挂号签字到做手术，一站式就搞定了。午后，天已放晴，阳光透过玻璃窗照射进来，病房内温暖、祥和一片……

两周后，出院办理手续时，5321.6元的费用，任明祥只付了532.16元。走出医院的任明祥，想到病终于治好，来了精气神，大踏步向车站走去……

二

出得瓦屋寨，沿着铺满沥青、平整的209省道继续前行约一公里，只见前面寨口一根木柱上，悬挂着一张广告牌，上面写着：摆手寨，欢迎您！

进入摆手寨，不到五百米，就看到对面开阔的阶沿上，摆满了五张宽大的八仙桌。八仙桌擦拭得干干净净，幽幽地泛着温暖的黄光。旁边静静地搁着一张黑色电动轮椅，也擦拭得干干净净，手把经过无数次的摩挲，显得光滑而充满灵性……

这是一栋两层楼高，飞檐翘角、四面走廊环绕，具有十足土家风情的"九柱跑马天"木屋吊脚楼。午后的阳光越过对面山峦投射过来，刚好照在大门正上方的木匾上，"鑫婷客栈"四个黑色大字显得遒劲有力。从东边数过来，大大方方，整整三间。如此漂亮的小楼，谁也想不到主人家庞友余——也就是轮椅的主人，竟然是二级伤残，当年的建卡贫困户。

和所有山里汉子一样，除了一脸黝黑、质朴外，已满四十八岁的庞友余，国字脸上更多了一份沉稳和刚毅。

2008年之前，在太平洋、大西洋等海洋深处潜水捕鱼的庞友余，有两个上小学的乖巧女儿，一位贤惠的妻子，家庭幸福，其乐融融。月有阴晴圆缺，人有旦夕祸福，如狂风骤雨生生折断竹竿，一场灭顶之灾，在2008年那个夏天不期而至。

和往常一样，庞友余检查好装置，和伙伴们陆续下水，在深水区完成长时间捕鱼，刚露出水面，庞友余突然感觉胸口隐隐作痛，双脚麻木，没有一点知觉。同时，头晕，恶心。多年的潜水经验告诉他，肯定是刚才出水时，速度太快，体内带压了，而且，还氧气中毒了。在队友帮助下，庞友余迅速赶到海上部队，通过打营养针，再次下海排压，一天十个小时，连续排了一个月，依旧没有效果。随着时间一天天的过去，病情更加严重了。

妻子胡艮树，拖着一口箱子，推着一把轮椅，开始了求医之路。重庆、北京、天津、上海，都留下了夫妻俩疲惫的身影。通过各大医院的检查，确诊为双股骨坏死，目前在国内暂时还没有先进的治疗方法，除非更换股骨头，但就算要治疗，也是天价。

彭友余绝望了，不得不回到老家，起床睡觉，全靠妻子抱上抱下。从2008年到2010年，整整两年时间，彭友余把自己封闭起来，拒绝亲戚朋友的看望。暗地里，妻子胡艮树也以泪洗面，悲哀如厚厚的乌云笼罩在整个家庭中。

2013年春节，一阵乡村旅游振兴的春风吹过十三寨，也吹到了摆手寨。

春风，拽着人们奔跑，也把庞友余从轮椅上拽了起来。

看见寨子里游客一天天多了起来，周围邻居陆陆续续都搞起了农家乐，原本做得一手好菜的胡艮树和丈夫商量，也来搞农家乐。但搞农家乐，要装修房间、改造厨房、改造厕所，原本看病就欠了不少钱，这些钱从哪里来呢？

在政府帮助下，夫妻俩东挪西借一些，2015年国庆，鑫婷客栈终于开张了。

由于夫妻俩勤劳，实诚，在菜品上、质量上、味道上、服务上严格把关，重庆城里的客人来了，接着湖南的、河南的、台湾的游客也来了。

生意逐渐好起来，一批批荣誉接踵而来：

2015年获得黔江区乡村旅游定点单位；

2016年获得黔江区星级农家乐（乡村酒店）；

2017年获得黔江区年度最美乡村酒店/乡村木民宿；

生活有了盼头，夫妻俩一咬牙，再向亲戚朋友借了十几万元，把剩下的房间和厕所全部改造了，如今，鑫婷客栈总共有了十八个房间，除了平时接待游客收入外，光这个夏天，鑫婷客栈就接待了十多对来自各地避暑的夫妻，这样下来，一年总收入达到了十万元左右。

遇上国庆节等节假日，忙不过来，庞友余就娴熟地驾驶着电动轮椅，接单、收钱、递烟、倒茶，游客大加称赞：轮椅上优秀的服务员！2017年底，在农家乐淡季时，庞友余去考了C5残疾人驾照，叫大女儿庞婷贷款买了一辆小轿车，经过改装，买菜、接客、送客，就开小轿车，生活一下子方便了。庞友余从轮椅上"站"了起来！

二女儿彭姣从旅游学校毕业后，也考了导游证，带起了团队。

近水楼台先得月，昨晚接到女儿电话，今天北京要来六桌客人，点名要吃"土家十三碗"。午后，看见女儿带着客人们从中巴车上陆续下来，逶迤地向客栈走过来，庞友余启动电动轮椅，赶紧迎接上去。游客们走过来，八仙桌上，果然摆满了十三大碗：石磨豆花，酸菜米汤，土家三香，苕粉炒腊肉，梅菜扣肉，酸渣肉，南海小鱼，渣海椒炒米豆腐，腊肉家常土豆片，神豆腐，鸭角板野菜，南瓜鱼，茴香粑粑，碗碗浓香扑鼻，让人口舌生津。

没吃过这些菜的游客们，个个大呼小叫，纷纷拍照，发朋友圈⋯⋯

中国
峡谷城
清新黔江

三

幺妹儿我住在十三寨，

隔山那个隔水嘛又隔崖。

树上那个喜鹊儿，

是喳喳叫啊，

蝴蝶那个双双落花台⋯⋯

在鑫婷客栈吃完晚饭出来，沿着公路上行不到一公里，前面就传来了歌声，一听，竟然是这两年红遍大江南北的《幺妹家住十三寨》；循着歌声走去，对面半山腰上的几个大字豁然出现在眼前：山歌发源地。走近一看，在对歌长廊的坝子里，一位穿着红色兰普卡的汉子领着十二个土家幺妹唱得正欢。坝子中间，堆码起了一大堆木柴。原来今天周六，毕兹卡民俗文化团要搞篝火晚会，对山歌，跳民俗舞。

夜色漫上来，在"咚咚咚"的锣鼓声中，红红篝火燃起来，游客们跳起来⋯⋯

这里就是十三寨的何家寨，山歌发源地。之所以叫山歌发源地，是因为何家寨住着非遗山歌传承人田桂香，如今田桂香年纪大了，在收了弟子后，就已经不再唱山歌了。这个弟子，就是领唱的汉子——毕兹卡团长何福。

何福是田桂香的亲侄子。小时候的何福天资聪颖，生得一副好嗓子，收为弟子后，田桂香就把自己会唱的山歌全部教给了他。在这之前，何福一直在外地打工，以微薄的收入勉强维持家计。2015年春节，从外地回到十三寨的何福，却得到妻子的一纸绝情离婚书，当时两个孩子还在上小学，为了照顾孩子，无奈之下，何福只有滞留在家中，打工收入被切断了；偏偏祸不单行，同年五月份肠炎发作，前后动了三次手术，命是保住了，但花光了所有积蓄，还欠了外债，眼看着孩子上学也成了问题。从此，这位山里的汉子，陷入了深深绝望之中……

2016年村里建档立卡，之后才让何福慢慢振作起来。

在政府大力支持下，何福成立了重庆毕兹卡文化传播有限公司。

公司挂牌了，但人员呢？在田桂香的建议下，何福开始招聘贫困户，对他们做思想工作，借助旅游业的东风，搭伙挣钱，一起脱贫。成员们每天晚上八点准时到场，十一点结束，教唱歌、编排舞蹈，统一服装，整整训练了三个多月，到2017年底，班子已经像模像样。为了鼓励何福他们早日开业，政府出资赞助了一套音响设备，每周演出一次，一个月给团队4000元，团队共计13名成员，这样每个队员每个月能够拿到300多元。

有了第一份收入，何福有了信心，队员们也有了信心。

在2018年开年后，正式摆开场子，表演起来。

团队从开始的对歌跳舞几个单一节目，发展到土家薅草锣鼓、土家摆手舞、土家年宵舞，再到后来的土家农耕文化：犁田、插秧、割麦、挞谷子，到现在在歌舞中穿插土家民歌、后坝山歌、小南海渔歌、黔江新编六口茶等，每个节目都具有浓郁的土家特色，又显得丰富、饱满，每次演出，都像一场大戏，让来自四面八方的游客们大呼过瘾。

游客满意了，口碑好了，一传十，十传百，效益就跟着来了。

很多旅行团来了之后，都主动要求表演，除了周六演出外，平时一场表演，收取1500元演出费；遇上端午、中秋、国庆节这样的大假，一天还要演出两场。

另外，何福还带领团队到黔江、濯水、小南海等地演出，在政府牵头下，参加了黔江区"三区"人才文化服务交流活动、黔江区文化景区2020年送戏下乡等，这样的外出表演，一人一天能够挣到100元。

除了表演的收入外，何福还申请到做坝子清洁卫生的公益性岗位；另外，通过政府扶助贷款两万块钱，何福把自己家的五间房子装修出来作为民宿；2019年，不仅何福脱了贫，毕兹卡所有贫困户，都跟着脱贫了。

更让何福没有想到的是，民俗文化团给他带来了财富，还带来了爱情。

2019年底，一位女游客慕名来到十三寨和何福对歌，两人一见倾心，最后成了亲。如今，妻子也加入了团队，一起表演。

没有演出的时候，夫妻俩就在"鬼推磨"景点处摆一个小摊，卖绿豆粉，卖烧烤。如今，山歌唱得响响亮亮，小日子也过得红红火火……

当第二天满载游客的大巴缓缓驶出寨口，后面歌声又响了起来，把意犹未尽的游客们感动得"稀里哗啦"，他们相互挥手致意，恋恋不舍：

送客呀送到啊寨子口哎，

再向啊贵客呀挥挥手，

来年呐春暖呐花开时哟，

再盼贵客来做客哟……

小南海

吴明泉

曾经是一滴泪
挂在天使的眼里
当泪垂落
人间哭了

后来是一个传说
遥远在清朝的那头
百年后的子孙
幸福眺望苦难

而今是一片风景
装满一湖甜蜜
倒映着爱情
荡漾满天遐想

自从见了你的清波

周华高

小南海
自从见了你的清波
我便知道
有一颗心一直在等我
因为偏远，因为淡泊
清守如玉，寡欢蹉跎

小南海
自从见了你的清波
我便知道
有一颗心一直在等我
因为蓝天，因为家园
百合开落，风起雁过

小南海
自从见了你的清波
我便深深知道
有一颗心一直在等我
即便青云潇洒，抑或荣华诱惑
甘心为你离居，哪怕西风落拓

小南海
自从见了你的清波
我便知道
有一颗心一直在等我

哪怕只剩下
雪花一片，白云一朵

小南海
自从见了你的清波
我便知道
有一颗心一直在等我
浮世之上
月亮梦幻般洁白，清明地等待
为梦贞守，为我淡泊

一束红蓼舞清秋

龚远政

　　板夹溪，秋风中的河滩上摇曳着一束红蓼……草木凋零，时值深秋，我陡地记起"驿外断桥边，寂寞开无主"的诗句来了。

　　红蓼俗名辣蓼子，是山里的一种野草。每到一年秋风起，红蓼草便开始抽蕙、泛红，起初是一枝枝一丛丛，而后便是红红的一片了。

　　一眼看去，红蓼花卉鲜艳、丰姿绰约……但与百花园里的芙蓉、牡丹相比，她却埋名深山，鲜有人知。

　　辣蓼子草麻口、味辛辣，不能喂猪亦不能作为牛、羊的草料……一岁一枯荣，便在这山野里落寞地自生自灭。

　　可眼前河滩上的红蓼，却明媚着、靓丽着，如桃花一样灿烂，红霞一般醉人；生命中萌动着的是二月的春潮……

　　此情此景，我猛地记起了土家山寨中的一个美丽的姑娘……

　　近日，百名作家来黔江采风，她主动为作家们当导游。

　　"大山的木叶烂成堆，只因小郎不会吹；几时吹得木叶叫，只用木叶不用媒……"她唱着这样的土家歌谣迎接山外来客……

　　客人来自祖国的四面八方，大多是"麻布洗脸——粗（初）相会"……她一出现，立即给大伙儿带来了笑声和欢乐。

　　她扎着马尾巴，生就苹果脸，着一身亮眼的土家民族服装。她自我介绍姓庞，大伙儿叫她庞幺妹，是板夹溪十三寨瓦房寨寨主……一颦一笑落落大方。

　　她能歌善舞、多才多艺，也熟知土家苗寨的民风民俗……

　　在十三寨，我问庞幺妹这寨主平时都干些啥……她没有直接作答，而是笑指青山绿水间……

　　末了，她告诉我，板夹溪山外有山重重叠叠，祖辈以前想尽千方百计要逃离大山……"乡村振兴发展战略"启动后，乡村旅游得到大力发展，家乡面貌发生了翻天覆地的变化。

"我们从外地打工回来，看到家乡的山水感到格外亲切，一草一木都是那样的赏心悦目。不说别的，就是喝口山泉水都比城里的甜而且放心。前次，环保局派人到山里来测了一下，我们这儿的负氧离子是你们城里的百倍之多……"她如是说。

不思善，不思恶，人应随时怀抱原始天然的朴素——望着庞幺妹，我记起了佛家禅宗的一句话。

清风朗月不用一文钱！板夹溪——不正是我们梦寐以求的世外桃源吗！

中国
峡谷城
清新黔江

观小南海地震遗址感赋

张 涌

暂抛凡虑别华堂，轻车穿行翠微廊。
豁然眼前开新境，一派秋光胜春光。
细雨随风润烟树，平湖澹澹感微凉。
霜叶彤彤疑二月，婉转莺声藏森芒。
何须更觅神仙界，仙乡即此水云乡。
古来何曾景如是，云水苍茫百载尔。
当时一霎起妖风，地崩山摧天柱毁。
熊咆龙吟惊层巅，乱石豕突如飞矢。
渔舟翻转鸿毛轻，千年老树连根起。
山溪一夜成大泽，万般心惊未可拟。
我来感慨复唏嘘，桑田沧海俱往矣。
岂敢夸言胜天，天威总在莫测里。
长将敬畏藏胸间，一瓣心香献故址。

武陵群山（陈彤 摄）

香山寺（陈彤 摄）

佛道圣地藏武陵

武陵仙山原名武陵山，曾是与四川峨眉山、贵州梵净山齐名的佛教圣地，也是道教圣地。山顶的贞武观承载了融儒释道于一体的多元文化。其遗址尚在，向世人展示沧桑。

岁月流逝，沧海桑田，绝美的峰峦，幻化的云雾，秀美的风光，动人的传说，怎不陶醉其中。

佛道圣地觅诗魂

笑崇鐘

武陵山（后更名为武陵仙山）是有名的佛道圣地，那里蕴藏着灿烂的文化。

孩提时，教了十几年私塾的爷爷，老是坐在火铺上，一边吧嗒吧嗒地抽着叶子烟，一边对我们娓娓讲述武陵山的神奇及美丽的传说，吟诵历代文人墨客为之写下的诗篇……令我陶醉，更令我心驰神往。多少年来，总是梦到武陵山，寻觅动人心魄的武陵诗魂。

一个秋天的丽日，笔者与友人终于到了武陵山，饱览了武陵风光，那无法言说的喜悦至今回味无穷。

我们从黔江城出发，沿国道319线西行至石会镇关后村，就望见武陵山了，时间不过三四十分钟。记得明代一位诗人所写的《武陵山》，气势磅礴，其诗曰：

天生福地武陵山，峙立乾坤不等闲。
联峰落地培金脉，玉笋冲霄捧玉盘。
一剑云横喷紫气，九天星彩映元关。
神功默默资民命，戛荫传声四海沾。

武陵山与大娄山交汇，山山对峙，山山相抱，山外有山，山中套山，气势磅礴，蔚为壮观。往北有雷公山、七跃山、方斗山，往南有八面山，逶逶迤迤，苍苍莽莽，浮云腾雾，涌波流霞。在万山丛中，长江、乌江、酉水、郁江、龙河、阿蓬江、龙潭河、梅江，日夜奔流，一分钟能流到的地方，绝不多用一秒。江水时而缓缓流过，那声音像朦胧的月光和玫瑰花间的晨雾那样温柔，像恋人的蜜语那样甜美；时而奔腾咆哮，令人不由自主地想起"唯见长江天际流"的雄浑景象和"奔流到海不复回"的伟大气魄来。山环水绕，溪鸣谷应，构成了绿水青山的瑰丽画卷，蕴藏多少不朽的诗魂？

山峰绵亘10余公里，山势峻峭，奇峰兀立，危崖深峡，云缠雾锁。那相连兀立的奇峰，似爷孙相扶，似婆媳悄语。又或如背负竹篓者，或如手牵羔羊者，仿佛八仙赴会，酷似唐僧取经……因势赋形，莫不毕肖，令人不能不为大自然这个伟大创作者的杰作而惊叹！再听山民逐一指点奇峰，娓娓讲述那贵人山、公母山、双石墩、八角庙、公公背媳妇诸峰的故事传说，不能不对大自然这个天才诗人而顿生敬意。回味历代诗人为之歌吟的诗篇，也不能不浮想联翩。

武陵山的主峰名叫玉笋峰，海拔1000余米，有"武陵峰万仞，突兀镇黔江"之说。立峰巅，览群山，见青山如波，白云如絮，峰云相携，变化万千。清风徐徐吹来，一时含烟凝碧，奇峰隐约；而骤风突起，云海翻腾，则诸峰匿迹，四野漠然。好一派神工鬼斧，蕴含多少诗的灵光？清代著名爱国诗人陈景星曾赋诗曰：

昨夜西风叶打扉，梦魂争绕翠峦飞。

遥知十二烟环里，定有神仙盼我归。

玉笋峰是群峰的最高峰，峰顶原有真武观，建于万历四十三年（1612年），分散在四块小平台上，每台建有一座木质结构的楼宇，其挑梁延伸平台外悬空二三米长，共百余间，十分壮观，可谓建筑史上的奇迹。遥想月白风清之夜，看孤峰凌霄，琼阁飞起，几疑仙境，是何等的惬意！传说山顶原本无水，一位高僧以锡杖点地，地面便涌出一股清泉，僧人们于是砌了一口水井，从未干涸，可供四五百人之用。无论传说如何不可思议，那水井几年前仍水量丰沛，向世人展览大自然的神奇。

这里曾是朝山问道的圣地，与四川峨眉山、贵州梵净山齐名。清《酉阳州志》载："寺僧恒数百人，常住半足，向数年一启戒坛，远近缁流，奔赴不绝，香火之盛，殆甲全州。"清人龚绍南有诗曰：

今朝上得翠微巅，拜佛归来月满间。

古柏枝高黄鹤满，悬若风静绿云眠。

钟声飞落三千界，石骨雄支半壁天。

自是僧家玄妙处，拈花约坐已成仙。

可惜庙宇几经火焚，现仅存山门一座。山门上的石刻对联仍清晰可辩，令人遐思。其联曰：

玉笋凌霄曾向瓶中靡珠露
山环皓月好泛钵里现昙花

晚清名臣张之洞到此，流连忘返，吟诗赞曰："尚爱此山看不足，每逢佳处辄参禅"。

武陵山主峰相对的是羽人山。山峰陡峭，突兀不齐，终日烟雨蒙蒙，若隐若现，美不胜收，以"武陵雾雨""羽人烟鬟"列入黔江十二景。清人邵敦所著"武陵雾雨"集句曰：

西风吹雨叶还飘，（李　洞）
洒暮侵窗送寂寥。（杜　牧）
薄雾崖前秋漠漠，（灵　彻）
片云头上晚潇潇。（雍　陶）
几家渔舍冰绡隔，（顾　况）
十里江村水墨描。（熊孺登）
何处更添诗境好，（司空图）
风城景色正含韶。（李　峤）

"羽人烟鬟"集句为：
平川一望树依依，（陈子昂）
风卷烟霞上紫薇。（李山甫）
山拥翠鬟当户立，（刘　沧）
鸟还青嶂拂屏飞。（许　浑）
岚光黯淡迷秋壑，（李群玉）
野色溟蒙隐夕晖。（鲍　溶）
自要乘风随羽客，（高　骈）
更于何处学忘机。（周　朴）

是呵，墨客足迹烟雨里，灿烂诗魂奇山中。如此美景，怎能不令人陶醉，怎能不令人流连忘返？

我们在玉笋峰久久地眺望羽人山的景致，忘情地欣赏大自然的杰作，快乐地探讨人生的真谛。不知不觉，太阳就要落山了，夕阳的余晖给武陵山镀上了一层彩色，层林尽染，一种无法言说的美展现在眼前。仿佛山上的每一块石头，每一棵古树，每一株花草，都贮满盎然的诗意，都闪烁着诗的灵光。

山下的香山寺香烟袅袅，传来阵阵悠扬的暮鼓声和念经声，空中飘逸着灿烂的诗魂。在踏上归途之际，我忽然记起那副哲理丰厚的对联：

晨钟暮鼓惊醒世间名利客
佛号经声唤回苦海梦迷人

仙山怀想

邱 平

山，还是那座山；名，却非那个名。我深知，这是黔江人特别失落也特别纠结的地方。

自古山以名传，山名的演化史，常常也是一方山水的文化史，三山五岳概莫能外。正因为如此，任何依山而居的人们，都对山名有着难以释解的情怀。在这一点上，黔江人越发体会深切。

黔江人守望的山名曰"武陵山"。据传此名乃唐玄宗所赐，迄今已有1200多年的历史。其间的内涵和情感恐怕不是几句话能说得清楚的，如今退而名曰"武陵仙山"，于情于理于民俗于地主心态，当然是五味杂存。究其原因，是曾经遭遇异地抢注"武陵山"旅游商标，不得不如此。不过"武陵"二字仍保留着厚重的底蕴，"人"与"山"组合的"仙"字，倒是平添了许多神秘。

作为黔江人，我对仙山怀有一份特殊的情感。这份情感来自无论时空怎样变幻，她仍旧拥有的得天独厚、从容不迫、灵性十足；来自曾经的寺观林立、香客如云的历史传承；来自她与生俱来的禅意、宁静与庄严！

闲暇时，我喜欢去武陵仙山看山。站在仙山高处，放眼看去，山川形胜，起伏有致。映入眼帘的是形态各异的山峦和浓浓绿荫掩映着的森林，层层叠叠的山，层层叠叠的绿，以及巉岩断壁所构成的大写意画卷。间或有庄稼、房屋点缀其中，使整个画面更有神韵。透过绿叶婆娑的树梢和奇形怪状的山峦，是湛蓝的天空，既洁净澄明，也瑰丽丰盈。每每此时，总不由感慨大自然的奇绝之力与造物主赐予人间的大美。山者，无论形态怎样变化，都以超越地面的俊朗神采，与河流的低伏柔波，组成相对应的辩证美学。武陵仙山，本就因为得天地之造化而美不胜收，加之故乡情怀，自然目之所及，都是无尽贴心的喜爱。或许，正是因为太贴心的缘故，每当逃离众生喧哗，上得山来，徜徉小径，观赏山花绿树，呼吸饱含负离子的清新空气，内心就无比安详，思绪格外恬静。默默感受仙山的静穆，在这质朴而又清幽的环境里，吐故纳新，游目骋怀，享受着"什么都可以想，什么都可以不想"的轻松与惬意。

仙山的主峰玉笋峰，孤峰飞峙、"笔"立万仞，百步九折、猿猱愁渡。峰顶曾有一庙宇，名曰"真武观"，当年可是远近闻名，香客云集，参玄悟道，文人墨客，竞相为赋。伫立其峰，虽残垣在目，却神游万仞。北宋名相寇准游历黔江时登临此山后赋有绝句《武陵景》："武陵乾坤立，独步上天梯。举目红日尽，回首白云低。"道出了仙山之险峻与玄妙。无独有偶，晚清名士陈广文在其五律《武陵峰》中曰："武陵峰万仞，突兀镇黔江""眼中全县小，脚下乱山降"。用对比手法衬托出武陵山的巍峨。

登临绝顶，无论俯仰，均觉豁然。极目所见，远远近近、高高低低全是山，山头连着山头、山峰叠着山峰，重峦叠嶂，碧海涌动，似雨后春笋，负势竞上。大自然鬼斧神工，把仙山雕塑得既有仙人的伟岸雄姿，也有仙女的轻盈妩媚。撒播在山间的茂密丛林、葱茏庄稼和烂漫山花，把整个仙山装点成一幅幅神韵各异的写意画，呈现在蓝天之下，铺展在大地之上。在云雾、大山和森林的怀抱中，间或还能看见形单影只的农人在田间劳作，与周遭的景物精妙地融为一体，成为风景中极其生动的一个点，虽渺小、平凡，却又怡然自得。

远处是八面山，山分八面，扇形铺展。奇峰轮廓分明，苍树绰约弄姿。阳光明媚时，金碧辉煌，璀璨夺目，恰似连绵不绝的苏锦蜀绣；烟雨朦胧际，云缠雾绕，若隐若现，仿佛缥缈沉浮的海市蜃楼。清人邵敦集古代名人诗句赞曰："横云照染芙蓉壁，八面风棂漏隙光。晴影有时还缥缈，暖丝无力自悠扬。"描绘出黔江十二景之一"八面兴云"的诗情画意。

近处是相公岭，岭呈一梁，比肩排开。石笋柱天而立，怪石壁立如黛。云蒸霞蔚时，万物灿烂绚丽，静穆唯美；星星点灯际，半山岚雾若烟，神秘莫测。古人赞道："平川一望树依依，风卷烟霞上紫微。山拥翠鬟当户立，鸟还青嶂拂屏飞。岚光暗淡迷秋壑，野色溟蒙隐夕晖。自要乘风随羽客，更于何处学忘机。"道尽羽人烟鬟之韵味，留下无尽怀想之禅机。与羽人烟鬟相呼应的是武陵云海。四川省政府原参事梁伯言曾赋《水调歌头》赞曰："朝来云，午来雨，晚来烟。千奇百变相属，图画妙难传。初若长风牵幔，渐似惊涛拍岸，一白浩无边。独倚危栏立，疑泛洞庭船。"以绝妙好词抒写绝妙之景。

此外，梵音袅袅的香山寺，流水潺潺的构树河，蜿蜒曲折的1319国道，以及稍远处的黔江城，全都隐藏在山脚下，延伸到视线外。山中不时有三五户原住民修建的旧式吊脚楼掩映在森林里，零星地散落在山峦中，与群山和谐相处。

每每找寻有关仙山的宗教文化史，一些现象常常令人惊叹。那些在史书中能够查阅，在民间口耳相传的故事充满传奇，仿佛非常遥远，却又像萦绕咫尺。

明万历四十年，黔江知县杨再栋责成和尚清园在武陵山主峰主持修建真武观。山顶不足三百平方米的四块小坝，依势建造，四周悬空约一丈，建房125间，可容四百余人。无论明月清风之夜，还是云雾缭绕之晨，远远看去，恰似琼楼玉宇。建者为僧，造之为观，佛道同殿，蔚为奇观。之后数百年，从山脚到山顶，陆续修建了香山寺、观音阁，还有48座小庙，形成颇为壮观的庙宇群。相传以其神奇和灵验吸引络绎不绝的香客，繁盛时，曾与四川峨眉山、贵州梵净山齐名。《酉阳州志》载："寺僧恒数百人，常住半足，向数年一启戒坛，远近缁流，奔赴不绝，香火之盛，殆甲全州。"其人潮鼎沸，香火旺盛，可见一斑。可惜在"破旧立新"的年代，这道远近闻名的文化风景终究没有逃脱厄运，古刹毁于一旦。而今，仅存残垣，山门上"武陵古刹"四字苍劲有力，仿佛在诉说着世事沧桑；"玉笋凌霄曾向瓶中靡珠露，山环皓月好泛钵里现昙花"楹联清秀俊朗，见证了真武观曾经的兴旺。

尽管如此，由于传说中的灵验，此地依然充满着神秘，吸引着远远近近的信徒前来拜谒。前些年，有关部门拟重建真武观，为了做好前期工作，香山寺住持牵头在玉笋峰峰顶修建了一座简易的房子，设置了神龛，并派和尚、居士上山主持香客焚香设祭。一尊佛像，一柄香炉，一只果盘，简简单单，却不乏神圣。木鱼的橐橐之声，香客的虔诚祈祷，昭示着仙山的庄严，让人心生敬畏；来来往往的文人墨客，更增添了人文滋养，让仙山充满生机。

香山寺原本只是真武观的"脚案"，名曰接引殿，也是屡毁屡葺，新中国成立后还一度成为工农乡政府所在地，21世纪初才重新修缮开放。寺院背倚武陵仙山，前瞰构树小河，负山抱水，曲径通幽。虔信中国神秘文化，懂得风水的人坚信这是一块风水宝地。所以，尽管寺庙多次被毁坏，一旦获准恢复寺庙，宗教界人士坚持在原地修复。寺内仍是四合天井，连建筑风格也没什么改变。为此，香山寺的几任住持可谓煞费苦心。

现任主持是佛学院科班毕业生，颇有造诣，把规模并不宏大的香山寺操持得规范、红火。那些大大小小的香炉里，每天都会跳跃着香烛纸钱的火焰，节奏分明的暮鼓晨钟，感应着十方世界，令每一位修行人虔诚向佛，也给世俗之人带来少有的平静。其实，无论僧与俗，无论渐修与顿悟，烦恼与解脱总是相伴而行。我相信许多人都不是因迷信而来，而是虔心礼佛，诚心向善。果能如此，功莫大焉！

除了香山寺和真武观来来往往朝圣的香客，仙山多数时间是宁静的，来这里的人都会静静的，轻轻的，好像生怕打破她的宁静。如果你喜欢喧闹，会觉得很枯燥，但对于好静的人来说，却是一个绝妙的去处。每当体味到那特有的静谧，无不感心动耳，大自然的各种声音都那么清晰，那么独特，充盈着诗情画意，氤氲着撩人魂魄的禅意。晚清名臣张之洞当年拜谒此山时留联云："尚爱此山看不足，每逢佳处辄参禅"。佳处参禅是需要宁静的，或许是太喜欢这里的宁静了，我多少有些担心，如果某一天这宁静被打破，自己的内心会不会变得失落。

"山不在高，有仙则名。"诚如斯言！武陵仙山与许多名山相比，并不算高，但因其神秘的佛道史，自是仙韵独具，非同一般。是故，仙山风云际会，跌宕千年，聚集天地灵气，使其"仙气"连绵，在历史的脉络里留下了独特的文明遗迹。而今，这些遗迹正以其灵性汇聚起新的能量，召唤虔诚的信徒前来重现她曾经的辉煌，复兴她的庄严，以灵魂的虔诚去顶礼、去拜谒。

仙山给了我许多怀想。时至今日，她宁静依然，灵性依然！

武陵仙山的几个片段

钟良义

　　黔江有一处名山古刹。说其有名，是因其曾与山西五台山、浙江普陀山、四川峨眉山、安徽九华山四大佛教名山齐名，是西部地区屈指可数的佛教圣地之一，张之洞曾为其题写过山名，黄庭坚曾为其留下过诗句；说其古，是因其宗教历史可上溯至西汉刘秀时期。山因刹而名，刹因山而沉淀了儒、道、佛融于一山的浓厚的宗教文化，在宗教史上堪称一绝。

　　这山名为武陵仙山，这刹名叫武陵古刹。

香山寺："怪兽"难倒众文人

　　武陵仙山山脚是寺庙，山顶是道观，著名的香山寺就在武陵仙山山脚，是上武陵仙山山顶真武观遗址的必经之处。这香山寺原非一座寺庙，而是一处专用来接待香客食宿的场所，一般的寺庙没有这样的设施，只有香火特旺的地方才有，这足见武陵仙山在浩瀚的宗教史上曾经的辉煌。清同治《酉阳直属州总志》有文字佐证："寺内恒僧数百人……远近淄流，奔赴不绝，香火之盛，殆甲全州"。

　　带着对城市的厌倦来到香山寺，见寺前一对石雕怪兽。石雕怪兽长不盈米，高不足尺，似狮非狮、似狗非狗。狮是一种象征吉祥的兽类，皇宫宰府、官衙民宅、庙宇馆舍……门前大多立一对威武雄壮的石狮，守护吉祥。像这样的石兽还未见过。大家争先恐后高声发表高见，显摆自己知识渊博，但无一能说服众人。一位当地农民见我们争论不下，憨厚地笑了。他说这怪兽名叫犼，是《西游记》中仙人的坐骑，一种非常勇敢的瑞兽，在全国寺庙中立此怪兽的仅有香山寺一家寺庙，目的是不让有邪念的人进入这块福山宝地。据说凡到武陵仙山参拜的人只要到了香山寺，见此怪兽，就会立除邪念，诚心向善。他常听寺内的方丈说：善，是为人之本，只要从善如流，人间处处都是福山宝地。

"真是高人在民间"，大家听完这位农民的讲述，不禁心生感慨，自以为是的心顿时收敛了许多。

香山寺是一座四合院，院内从缅甸运过来的玉石观音慈眉善目地端坐在雕梁画栋的正殿，喧嚣的人群站在天井内青龙石嵌就的院坝上，对着面目和善端详众生的玉石观音，在雕龙刻凤的石香炉里燃香许愿。不知是对神灵的敬畏还是院内文化环境的作用，在香雾缭绕上升中，四周顿时静谧。即使在早已被香客的脚磨得平滑光亮的青龙石板上走过，也是寂然无声。这和挤车坐船相比真是截然不同，前者是人多但不显喧嚣，后者是人挤却喧嚣无忌。无疑，这是一种文化的作用。

虽不信燃香许愿，但从寺内出来时一颗在城内浮躁已久的心开始宁静。

土地庙：上山路上显教化

香山寺外，一条石级路从林间斜开至武陵仙山的主峰——舍身崖，真武观就建在这崖上。石级路有3600余步，没点毅力很难爬到崖顶进入真武观。看来，武陵先人早就明白从善如流并非易事，所以把这真武观修在那么一处不易到的所在。一时从善容易，终身从善很难，生活中不是有很多人始善终恶，落得身陷囹圄，遗臭万年的下场吗？

拾级而上，路边杂木竞秀，野果满枝，几人合围的古树参天蔽日，红豆杉、珙桐等列入国家一级保护的珍稀树种随处可见，鸟声轻啭，山泉叮咚，兽迹依稀，让人好不惬意。在尽情享受这大自然赐予的同时，我注意到了路边残存的土地庙。说是庙，实在有点牵强，那只不过是用三块石头搭成房子形状，中间立了一块人样石头的小石房。这种小石房当地人都叫作土地庙。土地是农民的衣食父母，当地的土家族人和苗族人对土地非常珍视，非常敬重土地菩萨，认为土地菩萨是最善良、最能体恤老百姓疾苦、最能为老百姓消灾化难的神灵，所以在房前屋后、路边地头都会立这样的土地庙，每逢过年过节或有灾难疾苦，就会前往烧香膜拜，祈求风调雨顺消灾化难。有人从山脚一路记下来，共数得从香山寺到崖顶的真武观遗址存有这样的土地庙48座，这在全国的佛教圣地可能是绝无仅有，堪称武陵仙山一绝。从这些残存的土地庙，我们似乎看到了这里的土家族人、苗族人是怎样善待土地，经过每一座土地庙时都似乎听到一个声音："地球只有一个，人类要善待土地"。

舍身崖：佛教故事感人深

爬完石级路，攀完一条羊肠小道，一座像春笋破土一样的山峰耸立在我们面前。山峰四周云雾披纱，深不见底，群峰环绕山腰。当地一个为我们带路的文化干部介绍说这就是舍身崖，舍身崖山尖如笋，很高很险，只有一条独路可以爬上崖顶，真武观就建在这上面。传说有楚人和川人争高下，川人曰：四川有座武陵山，离天只有三尺三；楚人回敬：湖北有座黄鹤楼，半截插入天上头。这川人指的武陵山就是这舍身崖，这传说足以说明这舍身崖之高之险。这位文化干部还告诉我们，大凡佛教圣地的地名都蕴藏着一个动人的佛教故事，舍身崖也不例外。他说，很早以前湘西的一对夫妇结婚多年无子，听说这武陵仙山的菩萨特别灵验，便相携前来跪拜，他们在真武观内的菩萨面前长跪不起，求菩萨保佑生下儿子。当晚长老和尚招待了老两口斋饭，并给了一副药剂让老两口带回服用。老两口回湘西的第二年果得一子，满心欢喜。儿子满两岁后，老两口带着活蹦乱跳的儿子前来武陵仙山真武观还愿，没想到老两口在真武观的菩萨前跪拜时，不省世事的儿子却在菩萨像前撒了一泡尿。老两口气急败坏，认为儿子亵渎了神灵，便将儿子摔下了悬崖，然后凄凄惨惨地回到湘西家中，没想到奇迹发生了，被他们摔下悬崖的儿子却安然躺在床上。此后，这悬崖便得了舍身崖的名谓。说者无意，听者有心，我们很诧异，这真武观是道观，怎么会有佛教故事，又怎么来的菩萨和长老呢？这位文化干部听后很骄傲地笑出声来，说：这就是武陵仙山独特的地方，在这里佛、道、儒集于一山，相互融通，彼此无界，形成了非常包容的独有的宗教文化。所以，在武陵仙山，山脚是庙，山顶是观，道教中有佛教思想、儒家文化，佛教中有道家文化、儒家思想，刚才讲的佛教故事就是很好的例证。众人听后无不感叹：当下缺少的不正是一种包容吗？

真武观：玉宇琼楼云雾中

舍身崖顶是百来平方米的一个平台，武陵仙山的精萃真武观就建在上面。从西汉建观开始，经历朝修补，到明清时已有大小木屋125间。这些木屋以平台为支点，四周各有24间悬于空中。楼骑山尖上，云雾绕山腰，不是仙山琼阁胜似仙山琼阁，只可惜这种景致现在看不到了，我们两股战战地攀爬上平台看到的只是丛生的杂草和两块残存的山门。山门早已风化，但石刻的门联字体仍清晰可见。上联曰：玉笋凌霄曾向瓶中靡珠露，下联曰：山环皓月好泛钵里现昙花。短短26个字浓缩了武陵仙山美景和丰富的宗教文化。除此之外再无他物，昔时名噪天下的真武观那琼楼玉宇早已化为云雾，只剩下一些灰烬和烧裂的石头。触摸着这些黑黑的灰烬和冰硬的石头，我仿佛看见了几十年前那场烧了三天三夜的大火，这样一座凝结黔江人坚强毅力和无穷智慧的宏大建筑在2000多年的凄风苦雨中都稳如磐石，怎么会在经"文革"后期毁于这场大火之中呢？我不知那捅真武观瓦片以饱口福的人是否还有颜于世？也不知那时让真武观失之于火的地方官员是否愧疚自责过？

舍身崖顶并不是武陵仙山的顶峰，但我们都以为是登临了极顶，在对着废墟发了一通感慨后便两手叉腰回看爬过的山头，突然间又有了"一览众山小"的感觉，这些被我们踩在脚下的山头刚才还高不可攀，此时却通通趴伏在我们的脚下显得多么的渺小和卑微。白雾从这些卑微渺小的山头缓缓飘升，慢慢汇集在半山形成一片云海，云海之上冒出似公公背儿媳、夫妻拥抱、淑女晒羞等各种形象的峰峦，走马灯似的在云海中不断变换着形状，望之让人神清气爽，疑似置身在仙景之中。很快，这种感觉就消失了，随着云海的上升，我们抬头四面仰望，看到周围高山林立，高不见顶，在这茫茫云海之上和周围的高山之下，站在崖顶突然感觉就像一株小草，先时"山登极顶我为峰"的感觉瞬间消失得无影无踪，代之的感觉是山外有山，要想为峰必须攀爬不止。

天子殿：吟诗作对赋闲情

到天子殿已是傍晚时分，大家意犹未尽，在一块"观音娘娘送子木雕"前好一番争论。一曰天子殿是供前来武陵仙山拜佛的官方人员歇脚的所在；一曰天子殿的"天"字应为"添"，即为"添子殿"，是供不孕妇女烧香拜佛求子的地方，从这副木雕可以推断。木雕的确很形象：一位男子坐在莲花洞口将手伸向洞中的小男孩，洞的形状酷似子宫，小男孩一边向莲花座上的观音挥手，一边向洞外的男士走去。

严肃的争论总是很累人，大家很快失去了兴致。主持人提议大家把自己一天的感觉写下来跟大家分享。打油诗、格律诗、现代诗……一时间都跃然纸上。我不懂诗律，搜肠刮肚编得以下几句以凑热闹：

晨入香山寺，
午进玉笋林。
曲径通幽处，
古刹云雾深。
山光悦鸟性，
湖影空人心。
入夜万籁寂，
但闻钟磬音。

题武陵仙山

王明凯

每一次从你脚下经过
我都抬头把你仰望
阅读你默默无语的呼吸
一遍遍让我想入非非

你是盘古派来的使者吧
开天辟地功不可没
赏你看护这肥田厚土
你是巡游天下的神仙吧
端坐云朵的高处
静观世事的炎凉与冷暖
你是高在天堂的先圣吧
在手足相扶的讲述中
爱情如山，生命永恒

终于有一天，我如愿以偿
如愿以偿地走进了你
在你巉岩般的肩胛与额头
聆听你的险要与高耸
抚摸你的清风与鸟鸣，才发现
在你断断续续的迎送中
那般仁者爱人的泰然与淡定
不管白天还是黑夜
不管尼姑还是和尚
不管赞扬还是贬损

不管高贵还是渺小
来了，你就欢迎；走了，你就欢送
又来，你又欢迎；又走，你又欢送

武陵山啊，我的武陵仙山
在你的心跳旁边，我手搭凉棚
看见重重叠叠的深邃中
林木深深，花枝礼拂
看见一览众山的视野里
绿水青山，天高云淡

一览众山话武陵

维 扬

大年刚过，数友邀登武陵山，从香山寺出发，顺着蜿蜒的石梯拾级而上。

香山寺又名接引殿，是真武观的脚案，位于武陵山主峰脚下，为香客进山所必经。现存山门、正殿及东西厢房，是清道光十八年焚后重建的。从那一间间残存的建筑物，从那一块块依稀可辨的碑碣中，从那一副副工对别致的联语里，仿佛可见摇曳的烛光、缭绕的香烟、摩肩接踵的信徒如泉水般奔来。

伫立寺外，但见武陵山主峰巍乎危乎，高高在上，大有伟丈夫顶天立地之气概，不能不肃然起敬。"一笑登天上，群峰俯脚跟。雨收山路滑，云起寺门吞。石骨惊崖裂，钟声带树奔。九霄争咫尺，狂欲大星扪。"清代土家族诗人陈景星这一描述，入木三分，痛快至极。

景为人观，人为景动。为一睹武陵山尊容，我们蹚小溪，穿丛林，攀山梁，加快登山步伐。可越往上行，山势越陡，速度越慢。沿途有十数个用三块片石砌成的神龛，俗称土地庙，里面堆积着厚厚的纸灰和残烛。据说，当年的土地庙系武陵山佛教文化之一绝。凡上山进香者，沿途需给土地神磕头，化钱烧纸，一路祭拜上去。由是有史载"武陵山以外环亘数百里，土苗人世代信仰梯马，即土老司；尤为敬重祖先，信仰土王、山王、梅山、土地等诸神"。清光绪《黔江县志》也说："千百年著灵应，远近数百里间，莫不顶祝，奔走恐后，朝佛者远近而至，灵应久播遐迩，皈依寺僧数十百人"。那时，远至成都、重庆、湖南、湖北的香客争相到此进香，求神拜佛，祈祷许愿。至于灵否？也许信则灵，诚则灵，只要虔诚不灵也灵。

越往上，景致越佳。远处的山，近处的树，山下的田园，像走马灯似的跳进眼帘。东南一线更是崇山峻岭、逶迤起伏，连绵邈远，峰奇石异，山势峻峭：像奔马、像卧虎、像睡狮，如牧童放羊、如仙女下凡、如情侣私话，似人似畜似禽似兽，一个个或静或动或行或止的景象，让人看得眼花缭乱。耳听随行人员讲述火石山、贵人山、八角庙，尤其是那犹如"群仙赴会"的羽人山，"公公背媳妇"的传说和地方掌故，让人听得如痴如醉，忘乎其行。

沿着崎岖陡峭的小径，攀到武陵山主峰绝壁悬崖之上，心尖儿虽提到了嗓子眼，但心下却不得不赞叹，这武陵山主峰果然突兀峻峭，林木森森，确实堪称诸峰之冠。站立峰巅，放眼望去，群山拥立，缕缕炊烟与团团白雾融为一体，自山脚缓缓升起，缥缥缈缈，弥漫在群山峡谷之中，让人感到山势欲飞，有如置身悬空。入夜，要是仰卧峰顶，定会感觉山与天齐，人比山高，既可遥望浩瀚的星河，又可聆听悠远的晚钟。这时候，你的肉身凡胎，你的浊思杂念，你的功名利禄，都会荡然无存。

当年，先人把真武观建于此峰，且往绝壁外挑出丈余悬空虚架，自有深意。试想，参禅诵经也好，求神拜佛也好，凡心罩于虚空之上，光明之下，命薄如片纸，渺小如蝼蚁，哪有不向善朝宗、立地成佛的道理呢！可惜，如今贞武观早已灰飞烟灭，给人留下的只是"武陵古刹"的湮没和神秘。

别过真武观，前往天子殿。一路上，古树参天，荫翳蔽日。树种繁多，品质珍稀。有的耸立于峰顶，有的倒挂于绝壁，无论扎根在什么地方，都展示出十分顽强的生命力，尤其是那棵斑痕累累的红豆杉，让人深切感受到武陵山历史的厚重和沧桑的巨变。武陵山因了这些树，才有了勃勃生气。山凸显的是阳刚之气，树蕴含的是阴柔之美，它们阴阳互补，相依相存，堪称武陵山之又一绝。

天子殿坐落在一片郁郁葱葱、云蒸霞蔚的丛林之中。其殿选料精良，构建精巧，飞檐翘角，石板铺地，气势恢宏。据传：此殿系当年天子出游歇脚的神殿，是真是假，无从考证。问及如今居于天子殿的百姓，不作答，只是笑，仿佛他们即是当年的天子，脸上神采飞扬，生活自由自在。

离开天子殿，我们来到一家李姓的农户家中休憩解饥。坐在红红燃烧的火塘前，吃着香甜爽口的烧红苕，触景生情，一下子把我拉回到穿开裆裤、打光脚板、吃苞谷羹、拍三尖角、骑马马肩的儿时。于是，任由性子，放开量喝酒，敞开心说话，把自己与山与树与农人与朋友融在一起，享受着"山珍最知美味道，武陵才是真桃源"的恩赐。

武陵之春

曾垂航

盘旋而上的时间
打了一个硕大的结
冷落了葱茏的绿叶
任滚滚红尘
从峭壁奔流而下

时间隧道在险峰绝壁上
丢落了天边云彩和美丽传说
一次次感染着武陵仙山
每一株顽强的生命
和满山遍野重重叠叠的祈祷
灿烂的阳光
剑一样穿过时间的结
剥剥作响

终于可以和绿叶清楚对话了
武陵仙山每一粒坚强的意志
都曾被历史的双手
或柔或烈地拥过
我们用刀一样的眼力
破解岩石般坚固的禅机
再一次将热情注册
宣告一个季节的到来

武陵仙山

吴明泉

风牵着衣袖
蹭着脖子
陪着我
一路向上

哪怕停下脚步喘息
注视远方的风景
风仍然环绕在身旁
在我的耳边絮语

从脚踏实地的山脚
到颤颤巍巍的山腰
到腾云驾雾的山顶
风一直是不离不弃的朋友

四面八方的风包围过来
遥远的风从远处赶来
记忆深处的风浮出水面
它们围着我
手牵手
翩翩起舞
它们那么欢乐
那么轻盈
又那么激动
它们要把我抬起来

要融化我

要我忘记过去

忘记现在

忘记正踏在万丈悬崖

一个忘记危险的人

危险不复存在

置身欢乐的云朵上

云朵犹如坚实的土地

想起昔日那些高僧

每日伸手触云

衣衫飘飘

高山上的风

让他们的脚远离尘世

烦忧无处藏身

这些多情多义的风

让我读懂了一个秘密

为什么有那么一些人

弃绝浮华

从山脚出发

一路向上

让自己越来越高

把生活

筑立在山顶之上

把最后一丝念想

安放于白云

官渡峡（朱大忠 摄）

国家级传统村落乡水车坪老街（陈彤 摄）

奇山异水
生妙景

黔江是一片古老而神奇的土地，境内散落着很多绝美的明珠，像点点星光闪耀，又像养在深闺人未识的少女。

秀丽的风光，鬼斧神工；古老的遗迹，历史悠远；奇异的民俗，五光十色，宛若民俗大观园；物产丰饶，原生态名优特产品各展风流。

古朴的山寨，参天的林木，开不败的山花，活泼清新的空气……组成养生养心的胜地。

翡翠之江

艾 平

从呼伦贝尔飞1300公里到北京，再向东南飞1900余公里，越过难于上青天的蜀道，到达重庆黔江。透过舷窗看见机翼之下——山峰簇拥，碧水缭绕，森林匝密，峡谷纵深。人仿佛降落在了一个步步惊心的盆景里，不由低吟起李白的诗句——"连峰去天不盈尺，枯松倒挂倚绝壁。飞湍瀑流争喧豗，砯崖转石万壑雷。"我是呼伦贝尔人，在我的字典里常用词是一碧千里，一望无际，出行的路总是一马平川，黔江的风景叫我连呼大饱眼福。而乘车进城的时候又有一番不同，路在峡谷侧畔，城在俯瞰深壑，阿蓬江时隐时现，山水尽头，往往柳暗花明，虽秋雨绵绵，却是隔窗便见万物葳蕤。

重庆黔江区，面积只有2402平方公里，却拥有9个4A级国家旅游景区，一个待批中的5A级景区，珠环翠绕而小巧玲珑，可谓笼万千气象于怀中。因为有一条阿蓬江横贯而过，因为阿蓬江一衣带水，这里的一切就有了传奇般的鲜活灵动。你就慢慢地细细地看吧，黔江遍地都是鬼斧神工。

从神龟峡渡口上船，我低头的那一瞬，心就醉了。阿蓬江的水如此别样夺目，简直有点让人难以置信。自此，我心里挥之不去的，便是四个字：翡翠之江。船舷下的江水，怎么那么绿呢？映日时是灿烂的绿，涌动时是莹莹的绿，平静时是温润的绿，远望时她的绿又是那么浩荡，更有船头轻盈的浪花，像一簇簇透明的绿叶子在跳舞。什么可以与阿蓬江水媲美？唯有美轮美奂的翡翠。阿蓬江发源于利川山区，由东北向西南逆行290公里，以海纳百川的气势，融汇了途中的无数大河小溪，转道流入乌江，旋即进入长江，奔向大海。一位文友在讲，阿蓬江是中国唯一一条由东北向西南流的河。我不由想到呼伦贝尔也有一条由东向西流的大河——海拉尔河，它最终汇入额尔古纳河，进黑龙江入海。如果追溯起来，中国的江河，千回百转九曲十八弯，到底还是水流千里归大海，滚滚向东流的。我以为言说阿蓬江，她那不舍昼夜的绿，称得上独有千秋。

天气半阴半晴，浮云微光，变化莫测。于是，我在江面上看到了翡翠的大词典。正绿有了，墨绿来了，蓝绿深浅不一，菠菜绿有浓有淡，而永不变化的是江水的玻璃底，那么透明，那么冰清玉洁……平生也见过几条江河，比如漓江的清丽，黑龙江的墨透，松花江的秋叶熔金，雅鲁藏布江的天水同蓝，而如此美如翡翠的江水，还是第一次看到。为什么？导游告诉我，由于渝东南腹地天然好生态，江水中氧离子镁离子比例高的缘故。

我们的船在航道上慢慢航行，两岸险峰聚拢，航道时而开阔宽广，时而只留天空一线，更有奇妙的一段，同样垂直高达85米的石壁，隔江对面而立，非仰卧，不可见石壁顶峰；两岸猿声隐于密林，翠竹临风微微摇曳，郁郁葱葱的中华蚊母堆在她们的脚下，犹如深色的裙袂，无名的玫瑰色花朵探头摇曳，让人想起苗家少女的笑靥……在当地土家语里，阿蓬是雄奇秀美的意思。阿蓬江是苗族土家族的母亲河，她们用最美好的语言来表达对阿蓬江的热爱。

让我们看看黔江境内美轮美奂的阿蓬江水系吧。

先说小南海。小南海是1856年6.25级地震留下的一个堰塞湖遗址，出水流入阿蓬江。 在其30平方公里的景区中，秀峰奇石矗立于碧水中央，三个湖心岛上茂林修竹，犹似湖面漂浮的绿洲，水面倒映着天上的白云和岸边的红枫，处处美不胜收。站在湖畔，我想起自己书写草原时的感觉，即语言用尽到了绝地，已经描述不出眼前的景象。

小南海曾经是一个热闹的村寨，当初的大地震带来的大洪水，把当地罗姓富殷大户的宅院淹没，其雕栏玉砌至今留在湖底，将来什么时候成为一个水下博物馆，也未尝没有可能。所幸的是罗氏一族得以逃生。从小南海向西不远，就到了土家十三寨。原始古朴的土家吊脚楼是村民们的居所，山歌和摆手舞好似古来的长风，在十三寨绵延不息。我们走到一个大院的木雕门楼前，导游不经意说出一句话——这就是罗家大院。这就是罗氏一族后来繁衍生息的宅院吗？正是。眼见得门庭楹联："摆手腾欢九峒三溪迎贵客，行云流水千歌万曲慰知音"，横批为："彩焕龙门"，一时尚不知摆手舞和罗家有什么渊源，但是无疑，这里是一个土家文化的传承之地 。罗氏一族，作为土家人的一脉，据说已经远走四方，开枝散叶，至今生机勃勃。在他们的故乡，祖传的摆手舞和古老建筑技艺依然流光溢彩。

走进城市大峡谷景区，好不震撼——两岸悬崖绝壁与谷底江面落差竟达500

米。一抬头，就看见了彼岸石壁上那传说中的巨幅摩崖观音像。巍峨的观音居高临下，手持净瓶和柳枝，眉目疏朗，满面慈悲，栩栩如生。刹那间，我的眼睛里就布满了泪水。我站在回音壁的圆点，隔岸呼唤刚刚逝去的母亲，听到自己的声音传出去又返回来，心身慢慢有了融融之感。离去的时候，不由一次次回头，果然是像黔江旅投集团总监黄霞所说的那样，无论你站在哪里，观音的目光都在注视着你。

这巨幅摩崖观音像，高达123米，宽69米，堪称中国之最。据导游介绍，唐朝的黔州乃是巴山蜀水凄凉地，被流放到此的名人，有唐高宗的舅父长孙无忌，唐高宗时期高句丽贵公子渊男建。这观音摩崖石刻造像，就是渊男建始创。一千三百多年风雨剥蚀，造像已经清晰不再，当地政府集30个工匠在悬崖峭壁上修复，历时3年，于2015年底完工，其风华得以重现。

当地朋友告诉我，观音造像实在太高大了，施工方搭建了270米的脚手架方到达造像头部。工匠们上去作业，上下不方便，累了常常住在上面。观音的一个眼眶，可以容纳四五个人，黔江的春夏秋冬本就不冷不热，师傅们在观音的眼眶里睡得安稳。是谁这么幸运，能有这么一份传奇般的境遇？是满脸沧桑满手厚茧的老石匠，还是风华正茂的年轻美术师？一个口口相传的细节，让我这个痴迷的写作者久久放不下，一直浮想联翩。后来……当被朝晖唤醒，你们睁开眼的那一刻看到了什么？是不是觉得如在梦中？你们的脚下，山涧里流动着极尽天下的翡翠化成的水，碧空远影，阿蓬江在青峰石壁下依依而去；那江对岸的全画幅，给你们的应该是亦真亦幻的感觉吧——高速立交虎踞龙盘，武陵水岸，高楼大厦，蒲花盛处，水送龙船轻舟，风雨廊桥金鳞粲然……亲亲的故乡，熟悉她每一片叶子的地方，什么时候变成了一个神话……登高而望远，多好，黔江人，你们看见了大千世界，沧海桑田，金山银山……

再说蒲花暗河。所谓暗河，是指坐船游览，要几经明暗。河在山洞峡谷中流过，我们在夜幕中聆听前方，忽然眼前一亮，只见空中石壁上一个英雄和一个美人儿正隔空相望。导游讲，那英雄乃廪君神，即俗世间发放银子和粮食的官员，美人是盐水女神，二人柔情似水，因为身负全族生死存亡之重任，英雄不得不抽刀断水……导游的讲述在暗河的穹庐中回荡，看那英雄与美人，更有呼之欲出的神韵。再往前，就到了今古奇观"苍天有眼"。黢黑河道的天顶之上突然显出两个明亮的洞口，洞口外就是尔来十万八千岁的苍天，刹那间把漆黑谷底照个一览无遗。两洞之间一连体巨石横卧，恰好为桥，也可以想象成双眸之间的鼻梁。我拍下数张照片，都未能拍出气势，后来我又看了一些别人的照片，亦是如此，在平面化的照片中，天眼的洞见之光弱成了墙壁上的一抹窗。由此可知，认知世界，莫若身临其境。

蒲花河水出岩洞五里地，汇入阿蓬江。一入阿蓬江水面变得开阔敞亮，于是在江畔和半岛上，看到了中国邮票上那个古香古色的濯水古镇，看到了世界第一的风雨廊桥……如此，阿蓬江的翡翠之水穿过黔江大地，播撒了一路的好风光，或星罗棋布，或成群结队……云上水市、官渡峡、灰千梁子森林、鱼滩水乡、细沙河、杉岭后河画廊、金溪银杏王……阿蓬江千丝万缕，养育了黔江亘古的风景，染绿了黔江永不消逝的春天。

雨中的仰头山（外一篇）

笑崇鐘

　　春雨蒙蒙地下。我撑一把小伞，独自游览黔江的风景名胜——仰头山森林公园。这公园因仰头山而远近闻名，据说仰头山是"圣光佛"和"慈航佛"的化身。

　　人们大多喜欢晴天游山，尤其是在节假日，这里几乎满山遍野都是游客。我这次之所以选择雨天，是觉得雨中游佛山会更有诗意，其空灵的感觉肯定远胜过晴天。

　　独自漫步林间，除了雨声，其他什么声音都没有，四周一片寂然。山林里散发着土壤湿润的气息，没有城市的乌烟瘴气和沉浮不定。如此清净的环境，完全可以自由地放飞灵魂，什么都可以想，什么都可以不想，"超凡入圣"的感觉油然而生，眼前的花草树木仿佛都成了佛和菩萨的化身。

　　从前读过的"山不在高，有仙则名"，这时显得特别贴切和精辟，闪烁着哲理的光辉。当然，有佛有菩萨的山，定会更有灵气。仰头山和神女峰一样，其形状虽没有什么特别之处，其神韵却十分动人心魄，只不过所处位置不同，命运也就迥然不同了。神女峰处在大江边，古往今来无数文人墨客和英雄豪杰为之吟诗作画；仰头山处在这宁静的乡村，远离尘嚣，少有名流为其吟诗作画，似乎很不幸，却也很幸运——因为清纯和空灵才是大境界。神女和佛相比，层次毕竟相去甚远。这或许道出一种玄机：无生命的自然美需要大师的确定和构建，自然美也可倒过来对人进行确定和构建。那些名人成全了神女峰，神女峰也成全了那些名人。他们歌颂神女峰的杰作，既宣告神女峰进入了一个崭新的美学等级，同时也宣告自己进入了一个辉煌的人生阶段，两方面一起提升，可谓相得益彰。遗憾的是，目前还没有人为仰头山提高美学等级，因为至今没有读到歌颂她的杰作。仰头山即使想成全一批名人，也实在没有办法。我心性虽高，却又天资愚钝，无能为她写下经典之作。

雨渐渐小了。雨中的佛山，树更绿，花更艳，空气更清新，连呼吸的仿佛也是仙气。细雨轻轻地飘落，将山里的花草树木洗涤得特别精神，让人深深体悟到杜甫"润物细无声"的精妙。清风吹来，不绝的雨声和林涛声交织在一起，组成一曲委婉动人的旋律，仿佛在吟诵一首感天动地的爱情长诗，把我的思绪带进遥远的时空，去阅读"圣光佛"和"慈航佛"成佛之前的爱情绝唱。

就这样遐想着，不知不觉地到了观佛台。我在雨中注目，两座佛山在雨雾中显得特别清纯，那平和安详的脸，无量度的深远，令人震撼。他们头枕大地，仰望苍天，悠闲自得，似乎已习惯了孤独和风吹雨打。特别是女佛山宛若睡美人，一身朴素而得体的打扮，令人顿生崇敬之感。正像观音菩萨一样，世人都觉得她美丽无比，可她却没有丝毫的浓妆艳抹和娇媚之态，令人肃然起敬，绝不会让人产生一点邪念。圣贤和凡夫俗子的区别就在于此吧？

漫步在佛山的怀抱，觉得自己很渺小，一直都在索取，对人与自然的感恩远远不够，没有好好地感激她。佛山却很宽容，不仅用厚重的身躯为花草树木的生长托起肥沃的土地，为鸟虫的生息繁衍提供生命的乳汁，而且任人们在她的身躯上行走，千百年来没有说过话，总是微笑着忍耐，并向世人昭示"诸恶莫作，众善奉行"之道，显示"以感恩之心做人，以报恩的心做事"的大智慧。

一阵春风吹来，空气更清新了，令人心旷神怡。呼呼的林涛声，传达佛山博大而又空灵的境界，荡涤滚滚红尘的喧嚣与烦恼，特别宁静、特别温馨，雨中的仰头山有一种说不出的美。

走进"爱之梦"

我怀着朝圣般的心情，来到仰头山森林公园，不仅为了领略她的无限风光和神奇魅力，更重要的是想寻找一种无法言说的感觉。

独自漫步林间，踏着爽心春色，和煦的阳光像佛光一样沐浴着我，洗涤满身的污浊；清新的空气宛若仙气一样撩拨我的心绪，涤荡骨子里的尘垢。看奇峰秀美、山花争妍，听昆虫弹奏、鸟啼悠悠，"宁静致远"的感觉油然而生。不绝的林涛声，像拨动琴弦，无休止地弹奏着"千古传颂深深爱"的乐曲，把我的思绪带进了远去的爱之梦境，忘情地聆听爱的歌吟。这里的春天似乎来得特别的轻，特别的静，特别的婉约，令我感慨万千！

我知道，仰头山是男、女佛山的通称，据说是两尊佛的化身。这两座山酷似一对特别恩爱的夫妻仰卧。他们头枕大地，仰望苍天，充满无限期盼与眷恋。特别是女佛山宛若观世音菩萨，惟妙惟肖，与乐山大佛相比，显得更加自然、别有灵气，因为它是自然天成，没有丁点儿人工雕饰。

有关佛山的一系列神话故事哀婉动人，令人感伤。据说在很久很久以前，白虎神赶山到这里歇息，被这里的美景迷住了，赞叹大自然的鬼斧神工，又看见百鸟围着比天仙还美的土家姑娘卡普正载歌载舞。人神一见钟情，心心相印，共同祈祷苍天，许下了生生相伴的誓言：天长地久情不渝，海枯石烂爱永存！他俩常常漫步林中，畅谈建设幸福乐园的理想，脚踏之处开满鲜花，芬芳四溢；孔雀、凤凰等百鸟在他们身边飞舞、歌唱……

他俩陶醉在爱情的甜蜜里，辛勤耕耘，繁衍子孙；惩恶扬善，救济穷人，日子过得很充实。可好花不常开，好景不常在。十年时光，弹指一挥间；十年人神恋情，宛若一场美梦，真实的爱情悲剧已进入高潮，前来捉拿白虎神的天兵天将已把他们的住处围得水泄不通。卡普全家悲痛万分，哀求天神不要拆散他们，天神岂敢违抗玉帝旨意？白虎神被迫与天兵天将激战。卡普拼命地边追边哭喊，眼见白虎神即将被擒，悲痛万分，泪流成河，身躯倒下后慢慢地化作了一座山峰——女佛山，仰望天空激战的丈夫，充满无限期盼。白虎神痛心疾首，要下来救卡普，被托塔天王和哪吒太子等天将打败，其头盔掉下来化作了神盔山，其身躯倒下化作了男佛山，与女佛山紧紧相连。

他俩的泪水相互交融，浸湿了群山，满山遍野顷刻间长出了茂密的树木和无数的"长寿菜""长生菜"……一对对相思鸟在林中不住地啼叫，鲜红的啼血似雨点流星，滴血之处开满了象征炽热与纯洁爱情的红、白杜鹃花。

白虎神与卡普的泪水不住地流淌，渐渐地汇成了溪水，流到低洼处，聚集成了"莲花湖"。湖上迅速开满了莲花，芬芳四溢，沁人心脾。湖中的鱼儿成双成对地游来游去，白虎神与卡普化作的那对金鱼并排着漫游，亲密无比，似乎有倾诉不尽的言语……

佛祖感动不已，更念他们造福人间的功德，于是大发慈悲，施法力使二人复活如初，并留他俩在佛界居住，封白虎神为"圣光佛"，卡普为"慈航佛"……

白虎神与卡普新生后，从切身经历中大悟到世间的苦和乐仿佛如影随形的孪生兄弟：比如一对新人步入了结婚礼堂，当庄严动人的音乐响起、掌声雷动、万人祝福的时候，已注定了来日的离别，死神已经布下了天罗地网，而且爱得越深，痛苦也越深，今日的山盟海誓，注定了未来的肝肠断裂。

"圣光佛"和"慈航佛"因而孜孜不倦地普渡有缘人，教导众生不要太贪恋，对功名利禄不要太执着，最好是彻底地放下。可叹众生很少有人能彻底地放下：有些人对钱财放得下，对名位又放不下；有些人放得下名，却又放不下利；更多的贪心名利双全，就像老牛一样，被一根绳子穿在鼻子上牵着走，人们总被七情六欲牵着走，自己一点儿都作不了主，迷失了"本性"。

昔日爱之梦的主人早已大彻大悟、成佛作祖，留下一本永远也读不完的奇书——静默的佛山，让众生翻阅，用他们清净的身躯启迪众生，昭示佛法的真谛与永恒。众生能否得度，关键靠自己。这时记起乌巢禅师传给唐僧《密多心经》后的颂子：

佛在灵山莫远求，灵山只在汝心头。
人人有个灵山塔，好向灵山塔下修。

我想，只要人人都躬身践行佛祖"诸恶莫作，众善奉行，自净其意"的思想，即使不能超凡入圣、成佛作祖，至少也能够成为一个有益于社会的人、一个倍受世人尊敬的人，从而欢度心安理得的人生！

在水车坪的那些人那棵树

高若虹

贺龙发现 山峰高处的那棵树
能长出闪电 生出雷声
顺着那棵树一直走上去
可撬动磐石般的乌云 摸到星星

那一夜 树发出红色的口令
被口令染红的那些人 那些叫作红军的人
如头戴红五星的丛山峻岭 脚步铿锵
向水车坪集结 向那棵树集结
他们要举着这棵树去寻找黎明

那一夜 水车坪青石铺砌的老街
睡满了搂着矛 枕着刀 像子弹贴着枪 睡眠贴着门板的人
仿佛那棵沧桑 遒劲 粗壮的皂荚树
树干搂着树枝 树枝搂着树叶 树叶搂着涛声

那些人跟着贺龙走了
天上留下五个角的启明星 老街上留下北斗星一样的脚印
睡过的门板上留下"打土豪 分田地"的标语
村里人说 树没走 他们就没走 门板就是树的改变和挪动

几十年了 风一阵一阵吹过那棵被命名为"红军树"的树
一阵一阵的涛声 怎么听都是那些人奔跑的声音
树和树枝 一次又一次向同一个方向前倾 涌动
怎么看 都像那些人行进的身影

而一位七十多岁穿红色夹克的老人和一位戴红领巾的少年
如两颗子弹 从贺龙的指挥所射出
他俩蓬勃如火的背影 仿佛也被命令染红
此刻 红军树 红军纪念碑 以及红色的一老一少
站成一脉相承的红色队形 远远望去 就是当年出发的红军

我也带领我的诗句迅速入列 看齐 并接受点名
让诗也倾听口令 不做射出的子弹 也点亮为队列里的一盏灯

中国
峡谷城
清 新 黔 江

水车坪的传说

老 村

清新黔江，是一个令人向往的好地方。

传奇与传说，是有区别的。传奇要虚拟一些，艺术加工的成分很重；而传说，则是当地老百姓民间流传的说法，不一定进入史料。但是，它的真实性很强，人和事物一般是客观存在的。水车坪，就有一个这样的传说。

深秋时节，我随中国作协名誉主席、著名作家丹增，去了一趟重庆渝东南武陵山腹地，风景绚丽的黔江。友人对我说：小南海、大峡谷、蒲花暗河，你游览过多次，这次，你们到离城不远的水车坪转转吧。也许，会对那里的人文地理感兴趣，会触景生情，激发灵感，妙笔生花。我道：那好，就去你推荐的，从前很少听说的地方走走。他见我的回答不是很肯定。于是又补充说：那里可以，是当年贺龙元帅，任红军军长时待过的地方，过去是块不毛之地，如今已被打造成了一片传承红色传统之圣地。我答：如此，我们得去看看。

次日早晨，连续下了几天的雨，终于停了，天气由阴转晴。面包车驶离城区后，一直在盘山公路上飞奔。约莫五十分钟后，我们抵达了水车坪。水车坪，位于黔江区水市乡水市村。1914年至1934年，贺龙先后四次来到水车坪，宣传红军革命宗旨，并组织和发动当地的武装斗争。

我站在水车坪山巅一块人工打造的，空旷的广场上，伴随着蓝天白云和清新的空气，极目远眺，四面环山，苍翠欲滴，一峰紧连着一峰。近处，有一座当地党和政府十年前兴建的，高耸入云的红军纪念碑。旁边，有一棵直径近两米的皂荚树，当地百姓亲切地称它为"红军树"。树下是一尊贺龙手牵战马的铜制雕像。他身披战袍，目光如炬，直视前方；一手握着别致的烟斗，一手牵着剽悍战马的缰绳，马在昂头嘶鸣，好似马上就要跟主人一起出征，血战沙场。周围绿草如茵，栅栏和花坛里，杜鹃花耀眼盛开。不远处，还有一条近百米长的老街。友人见我看得入神，就对我道：据传说，第五次反"围剿"期间，贺龙率领的工农红军第三方面军，在武陵山驻扎时，前后多次到过水车坪，应该说，历史厚重吧。他还说：你看，这棵树光秃秃的，叶子落光了，一根根枝丫像一把把利剑刺向苍天。每年的春夏季节，它就会长出新芽，翁郁一片，犹如一把巨型伞，罩着泥土芬芳的山乡。

据史料记载，当年，水车坪是个红火一时的水市码头，是山里的一个集市，也是贩马贩骡子的交易场所。贺龙第一次到水车坪，他与部下装扮成商人，不料，在街上一家客栈留宿时，结识了当地一位叫石琢之的商人，一见如故，相见恨晚，英雄所见略同。当彼此聊到除暴安良的话题后。贺老总认为此人正直善良，思想觉悟高，从此结拜为兄弟。第二次上山，两兄弟见面，自然是多了一层亲近感。当老石得知贺龙是红军的军长时，顿时肃然起敬，高兴万分，不仅特意为他在市场上挑选一匹体格健硕的枣红马，还让自己如花似玉的宝贝女儿石琼仙，拜贺龙为干爹。

风云变幻，世事无常。贺龙第三次到水车坪时，则是以另一种方式。当时，中国革命处于低潮，由于队伍中变节分子的出卖，他遭到国民党反动派的悬赏追捕。后来革命军硬是冒着生命危险，连夜将贺龙藏到了水车坪石琢之家。岂料，国民党不甘心，又沿途追上山来，在老街挨家挨户地进行搜查。当地百姓都说：没见过你们画像中，蓄着大胡子的人。军民鱼水情，敌人没有抓到贺龙，结果无功而返。当贺龙第四次，也就是最后一次上山时，情况又大不一样，不仅在这棵红军树下，主持召开了收复黔江失地和攻打彭水的重要的军事会议，而且还宣布成立了当地的红军游击大队。当时，部分红军就住在水车坪老街上。官兵们严守铁的军纪，就睡在街边潮湿的屋檐下，不少居民见此情景很心疼，怎么能忍心让咱们的子弟兵睡在冰冷的地上呢？于是，家家户户便把自家竹板床或自家门板送给士兵当床使用，生怕冻伤了为劳苦大众打天下的英雄将士。

记得部队集结完毕，准备开赴前线的那天拂晓，石琢之带着一帮商人跑来送行。他手指着身后一匹匹好马，对贺龙军长满怀深情道：你们就要走了，我们没有什么好送的，就送这十多匹马吧，略表寸心。希望你们在前方奋勇杀敌，多打胜仗！当时，贺龙感慨万千，正色道：好，马我代表部队收下，但必须照价付钱，否则，你们把马牵回去。对方摆摆手说：不要钱，这是我和水车坪父老乡亲们的一片心意，你们无论如何都得收下。

光阴似箭，一眨眼几十个风雨轮回的春秋流逝了。但是，贺龙及红军先辈们在峥嵘岁月里留下的英雄足迹，却深深地印在人民的脑海。

此外，在游览中，我们还在水市街东边，参观了当年贺龙和警卫员的简陋居室。

后来，谁曾想到，20世纪十年"文革"浩劫时期，战功卓著的贺龙元帅，却被打反派。据说，在贺龙被揪斗期间，水车坪山上这棵皂荚树也显得枯萎，奄奄一息。直到党中央彻底否定"文革"，为贺龙同志平反昭雪，恢复名誉后，这棵红军树才枯木逢春，枝繁叶茂。有位哲人讲过：忘记过去，就等于背叛。此时，伫立在红军纪念碑下，仰望着碑座四面镌刻的二百多位烈士名录，我心潮澎湃，浮想联翩，并陷入深深的沉思之中。今天的幸福生活来之不易，我辈及千秋万代当倍加珍惜。据说，新中国成立后，贺龙还几次给石琢之写信，牵挂着水车坪的经济建设。由此，苍天日月可鉴，共和国元帅的心胸之宽广。

这就是黔江区水车坪的传说，这个传说，将一代又一代地传承下去。

我和丹增主席此行，还对水市乡水市村近几年扶贫攻坚的实际情况，进行了实地采访。得知，最近几年，全乡村民不仅因地制宜，发展红色高山避暑旅游事业，还将互联网思维融入其中，在市扶贫办搭建的"网上村庄"平台，将分散于各乡村的"农家乐"信息发布于网上，提供线下接待服务，使游客越来越多。迄今为止，水车坪附近的农家乐已逾百家。与此同时，村里的荞巴菌、野生天麻等具有当地特色的农副产品，也能通过"网上村庄"进行销售，闯出了一条脱贫增收的新路径。

这些丰硕的成果，皆来自先辈们的浴血战斗。

明天，我们还将去城区参加红军广场开办的，百名作家以"书写建党百年伟业，传承红色基因，讲述扶贫故事"为主题的瞻仰仪式，其倡议大意是：……百名作家写百年，千重彩笔映山川，以文学照亮生活，用思想净化心灵……举作家责任之笔，绘万众强国之履，为生民立命执笔，著中华不朽功绩……

仰望

黄 霞

山里长大的我，对自然景观印象最深刻的莫过于大小各异、高低不同、形态迥然的山了。

我常常惊诧大自然的鬼斧神工之妙，超出了人之想象，虽奇，却又处处合乎人之情理，让一座座土石之山生出温暖的人情味来。它们有的圆如馒头、有的锐似矛尖；有的一山连一山绵绵如波浪、有的孤鹜傲立自成一山风景；还有的状如人间场景，像极了对弈的老人、授课的师徒、背小孩的媳妇和得道升天的仙人。还有的貌似生活用品，如笔尖、石磨、大刀背、轿子顶，等等。就连最难肖似的人之五官，我这个孤陋寡闻的人也知道一两处，一处在江西，称为"伟人峰"，另一处在重庆黔江，叫作"仰头山"。

仰头山这个名字由谁命名？源于何时？县志上没有明确记载，问了许多年老的长辈，他们也说不清楚来龙去脉，只知道这山之所以叫仰头山，就是因其形似，如果有人给它另外起一个名字，肯定是叫不响的。

民间倒是流传着这样一个美丽的传说：远古，女娲炼五色石补天，来到此处，见群山起伏、重峦叠嶂、林海浩瀚、古木参天，群兽嬉戏、百鸟欢鸣，漫山野花、姹紫嫣红。不禁心旷神怡，信手拈来一撮黄土，捏成一男一女两个黄土人。从此，黄土人在山间伐木造屋，狩猎开荒，生息繁衍。夫唱妇随、其乐融融，好不逍遥自在。一天，他们劳累之后仰卧小憩，不觉酣然入梦，梦见一女神立在云端，高声喊道：快随我来！刹那间，黄土人的魂灵飘飘然跟随女神而去，留下凡身肉体凝固成山守护在这里。

站在黔江老城的任何一个地方，抬头朝东北方望去，就能看见一座对天仰卧、貌似男性头颅的山峰。他朝东南北而卧，圆圆的头颅、饱满的额头、深陷的眼眶、高高的鼻梁、厚厚的嘴唇被络腮胡般的绿色植物覆盖、翘着的下巴显出男性的刚毅。他微闭着双眼，仿佛在深深地沉思、在默默地聆听。既像一个参透凡事的仙人，又像一个思想深邃的长者，栩栩如生的模样莫不让观者心灵随之一震。

据说，在逶迤的山脉之中，只要站在仰头山上一个特定的位置就会看见另一座酷似女性五官的仰头山。她有饱满的前额、飘逸的长发、精巧的秀鼻、灵动的嘴唇和圆润的下颌。惟妙惟肖、巧夺天工。这景象应了那个美丽的传说，因而，有人又将仰头山称作双佛山。黔城人说，如此阴阳平衡、天人合一，自然能保佑这方水土生生不息、欣欣向荣。

仰头山横亘在黔江城和堰塞湖小南海之间。时间倒流至清咸丰六年夏的某一个清晨，黔江城人就因了仰头山的护佑避免了一场自然灾祸。那年，一场大地震发生在仰头山的另一面，"山崩阻溪成大泽"（笔者注：摘自《黔江县志》），而黔江城区安然无恙。在老黔江人的记忆中，"地震"这个阴影曾经是心头挥之不去的鬼魅。很多来自长辈之口的民间传言我至今还记得很清楚。有的说"黔江城就是一个小盆地，观音崖的公母山一旦合上，黔江城就是第二个小南海"；又有的说"如果不是仰头山挡住，那些水（指小南海的水）就会流过来淹没黔江城"，等等。如此传言，加上流传者的一而再、再而三地添油加醋，不觉让人毛骨悚然，搅得很多个雷雨交加的漫漫长夜噩梦连连。

光阴易逝，转眼几十年过去了，地震没有发生，公母山没有合拢，城区没有被淹没。人们常在私下里暗喜：黔城是得到神山护佑的。

生长在这小城中的我，每每临窗仰望，常常心生感慨。如山有灵，这颗仰望天空的巨颅在思考什么呢？神情是谦逊还是骄傲？回想自身，我们是否也要在终日低头忙碌中适时抬头望天，放松自我？

任白云苍狗，山自沉默。感云卷云舒世间万象莫过于此，慨花开花落春秋无意变化无常。昨日是好友，今日成敌对；刚刚各自算计，转眼握手言和。不追忆，不计较，如眼前的云朵，飘过，就是过去；如山静默，便是永久。

埋头干活是踏实，抬头看路是远见。聪明人已懂得在人生路上对快慢进退的把握。古人云，"一日三省乎。"有谚语道："不要走得太快，不然灵魂跟不上。"有诗人用富有哲理的诗句提醒世人"山景总须横倒看"，都无一例外地表达出同样的思想，人生路上不能盲目地匆匆前行。仰头看天，感悟天理；抬头看路，认清世相。人生长途中，当心底踏实了，脚下自然就更坚定、更有劲。

那么，这座仰头望天的山也是在如此思考吗？还是为了给世人以警醒才摆出了如此亘古不变的姿态来？

古人云，仁者乐山。我在心底暗想，喜欢山的人并非都是"仁者"，而山，才是最大的"仁"者。

这座神奇的仰头望天的山啊，您让人仰望！

云上水市

郑清华

人类登山美其名曰为"征服"。在我看来，有些山却是人类不可以征服的，倒是可以造福人类的。因为，生灵的根芽生长在山上，人类的文明存储于山中。

人类的祖先原本住在山上，以采摘野果为生。不然何来以"山"为"靠"（靠山）之说，何以将生命寄托于"寿比南山"？只是随着生产工具和农作物的发展，人类这才走下了山。鱼类似乎生活在水里，其实也不例外，不然何来"水至清而无鱼"？是山把气候立体化，随高度不同而致生灵多样共生，随地势落差不等而致水的蓄积与流动。

怀抱水市的麒麟盖就属不可以征服的这类，长满这样的根芽，存满这样的文明。

麒麟盖与水市浑然一体、自然天成。前者极像铆足了劲、挺直了脊梁的牛，后者就是牛颈、牛头。

麒麟盖始终保持着笃定独立的姿势，深情地拥抱着云海，长年累月地富集着这方水土，慷慨地滋养着这片林海、林中的生命和山里的水市人。不知"仁者乐山、智者乐水"到底有何不同，我却更钟情于上水市看林、观云，到田园农舍赏曲、寻根。

或许这就叫美人之美，各美其美，美美与共。

去水市看林得入林，最好选择步行，至少也要在山腰弃车。驱车只能是浮光掠影。步行有多条道直通山顶，最惊险的是南面南溪河谷向上的蛇形小路，壁立千仞，登山须用弓腰攀缘的姿势。山里老人最容易弓腰驼背，怕是源于此。但偶尔为之应无大碍。脚力、胆量不够者，出发时宜带上一把柴刀，削一根木棍当作拐杖。刀用于壮胆、开路和护身，木棍则用来赶露水、借力和把稳。

春日去水市，微风起于青萍之末，山又青了，树又绿了。山茶花儿开，梨花儿白、桃花儿又红，还有许多不知名的野花争宠似的绽放。行走于花海，不由人伸手采摘一朵、两朵，或插于发髻，或置于鼻翼，或捧于手心。

最爽不过夏日的水市。紫气升腾，凉风习习，绿荫蓬蓬。山鸡、刺猬、松鼠、山羊或徜徉林间，或从你身旁惊恐地溜过；蛇类或盘于湿地或在你面前逡巡，这回换作你惊恐，但大可不必，山里人都知道"蛇咬三世冤，狗咬对头人"；野蘑菇打着小伞，你可以在农家灶台烧好油汤，再入林采来鲜菇，稍加清洗、加火入汤，味道鲜美极了。

最会享受的是那些生活在"火城"的朋友，选择这个季节举家来这里安营扎寨个十天半月的。若是想清闲到底，则与农家同锅舀食；若是想亲身体验，不妨居家另起炉灶。早踏朝露、夕迎晚霞，爬山穿林，偶尔吼两句山歌，惊起一林山鸡、野雀和鸣。无论咋地，农家的淳朴与精心的呵护，清新的空气和芬芳的泥土，远离喧闹的宁静与桃花源般的生活，都会让你轻松到极致，乐爽到极点。

秋日的水市则又是一番风景：层林尽染，落叶如毯。林中散发出草木的清香，走在上面软绵绵的，沙沙作响，像极了土家人跳摆手舞。果实压弯了树腰，伸手可摘，饱了眼福还可饱口福。

最美不过冬日了。满山银装素裹，冰凌如五指张开迎客来，飞舞的雪花落在枝头，掩藏了常绿树的败叶、落叶林的光头，隐藏了沟壑、陷阱与尘埃，凝固了有生命力的精灵和原本灵动的溪流，包容下假、恶、丑，整个水市就像披上婚纱的新娘，展示给你最美、最光鲜的一面。一路看过来，静静地我行我素，仿佛世间从来没有发生过争斗和变革。

去水市看林，有两处是不容错过的。一棵皂荚树，因贺龙拴过马而被称为"红军树"，沐浴三百多年的风雨，常青不老、沧桑而挺直，令人肃然起敬；一根牛麻藤，壮如巨蟒盘旋在数十米高的悬崖上，与周围树木相拥相抱，被誉为"千年藤王"，相传是一条蛟龙被雷神击倒化身而来。

村民说，"藤王"很有灵性，周边长寿者众。肃立"藤王"前，每个凡人都自然产生沾点灵气的想法，免不了去抚摸一番。

水市的灵气远不止于此。而且，水市的云还不止是有灵气。

去水市观云，三层岩是一个极佳的地点。登上三层岩仰视，云彩就漂浮在头上。离天只有三尺三？冲动中想伸手捧一把云彩，却一把抓个虚空，难得被骗了一次忍不住开怀大笑起来。

换个平视角度，云彩就游走在身边。其实，这不是云，是雾，柔柔的，也湿湿的。极目处一垄垄山头依次冒出来，像天际的船，像仙境的楼台，像神话中的蓬莱阁。

雨后的清晨，站在三层岩俯视，雾似白云，舒卷有度。缓缓的，却又是磅礴的。不经意间，铺满了河谷、盆地，云海雾海奇观尽收。直待红日从东边天际线懒洋洋地探出头来，万道霞光穿云剪雾，方才如梦醒来，一览众山小。

云，将人类的文明与梦想精致地复制了一份，藏在自己博大的胸怀中赏玩，物质文明、精神文明、政治文明、社会文明、生态文明，概莫能外。

梦想是美的，也是可期的。"麒麟盖"之名，是这里曾出现过麒麟，还是先人们的一种梦想？无从考究。但从麒麟有鹿身、龙头龙尾、牛马蹄、龙鳞似鱼鳞的吉祥组合、腾云驾雾的神灵设计、天降祥瑞的理想寄托来看，最有说服力的，大抵是中国人几千年来精神与物质所追求的"集美"梦想使然。

"空壳凉风吹小丫，土槽漆坝落黄沙。麒麟马鹿环山走，王屋观音坐莲花。"这首用当地地名编成的小诗不知流传了多少代，似在述说着贫穷与荒凉，也似乎在点赞美好的仙境与梦想，无论是啥读来都似有些伤感的情绪在心头。

晚秋时节，游走在水市的田园农家，徜徉在林海深处，先人们狩猎的号角伴着射箭破弦之声犹然在耳，闪烁的箭镞之光依稀在眼前。但古老的传奇在这里换了人间，我只想用"云上水市、现代标志"来赞美她。

一代代水市儿女如山一样坚韧，如云一样灵巧，将梦想与憧憬连同绚丽的朝霞、灿烂的星光一起编织进建设农业现代化之中——机械化耕作，规模化农业，效益化旅游，绿色化产品，市场化经营，均等化保障，现代化生活……一幅现代化乡村的画卷，酷似天上人间，美了乡亲，醉了游人。

湘西人有点怪，将"界"字念作"盖"，张家界在他们的口中就是"张家盖"。或许，"麒麟盖"原本就是"麒麟界"？一来"界"有"特殊的境域——天宇与凡间分界的线"的释义，二来麒麟乃天界神灵，静卧山峦的水市自然就是桃花源般的凡间仙境了，再不然哪来溯至唐代、当属一绝的"南溪号子"那天籁之声？

俗话说，有山的地方就有山歌，有云的地方就有梦想。云上水市当然属于那山恩赐的福祉，属于那云酿造的甘甜。

八面来风

维 扬

八面山位于重庆黔江城西北，南至火烧岩梅子关，西至凤池山，北至板凳岩，幅员30平方公里。东西南北四路可通、八方能上。山上森林茂密，天然植被葱郁，奇花异草富集，溪流曲绕，泉水叮咚，景色优美。

八面山由山脚一级台地，山肩二级台地和顶部台地三级梯地构成。史书《方舆纪要》载："八面山在县北二十里，山分八面，绵亘数十里，直上十余里。上有池，周万顷，四时不竭。山之最高峰名钟顶山。四顾茫茫，云山万里，初行甚险仄，比至巅，则旷野绝壑，密林蔓草，目不可极。"

山上植物种类繁多，盛产黄檗、天麻、杜仲、防风、黄连、首乌等名贵中药材。天麻首乌在武陵山一带享有盛名。森林除成片成片的松杉外，主要有九把虎、岩青杠、檀木、血柏等乔木杂树。还有珙桐、红豆杉等国家一级珍稀植物。

密林中随处可见山羊、野猫等足迹和野猪拱起的一垄垄新土。刚走到一个叫大盖坪的地方时，老天下起了毛毛雨，迷雾很快笼罩下来，能见度很低。大家相互照应，踯躅而行，匍匐、侧卧、甚至四肢爬行。由于雾大林深，尽管有人带路，还是迷失了方向，在一个山堡上摸爬了一个多小时，才摆脱山重水复疑无路的困扰。

八面山麓有数不胜数的自然景观。能叫上名的有观音岩、宽石板、鸡翅膀、观音堂、滴水岩、龟山、凤凰山、坛子石、子弹头等，大多因势象形，引人遐思。水景尤以洗沙溪、长湾、大溪沟、蓑衣水为奇，观音岩瀑布位于二台坪东端，因顶部平台有暗河水飞流直下，形成三迭水瀑布，冬天则会凝结成晶莹剔透的冰瀑。

洞景有小川洞、大川洞、楼台洞、暗溪洞。大川洞位于八面山顶平台西端，洞内有暗河，据专家称该洞系高海拔山地罕见。小川洞是从西南方向往八面山的必经之路，一个由两山相拱而形成的洞窟，在冬天俨然是一个冰凝结的白玉洞，恍若水晶宫一般。还有盘洞，传说有一韩姓的高龄婆婆，乐善好施，哪里有难，她就会出现在哪里。那年冬天，韩婆婆去给一个孕妇接生，行至盘洞昏倒在地永远睡去了。从此凡路经该洞者，不论男女老少，都要给这位婆婆烧上一堆火，以示祭拜和怀念。

花子崖位于八面山二台坪的悬崖处，又名白矾厂。史载："宋代诗人黄庭坚（号山谷）绍圣初，被劾'修史录不实'的罪名，贬涪州别驾，曾寓开元寺（今彭水郁山镇），此公闲暇无事，常与当地僧民一起凿井而饮，围圃而食。其间，山谷至黔闻厂有石可炼矾，行视之，乃嫩髓不成而去。"到如今，矾石不知何处去，可花崖依旧笑春风。

紧挨花子崖的国公崖。此崖十分险峻，立足崖前往下看，会让人感觉头晕目眩。"明洪武年间，凉国公派兰玉征蛮至此驻节"，乃命为国公崖。旁有紫阳洞及石鼓、石钟等景致。春夏秋冬四时，常云覆其上，天晴则金光万道，璀璨夺目。清咸丰十一年，太平军由彭水至黔江，在梅子关大战都司谭健，谭余部数十人走进国公崖不知去向。故清光绪十五年，时任黔江知县的王九章在《游国公崖》的诗中写道："邑人争说避兵处，八面山崖高可据。我来瞪目徒怅然，且却且前行不去。寻幽不避虎与豹，险仄荆榛处处皆。明代江山无尺寸，芳名犹指国公崖。"

靠近国公崖和梯子崖之间，有一面名百丈崖的巨大石壁，远观刀劈斧斫，近看又似壁画，让人震撼，无比壮观。崖边杂树丛生，虬枝倒挂，由积雪一而再，再而三凝结成的一根根冰柱，或倒垂于崖沿，或虚悬于凹处，晶莹亮丽，夺人眼球。

坐在观音崖边上，可以观望那时儿浓，时而淡，时而风起云涌的云海变化。忽然，一束耀眼的日光刺破厚厚的云层，折射在板壁崖上，凸现出"霁雪凝岗"的绝妙景色。"山前山后玉玲珑，窈窕深连一径通，复有楼台含暮境，更无尘土翳虚空。三千色界银沙外，十二阑干玉海中。白雪调高歌不得，浩然诗思杳无穷。"这首古诗描写的是，绵亘数十里的八面山，雪雨初停，云雾散去，天绽碧晴，雪凝白玉，无纤尘之染的天然景象。

再仔细品读那些树枝上，荒草上和沟沟坎坎上的积雪，早已冻成了冰凌、冰球、冰棒。尤其是那些如炬如伞的松树、杉树和如梳如篦的松针、杉针，让雪花包裹着凝结成一串串冰芽冰珠冰花，在阳光的照射下，晶莹中透射出暗绿、暗紫、暗黄、暗红，看上去比珍珠玛瑙还要靓美。

夏秋八面山轮廓分明，在蓝天白云映照下，显示出群山在下我在上的恢宏和巍峨。你要是和友人穿行在莽莽森林之中，不仅会听见各种动听的鸟鸣，欣赏到如雀如蝶闪闪烁烁的光影，还会看见时不时涌动着的一团团山岚雾气，给浩浩荡荡的八面山崖罩上一层神秘的色彩。这时候你会联想起古诗："横云照染芙蓉壁，八面风棂漏隙光，晴影有时还缥缈，暖丝无力自悠扬。"

春天的八面山则是一派姹紫嫣红，五彩缤纷，轰轰烈烈的浪漫景象。尤其是那山与山之间生长着的一块块或大或小的草坪，其间点缀着红的、黄的、白的、黑的野花，像是用锦线织就的彩色地毯。躺在上面，仰望蓝天白云，聆听天籁之音，这时你会感觉整个身心已然和大自然融合在一起，无尽的思绪从心底慢慢地沁入大山的深处。

登临八面山之巅，栖于丛林之中，眺望袅袅云雾，海水连天，日出日落；晨聆窗外虫唱鸟鸣，夜望星空闪闪烁烁；呼吸寰宇天然氧分，远离尘嚣，君临天下，可油然而生八面来风的超然脱俗之感。

转山五里峡

罗　毅

山道弯弯，车子如扁舟，沿郁江岸边公路上溯。

假日，三五好友相约，学着乡民打发闲暇光阴的样子，驾车去转山，在武陵山中渝鄂边陲，快乐度假。

帅哥东天与美女小张，土生土长黔江人，自觉充当了向导。指着车窗外绵延不绝的山峦、林荫丛中的土家寨子和山间河畔宽窄不一的水田旱地，唱赞美诗一样，不住嘴地夸赞着自己的家乡。车内笑声朗朗。理解理解，谁不说俺家乡好？祖国山河处处美呢。

那群山嵯峨处，是咸丰活龙坪。当年红军游击之地，山高坡陡，林深草密，因贺龙率兵打游击而得名。北边那云雾缭绕的地方，是利川市文斗乡。据说乡人于庙堂立碑，取意文光射斗，希冀乡里乡亲广出贤儒。那里可是人才辈出……好客的土家儿女滔滔不绝。我们又笑，传言加上想象，总免不了牵强附会，姑妄听之，姑妄信之吧。

真不是胡言乱语呢，帅哥信誓旦旦，我们黔江黎水，革命老区，还出了烈士周念民。能文能武的红三军独立团长，跟随贺龙军长，打黔江、攻利川、伏击寒坡岭、奔袭彭水城，屡建功勋。可惜，30岁上，牺牲于他的家乡。如果大家有兴趣，我们转到黎水镇上去看看，那里有他的纪念碑。

好吧，这是一块英雄的土地，红色的土地。有人赞同，并竖起了大拇指……

说话间，车子进入了郁江上的五里峡。不期然而然，水瘦山寒的峡江风光，如一幅玲珑有致的立体画卷，扑入我们这一群不速之客的眼中。

下车，转山。见青山巍峨，壁立千仞。一座披满苍色青苔的水泥石拱大桥，横跨郁江两岸，桥西是重庆黔江，桥东为湖北利川、咸丰。一脚踏三县，就这样奇妙地在峡中的交界石上，连为一体。江边衰草与寒芒，在冬日的风中摇曳生姿。江心枯水，似有若无的涓涓细流，明镜般平铺河滩。河心深潭处，一汪浅绿，清澈见底，把岸边的山影倒立于水中。远观，像极了一块不曾雕琢的温润碧玉。

空山无人水自幽。

东边桥头，已属利川境内。一座废弃水文观测站，孤零零立于桥边，据说当年由一对年轻夫妻日夜看守。如今，水文观测不再。人去屋空，门窗皆无的二层楼房，渐渐被杂草、藤蔓与青苔包裹，成了山鼠野鸟栖息的天堂。睹物思人，一派萧索气象，岂能与昔日主人在此忠守水文事业时相提并论？还有，那一对不知名姓的夫妇，与峡江相伴迎送风霜雨雪的爱情故事，后人谁能记起？

立于大桥之上，环视眼前的寒山瘦水，俯瞰江中由东向西奔乌江而去的郁江之水，清新怡人的山野气息，瞬间充盈周身。"仁者乐山，智者乐水""水是眼波横，山是眉峰聚""青山行不尽，绿水去何长"，熟悉的诗句，如烟似雾，在脑海中氤氲浮现。但是，这地儿，实在有点偏僻——

东天看出了大伙儿的疑问，介绍说，莫以为边地就是穷乡僻壤，真不是呢，现在交通方便了，网络通畅了，山外面的世界是什么样，手机电脑一打开，全晓得，乡亲们脱贫致富奔小康了呢。你看这青山绿水的，空气多新鲜，真是世外桃源呢。

是的呢，绿水青山就是金山银山嘛。山上有什么宝贝？

宝贝多呢，锦鸡、獐子、麂子、野兔，当然也有野猪，那东西得防着，喜欢下山偷吃庄稼。还有中药材，啥子杜仲、白术、天麻、木瓜、野生猕猴桃，上千种呢。

呵呵，原以为堪称秘境的三县交界，一定是荒村野地。没想到如此美丽、如此富足。我惊奇于旧称川鄂边的深山中，还有这样熠熠生辉的明珠。

友人们说着笑着，过桥东往利川方向而去，说是要近距离观察那一处像锄头样子的山。东天说，锄头山起源于民间传说，说的是当年大禹治水，行至此处，被五里峡旖旎风光吸引，遂将锄头扔在一边，小憩片刻。没料到一觉醒来，锄头不见了，一座形似铁锄的石头山，出现在眼前……

我留恋着峡中美景，选角度，构图，自顾不暇，拍照不歇。见众人离去，便独自去往河边，于乱石滩中寻路向前。峡中人迹罕至，或许会有什么意外惊喜呢。

峡内安静。除了我的喘息声和偶尔响起的一两声鸟鸣，什么也听不见。所谓空山鸟语意境，也只是书面文字描述而已。眼前细水长流去，静水无声。突然，一个念想在心底升起，边地如此孤寂，如果不是转山，你会来这远离红尘之地？

你不来，这大美山水就不存在？再说，人来多了，有什么好？眼前的明山秀水，还会存在吗？

脑袋中一问一答之际，就见山那边半山腰有人影晃动。呵呵，空寂山野里，竟还有同道人，亲切。

人影与转山归来的友人们，终在桥头相遇。原来是两位肩扛锄头背着背篓的山民。见到素不相识的人，山民有些微的紧张，我们是挖药的。

你们不是挖药的！眼尖的小张，已经发现了山民背篓中的秘密，几簇新挖的野杜鹃中，夹杂着两株中华蚁母！

你们这样做，不对呢，怎么能偷偷上山挖蚁母呢？这可是国家保护植物呢。小张大声嚷嚷，重庆妹子火暴的性格，瞬间彰显。

山民脸红，一番支支吾吾后，消失得无影无踪。

是非经过，如电影画面一样，快得让人回不过神来。初次转山，我们不知什么是中华蚁母。作为土著的小张与东天，却不一样，他们深爱着自己的家乡，识得家乡的一草一木。他们说，这些人认真地说，实在有点自私，只顾自己把蚁母挖回家去做盆景，卖钱呢。如果都像他们这样胡来，这山山水水，经得起几锄头？

众人不语。突然间，我们热情地鼓起掌来。

探秘石钟山

钟 山

在历代《黔江志》中，古人常以"岩峰耸翠，路径逶迤"来形容黔江山形、地貌、路险。位于重庆市黔江区新华乡与彭水县小厂乡交界处的石钟山，给出了十分准确的诠释。

二十年前，我曾经沿着蜿蜒崎岖的山路前往三塘盖，路过石钟山，便为石钟的山、百丈崖的瀑布、九门十八洞的石林而迷醉，由于工作原因，加之道路难行，不曾前往一探究竟。后来又因为"道阻且长"的缘故，只能把石钟山作为心中的牵挂，计划有朝一日到此一游。

初夏时节，层峦耸翠。我利用两天时间亲近了石钟山，从远望到近观，从乡民的口头传述到历史的陈迹，从香火缭绕的山巅到一线青泉天上来的瀑布、沉寂上亿年的石林群。目光所及，足迹到处，留给我的是挥之不去的记忆。此山、此瀑、此林，呈金三角式出现在这里，是大自然的鬼斧神工，是上天给予这方民众的洞天福地。

社会经济的发展已让山路迢遥成为过去，四通八达则是现代交通的代名词。从黔江县城出发，经水田、金溪、太极三个乡镇，在太极的庙垭右拐上山，柏油公路两旁，绿树养眼，轻风醉人。到达原石钟乡（已与新华乡合并）政府所在地垭口，左拐，可以到新华乡政府；右拐，继续上山，即可到达石钟山和彭水县小厂乡。

垭口，是远眺石钟山的最佳观景点。垭口左行，石钟山酷似一口倒置的大钟，矗立在山巅；右行，石钟山犹如一尊坐北朝南、凝目垂手的"坐佛"（古人称之人面岩，今人称之伟人像）；石钟山脚下的钟溪村安置小区，是高山移民聚居地，一幢幢白墙黑瓦的现代农居，俨然一处山间别墅群。从这里，近观，石钟山分明就是一只蹲着的麒麟，最高的山堡就是它高仰的头，中间的两个小山堡便是它微耸的背脊，蘑菇岩便是它翘起的长尾。或许，石钟山以形而名，乡以石钟命名，而石钟山下村名钟溪村，石钟山是否又以山上的大石与村名合称，一切皆有可能。

一道气势恢宏的大门正在进行扫尾工程，沿着门后的乡道行不多远便可以直达石钟山脚，一条新修的石梯蜿蜒直上。上山的路并不遥远，半小时即可到达石钟山主峰，主峰东面是悬崖；南面是神水泉、梭米洞；西面峭壁下，供奉的是如来、观音佛像、画像；北面正中，一道天然石缝如一道张开的门，由此借助一条铁链、一条绳索（以前有木梯）可攀爬至山巅，山巅上是曾经的寺庙遗址。在整个主峰的峭壁间，有五行与峭壁不同的碎石带，其中两行最为明显，如一个个巨大的脚印镶嵌于此，今人称之仙人脚印。石钟山的种种传说皆汇集于此。

历史的真相有时候隐藏在民间传说之中，有时候依附于神话之上。传说石钟山之名来源于洪荒时代，两山斗法，一山胜出，其声如钟，加之一口飞来钟立在山头，因此得名。飞来钟重达千斤，古人是如何搬运上去的？主峰的寺庙修建在只有几十平方米的山巅上，屋檐延伸至悬崖外，在当时的条件下，如此建筑，堪为一奇。

石钟山突兀而立，但在主峰一处缝隙里，却常年滴着一线清泉，饮之爽口，当地人称之神水；另外有一处石穴，传说很多年前，天干绝收，和尚们生活困难，观世音托梦给和尚，每天可用碗到崖上某处接米，因出米量太小，有人便将缝隙扩大，但米没有了，只留下了梭米洞的传说。呈水平状环绕在石钟山石壁的"仙人脚印"曾引来无数猜测，成为石钟山最大的谜团。

在石钟山对面的山崖上，有一处已经封闭的溶洞，当地人称之"神仙洞"。传说很久以前，是寺庙僧众练武之地，其间奥妙，有待专家破解。

石钟山曾经的辉煌我们无法考证，但在20世纪90年代，一位广东客商生意受挫后，听说石钟山很灵验，便从千里之外，赶到石钟山拜佛。两年后，这位广东客商果然生意兴隆，他再次来到这里，买了几箩筐香烛和鞭炮，请当地农民挑上山去，祭拜还愿。或许是这件事的影响，造就了群众自发组织的每年农历二月十九、六月十九、九月十九前后三天的石钟山庙会，引来四方群众趋之若鹜。尤其是庙会期间，浓雾围绕山巅，让石钟山更显神秘。

在山巅之上，放眼望去，万千沟壑，尽收眼底，给人以"一览众山小"之感慨。在夕阳的照耀下，我突然想到"好山万段无人见，都被斜阳拈出来"。置身于此，不由从内心深处感喟大自然的博大与浩渺。东南方向，那一片点缀在群山平坝间的白色建筑群，就是新华乡政府所在地；西面群山之中，从一个个山巅绿树间凸出的石峰，就是九门十八洞的石林；西北方向，一道从悬崖峭壁间飞流而下的瀑布，就是百丈崖瀑布。

古人的《百丈崖记》如此描述：穷谷嵯崖，不烦人力，而自然天成者，幸于此崖见之。我们驱车来到百丈崖，车未停，声先闻，一道飞瀑从高达百丈的悬崖峭壁间俯身而下，如狂狮怒吼，回声震耳；水落潭中，似洪钟齐鸣，余音缭绕；水石相击，如飞珠碎玉，化为一缕缕水雾，散漫开来，沁入心扉。在半崖中的缝隙间，形成多个泉眼，一线线清泉伴随主瀑流下，与主瀑相映成趣，相得益彰；瀑布底部，形成一处清潭，潭水穿过桥洞，从山洞向下，在欢歌笑语中留下浪花朵朵。

从百丈崖处绕行上山，抬头便看见被称之为"九门十八洞"的天然石林，远远望去，一座座石山如笋、如柱、如剑、如莲台、如战神像，我们沿着一条掩盖在茅草、灌木丛中的小路直达最大的石林。这里，犹如一个天然迷宫，石柱与石柱之间形成天然的石门，相互贯通，蜿蜒幽深，东南西北多达九门之多；进入石林，最大的石柱有6米多高，而若干高矮不等的石柱，如观世音之莲台，如龙宫之神针，如沙漠古道之骆驼……千奇百怪，形态各异，栩栩如生，更有数不清的石柱、石洞、石窗遍布其间。透过石林间的门、窗望去，绿树成荫、梯土成行、野花烂漫、天高云淡；远眺石钟山，犹如一幢四方体的现代建筑，耸立在前方，在阳光的照射下，熠熠生辉。环顾周遭，一处处山堡上，其他的石林若隐若现，有的石柱凸立山巅，与大树比高；有的掩映林间，盖头未揭；有的隐居林下，默默无闻。

石钟山伟岸奇峻的山，百丈崖阴柔清澈的水，九门十八洞原始古朴的石林，共同组成了奇景天开、天地绝配的高山风光图。这是一片尚未开发的处女地，也是大自然给予人类的最美森林氧吧，假如"五岳寻仙不辞远，一生好入名山游"的李白来此，定会诗兴大发：

众鸟高飞尽，孤云独去闲。相看两不厌，只有石钟山。

南溪河（陈彤 摄）

砥砺廉隅（陈彤 摄）

悠远文脉 吐芳华

黔江是多民族聚居地，其中土家族人口占一半以上。历史悠久，地灵人杰，英雄辈出。

黔江是一片文学的沃土，文脉悠远，人文古迹甚多，令人发怀古思幽之情。

黔江文化灿烂，民俗奇异，民风古朴，令人陶醉。

长城丰碑刻女杰

赵晏彪

长城于中国人不仅是一段城垣，更是屹立于华夏大地上的英雄碑。

"不到长城非好汉"，此诗句令中国人无不感到自豪，然而长城浩大工程的修建，竟有一位女性的慷慨捐助。这位伟大的女性是谁？当秘密揭开的一瞬，令我慨叹：岂能让这伟大女性永久沉睡于历史的尘埃，长城的丰碑上应该镌刻她的名字。

这位曾捐巨资助秦始皇修筑万里长城的"千古女杰"，是被司马迁写入《史记》中的女企业家，被秦始皇称为"贞妇"的巴寡妇清。

司马迁所著《史记·货殖列传》中，有这样一段描述："清，寡妇也，能守其业，用财自卫，不见侵犯，秦皇帝以为贞妇而客之，为筑女怀清台。"意思是：重庆地区的巴寡妇清，她的先祖自得到朱砂矿，竟独揽其利达好几代人，家产也多得不计其数。清是个寡妇，能守住先人的家业，用钱财来保护自己，不被别人侵犯。秦始皇认为她是个贞妇而以客礼对待她，还为她修筑了女怀清台。

从《史记》中可以看出端倪，在秦始皇心目中，巴寡妇清的分量超出了当时所有的女性。从目前已知的史料记载看，秦始皇生前对女性给予如此高的评价，仅此一例。

2016年的秋日，在重庆市黔江区参加一项文学活动，那是我第一次听到了关于"巴寡妇清"荡气回肠的亘古传奇。

那日的黔江蒙蒙细雨，似乎天公在哭泣。来自全国各地的十余位作家，正在参加"多民族作家写黔江"活动。当地领导在致欢迎词中说道："我们黔江在东汉时叫丹兴县，以盛产丹砂闻名，而丹砂又与一个传奇女子巴寡妇清有关。巴寡妇清曾捐献巨资帮助秦始皇修筑过万里长城，司马迁在史记中有记载。她是中国历史上第一位女商人、女企业家，被称为丹砂女王。而她死后，秦始皇为她修建了'女怀清台'，以示表彰。巴寡妇清是唯一被写入《史记》

的重庆人，也是《史记·货殖列传》中记载的唯一一位女性。今天，在这位伟大的少数民族女企业家、女慈善家和女实业家的家乡，在这个伟大的时代，在这个特别需要爱国主义精神的时代，我希望作家们用手中的椽笔，将这个爱国情怀的故事写出来，以弘扬中华民族实业兴国的精神壮举。"

在重庆地区居然有如此标志性人物，且有助秦始皇修筑长城之壮举。这一刻，巴寡妇清的名字以及那段久远的传奇故事，沁入脑海，令我有了追根求源的冲动。

黔江几日，作家们各有斩获，纷纷谈论着那些令他们心旌摇荡的故事。而我仍然沉浸于巴寡妇清的非凡经历中，沿着历史的足迹，探寻着她的功绩。

以史为证，当属司马迁的《史记》。巴寡妇清，因生活在巴蜀之地，被称为巴清。又因年轻时守寡，终生未再改嫁，被尊称寡妇。因此，巴清又称巴寡妇清。

"巴寡妇清乃秦朝时国字号的人物，为大秦帝国的建设、国家的统一做出了不可磨灭的贡献。首先，秦始皇伐楚，巴寡妇清不但同意借道，而且在粮草、食盐、武器、兵员等全方位提供支援和保障，为秦打败楚国、统一中国立下盖世功勋。其次，大秦帝国三大'国字号工程'均离不开巴寡妇清的支持，修建阿房宫、秦始皇帝陵时源源不断地输送优质木材金丝楠木，在修筑万里长城时捐献巨款，为秦始皇帝陵提供上百吨水银。历史应当还巴寡妇清应有的地位，秦始皇统一中国的'军功章'上应当有巴寡妇清的一份，她无愧于'伟大女性''千古女杰'的称号！"当地文史专家的介绍与评价，令我困惑不已。这样的奇女子居然声名不显。

傍晚散步，当地作家与我再次谈起这位千古女杰巴寡妇清。"我知道有许多地区都在争夺巴寡妇清的出生地、丈夫的家乡，甚至有的说她是土家族、苗族，还有的说是仡佬族。"钟天珑笑着说，"两千多年了，巴寡妇清很少有人理会。我们这次活动的目的，就是以民族大义为重，以中华民族的英雄为骄傲。让耀古之人还能耀今，今人要以古人为楷模，巴寡妇清捐助长城是何等善举，今人应以为国牺牲、为民贡献、大公无私和少其私为己任，而不是争名分和、抢故里、见利忘义。"这些话字字句句入心入脑，也更增加了我想探寻这位"千古女杰"的好奇心。

的确，一位远在崇山峻岭的巴寡妇清，怎么会得到千古一帝秦始皇的最高礼遇？好奇、困惑，令我义无反顾地走进那段尘封的历史。

司马迁的《史记·货殖列传》，可以说是中国历史上最早的"富豪榜"，其中与巴寡妇清并列的，仅有范蠡、子贡、白圭、猗顿、郭纵、乌氏倮6位历史人物。秦朝重农抑商，女性地位也不高。但作为一个女性商人，巴寡妇清的经历实属异数。司马迁立传有一个标准，如《太史公自序》中所说："那些仗义而行，英武不羁，抓住时机让生命闪光，能立下功业为全社会传颂的名人，我写了七十篇列传。"巴寡妇清传虽然只有76个字，其意义甚大。

历史的风烟早已冲淡了远古的记忆，巴寡妇清就像只是被人传颂的神话般缥缈。她出身豪族，少年时跟父亲学习诗书，因为相貌与气质出众，嫁给了当地一位青年企业家。不幸的是，事业有成的丈夫英年早逝，巴清不顾世俗偏见，毅然挺身而出主持起丈夫留下的偌大家业，继续着当时勃勃兴起的开采炼丹业。

相传秦始皇少年时曾被巴寡妇清所救，从此一生都与巴寡妇清在感情上纠缠不清。他性格偏执，对自己生母赵姬恨之入骨，更因其母放荡，演变出一场宫廷政变，他心里厌恶男女的不贞行为。故将一腔爱与恨的感情转移到巴寡妇清的身上，他觉得巴寡妇清恪守妇道，才是自己心目中理想母亲的形象、中国贞妇的形象。况且她是富可敌国的女商人，深谙炼丹之术，使妄想长生不老的秦始皇被她深深吸引。无论秦始皇如何专制残暴，但在他内心深处还是有着人类脆弱的感情，他心里永远记挂着巴寡妇清。巴寡妇清死后，秦始皇为其建筑了一个怀念她的亭台——怀清台。

站在黔江的八面山上，眺望风景无限的群山、云海。旭日东升，白云如一条哈达围绕在山腰，如诗如梦。在这样的情景画卷里，我的眼前仿佛出现了这样的场景：年轻美貌的巴寡妇清，强忍丧夫之痛，一心学艺，不分寒冬酷暑。她钻丹穴，进高炉，架锅添柴，事事亲为，经多方讨教，很快掌握了朱砂冶炼提取水银的"核心技术"。

黔江地区本就是崇山峻岭居多，要想将丹砂送往咸阳、长安、中原地区不是件容易的事。尤其是成品水银更不宜搬运，往往是生产一斤漏掉八两。物流不畅一直是制约巴国丹砂业发展的"老大难"。据说巴寡妇清有一日也是登上这八面山，她极目远眺，几艘忙着装卸货的小渔船让她灵光一闪。"何不将采集与冶炼分开进行，缩短水银的运输半径、降低成本？"于是她将冶炼点搬到东西南北的临江高地，冶炼地与丹穴间采取原料供给，冶炼好的水银顺江而下往东供给长江下游市场，或行至巫山罗门峡口，再北上出川进入秦岭古道……

黔江的风景的确很美，黔江地区的古女子的确是奇。作为女商人、女实业家、女慈善家，于历史长河的两千余年中，定不会只有巴寡妇清一人，但历史的机遇让巴寡妇清头顶三个绝对唯一的光环：唯一的女性寡妇实业家，唯一的被大史学家留名青史，唯一的受到皇帝尊礼。这三顶唯一的光环铸就了巴寡妇清是重庆地区人民的骄傲，是提升重庆地区、黔江区知名度的一张不朽的名片。

告别黔江回到了北京，我专程拜谒了八达岭长城。站在巍峨的长城之上，想起两件颇具趣味的事：同在一个时代的两个女人，一个（巴寡妇清）要帮助皇帝筑起坚不可摧的万里长城；另一个（孟姜女）却想用眼泪来冲倒这"万恶"的长城。同为女人，不同的身份，不同的想法，两种结局。

徘徊于长城上，放眼大好山河，抚摸着这因防止北方民族的入侵而修筑的伟大工事，我想起了清朝著名思想家、文学家龚自珍曾经记载过另外一个故事。一次在龚自珍路过长城的时候，在马上与对面的胡儿（蒙古族人）相遇，两个人见了面互相开着玩笑就打马而过了。龚自珍不由得感叹道，如果不是大清朝实现了天下一家的理想，这样的事情在明朝怎么可能呢？龚自珍所流露的、所感到自豪的是：一统之各民族安定繁荣的大清盛世的无比珍贵。

往事如烟，长城尽管于大清朝时毫无用武之地了，但长城的伟大功绩是毋庸置疑的，巴寡妇清资助长城的积极作用也是显而易见的，孟姜女哭长城，在很大程度上抹黑了秦始皇在修建长城上的功绩，辩证的思维看事物皆有两面性利弊各半。

长城上的朔风呼啸，站在长城上的我有些飘忽和渺小。我想起了黔江的八面山，想到了大秦王朝的那个伟大女人。遥想当年，她站在秦始皇的身边，仰望着正在修筑中的万里长城，可曾想到两千年后的今天，会有人站在长城上想念起她的功绩？秦皇大帝，你可曾料到，在两千多年后的当今社会，在重庆，在黔江，会有人对爸寡妇清有如此高的赞誉——她把自己的一生和命运，自觉与国家的命运、民族的命运紧密地联结在一起，为统一中国、为大秦帝国的建设、为伟大的长城做出了卓越的、不可磨灭的贡献！

呜呼！长城，千年傲立你只镂刻了秦始皇的暴政。

呜呼！历史，千秋万代竟忽略了巴清的捐助之功。

呜呼！今天，我们仰天长啸：凡是为民族做出巨献，历史、时间和人民都不会将你忘记，定会还其应有的历史地位！正是：

拂去岁月一尘埃，

女杰豪气应膜拜。

捐助长城古来稀，

神州多铸祭英台。

黔江大地开遍英雄花

邢秀玲

　　我曾经三次走进地处渝东南中心的黔江区，攀登过神姿仙态的武陵山，穿越过气势恢宏的大峡谷，游览过雄奇秀美的阿蓬江，膜拜过"人间仙境"小南海，追溯过神秘幽邃的蒲花河，叩访过古风扑面的濯水镇……2020年初冬，我和来自全国各地的二十多位作家，再度踏进这块久负盛名的革命老区，感受浓郁的红色文化，寻觅革命先辈留下的战斗足迹，重温被岁月尘埃淹没了的悲壮历史，使灵魂受到一次淬火，生命得到一次升华。从红军广场到水车坪，从博物馆到烈士墓，一路缅怀，一路仰望，一路感慨，我们听到了无数震撼人心的革命故事，看到了英雄用热血浇灌的灿烂花朵……

　　早在一百多年前，当祖国还处在风雨飘摇的黑暗时代，这里曾响起一声划破长空的惊雷。那是1907年，中国同盟会会员，黔江南海乡土家族人温朝钟回到故乡宣传革命，与王克明、黄玉山等黔咸（咸丰）两地的志士仁人在小南海朝阳寺组建"铁血英雄会"，准备武装起义。几个月内，黔江、咸丰、利川、酉阳、彭水等县入会群众就达上万人。

　　1909年，"铁血英雄会"改组为"川鄂湘黔铁血联英会"，提出"义联英俊，协和万邦，推翻满清，打倒列强，复兴汉族，实行共和"的政治主张，和孙中山先生提出的"驱除鞑虏，恢复中华，建立民国，平均地权"的政治纲领高度契合。

　　1910年12月底，温朝钟、王克明等300多名"铁血联英会"的义士以朝山为名，齐聚彭水县凤池山，商讨起义事宜。由于保密工作不到位，被混进义军的温百川得知，他与温朝钟有点私仇，一直怀恨在心，这下报复的机会来了，便飞马报告咸丰、黔江两县知事衙门。咸丰知县同情革命，不为所动；黔江知县闻讯，立即纠集地主豪绅商讨镇压之策，派兵在大垭口、八面山一带防守堵截，温朝钟察觉事已泄露，便决定立即起义。

1911年1月3日，温朝钟手持剪刀在凤池山登高一呼，剪掉头上的发辫，众人纷纷响应，剪辫明志，揭竿而起，分兵两路，直指黔城。七天后，义军主动撤至两会坝（今石会镇政府驻地），8000余名义军整编为"国民军"，温朝钟任国民军司令，王克明为副司令，黄玉山为后勤总长，义军将士皆戴白袖章，外衣前后用白粉写上"国民军"。

义军英雄无畏，群情激昂，一举攻克黔江城。清政府慌了手脚，急令川、鄂、湘、黔四省督抚"合力兜剿"，酉阳州牧杨兆龙抢先进占黔江城，沿"万柳坝"设防。1月12日，义军会师黔城，在城西沙坝遭清军伏击，伤亡惨重，经过一番血战，突围至中塘，安置藏匿受伤将士后，司令温朝钟率领几十名骨干退至咸丰破水坪飞龙寺。五天后，被清军层层围困，全部壮烈牺牲，32岁的温朝钟英勇就义后，惨无人道的敌人割下他的头颅，剁下双手双脚，碎尸分别被蜀军、鄂军、湘军、黔军拿去邀功请赏。副司令王克明潜回老家后，被清军团总王明堂捕杀，破膛剖腹，剜心掏肺，惨绝人寰。这些豺狼，用烈士的鲜血涂染了他们的红顶子……

同盟会重要领导人黄兴曾写过一首悼念黄花冈七十二烈士之词作《蝶恋花尺寸·吊黄花冈》，下半阕中写道："回首羊城三月暮，记血肉纷飞，气吞狂虏。事败垂成原鼠子，英雄地下长无语。"正好暗合黔江"庚戌起义"失败之缘由，都是鼠辈小人告密之故，内奸比敌人更可怕！

尽管在内奸的告密和清政府调动四省兵力的围剿下，"庚戌起义"惨遭失败，但也极大地震撼了清政府，鼓舞了人民的斗志！由于时间比"武昌起义"还早九个月，可以说是"辛亥革命"的先声。

革命的道路从来不是平坦的，而是曲折的，坎坷的，也是艰苦卓绝的。无数事实证明，只有共产党才能救中国。1921年7月1日，在嘉兴南湖的一艘游船上，中国共产党庄严宣告成立了！仿佛茫茫大海上的一盏灯塔，指引着中国革命的航向；宛如沉沉黑夜的一束火光，照亮了中华儿女奋斗的道路。

黔江流传着这样一首民歌："桐子开花碗碗红，湖北过来一条龙。神威吓倒双枪将，孤胆震死扁毛虫。"这里的"一条龙"，就是指从湖北咸丰过来的贺龙的部队。1933年12月22日，红三军的3000余将士在军长贺龙、政委关向应的率领下。迎着严冬的寒风，满怀开创新苏区的豪情，翻老鹰岩，越盘蛇溪，部队于凌晨抵达"清乡司令"周化成驻守的大路坝。红三军21团团长钟子廷率一个连队，趁黎明前的浓雾，以迅雷不及掩耳之势，一举攻占东山上敌人的碉堡，大部队直插大路坝敌营。守敌从睡梦中惊醒，一部分四处逃散，一部分躲在万寿宫负隅顽抗，还有部分残兵败将沿街纵火以阻止红军追击。红三军将士一面追击逃亡的敌人，一面扑救熊熊燃烧的大火，还要攻击万寿宫的顽敌，以一当十，英勇战斗，特科二大队副大队长黄丁山在激战中壮烈牺牲。

这天下午，红三军兵分三路，直指黔江城。中路大军轻取中坝，翻过仰头山、大垭口，直逼县城北门，与右翼部队协同作战，左翼部队经九盘岭、老鹰岩、杉木垭等地攻县城东门并围抄南门；右翼部队经小南海，越八面山、出桃子坝攻打县城西门。预先潜入城内的两名红三军战士带领游击队员做好内应准备，与敌人展开巷战。主力部队三面攻城，只用两个小时就结束了战斗，可谓兵贵神速！黔江县伪县长殷鉴在周化成等仅剩的二百余名残部的掩护下，从南门溃逃，亡命彭水。

这一天，红三军奔袭120里，取得了首战大路坝、轻取中坝、占领县城的三战皆捷的重大胜利，歼敌1000余人，缴获枪械800余支和大量弹药物资。正如一首黔江民歌中所唱的那样："一阵狂飙乌云开，红军像从天上来。打得狗子哇哇叫，吓得土豪逃脱鞋。"

24日上午，在魏家塘河坝召开军民大会，军长贺龙发表热情洋溢的讲话，宣传共产党的政策，宣传红军的任务和纪律，揭露国民党反动派祸害老百姓的罪行，发动群众起来推翻他们……人民群众革命热情高涨，检举揭发了血债累累的大恶霸、黔江县警察局长庞继凡，庞被公审正法，群众拍手称快，400多名青年报名参加了红军，壮大了人民军队的力量。

红三军占领黔江，入渝首战告捷。为了保存革命力量，一周后主动撤离黔江，返回咸丰活龙坪，使周化成的反扑落得一场空，宣告了国民党围堵红三军的破产，在黔江这片古老的土地上播下了革命火种，为日后开出绚丽的花朵奠定了基础。

1934年夏末，红三军转战黔江东南部，演绎出三进三出马喇湖、军民共济渡濯河、三军誓师水车坪等许多故事，宛如散珠碎玉，遗落在黔东南的山水草木之间，至今闪烁出熠熠光彩，尤其是有关贺龙军长的故事最多，也最感人。

水车坪位于黔江的西南角，原名"旱码头"，曾是秀山、酉阳、黔江等地到彭水的交通要道，是骡马交易的集散地。为了解决日益增多的人口饮水问题，当地群众用水车从河里抽水，地名遂改为"水车坪"。

贺龙先后四次来到水车坪，和这里的人民群众建立了真诚深厚的感情。第一次是1914年，他从鹤峰来到水车坪购买马匹，住在石琢之的客栈，与正直善良的老板石琢之结为好友。在位于水车坪后山皂荚树下的骡马市场选购了一匹枣红马，这匹坐骑陪伴贺龙驰骋沙场，踏遍鄂、川、湘、贵，立下了不朽战功。

第二次是1916年秋，贺龙在湘西提两把菜刀闹革命，为作战需要，与贺勋臣等人再次到水车坪，通过石琢之帮忙，选购战马数十匹，回到桑植壮大革命力量。第三次是1917年冬，贺龙在湘西组织武装暴动，引起了反动势力的注意，悬赏可观的大洋，捉拿贺龙。为了避开敌人的网罗，他从湘西途经水车坪，险些被黔军捉住。在石琢之等当地群众的全力营救下，终于化险为夷，前往武汉，踏上了新的革命征程……

第四次是1934年5月6日，红三军取道水车坪，贺龙特意又住在石琢之的客栈，他深情地对石琢之说："想当年我在水车坪买骡马，蒙你帮忙，买到了一批好马呀！你还救过我的命，今天特意来看望你！"贺龙军长随即叫警卫员拿出50块大洋送给石琢之，并认石琢之的四女儿石琼仙为干女儿，说："我没有更多的好东西送给你，送点钱表示我一点心意，你收下吧！"石琢之推辞不过，只收下20块大洋，当成是贺龙送给干女儿的礼物。

当天，就在大皂荚树下，贺龙军长召开攻打彭水县城的誓师大会，热情洋溢地说："红军要像这棵苍劲的皂荚树那样，经得起风吹雨打，永不压弯，更不折断……"

水车坪人民为了铭记这段无比珍贵的往事，将贺龙拴过马，在树下讲过话的皂荚树称为"红军树"，像爱护自己的生命一样守护着它，使它生长得枝繁叶茂，伟岸挺拔，成为水车坪最引人注目的红色标识。

当我怀着无比崇敬的心情，站在"红军树"下的贺龙雕像前拍照之际，发现这棵百年老树浑身挂满了红绸飘带，在秋天艳阳的照耀下，仿佛千万把火炬在燃烧，又像无数面旗帜在飘扬，召唤我们这些后来者传承红色基因，发扬革命传统，砥砺前行，永不停歇。

水车坪

王 雨

重庆市黔江区水市乡水车坪，老街有300多年的历史，早年因缺水做水交易而存。金秋十月刚过，我随"传承红色基因，讲述扶贫故事"的来自国内各地的作家一行来到水车坪，吃力地登山上行。

水车坪的山顶有棵"红军树"，当年，贺龙在此树拴过战马。

1916年秋天，贺龙来此贩卖骡马，至1934年，他4次到过水车坪。当地的耄耋老人李意贵回忆说："我们以前叫贺龙将军贺五哥，他在我们老街来过好多次，最后一次带着部队来，人好多哦。"说方圆百里的人都来这里赶集，每逢赶集，能交易400多头骡子、马儿、水牛。贺龙其实是暗地里来这里招兵买马扩大革命武装的。当地的住民石琢之精通选马，贺龙跟他建立了友谊，每次来就住他家，打地铺睡。他从未透露过自己的真实身份，一直以生意人身份出现，没有人知道他是闹革命的。有一次，贺龙组织暴动失败，逃避追捕来到水车坪，被国民党在两河的保安队发现，追上山来。石琢之赶紧让贺龙换上长衫，对保安队的人说是他的亲家，才逃过了保安队的抓捕。之后，便流传下贺龙与石琢之是亲家之说。

看见了"黔江红军革命纪念馆"的横牌，里面没有堂皇的建筑，只是弯弯的山路、老旧的民居。进到一栋串架穿斗的古旧房院，院子两厢是板墙住屋，挂了"贺龙卧室"门牌的住屋窄小，一张简易木床、一张老旧木桌，木桌上有盏生锈的马灯，隔壁是"警卫员室"。天井正中有陡立的生有青苔的石梯，石梯通向不大的堂屋，堂屋有四方木桌，墙上挂有"中国工农红军第三军"的军旗。院内有宣传介绍，讲述贺龙领导的工农红军艰苦浴血奋战的事迹，听后顿生敬意。

弯弯山路通向山顶，山顶的"红军树"倚天鹏展，树下有贺龙与战马的铜制雕像，戴红军帽、挂望远镜、别手枪、蹬马靴的贺龙将军威风凛凛，身后的战马扬首甩蹄。"红军树"是当地群众对此树的尊称，是棵皂荚大树，年代久远，有数百年的树龄。当年的贺龙将军在树下谈兵论武、动员群众，好一股血气方刚的英雄豪气。肩头挨着肩头的连绵大山环抱大树，彤云涌动。我仿佛看见了当年贺龙率领红军攻打彭水县城路过这里召开誓师大会的情景，听见了"打富济贫""除暴安良"的声声呐喊。

"红军树"现今是爱国主义的教育基地，当年贺龙住过的房屋、使用过的物具、看戏的戏台都修旧还旧保存下来；贺龙率领的红军队伍不断壮大，革命火种燎原，艰苦战斗的故事至今流传。村民们自发组织在"红军树"旁建了"水车坪红军纪念碑"，当地政府修建了红军广场和纪念亭。大树、高碑默默述说历史，激励后人。同行的一位当地作家对我说，这皂荚树有灵性，贺龙遭难时，此树就蔫塌塌的，贺龙解难后，此树也重新生机盎然。

见物生念，见树生情呢。

看见了映山红花，诗人李白怀念家乡，有诗曰："蜀国曾闻子规鸟，宣城还见杜鹃花。一叫一回肠一断，三春三月忆三巴。"山花经风沐雨绽放，水车坪历经磨难改变容颜，水车坪正在脱贫致富，支持老区宣传老区我等有责。大树高碑下，先辈先烈们用汗水鲜血浇灌的映山红花开得绚丽，昭示我辈不忘初心、牢记使命、不断前行。

南溪号子

周 灿

这是一条极易被人遗忘的幽深的峡谷，谷底蜿蜒曲折的是一条不甚宽广的河流，唤作南溪河。河里仿佛永远都流淌着清亮透底的河水。溯河寻源几十里，是渺无人烟峰峦层叠的莽莽群山；顺流而下几里地，是一江碧水向西去的阿蓬江。沿河耸立着足有四五百米高的山崖：一边是巍峨挺拔连绵不绝的麒麟盖；一边是山势雄奇陡壁如墙的断崖。

沿河两岸散落着大大小小掩映于古树、竹丛中的点点村落，若非偶尔的鸡鸣犬吠，定会让人把它们给忽略。村中人家皆聚族而居，连地名也跟其姓氏有关，譬如胡家堡、庞家寨，等等。村中屋舍随坡就势，建成吊脚楼样式。稍显宽广的河谷边是整饬平整的田地，屋舍后的陡坡、石旮旯则被锄挖手抠成巴掌大的土，种上应时的庄稼。

一条半米宽悬挂于断崖上的羊肠小道，是村里人家出门赶集的唯一通道。山崖笔直陡峭，外来的人走到小道半途时，多双手趴在靠里的石壁上，仰首向上看是笔直的山壁和随处悬挂的巨石，扭头朝下一瞥，是草木不长的小道边缘和几百米深的河谷。顿觉背上凉风飕飕，双手无力，两腿发软，于是深深懊恼起自己的这趟行程安排。因这逼仄险恶的羊肠小道，外人多不会无故涉足南溪沟，而沟里的人若非赶集购买生活必需品，亦不会贸然从沟里走将出来。

南溪沟就这样静悄悄地蜿蜒在麒麟盖的一侧，阿蓬江的一支，鲜与外界交通，几乎被世界遗忘。

然而就在这几乎与世隔绝的深山峡谷中，一种只吼给自己，吼给大山的古老音乐却悄然诞生了。

在河边的田地里、在巴掌大的石旮旯里、在峻峭的山崖边，当老水牛拖着沉重的枷担疲惫地低头茫然行走时；当薅锄在石旮旯里撞击出一簇簇耀眼的火星后；当紧握柴刀的手感到无尽酸软时，劳作的人停歇了下来，甩去额头的汗珠，往前看，是黝黑陡峭的山壁，往上看，是被峡谷切割的一线窄窄的天，顿时一种莫名的憋屈，抑或是渴望，从心底泛起涌上喉头，于是扯长嗓子，朝着对面的山坡，朝着一条缝的蓝天，朝着高耸的山崖，用随意而简单的方式，吼出一串自己也不明就里的音韵来。旁边的，或是对面山坡的人，也因了相同或是不同的缘由，跟着应和几声。

这一呼一应，一唱一和的劳动解乏的调子，不料竟在山沟沟里流行开来，几百上千年来，不断回旋婉转，连绵起伏，融进那高耸冷峻的山崖，婉转多情的河水，沟里老人、孩童、姑娘和小伙的喜怒哀乐；融进了土家、苗族的民俗、文化。最终定型为与深山峡谷融合为一体，极具民族特色的音乐奇葩——南溪号子。

未见南溪号子庐山真面目之前，我听过太多关于它的评价，可惜，都是负面的。"太难听了""那就是吼，一大堆人站在那里声嘶力竭地吼""一个没吼完，另外的人又吼起来了，听不出个由头！"可我总疑心他们的看法，难道这传承上千年的南溪号子真就如此不堪入耳！

一次偶然机缘，让我领略了南溪号子的真正魅力。那是冬天的农闲时节，七八个老者聚到其中某一家的火塘旁，火塘中的杂木疙瘩瓣里啪啦地燃着，不时蹿起尺把高的火苗子，偶尔"啪"地炸起一片金红的火星。围坐火塘旁的老人被缭绕的柴烟熏得眼睛眯成一条缝，黝黑的脸庞在火光的闪烁映照下，闪出金色的光亮。一个大土碗盛着一整碗苞谷烧在各人跟前逗留。门窗外的河风"嚯嚯"地吼，整个河谷仿佛一个巨大的牛角号，风更大些，号声就更响亮。屋中人偎着正旺象的柴火，依靠在柴烟熏得发黑的板壁上，静静地坐着。此时，你绝难想象眼前这些头缠白布帕，喝着自家小灶酿造的刮人喉咙的苞谷烧，吧嗒着辛辣呛人烟叶的老人家与歌者或是与音乐有丝毫干系。可一个不经意，南溪号子从他们口中吼将出来，如若是你，定会震惊，定会对眼前普通得不能再普通的老农民刮目相看乃至肃然起敬！

一位老者一口喝完碗中剩余的苞谷烧，霍地站了起来，"吔嘿……"一声拉开了吼号子的序幕。那调子，起得极高，尾声处又反复回旋拖得好长，仿佛一只苍鹰从河谷底一下蹿升至河谷上空的一线蓝天里，在天空中振翅翱翔。又不时抖翅调节高度，忽又敛翅陡然往下一俯冲，旋又立身急停，复又盘旋于天际。此时只见那老者的胸口在微微起伏抖动，饱胀经络的脸上满是庄重肃穆的神色。嘴唇轻轻颤动，唇边胡须跟着一起激动不安地轻轻抖跳。那只苍鹰还没有完全停歇的意思，一旁的几位老者不失时机地应和"唉……唉哎唉……"声音低沉雄浑又婉转回环，仿佛大山的回声，浑浊而充满力量感。哦！是高崖边的一块巨石不堪岁月侵蚀，从山巅一路翻滚而下，轰隆隆一路无拘无束，某一处撞上了一块拦路的巨石，随即又急速旋转着凌空几丈。巨石尚未尘埃落定，"依哟嗬……依哟"清越高亢的应和声又响了起来。那是几位老妇人一齐开口应和高声，声音清澈，仿佛南溪河的水，不染纤尘，又似峡谷上方的一线青天，高远而明亮。此时，领唱声、低音声、高音声、此起彼伏、连绵不绝、似群山；曲折婉转、回旋不息、似南溪河水。那悠长、婉转的号子呀，领唱声、高音、低音相附相和又彼此独立，粗听只是几位老者在酒精的作用下，敞开喉咙大喊大叫的一片缭乱声，细听又觉这一声未息一声又起，雄浑中夹着清越，高亢中含着低沉的声音是那般玄妙无穷！

啊！这传承千百年的南溪号子，在这个冬夜，在这堆杂木疙瘩火畔，在这住了好多辈人的吊脚楼里，被南溪沟的子孙用世代相同的方式演绎得如此动听！

老者们越唱越欢，声震屋瓦盖过了窗外河风的怒吼声。一曲唱完，另一曲又起来了。附近人家的老人、小孩、妇女也不惧寒冷，渐渐聚到火塘边，有的也跟着掺和进来，演唱的气氛也越加热烈，主人家的酒也添得更勤了。直到柴火燃尽、夜阑之时，领唱的人累得实在不行，众人才悻悻离去。

一位年逾八旬的老歌者告诉我，唱南溪号子须一人领唱，众男声和低音，众女声拔高音。领唱者得有天赋，须嗓子清亮，能喊出极高的音调来；男声须低沉、浑厚有力；女声须尖厉有穿透力。演唱之际，待一种声音余音袅袅之时，其他的声音适时接续，于是形成高低错落，起伏连绵不绝之感。而演唱号子最出彩的时候是在劳动的过程中。

我的脑海里出现了一幅图画，在久远的时空里，在这被世人遗忘的南溪沟中，头缠白布帕的土家、苗族老者，健硕的青年、俏丽的女人，在崖边、在河畔、在石旮旯土里，喊起了号子来，声声号子在几十里峡谷中撞击回旋，从河谷蹿上一线的蓝天。像惊雷、像松涛、像涨水的南溪河水撞击巨石的声响；像河风怒吼刮过山脊；像山泉跌落幽潭；像苞谷烧划过喉咙。南溪沟成了巨大的舞台，沟中的人既是听众也是歌者，声声号子，唱给别人听，也唱给自己听；还唱给山崖，唱给流水听。山崖的回声是最好的无可取代的伴奏！

悠悠南溪号子，俨然南溪沟老百姓的全部精神生活！在田埂上，在南溪河边，在石旮旯的苞谷林里，在吊脚楼的镂花窗边，在疙瘩柴火噼啪作响的火铺上；在捞起一网活蹦乱跳的鱼后，在吃过一扇扇巴掌宽油汁横溢的肥肉后，在喝下一碗碗苞谷烧后；那是逢年过节时，是迎亲嫁娶时，是为老人办白喜时；南溪号子被一代代，一群群的男男女女老老少少、反反复复地吼将出来。又是油菜花金黄的时候，又是栽秧薅草的农忙时节，又是稻穗金黄、河鱼鲜肥的时节，又是河风怒吼小灶苞谷烧飘香的隆冬时节。南溪号子伴着南溪沟的人们，在这被世界遗忘的河谷中，袅袅萦绕。震醒了大山的耳朵，喊壮了少年的胳膊，唱红了胡家堡少女的脸，纤细了她的腰。世代栖息的土地，在号子声中越加古老神秘。先辈与后代，在声声号子里相逢了，他们的艰辛、困顿、失意和悲伤，后辈们感同身受；他们的欣喜、收获、期望与满足，后辈们则心领神会。悠悠的南溪号子啊，俨然一幅幅土家、苗族先民的生活画卷，烙进世居峡谷的南溪人的心灵，融进他们的血液中。

而这是多么遥远的情景啊！

在隆隆的炮声中、在钢钎撞击岩石的火星里，悬挂山崖的羊肠小道被拓宽成了机耕道。南溪沟的人们坐着拖拉机走了出来，用肥猪、苞谷烧换了电视，换了VCD，他们用好奇的眼光盯着电视里的精彩世界，竖起耳朵聆听着南溪号子以外的音乐声。渐渐地，孩童们不再扭着歌师傅一板一眼学那南溪号子，劳动时节，也渐少有人喊出几声号子来，取而代之的是昨晚电视剧的情节和偶尔从少女口中飘出的流行音乐。南溪号子似乎渐渐被人遗忘，遗忘在山崖边，遗忘在石旮旯，遗忘在火塘畔，遗忘在吊脚楼里……

终于，几位文化部门采风的同志终究在它即将消散于老人记忆中的时候发现了它。难以想象，他们当时的惊喜，他们发现这传承几百上千年的民族音乐奇葩时的惊喜。于是，南溪号子伴着南溪沟的几位老人，走进了区里，走进了市里，甚至走出国门。

我却疑心，这源于山沟沟，兴于山沟沟，几百年间不曾见过"世面"的南溪号子，在灯火辉煌的舞台，在异国他乡的绚烂灯影里、在陌生的国内观众的聆听下、在桑巴民族异样眼神的注视中，没有山崖的回应，没有流水的应和，没有杂木疙瘩火的烟云缭绕，没有苞谷烧的滋润，在几位最小年龄已过六旬的老者孤独的呐喊声中，它的粗犷、它的灵性可能完全展现？而歌中蕴含的独特的土家、苗族的文化讯息是否能为大众所理解？据说一位文化部门的领导曾表示要把号子的词改一改，以更符合"时代潮流"。不想年迈的领唱者把脸一沉，一个字都不行！语气坚决，毫无回旋余地。理由极简单：几百上千年间都不曾更改，我们也不能更改！这或许是件好事，至少南溪号子永远是那样原生态，自然味。可看着眼前几位已然风烛残年的传承人，我不禁为这文化瑰宝的前途感到深深的忧虑。

又是一年冬天，在当地政府院坝前，我见到几位传承人站在当中，放开嗓子为当地政府人员、学校教师、学生演唱南溪号子。一打听，原来当地正欲借南溪号子打造特色乡镇，于是请来传承人，为他们示范演唱。隆冬时节的风，凛冽刺骨，几位老人黝黑的脸庞不知是喊号子用力的缘故，还是天气太过寒冷，黑中透着些微的红，风把他们的头发吹得有些凌乱。老者们时而高亢，时而低沉的号子声在院坝上空，在缩头耸肩的众人头顶上起伏、盘旋、撞击……

遗忘在阿蓬江畔的千年石城

杨举波

记忆的风化坍塌远比自然的风化坍塌可怕。人因缺失历史记忆而变得浅薄，古城因身后空洞而走向湮灭。阿蓬江是黔江的母亲河，碧波荡漾，日夜奔流，世世代代地滋养着大地山川，也不知淹没了多少曾经的繁华和荣耀？一座千年古城被遗忘在江畔，令人喟叹。

它的消逝，它的邈远，给这片土地增添了更多沧桑与深邃。我常常翻开《黔江县志》，仔细查找古石城历史的片语。黔江，古称丹兴县、石城县，治所在老县坝，前后延续300余年。东汉时称丹兴县，唐武德元年更名石城县，治所均在县坝。当时石城县辖区广大，有"巴东郡统县十四，北极巫山、秭归，南至石城、务川最。石城县广矣"之说。唐玄宗天宝元年，石城县更名黔江县，治所被迁走。原址设屯田守御所，县坝依然是黔江重要的商贸重镇，并一直繁荣至清末，但受风蚀雨浸，时光消磨，古老的县城治所渐渐淡出人们的视野，被世人遗忘。

常常兴致勃发，邀友三两人，月夜踏访古石城。从如今的县城到古石城有十余公里，乘车从黔咸二级路到湾塘大桥，向左有一条村级公路通向古石城。这条公路从老鹰关的山腰穿过，山势一如雄鹰盘旋。老鹰关又名城堂关，石城县治所曾一度迁建至此，现在还有哪吒庙留存。哪吒庙虽是一座破败的古庙，只剩不多的几尊佛陀，但里面装满时间的印迹。

老鹰关下有九湾河，一条大河九弯九拐，沿河两岸坡陡路窄。乾隆年间，邑侯王尔鉴经过九湾河到石城时写道："妻儿寄渝州，而我何所之，望望石城路，水险而山危，买棹下巴渝，两岸花滋，桃李向我开，云山向我依。"王尔鉴面对九湾河，触发几多人生感慨，从山东济宁知州贬为七品芝麻官，开启他征文考献，创修县志的人生历程。这次来到古石城正是为修志取材而来。由此看来，只要心中有路，人生处处是景。

从老鹰关到石城县治所要跨过段溪河。段溪河是古石城的护城河。石城县治年间，一度没于蛮僚，郡、县机构形同虚设，城防形势十分严峻，段溪河有"一夫当关，万夫莫开"之险。段溪河峡谷深处百余丈，多处悬崖峭壁。段溪河的险是地震造成，据《黔江县志》记，"明万历三十八年，地大震，公廨崩颓"。一场地震，毁坏了家园，埋葬了生命，但也演绎着大自然的鬼斧神工，让后人嗟叹。段溪河上有犀牛洞，河水时而下沉至脚背，时而上涨到头顶，民间以为是犀牛吞水吐水。还有阴阳洞，常年吹出温差极大的两种风，向左移一步，风凉如骨，向右移一步，风热如沸。最为奇异的是筛米盘。秋风吹起时，河面的数百根水柱盘旋上升30余米高，俨然黔江城市天然的音乐喷泉。

民国初年，通向石城的道路只有三条。水路一条，经由段溪河与九湾河交汇的阿蓬江。陆路两条，一条是最早的官马古道，从石城翻二台坡至中塘、南海直通湖北咸丰。二台坡的大地主邓老爷曾在官马古道上修建驿馆，坐地取财，商贾行人过往必须交买路钱。就是官老爷过路也要被拔掉几根粗毛。

罗炳然是小南海的大财主，但为人豪爽，仗义疏财。一次经过邓老爷的驿馆时，罗炳然的马将屎拉在了驿馆门口。邓老爷为了压制罗炳然，强迫罗炳然亲自扫除，如不亲自扫除，马屎有多少重量，就付多少两银子。罗炳然当场夸下海口，不出五年，必让行走官马驿道的人改道。

罗炳然果真说到做到，花了三年时间，险中求胜，沿着段溪河凿出几公里长的石崖栈道，径直通向石城。这条栈道工程量巨大，但比走官马驿道近了五公里，从此往来于石城的商贾均行走于段溪河栈道。罗炳然为雪洗马屎之耻，明言："邓老爷的人马从段溪河栈道行走，我量一斛石渣，他出一斛银子。"也许正是天道忌盈满，善恶终有报，人间正道是沧桑，邓老爷家从此衰败。罗炳然修建的段溪河栈道，渐渐成为古石城通向外界的唯一陆路。那些来自四面八方、天南海北的商旅，踏着各种各样的命运轨迹，带着或强或弱的生命能量，往来于古石城，这才是段溪河栈道的价值。

经过段溪河便来到石城南门。昔日的石城南门柱子有四米多高，柱子上放一块龙骨方石，上面刻有"石城古县"四个魏碑体大字。铭刻毁于"文革"，今已不存，巨型条石横卧在萋萋荒草中。穿过南门便进入石城主街。主街自东向西八百余米长，三米左右宽。沿主街前行五十米便是石城县衙，县衙而今只留下半垛石墙。万寿宫、乾缘宫、文昌阁、衙门、鸣冤台……在风雨中剥蚀殆尽，在岁月中湮没无影。只有一凡的诗句，成了石城永恒的记忆——"春雨年年洒古楼，故园颓废让心愁；旧知还有几人在，惟见花开乱石头。"

老石城街面用青石板铺成，坚硬的石板经过千年的风雨侵蚀，人踩牛踏，磨得油腻腻的十分光滑。断裂的石板间塞满红泥土，长满杂草。一块石头里看到古城风景，一抔泥土见证着古城沧桑，一粒沙子里触碰到古城灵魂。走在石板街上，脚下十分沉重，或许是千年间石板路承载着太多逝去的东西，又或许是在红泥土与斑驳的杂草中，隐藏着太多古老而忧伤的故事。

石城县衙正对面是王家大院，三进三出天井坝四合院。王家大院主人名声颇大，人称"王佬恨一街人，一街人恨王佬"。王佬指的就是王辅胜，本是湖南人，五岁时患重病，奄奄一息。一个老太婆告诉他父亲，说此娃命太硬，唯有在一个"金木水火土"聚齐的地方捐建一座观音庙，才能化凶遇吉。

王辅胜的父亲与老太婆经三年查访，最后找到石城县城。石城县城背靠100米高的岩崖，下面是轻波荡漾的阿蓬江，东面是楠木园，几万棵香楠树。五行俱全，正是建庙修寺的宝地。王辅胜父母在此捐建了观音庙，举家从湖南搬至石城县。

王家捐建石城观音庙后，王辅胜从此消灾除病，健康成长，后来考取武了状元。王家家业越做越大，在县衙正对面修建了三进三出天井坝四合院，坐拥20余家"当铺""银号""客栈"，每家店铺灯笼悬挂，字帘高挑，打着"辅胜"的名号。如今，王佬的嫡传后人还住在王家大院，每当讲起他祖祖王佬的故事时，颇有几分自鸣得意：这天井坝，这四合院，是他老祖的老祖修的。

一只大黑狗蹲在石水缸边，静静地看着过往行人，不发出任何声响。石磨石礁长满了青苔，枯水井里是沉甸甸的树叶。但残败的景象反而更让人想起昔日的繁华，想起绝代风流的古石城人。从而感受到古城的盛衰像山海一样厚重辽阔。

阿蓬江与段溪河在石城交汇，两江交汇处适宜建城。如果说段溪河是石城县治所的天然护城河，那么阿蓬江便是石城县治所的黄金水道。阿蓬江在石城县正南面，江宽水平。石城县沿阿蓬江东上咸丰，西下涪陵入长江，商贸往来十分繁盛。一条江，畅通了南北。一条巷，连接了古今。孙家巷子通向石城渡口，是古石城重要商业街，水运繁忙，鼎盛时期400人不耕而商，每天要宰猪上百头。龙神庙、周家祠堂、戏楼痕迹就在巷子西侧。现在只留下断壁残垣，但尽可以展开想象，当初哪一处是客栈，哪一处是饭馆，哪一处是茶舍……

而今，石城陆路交通便捷之后，石城码头只有少量三板船，供当地居民渡河使用。码头是江河对渡者的承诺，船是江水对旅程的烘托，有码头的地方，多半不缺故事。这天我们夜游者正想搭乘三板船抄近路到九湾河。一问价格，过河一人一元钱，下行至九湾河一人三元钱，便宜得让人不敢相信。

我们说定一艘小木船，没想到摇橹的竟是一个9岁的小男孩！我们竭力要求换个大人，小男孩坚定地说："我能行，不信你问我爷爷！"不一会儿，他爷爷来了，果然用不容置疑的口吻说："他比我划得还好些！"

上船后，我们小心翼翼地双手抓紧船舷坐在船正中。9岁的小男孩看见我们的惊慌，咯咯地笑个不停！随即唱起了爷爷教给他的歌儿："石城之路能摧车，若比人心是坦途，阿蓬之水能覆舟，若比人心是安流。"一个被都市生活遗忘的乡村少年，乘一叶扁舟，唱一曲渔歌，载一群城里人的惊慌，离别千年古城。

离开古石城，时间忽然显得幽深起来，光阴毫不手软地把自己的迟暮，全部返还给这座千年古石城。古石城仿佛太累了，它需要沉沉地睡上一觉。沉睡的古石城像一位归隐在阿蓬江畔的精神贵族，虽遗忘在众多黔江人的生活褶皱里，却暗香浮动。只有清朝黔江县教谕吴开聪的《戊寅解官归里留别诸生》，一直绑扎着古石城情结："石城山水足清奇，坐客青毡已自知，花悬鸣琴会许听，杏坛振铎愧难施。论文幸结三生契，载酒空劳一字师，寄语门墙好桃李，春风切莫怨开迟。"

寻找老鹰关

谢爱冬

还是刚上初中的时候，从一本闲书中偶然发现隋唐之际县城治所为老鹰关，那时便萌生了寻访之愿。不觉三十年过去，寻访之愿生根发芽，茁壮成长，却一直没能开花结果。最初的模糊心愿，早已疯长为心头执念。

过去三十年间，当然也曾有过寻访之念。可惜每每装作漫不经心地询问师长、朋友，师长与朋友们皆语焉不详，始终未获确切的信息。这当然不能责怨师长与朋友们。熟知老鹰关处所的师长不多，他们或是认为老鹰关太过平淡，或是不愿纵容自己这种无聊的访游之举，所以总是轻描淡写地一语带过。其他朋友呢？他们甚至不知道老鹰关的存在，纵想热忱相助，却是有心无力。

"老鹰关，就在阿蓬江畔，县坝老石城旧址后面的山上。"几位熟悉历史掌故的师长，先后都给予我类似的指引。虽说阿蓬江蜿蜒几百里，群山绵延数千里，但我很早就知道阿蓬江边石城旧址所在，要是按着师长们的指点，老鹰关倒也并非完全无迹可寻。寻访之旅三十年来久久未能成行，其实更多的是因为自己一直心存着许多犹豫与惶惑：我应当以一种什么样的态度、眼光和心情，去寻访、认识老鹰关呢？

在祖国大地千千万万的关城、山寨、要塞、险隘中，老鹰关或许只是一个极其普通，甚至完全可以忽略的地名。不过，对于生活在关城内外的人们来说，老鹰关却又不普通，甚至可称重要，仍是值得去探索、去发现、去认识一番的。

《黔江县志》（1985年版）记载着老鹰关曾经短暂的辉煌：

隋开皇五年（585）置石城县，兼置庸州，治所均设今县坝乡县坝村。大业三年（607）废庸州，石城县隶属巴东郡。《隋志》："巴东郡统县十四，北极巫山、秭归，南至石城、务川。石城县广矣。"

唐武德元年（618）石城县改属黔州，其县址移无慈城，即今县坝老鹰关。贞观四年（630）迁今联合镇。天宝元年（742）改名黔江，属黔安郡（黔州）。

一千四百多年前，老鹰关在唐武德元年至贞观四年正是石城县址所在。尽管仅仅十二年短暂的辉煌，但仍是一段无法跳跃无可抹除的历史，更留给后人几多疑惑，引发几多追问。

一千四百多年啊，多么久远的历史！有如此久远的历史为背景，所有的疑惑都变得沉重，所有的追问都变得深刻，而沿着这些疑惑与追问出发的各种探寻，就都有了意义。

心头的犹豫与惶惑仍在，并且几乎肯定难于在独自沉思中获解。终于决定放下所有思绪，肆意地释放压抑已久的执念，趁着一个春意深深的午后，偕同三两个好友，无比虔诚又无限向往地向着老鹰关出发了。

沿着导航指引，我们仅仅十多分钟就到了老鹰关。停车询问路人，确认此地正是老鹰关无疑。但我们都坚信，这里并不是我们想要寻找的那个老鹰关。此处地势一片平坦，道路两旁错落着熟悉的村庄。尤其让人不敢相信的是，这里不仅有车流往来不息的县道穿越其间，竟然距离连接新城老城的隧道不过三四公里，距离最近的高速路口仅仅一公里！如此平坦的地势，如此便捷的交通，如此平静的乡村，又哪里有半点儿雄关险隘模样呢？

我们又向着邻近的山坡而去。我们想当然地认为，既然称之为关，想必处于平地之后的高处。费力地爬升到西面山坡，再次探问方知，原来这一片区域都概称老鹰关，古时的关城却是在东面平地边缘向阿蓬江下坡处。

有了确切的指引，果然很快就找到了老鹰关。

眼前的老鹰关实在太平淡，太普通了！老鹰关，名虽为关，但既然曾经作为县城治所，当然应该有关、有城的。可如今关门仅余一个宽约两米的门洞，周遭杂草丛生，苔藓蔓延，完全失却了关城的模样，要不是刻意寻找，恐怕从这里经过十遍百遍也不会引人注意。留心看时，可见门柱由千斤巨石垒成，上下凿有碗口大小凹坑。要是有城门门轴卡入门柱凹坑，想必依然可以灵活运转。城门两边，高近三米的城墙，断续有数十米残存，依稀可以想象关城内外格局。如若关闭城门，关城足称坚固。从关门之外仰视，老鹰关雄踞于下行阿蓬江陡坡险要处，关门雄伟不凡，城墙高大坚实，看上去确有"一夫当关，万夫莫开"之势。面对如此险关坚城，任何敌人都会为之胆寒，望而却步的。史料中没有关城内外激烈攻防的记载，漫长岁月里没有掀起任何微澜的老鹰关虽是太平淡太普通，对生活在小城的居民而言却是最大的幸运。

老鹰关前，再无其他房屋建筑遗存。所有老鹰关往昔的荣光，除了残存的关门、断续的城墙，只能从关门内外颇见气势的古道来想象。古道宽约两米，路面均铺以一尺见方石块，经千百年踩踏，石块落脚着力处皆泛着微微亮光。由于石块铺砌并不严密，疏密不一的小草从石块缝隙探出，顽强地随山路延伸。

老鹰关坑洼不平、略显粗陋的古道，千年间却一直都是商旅往来的主要通道。古道下行，连接着阿蓬江水路，远处的山路；古道上行，通向城内千家万户，更由关内各个城门，通往邻近场镇，沟通着远方。

身处残缺的关门，伫立坎坷的古道，早已忘记了估算老鹰关与古城旧址的距离，也忘记了如何去探索县址频繁迁移的原因，一时间也无意深究，地处边区要塞的小城和城外的老鹰关，在一千四百多年的时代变迁社会更新中，为什么没有留下任何惊险传奇。只任由微风轻轻拂面，尽情地去体悟关门内外来自远古的气息，去想象这条坎坷不平的古道，曾经走过多少不凡的人物，曾经洒落多少如雨的汗水，曾经唱响多少粗犷的情歌，曾经演绎多少离奇的故事……

漫山绿树草丛，古道苔藓遍生。满目苍翠与灰暗之间，一枝杏黄的枇杷伸展到路边，色彩夺目，意趣生动。忍不住伸手摘下两颗枇杷来。我似乎尝到了，关城与古道之间令人千年难忘的酸涩。

凝望石刻

周 灿

秋雨霏霏，我又一次伫立石家镇关口石刻前，细细端详面前石壁上的那方摩崖石刻。

石壁宽约10米，高约6米，上方一行隶书阴刻的"砥砺廉隅"，四个大字笔力雄健，刚劲雄浑。秋雨尚未染尽石壁，那些字迹有些斑驳模糊，"张九章书"的落款却让我的思绪在这斑驳模糊的光影里蹁跹起来。

轻轻拨开近代黔江的历史烟云，100多年前的黔江迎来了新任县令——山西平定州人、光绪九年癸未科进士张九章。这看似一起普通的官员任命，谁也未曾料到，会给中国西南边陲蛮荒之地的黔江带来如此深刻的改变。

史载，彼时黔江县城，册山河与大木溪在城西交汇，每当夏秋，则有洪水暴发，多决堤而冲没良田、房舍，百姓深受其害。张九章刚一到任，便遇山洪暴发，亲见百姓流离失所，于是决心筑堤安民。他先是筹款筑堤，不料河水汹汹，旋筑旋冲；继又变卖船田，发动群众以工代赈，历时5年终于筑就了牢固的河堤，缓解了黔城水患。

他体恤人民疾苦，在洪灾袭来、粮食歉收、粮商囤粮涨价时，开放仓储，低价卖粮，施粥给饥民，并动员米商平价售粮，终于使百姓成功渡过劫难。

他热心教育，重视培育人才，常说："人才乃国家之元气，人才盛则国家元气固，而所以作育栽成，宜不遗余力。"于是兴办墨香书院，拨款整修学舍，捐银200两购买图书、置买学田，并亲自讲学。

他以"修县志为己任"，先以旧志考据欠精，组织人力，补修县志若干篇。旋又自嫌其简陋，聘请36人，并亲自执笔，终于完成了5卷、22个分志、14万余字的《黔江县志》……

秋雨淅沥，缠绵悱恻，浸润了山崖上的林木、坚挺巍峨的山石和我面前的这方石刻。"砥砺廉隅"四个大字经秋雨浸染，渐渐清晰起来。

"廉"本指房屋的边，"隅"本指房屋的角，摘自苏东坡诗词即通过修炼使品行端正。张九章把这四个大字刻于石壁上，意义是很明了的，既警诫自己，也教育世人要做一个有节操、重品行的人。

细看关口，地如其名：东西两侧被两座巍峨高山紧紧夹峙，东边山势尤险，一面若刀劈斧削般的石壁岿然矗立，壁高千尺，望之心寒。一条旧时官路，顺着东边山根由南向北蜿蜒而上，是通往旧时火石垭衙门的必经之路。想当初，南来北往的贩夫走卒、官员小吏、文人墨客、学子农夫，或匆匆步行，或乘坐"滑竿"悠悠而来，行至石刻前的小坝子，已是腿软脚酸，汗流浃背，或立或坐于石刻前作片刻休憩。一边揩去额头的汗水，一边仰望面前的石刻，或扑扇着手中的汗帕抬手兴奋地一指：看，张大人写的！或轻摇手中的扇子，捻着胡须，轻声品咂"砥砺廉隅"的意味与内涵，回首转身与同伴细说语出何处及作何解，甚或对张公之为人、政绩又是一番品评和褒扬。

秋雨淅沥，轻敲慢击丛丛绿叶，沙沙作响，仿佛在诉说着某些话语。回望山崖，缕缕云雾自谷底缓缓升腾，仿若白纱，白纱层叠，渐似白绸，且愈加厚重，终于恣意成一片汪洋，淹没了树木、岩石。山顶在汪洋中若隐若现，仿佛小岛，载浮载沉。

却看那旧时官路，隐逸于山岚雾气中，湮灭于荒草丛和路畔乔木斜枝横柯下，只偶尔显露出几方光滑的垫脚石来，其通行功能早被对面半山的挂壁公路所取代，只偶尔留下些微荒野走兽或农家牛羊觅食穿行的痕迹。

山风拂来，云雾渐消，复见林木葱郁，山石峥嵘。再看那壁上石刻，霏霏细雨已将它滋润得黑黝黝的，那些字迹在雨水浇淋之下，显得更加生动与真切，在微微的天光下，散溢出幽幽的光来。在这幽幽的历史光芒中，张公清正廉洁、一心为民的质朴形象宛若眼前。

想张公所处时代，正是清朝王权大厦即将倾覆，内忧外患不断叠加的时节。放眼神州，官吏腐败，狼烟四起，民不聊生，国将不国。而地瘠、人贫的黔江竟然有这么一位清官、好官，实在是黔江万千民众之大幸！张公主持修建的黔城河堤，一次又一次阻挡了泛滥的洪水，至今福泽黔城百姓；他主持修编的《黔江县志》仍是我们了解和研究黔江历史文化的重要文献；他主持兴建的墨香书院，以及在此基础上建设起来的学校，成为黔江境内学校之翘楚，以其独特的文化魅力，滋养了一代又一代为国家、民族奋斗的栋梁之材……

我并不知道张公的仕途在那荒芜的年代里最终怎样，我只知道，张九章奉旨离京赴任黔江，祭先祖时曾誓言："此行倘受一文枉法钱，先灵殛之……"
我也知道，张九章以"卓异"的政绩从黔江调任四川屏山县令后，调防军，督
团练，剿抚兼施，几个月就使民族杂居、相互仇杀的县境转为平安。我还知
道，100多年后，修建金沙江向家坝水电站的设计人员在张九章编修的《屏山县
续志》中查阅到该地历史洪水重现期可考证至1813年的珍贵资料，而根据该水
文资料做出的设计，为项目节约了1000多万元的经费……

　　一个封建末期边陲小县的县令，百多年光阴过去了，其政绩依旧福荫后
人，治地人民依旧对其感恩戴德，不就因为其"壁立千仞，无欲则刚"的廉洁
品质和一心为民的质朴情怀吗？

　　一个地方官员，只有始终把人民装在心中，立足本职，脚踏实地为人民服
务，人民才不会忘记他，历史的星空才会留下他的一抹亮光。

　　回想前些天，在镇干部带领下，我们参观的那一口口泛着天光的水产养殖
池塘；一串串碧绿滚圆的瓜果；一株株勃勃生长的无花果苗；一头头摇头晃脑
嚼食草料的肉牛……我当然知道，这些石家镇今后发展的希望，全赖那一张张
黝黑的脸庞、一双双粗糙而温暖的双手去持续不断地创造。

　　关口石刻，为石家镇这个黔江西南边陲小镇增添了厚重的历史文化底蕴。
石家镇干部也正在新时代里用自己的作为践行"砥砺廉隅"这四个大字，并赋
予它新的历史内涵。我相信，经年之后，后人检视这段历史，必定有着更加丰
富的收获。

　　风歇雨住，空气清新，沁人心脾，我再一次把目光投向那一方摩崖石刻，
又仔仔细细地端详了一遍。

向 往 黔 江

演唱：胡海舰

作词：李尚朝
作曲：胡海舰

1=♭A 4/4

J=85 向往地

```
‖: 6 6  2321  23  3 | 5 6 5  32  23  3 | 3 6 5 6  56 5 3 | 1 6 3 3 5 2  —  |
```
心有神 奇 向往　就会 梦 见 黔江　我看见一座 城 停在峡谷 上
心有完 美 想象　就会 想 到 黔江　我记得一条 江

```
1 6  33 5  32  2 | 3 5  6 3 2  5 67 | 6 — — 0 :‖ 3 3  65 6  6 — |
```
披着迷雾 出场　峡谷落 在 城中 央　　　　　神秘芭拉 胡
白云藏 在 水中 央　　　　　廊桥留 美梦

```
5 5  2123  3 — | 1 6  13 2  2. 3 | 5 6 7 5 3 — | 6 3 2  2.3  12 1  6 |
```
梦幻阿 蓬 江　有多少幻 境在 晨雾中飘 荡　让 我如此沉 醉
银饰有 柔 光　有多少浪 漫在 时光里荡 漾　说 到西兰卡 普

```
3 5  6 3 2  2 | 1 21 | 3 5  6 3 2  2.1  1 2 | 6 — — 0 :‖ 0 0 0 0 ‖
```
总在 回忆 里彷　总 想　起那个姑 徨
娘

毕兹卡的故乡

笑崇钟 词
杨 矿
刘 青 曲
陈思思 演唱

1=F 4/4

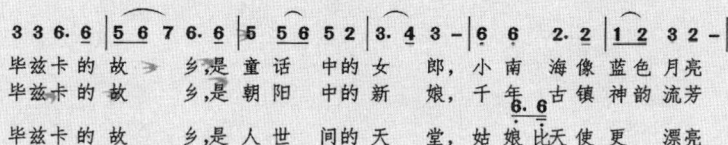

毕兹卡的故　乡，是童话 中的女 郎，小南 海像蓝色月亮
毕兹卡的故　乡，是朝阳 中的新 娘，千年 古镇神韵流芳
毕兹卡的故　乡，是人世 间的天 堂，姑娘比天使更　漂亮

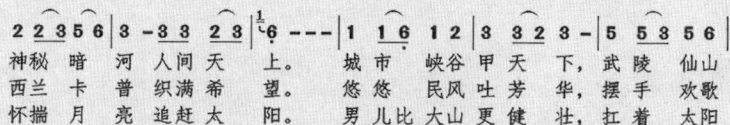

神秘 暗 河人间天　上。城市 峡谷甲天 下，武陵 仙山
西兰 卡 普织满希 望。悠悠 民风吐芳 华，摆手 欢歌
怀揣 月 亮追赶太 阳。男儿比大山更健 壮，扛着 太阳

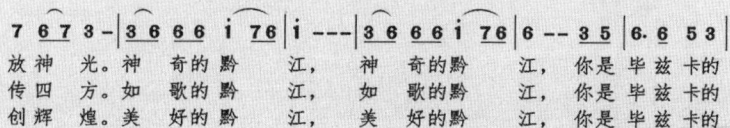

放神光。神 奇的黔 江，神奇的黔 江，你是毕兹卡的
传四方。如 歌的黔 江，如歌的黔 江，你是毕兹卡的
创辉煌。美 好的黔 江，美好的黔 江，你是毕兹卡的

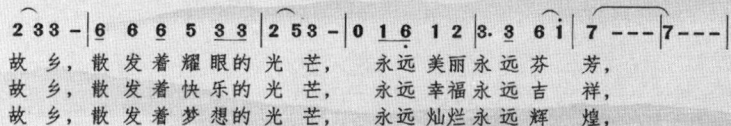

故乡，散发着耀眼的光芒，永远美丽永远芬 芳，
故乡，散发着快乐的光芒，永远幸福永远吉 祥，
故乡，散发着梦想的光芒，永远灿烂永远辉 煌，

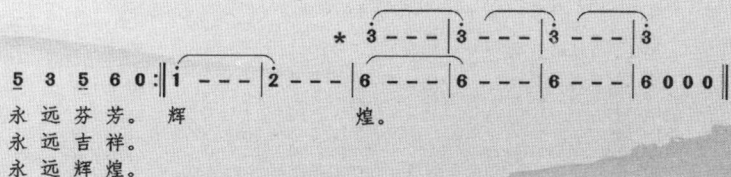

永远芬芳。辉　　　煌。
永远吉祥。
永远辉煌。

★此处也可唱 3

幺妹住在十三寨

（女声领唱、伴唱）

1=F $\frac{4}{4}$

作　词：丁晓红
音乐改编：杨　军
演　唱：覃诚芳

（引子：在空灵的背景音乐中演唱两句原生态山歌，紧接着一群男人喊幺妹，你住在哪里呀？

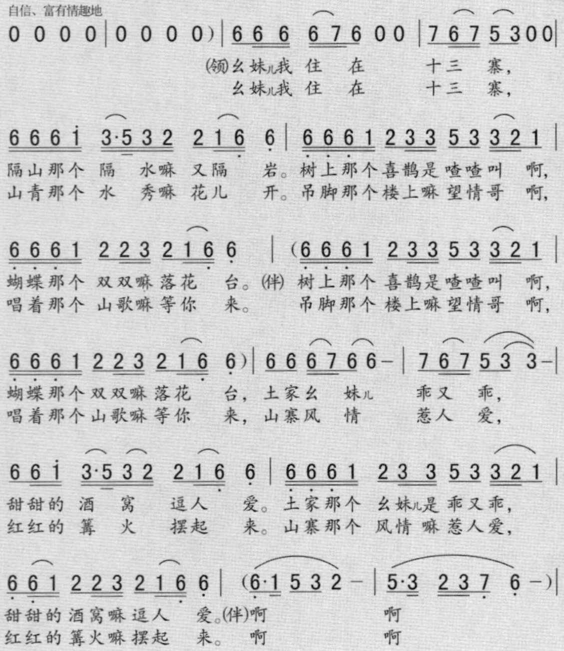

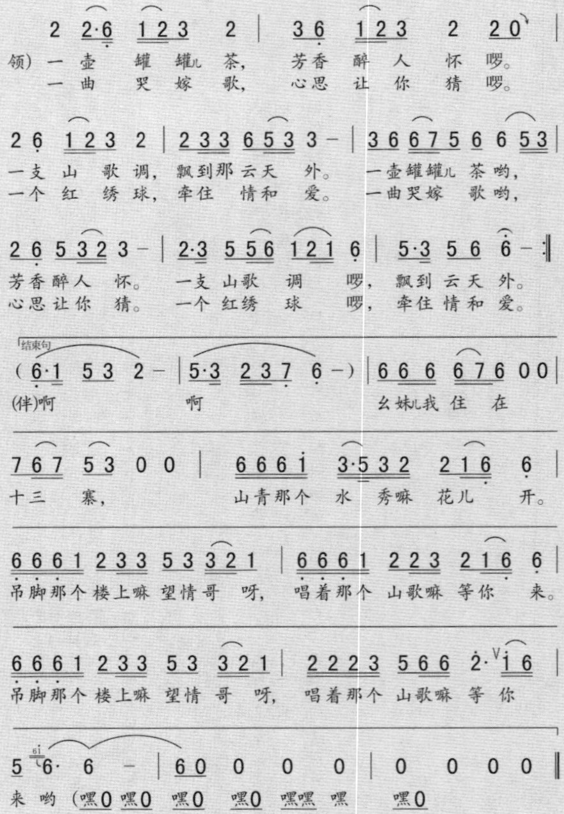

注：此歌曲以武陵山一带高腔山歌《送郎》为素材改编创作。